키 ^{Kira} 라

키라 **Kira**

초판 1쇄 찍은 날 | 2015년 9월 21일
초판 1쇄 펴낸 날 | 2015년 9월 30일

지은이 | 주산지의꿈
펴낸이 | 예경원

편집 | 유경화

펴낸곳 | 예원북스
등록번호 | 제396-2012-000132호
등록일자 | 2012. 7. 25
YRN | 제1-0118호

주소 | 경기도 고양시 일산동구 무궁화로 8-28 삼성메르헨하우스 1118호 (우) 410-837
전화 | 031-819-9431 팩스 | 031-817-9432
http://cafe.naver.com/yewonromance
E-mail | yewonbooks@naver.com

ⓒ 주산지의꿈, 2015

ISBN 979-11-5845-022-9 03810

Kira

키라

주산지의꿈 장편 소설

YEWONBOOKS ROMANCE STORY

YE
WON BOOKS
예원북스

키 라
Kira

❖ 목
차
❖

✱✱ " " 영어 / 『 』한국어

프롤로그

심장이 간질거렸다. 보드라운 깃털이 심장을 쓸어내리듯 그렇게 설레고, 또 손바닥에 땀에 배어 나올 만큼 아릿한 긴장감이 흘렀다. 엘리베이터에서 내려 두꺼운 카펫이 깔린 호텔 복도를 따라 걷는 동안 혜영은 흥분으로 마음을 가라앉힐 수가 없었다.

초조함이 깃든 혜영의 검은 눈동자가 불빛에 영롱하게 빛나자, 이목구비 뚜렷한 아름다운 얼굴에 관능의 빛이 떠올랐다. 평소에도 남녀노소를 막론하고 시선을 사로잡는 아름다운 얼굴이었지만, 지금 혜영에겐 사람의 마음을 흔드는 묘한 분위기가 흘렀다. 심장을 뛰게 하는 설렘. 지금 혜영이 느끼고 있는 감정이 바로 설렘이었다.

해링턴 호텔, 1207호.

그가 돌아왔다. 어젯밤, 출장에서 돌아왔다는 전화와 함께 그곳에 묵을 예정이라고 했다. 그의 전화를 받은 순간, 혜영은 결심했다. 그동안 말하지 못한 그녀의 마음을 선우에게 전할 생각이었다. 한혜영이, 박선우를 사랑한다고. 박선우의 여자가 되고 싶다고.

참았던 숨을 깊이 내쉬자 붉게 칠한 혜영의 도톰한 입술이 미세하게 떨렸다. 며칠 동안 마음을 다잡았지만, 막상 호텔에 와 선우를 마주하려 하자 긴장이 되는 것은 어쩔 수 없었다. 혜영은 어깨에 멘 가방에서 검은 벨벳으로 된 상자를 꺼냈다. 보석 브랜드 키라KIRA. 윤기가 흐르는 검은 상자 위엔 필기체로 흘려 쓴 키라KIRA라는 로고가 금박으로 새겨져 있었다. 화려하지만 고급스럽고, 독특하지만 세련된 이미지가 고스란히 느껴졌다.

그리고 벨벳 상자 안엔 그녀가 직접 디자인하고 세공한 만년필이 들어 있었다. 매끄러운 벨벳을 쓸어내리며 혜영은 검은색 재규어를 떠올렸다. 뜨거운 태양 아래 아프리카 대륙을 나른한 듯 걸으며 푸른 눈동자로 먹잇감을 쏘아보는 맹수. 그 이미지를 떠올리며 만든 작품이 바로 상자에 든 만년필이었던 것이다.

사실 그 강렬한 포식자의 이미지와 선우가 딱 들어맞는 것은 아니었다. 하지만 그에게 선물할 만년필을 만드는 내내 그 묘하게 나른하고 지독히도 관능적인 이미지를 떨쳐 낼 수 없었던 것이다. 또다시 혜영의 볼이 순식간에 뜨거워졌다. 손을 뻗어 달아오른 열을 식히려 했지만 이미 나른한 열기로 그녀의 눈동자는 촉촉해져 있었다.

바짝 마른 입술을 뜨거운 혀로 쓸어내리는 혜영의 모습이 복도를 따라 켜진 조명을 받아 숨이 막힐 정도로 유혹적이었다.

휴! 작게 한숨을 내쉰 혜영은 손을 들어 흘러내린 머리카락을 쓸어 귀 뒤로 넘겼다. 그러자 상아처럼 새하얀 얼굴과 함께 가녀린 목선이 드러났다. 살짝 올라간 눈매가 고양이를 닮은 듯 요염했다. 남자들은 그 묘하게 색기를 품은 눈빛에 흔들리는 모양이지만 혜영은 그녀의 눈을 좋아하지 않았다. 그래서인지 평소에도 최대한 화장을 자제했으며, 꼭 해야 할 자리에선 입술만 바르는 게 다였다.

'정말 음란해. 아니, 다 꿈 때문이야. 아님, 그것도 아니라면 그런 꿈을 꿀 정도로 박선우란 남자를 원하는 건가?'

그런 생각이 들자 혜영은 저도 모르게 입술을 잘근잘근 씹기 시작했다. 이른 새벽, 잠에서 깨어난 혜영은 온몸을 지배하는 나른하고 야릇한 감각에 놀랐다. 꿈이었지만 숨을 헐떡일 만큼 격한 열정이 온몸을 꿰뚫고 있었다. 무엇보다 아랫배에서 느껴지는 뜨겁고 축축한 느낌. 꿈을 꾸는 동안 그녀는 꿈속의 남자를 원하고 있었다.

하지만 정작 혜영은 꿈속에서 그녀를 지독한 쾌락에 몸을 떨게 했던 남자가 누군지 짐작도 할 수 없었다. 선우일까? 아니, 선우였으면 좋겠다고 생각했을 뿐이었다. 손을 뻗어 남자의 얼굴을 붙잡았지만 볼 수 없었다. 그저 사납고 숨이 막힐 정도로 나른한 강렬한 눈동자가 삼킬 듯 쏘아보았다는 것 외엔 아무것도.

혜영은 꿈을 떠올리사 온몸이 바짝 긴장하는 것이 느껴졌다. 올해 서른 살이 된 그녀였지만, 키라라는 브랜드를 런칭하고 지금의 위치까지 끌어올리느라 그 흔한 연애도 해본 적이 없었다. 키스는 몇 번 한 적이 있긴 했지만, 그 진득하고 미끌거리는 타액이 기분 나빠 피하고 싶어졌다. 그래서인지 남자와 육체적으로 더 친밀한 관계를 갖고 싶다는 생각마저 사라져 버린 것이다. 가끔 모델처럼 늘씬한 몸매와 화려한 외모의 혜영을 보며 접근해 오는 남자들이 종종 있었다. 하지만 차가운 성격과 워커홀릭인 그녀를 보며 하나 둘 떨어져 나갔다.

하지만 박선우는 달랐다. 파티에서 처음 본 후, 종종 그가 떠올랐다. 그리고 사촌 여동생인 서진을 통해 우연히 그를 다시 만나게 되었을 땐 어쩌면 운명이 아닐까 생각할 정도였다. 그리고 그와의 만남이 거듭될수록 박선우 역시 자신처럼 무척이나 외롭고, 정에 굶주려 있는 사람임을 알게 되었다. 그래서 함께 있고 싶다고 생각했다.

차갑고 뾰족한 성격의 그녀와는 달리, 봄날 쏟아져 내리는 햇살처럼 따뜻하고 부드러운 선우 곁에 있고 싶었다. 그러면 그녀의 삶이 행복할 수 있을 것 같았으니까. 평생 친구처럼, 연인처럼 살고 싶었다. 그의 출장이 길어지고 기다리는 시간이 길어질수록 그가 그리웠고, 그녀의 생각은 점점 확신으로 바뀌고 있었다.

그리고 지금, 혜영은 그에게 먼저 손을 내밀 생각이었다.

혜영은 상자를 꼭 손에 쥔 후 방문을 두드렸다.

똑똑, 똑똑똑!

문이 열리길 기다리는 동안 혜영은 초조한 듯 마른 입술을 축였다. 잠시 후, 안에서 인기척이 들리는가 싶더니 굳게 닫혀 있던 방문이 열렸다. 하지만 혜영은 고갤 숙인 채 눈을 뜰 수 없었다. 다시 깊게 숨을 내쉰 혜영이 천천히 눈을 떴다. 그러자 남자의 구두가 눈에 들어왔다. 선우였다. 선우가 앞에 서 있었다. 그러자 신경이 더 예민해지더니 바짝 긴장하고 말았다.

『선우 씨, 그러니까…….』

차마 입이 떨어지지 않자 혜영은 다시 눈을 감았다. 긴장으로 손바닥에 땀이 배자 혜영은 서둘러 주먹을 꼭 말아 쥐었다. 용기를 내야 했다. 여기까지 와서 물러설 순 없었다. 아, 될 대로, 되라지!

『선우 씨!』

혜영이 눈도 뜨지 않고 앞에 서 있는 선우를 향해 팔을 뻗었다. 말로는 할 수 없을 것 같아 혜영은 그의 목덜미를 꽉 끌어안았다. 그리곤 무작정 그의 입술에 입을 맞췄다. 단단하고 부드러운 감촉과 함께 청량한 스킨 냄새가 그녀의 콧속으로 스며들었다. 혜영은 평소와 다른 강한 향기에 심장이 두근거렸다.

아, 이렇게 향기로웠나? 심장이 간질거릴 정도로 입술이란 게 이런 느낌이었었나?

혜영은 진득한 타액의 느낌이 아니라, 솜사탕을 핥는 아이처럼 자꾸만 선우의 입술을 빨아 당겼다. 하지만 선우는 그녀의 기습키스에 놀란 듯 꼼짝도 하지 않았다.

아니, 아무런 반응이 없었다. 자꾸만 빨려들 것 같은 그녀와는 달리, 그는 그녀와의 키스에 아무런 감흥도 없는 듯 서늘했다.

선우의 입술을 훑던 혜영이 움직임을 멈췄다. 그리곤 어색한 듯 그의 목에 감았던 팔 역시 거둬들였다. 창피했다. 얼굴에 불이 날 정도로 부끄럽고 민망해 눈을 떠 선우를 볼 수도 없었다. 그렇다고 이렇게 대범한 일까지 저지른 마당에 도망쳐 버린다는 것 역시 우스운 일이었다. 그를 다시 보지 않는다면 모를까. 그렇게 잠시 어색한 침묵이 흐른 후, 혜영이 가까스로 눈을 떠 고갤 들었다.

『헛! 누……?』

하지만 혜영은 숨을 삼킬 정도로 잘생긴 남자를 본 순간 놀라 말을 잇지 못했다. 선우가 아니었다. 그녀 앞에 서 있는 남자는 선우가 아니라, 장신의 키에 위험할 정도로 섹시한 모습의 외국인 남자였다. 아니, 혼혈인 건가? 혜영은 당혹스러운 마음을 가라앉히며 한국어가 아닌 영어로 말하기 시작했다.

"누구…… 시죠?"

문 앞에 선 낯선 남자를 향해 혜영이 놀란 표정을 했다. 그러자 남자 역시 눈을 가늘게 뜨곤 혜영을 차가운 눈으로 쏘아보았다. 자세히 보니, 남자는 잘생겼다는 말론 부족했다. 위압적인 분위기를 풍기며 한 발짝 그녀에게 다가서는 남자를 보며, 혜영은 남자가 부와 권력에 익숙한 사람이란 것을 느낄 수 있었다.

혜영이 남자의 싸늘한 기운에 눌려 주춤 뒤로 물러선 순간, 남자의 입가에 싸늘한 냉소가 어리는 것을 볼 수 있었다.

"그러는 당신은 누구지? 혹시 이번엔 기자와 함께 온 건가?"

문에 팔짱을 낀 채 삐딱하게 기대선 남자의 눈동자가 날카롭게 빛났다. 깊이를 짐작할 수 없는 짙은 암청색의 눈동자는 사냥을 시작하기 전의 맹수의 그것처럼 잔혹했다. 그리고 날카로운 발톱을 숨긴 채 그녀를 탐색하고 있었다. 상대에게 치명적인 상처를 내기 직전의 위험스러움이 느껴졌다.

"기자라니? 저 역시 왜 당신이 여기에 있는지 모르겠군요. 이 방은 제 친구가 묵고 있는 방이라고 알고 있어요. 선우 씨는 어디에 있죠? 왜 당신이 나온 건데요?"

혜영이 화를 내며 추궁하자 남자는 적반하장이라는 듯 어이없는 표정을 했다. 그리곤 그녀가 왜 그렇게 행동하는지 다 알고 있다는 듯 거만한 표정으로 코웃음을 쳤다.

"지난번보단 변명에 참신성이 떨어지는군. 하지만……."

잠시 말을 멈춘 그가 성큼 혜영에게 다가섰다. 그리곤 나른한 눈빛으로 그녀를 내려다보더니 손을 뻗어 그녀의 턱을 붙잡았다. 움찔! 갑작스러운 그의 손길에 혜영이 몸을 굳혔다.

"나에 관한 연구를 많이 한 모양이군. 이번엔 내 취향이 맞은 여잘 선택해서 보낸 걸 보면. 하지만 유감스럽게도 내게 필요한 건 여자가 아니라 휴식이거든."

혜영의 턱을 붙잡은 남자의 손에 힘이 들어가 있는 건 아니었다. 하지만 턱에 닿아 있는 부분이 불에 덴 듯 뜨거웠다. 그리고 한순간 덫에 걸린 사슴처럼 꼼짝도 할 수 없었다. 심장이 거칠게 뛰고 있었다. 두려움 때문인지, 아니면 그녀를 쏘아보는 암청색의 눈동자에 담긴 묘한 느낌 때문인지 알 수 없었다. 하지만 그에게 붙잡혀 있는 지금, 혜영은 몹시 당혹스러웠다.

놀란 것도 잠시, 혜영이 서둘러 마음을 진정시킨 후 불쾌한 얼굴로 그의 손을 거칠게 밀어냈다.

"나야말로 남잔 필요 없어요. 내가 원하는 남자는 박선우 한 사람뿐이니까요."

그의 입가에 싸늘한 냉소가 어렸다. 그녀의 말을 믿지 않는 모양이었다.

"아직도 게임을 원하는 모양이군. 하지만 어쩌지? 당신이 벌이려는 게임엔 전혀 흥미가 없는데 말이야. 차라리 날 상대로 게임을 할 생각이었다면 좀 더 조심했어야지. 내가 눈치채지 못하게. 난, 직접적인 방법보단 좀 더 우회적인 시작을 선호하는 편이니까. 그건 몰랐나 보군."

게임이라니? 지금 내가 그를 유혹하기라도 한다는 건가?

혜영은 잠시 혼란스러운 표정으로 그를 쏘아보았다. 그 역시 장난을 치는 것 같진 않았다. 불빛에 비친 남자의 눈동자는 푸른색이었다. 흠 하나 없는 최상급의 보석처럼 깊이를 알 수 없는 그 짙은 푸른빛이 혜영을 쏘아보고 있었다. 한 치의 흔들림도 없이.

"훗!"

그녀의 표정을 본 그의 입가에 싸늘한 냉소가 어렸다. 혜영의 뭔가가 남자의 심기를 건드린 모양이었다. 그가 혜영의 손목을 붙잡곤 방 안으로 힘껏 끌어당겼다.

"지금 뭐 하는……. 윽……!"

순식간에 남자와 방문 사이에 끼어버린 혜영은 그의 고압적인 태도에 눈을 치켜떴다. 하지만 남자 역시 그녀를 놓아줄 생각이 없는 듯했다. 바짝 다가선 그가 위험할 정도로 나른한 눈빛을 하곤 그녀를 내려다보고 있었다.

뭘 하려는 거지? 설마, 날……?

"비켜요! 당장 비키라구요!"

혜영이 남자를 밀어내기 위해 버둥거렸다. 하지만 고갤 숙인 남자의 얼굴이 점점 가까워졌고, 혜영의 뺨엔 뜨거운 열기가 느껴졌다. 그녀의 몸을 누르는 바위처럼 단단한 몸 역시 그녀를 당혹스럽게 했다. 차갑던 그녀의 눈동자가 흔들리자 그의 입가에 미소비슷한 것이 걸렸다.

"조금 전 내 입술을 훔친 사람치곤 꽤 순진한 반응이군. 내가 밀어내지 않았다면 금방이라도 날 침대로 밀어붙일 기세더니 말이야."

혜영은 그의 시선이 그녀의 몸을 훑어 내리는 것을 느꼈다. 가치를 평가하듯 느릿느릿 움직이는 그의 시선에 혜영은 주먹을 꽉 쥐었다. 불쾌했다.

"그건 당신이 내가 아는 다른 사람이라고 생각해서 그런 것뿐이에요. 절대 당신에게 한 행동이 아니라구요. 그러니 비켜주세요!"

"다른 사람이란, 박선우란 남자겠지?"

"맞아요."

"하지만 내가 그것을 어떻게 믿지? 혹시 그 남자 역시 가상의 인물 아닌가?"

남자의 비아냥거림에 혜영의 눈빛이 날카로워졌다. 꼭 다문 입술 역시 화가 난 듯 서늘했다.

"정말 어처구니가 없군요. 그러는 당신은 누구죠? 혹시 선우 씨 방에 몰래 들어온 도둑은 아니겠죠?"

두 사람의 시선이 날카롭게 부딪혔다. 팽팽하게 날 선 차가운 긴장감에 두 사람은 누구 하나 물러설 생각이 없는 듯 보였다. 그렇게 서늘한 침묵이 흐른 후 남자가 뒤로 물러섰다. 그리곤 거칠게 혜영의 팔을 붙잡더니 방 밖으로 밀어냈다.

"꺼져!"

순식간에 싸늘해진 그의 표정에 혜영의 심장이 서늘해졌다. 마음만 먹는다면, 그가 얼마나 잔혹하고 무서워질 수 있는 남자인지 혜영 역시 느낄 수 있었다. 하지만 이대로 물러설 순 없었다. 이렇게 그에게 오해받은 채로……

"이봐요! 아니면 아니라고 하면 되잖아요. 그리고 당신이 먼저 날 그런 여자로 오해를……."

달칵!

그때, 옆 방문이 열렸다. 그리고 선우가 서 있었다. 시끄러운 방 문객에게 짜증이 난 듯 선우는 잔뜩 찌푸린 채였다. 그러다 혜영을 발견하곤 놀란 표정을 지었다.

『선우 씨! 선우 씨가 왜 옆방에서…….』

혜영이 당황한 표정으로 다시 한 번 호텔 방 번호를 확인했다. 그리곤 옆방에서 나온 선우를 보곤 대체 어떻게 된 일이냐고 물었다. 그러자 선우가 혜영과 남자를 번갈아 보더니 상황을 이해한 듯 미안한 얼굴을 했다. 그리곤 오해를 풀어주려는 듯 선우는 영 어로 말했다.

"날 찾아온 모양이군요."

"아, 네. 그런데 제가 잘못 들은 건가요? 어제 분명……."

"아닙니다. 혜영 씨와 전화를 했을 땐 분명 1207호였습니다. 문 젠, 그 후에 갑자기 방을 바꿨다는 겁니다."

"방을 바꿨다구요?"

혜영이 문에 기대서서 거만하게 서 있는 남자를 바라보았다. 남 자에게 오해했다는 사실을 똑똑히 알려줄 의도였지만, 남자는 이 상황이 재미있다는 듯 말없이 지켜볼 뿐이었다. 정말, 마음에 들 지 않는 남자였다.

"네. 호텔 측의 실수로 이미 주인이 있는 방을 제게 준 모양이더군요. 미안해요, 혜영 씨. 미리 연락하고 왔더라면 알려 드렸을 텐데. 이렇게 연락도 없이 올 것이라곤 전혀……."

선우의 말에 혜영의 얼굴이 조금 붉어졌다. 마치 선우가 연락도 없이 무작정 찾아온 그녀를 책망하는 것처럼 들렸던 것이다. 불청객. 그래, 불청객을 대하듯 선우의 태도가 서늘했다.

"미안해요, 선우 씨. 난 선우 씨가 돌아왔다고 해서……."

선우의 태도에 혜영은 당황했다. 분명 출장을 가기 전까지 다정했던 그였지만, 뭔가 꼬집어 말할 순 없지만 그의 태도가 미묘하게 변해 있었던 것이다. 그때였다.

"선우 씨! 누구예요?"

콧소리가 섞인 나른한 목소리. 분명 여자였다. 다시 보니 선우 역시 샤워를 한 듯 머리카락이 젖어 있었다.

"누구……?"

순간, 혜영은 들고 있던 상자를 꽉 쥐었다. 선우의 대답을 기다리는 동안 혜영의 입술이 바짝 타들어갔다. 뒤를 돌아보는 선우의 시선 속에 담긴 열기를 본 순간, 직감적으로 느낄 수 있었다. 믿을 수 없지만, 믿고 싶지 않지만, 일주일밖에 되지 않은 시간 동안 박선우에게 사랑하는 사람이 생긴 것이다.

"아, 여긴……."

"정유진입니다. 한혜영 씨죠?"

"아, 네."

유진이 자신을 알고 있다고 생각하자 혜영의 미간이 찌푸려졌다. 선우가 자신에 대해 말한 모양이었다. 그리고 자신을 어떻게 소개했는지 궁금했다.

"갑자기 끼어들어 죄송해요. 선우 씨에게 혜영 씨 얘길 들었을 때 만나고 싶었어요. 마음이 통하는 좋은 친구라고. 그리고 무엇보다, 보석 브랜드 키라의 수석 디자이너 겸 오너란 말을 듣는 순간 얼마나 놀랐다구요. 사실 제가 가장 좋아하는 보석 브랜드가 키라거든요."

유진이 흥분을 감추지 못하고 혜영을 바라보고 있었다. 하지만 혜영은…… 밀려드는 실망감에 아무런 말도 할 수 없었다. 정유진의 입을 통해 그녀가 박선우의 친구라는 말을 듣는 순간, 커다랗게 부풀어 있던 풍선에서 한순간에 바람이 빠져나간 듯 텅 빈 느낌이었다. 친구! 혜영은 그 말이 이렇게 심장을 찌르는 아픈 말이란 사실을 처음으로 깨닫는 중이었다.

아, 혼자만의 착각이었었나? 하지만 분명, 선우 역시도……. 혜영은 생각보다 큰 충격에 선뜻 입을 열 수가 없었다.

"아, 네. 선우 씨가 그렇게 말했다면, 친…… 구겠죠."

혜영은 당혹감을 감추기 위해 노력했다. 평소처럼 냉정한 얼굴을 하려 했지만, 잘 되지 않았다. 혜영이 감정을 수습하기 위해 고갤 돌린 순간, 그녀를 물끄러미 바라보고 있던 남자와 눈이 마주쳤다. 짙은 푸른색의 눈동자가 그녀의 마음을 꿰뚫는 듯 쏘아보고 있었다.

순간 남자의 입가엔 차가운 냉소가 떠올랐고, 그 미소를 보자 혜영은 얼굴이 화끈거렸다. 저 남자에게 들켜 버린 것이다. 그녀가 왜 이곳에 왔는지. 그리고 그 결과가 어떤 것인지도.

"그런데 여긴 웬일이십니까? 정말 절 만나러 온 건가요?"

선우의 시선이 혜영에게 향해 있었다. 몸의 곡선이 드러난 검은

색 원피스 차림에 화장까지 한 혜영은 누가 보더라도 데이트 차림이었다. 그래서인지 선우의 얼굴엔 난처한 기색이 엿보였다. 아, 대체 난, 뭘 하려고 이곳에 온 건지. 좀 더 신중해야 했던 걸까? 그의 시선에 혜영은 땅속에라도 숨고 싶은 심정이었다. 얼굴이 화끈거리는 것을 참아내느라 혜영은 두 주먹을 꼭 쥐었다.

"아, 그러니까 이곳에 온 이유는……. 선우 씨를 만나기 위해 온 게 아니라…… 그러니까…….."

그 간단한 변명거리 역시 떠오르지 않았다. 혜영은 머릿속이 새하얗게 변해 버린 느낌이었다. 사라지고 싶었다. 숨고 싶었다. 자신이 너무 한심해 참을 수 없었다. 말도 꺼내지도 못한 상태에서 거절당해 버린 마음을 다독일 새도 없이 혜영은 지금 이 난처한 상황에서 벗어나야 했다. 지옥이라도 따라갈 만큼, 절박하게.

"이제 점점 지루해지는군."

그때까지 문에 기대 서 있던 남자가 더는 기다릴 수 없다는 듯 성마르게 말했다. 그러자 혜영을 비롯해 선우와 유진의 시선이 남자에게 향했다.

"언제까지 기다리게 할 생각이지? 난 이미 마음을 정했는데, 이제 한혜영 씨 차례야."

남자가 혜영에게 손을 내밀었다. 대체 뭘 하자는 거지? 혜영은 남자의 손을 바라보며 미간을 찌푸렸다. 설마, 날 이 상황에서 도와주려는 건가? 혜영은 믿을 수 없었다. 소금 전까지 그녀를 차갑게 쏘아보며 방에서 밀어내던 남자였다. 냉소를 지으며 이 상황이 재미있다는 듯 바라보던 남자가 무슨 이유에서인지 그녀에게 손을 내밀고 있었다.

혜영이 남자를 올려다보았다. 그리고 그의 눈동자에 떠오른 눈빛을 본 순간 혜영은 입술을 깨물었다. 지금 남자는 색다른 종류의 게임을 하려는 모양이었다. 그리고 혜영은 선택해야 했다. 악마만큼이나 위험스럽게 보이는 이 남자를.

"혜영 씨, 정말 이분, 존더부르크 씨를 만나러 온 건가요?"

존더부르크? 혜영이 놀란 눈으로 선우를 보았다. 그녀와는 달리 선우는 악마처럼 위험스럽게 보이는 이 남자를 잘 아는 모양이었다. 선우가 이 남자를 어떻게 아는 걸까? 잘생긴 얼굴로 보아 배우인 건가? 아니, 그건 아닐 것 같았다. 배우치곤 너무 거만했고, 그에게서 뿜어져 나오는 카리스마는 태생적인 것 같았다. 성공한 사업가? 그래, 그렇다면 다행인 건가? 그리고 선우가 아는 사람이라면 그렇게 비상식적인 사람은 아닐 테니까.

"아, 네."

그녀의 대답에 남자의 입꼬리가 올라가는 것이 보였다. 그녀의 대답으로 그가 내민 손을 그녀가 붙잡았다는 사실을 안 것이다.

"그럼, 이리 와."

다시 남자가 혜영에게 손을 내밀었다. 크고 단단해 보이는 손이었다. 섬세하지만 강한 힘이 느껴지는 손. 혜영은 아직 결정하지 못한 채 그 손을 물끄러미 내려다보았다.

"어서!"

남자의 재촉에 혜영이 천천히 남자에게 손을 내밀었다.

"저기…… 잠깐……. 혜영 씨……."

선우가 조금은 당황한 듯 그녀를 불렀다. 하지만 다음 순간, 남자의 손이 혜영의 손목을 강하게 붙잡았다. 그리곤 그가 있는 쪽으로 혜영을 끌어당겼다. 강한 힘에 이끌려 혜영은 어느새 남자 앞에 섰다.

"받은 만큼 돌려주지."

그 말을 끝으로 남자가 고갤 숙였다. 그리곤 피할 틈도 주지 않고 그의 입술이 그녀의 입술을 덮치듯 키스해 왔다. 선우와 유진이 보고 있다는 사실도 개의치 않는 듯 그의 키스는 얼굴이 화끈거릴 정도로 농밀했다. 조금 전 그녀가 그에게 했던 솜사탕 같은 키스완 비교도 되지 않을 만큼. 흐윽, 뭐가 받은 만큼 돌려준다는 거야? 이자에 이자까지 붙여놓고.

그의 키스에 놀라 치켜뜬 혜영의 눈 속에 똑같이 놀란 선우의 얼굴이 들어온 것도 같았다. 그리고 뭔가 망설이는 눈빛까지. 하지만 다음 순간 혜영은 그의 방에 있었고, 닫힌 문소리와 함께 위험스럽게 빛나는 푸른 눈동자와 마주했다. 그것이 루한 프레데릭 크리스티안 존더부르크와의 첫 만남이었다.

제1장 비밀 경매

　홍콩 첵랍콕 공항을 빠져나오자 그녀를 기다렸다는 듯 혜영 앞
에 검은 자동차가 멈췄다. 혜영은 쓰고 있던 검은 선글라스 너머
로 운전석에 앉아 그녀를 향해 손을 흔드는 검은 머리카락의 잘생
긴 동양인 남자를 보곤 입가에 환한 미소를 지었다.

　"첸, 많이 기다렸어?"

　"아니, 조금 전 도착했어."

　차에서 내린 첸이 그녀에게 다가왔다. 그리곤 어깨에 멘 가방
하나와 수트케이스 하나만 들고 서 있는 혜영을 보며, 짐이 그것
밖에 되지 않느냐는 듯 그녀를 올려다보았다.

　"뭐야, 여자가 짐이 그게 다야?"

　"여행할 땐 짐은 간단히. 필요한 것이 있으면 그때그때 사면
돼."

"아무리 그래도, 야한 속옷 몇 개와 드레스 2벌 정돈 있어야지."

"만약 야한 속옷과 드레스가 필요하면 너에게 말할게. 구해다줘."

"지금 네가 남자를 꼬시는데 나한테 도와달란 말이야?"

"당연하지. 우린 뭐든 함께 하는 동업자니까! 첸, 다시 보니 너무 좋다. 키라의 매장을 내기 위해 이곳에 왔으니, 근 1년 만인가? 요즘 홍콩에서의 키라 반응은 어때? 괜찮은 편이야?"

혜영이 첸을 보며 팔을 벌렸다. 그러자 첸 역시 반갑게 혜영을 끌어안으며 그녀의 볼에 입을 맞췄다.

"벌써 1년이나 된 모양이군. 사실 너 없이 홍콩에서 자릴 잡느라 시간이 벌써 그렇게 흘렀는지도 잊고 있었어. 그러는 넌 그동안 더 예뻐졌는걸? 나도 너무 그리웠어."

아이처럼 혜영의 뺨에 볼을 비벼오는 첸을 보며 혜영이 간지러운 듯 웃음을 터뜨렸다.

"까칠까칠해서 아프단 말이야."

첸을 슬쩍 밀며 눈을 흘기자 첸이 미안한 듯 손으로 그의 턱을 쓸어내렸다. 사실 말끔히 수염을 깎은 첸의 턱은 부드러웠다. 그저 혜영이 그를 향해 장난을 친 것뿐이었다.

"대부분 여자는 내 턱수염을 좋아하는데, 뭔가 자극적이라고 하면서 말이야."

첸의 말에 혜영이 마땅찮은 듯 말했다.

"누가 바람둥이 아니랄까 봐? 대체 홍콩에서 몇 명의 여잘 울린 거야?"

"바람둥이라니! 난 그저 페미니스트일 뿐이야."

혜영이 어이없는 얼굴로 첸을 보았다. 그리곤 마치 철없는 남동생을 꾸짖는 누나처럼 결의 찬 표정을 했다.

"흥, 웃기셔! 하지만 이제 내가 왔으니 각오 단단히 하는 게 좋을 거야. 그 못된 버릇 단단히 고쳐 줄 테니까."

"나야 혜영이 너만 있으면 되는 것 알잖아? 너랑 떨어져 홍콩에 있는 동안 죽는 줄 알았어. 자세히 좀 봐. 내 이 잘생긴 얼굴이 얼마나 축났는지."

홍콩 배우를 연상시키는 얼굴의 첸이 혜영에게 찰싹 들러붙어 얼굴을 들이밀었다. 그리곤 요리조리 얼굴을 돌리며 하소연을 했다. 그 모습에 혜영은 쿡쿡 웃음을 터뜨렸다. 알고 있었다. 처음으로 키라란 브랜드로 보석을 만들기 시작할 때부터 그녀와 함께 해 온 첸이 홍콩에 키라의 새 지점을 개설한 후 이만큼 자리를 잡기 위해 얼마나 노력해 왔는지를.

"알고 있어. 네가 얼마나 힘들었는지. 나 역시 당분간 아시아에 있을 생각이니까, 같이 해보자."

"너, 보석 박람회 때문에 잠깐 온 것 아니었어?"

첸의 눈동자가 빛났다. 혜영이 홍콩에 머물기만 한다면 두 사람이 힘을 합쳐 아시아에서도 확고한 입지를 다지는 것은 너무도 쉬운 일이었다.

"박람회 출품도 있지만, 아시아에서도 키라를 더 키워볼 생각이야. 유럽에선 이미 인정받고 있으니 당분간은 내가 없어도 괜찮을 것 같거든. 그나저나, 내가 부탁했던 일은 어떻게 됐어? 오늘이라고 하지 않았어?"

"정말 갈 생각이야?"

첸이 되묻자 혜영은 지금껏 쓰고 있던 선글라스를 벗었다. 그리곤 확고한 표정으로 고갤 끄덕였다.

"갈 생각이 없었다면 처음부터 너에게 부탁 같은 것은 하지 않았을 거야."

첸 역시 혜영의 단호한 표정을 보곤 고갤 끄덕였다. 사실 혜영에게 비밀 경매에 대해 들었을 때 호기심이 생겼었다. 그리고 최대한 인맥을 이용해 비밀 경매에 대한 정보를 수집했다. 그런데 그 과정 중 조금 이상한 점을 발견했다. 이번 경매는 지금까지 그 어떤 경매보다 보안이 철저했다. 누가 주최이며, 또 어떤 사람들이 경매에 참석하는지 알려진 바 없었다. 그런데…… 운 좋게도 며칠 전 그쪽에서 먼저 연락을 해온 것이다.

"좋아. 하지만 위험할 수도 있어. 최고의 보석을 경매하는 만큼, 우리가 알고 있는 컬렉터들 외에 검은 손이 관련되어 있을지도 모르거든. 사실 이번 경매가 워낙 보안이 철저해 우리가 경매 참석 명단에 들어갔단 사실 역시 놀라울 정도야. 혹시, 너 그쪽에 줄이 닿아 있는 건 아니지?"

첸의 물음에 혜영이 전혀 아는 바 없다는 듯 고갤 가로저었다.

"줄은 무슨! 난 네 인맥이라고 생각했는데, 아니야?"

혜영이 오히려 되묻자 첸이 고갤 가로저었다. 혜영도 아니라면 대체 누굴까? 사상 최대액으로 거래될 비밀 경매에 자신들처럼 초짜가 명단에 올랐다는 사실이 아무래도 마음에 걸렸다. 하지만…… 그것도 잠시, 언제나 긍정적인 성격의 첸답게 별일 아니라는 듯 어깰 으쓱했다.

"아마 우리가 운이 좋았나 봐. 이왕 이렇게 된 이상 잘해보자고. 너 내가 보내준 이번 경매의 규칙에 대해 읽어봤지?"

"응. 그런데 원래 이렇게 비밀 경매는 까다로운 거야? 그곳에 도착한 순간부터 그 섬을 떠날 때까지 가면을 써야 한다니. 그게 좀 꺼림칙하긴 해."

"그거야 어쩔 수 없는 거잖아. 갑부들은 원래 남들에게 자신이 소유한 것들을 보여주길 원치 않으니까. 아마 철저히 자신의 신분을 숨긴 채 이번 경매에 참석하길 원할 거야."

혜영 역시 고갤 끄덕이며 첸의 말에 동의했다.

"그렇겠지. 하지만 사막의 별이 비밀 경매에 나왔다는데, 그런 불편쯤은 충분히 감내할 수 있지. 다시없을 기회가 될 테니까. 첸, 이번 경매에서 거액의 돈을 주고라도 꼭 사막의 별을 가져올 생각이야."

그 역시 알고 있었다. 혜영이 사막의 별을 얼마나 갖고 싶어 하는지를. 사실 3년 전, 스위스 경매에 모습을 드러냈을 때도 사막의 별을 손에 쥘 수 있었다. 하지만 마지막 순간, 누군가 거액의 돈을 내고 그녀의 코앞에서 가져가 버린 것이다.

벌써 3년. 아마 혜영이라면 이번엔 절대 사막의 별을 놓치지 않으리란 사실을 첸 역시 짐작할 수 있었다. 만약 사막의 별을 갖지 못하더라도, 컬렉터의 소장품으로 깊고 깊은 개인 수장고에 들어가기 전 마지막으로 볼 기회였던 것이다.

"사실, 사막의 별을 이번 박람회에 메인 보석으로 할 생각이야."

"좋아, 오늘 경매에서 실력 발휘 한번 해볼까?"

걱정이 앞서 혜영을 만류하던 첸 역시 이젠 조금은 흥분한 표정으로 손을 내밀었다. 그런 첸을 보며 혜영 역시 그의 손을 꽉 잡곤 힘을 주었다.

"잘해보자고, 동업자!"

'사막의 별.'

그 신비한 보석은 세계에서 가장 아름답고 고가로 알려진 카타르 왕족 소유의 다이아몬드 비 텔스 바흐를 능가한다고 일컬어지는 유일한 보석이기도 했다. 특히 소문으로만 무성할 뿐, 세상에 모습을 드러낸 적이 없는 보석이었기 때문에 유명한 컬렉터들이라면 어마어마한 거금을 내고라도 꼭 사막의 별을 소유하길 원했다.

그리고 사막의 별은 엄청난 비밀을 품고 있었다. 9세기, 체코의 여왕이 이끌던 붉은 처녀 기사단이 숨겨놓았다던 보물고에서 발견된 유일한 보석이었다. 그래서 컬렉터들 사이에선 사막의 별을 찾아 그 보석에 담긴 비밀을 풀어낸다면, 체코 산악에 숨겨져 아직 모습을 드러내지 않고 있는 어마어마한 보물고를 찾는 열쇠가 될 것이란 소문까지 더해져, 더 열광적으로 그것을 소유하길 원했다.

혜영과 첸이 차에 탔다. 그리곤 묵직하게 울리는 엔진 소리와 함께 자동차가 움직이기 시작했다. 어둠이 내려앉은 첵랍콕 섬의 도로를 가로지르며 혜영은 창문 밖으로 시선을 돌렸다. 서늘한 눈매와 매혹적인 호를 그리던 입술이 어느새 어둠을 응시한 채 고집스럽게 꽉 닫힌 채였다. 피곤으로 지친 그녀의 눈동자가 약간 충혈되어 있었고, 조금 여윈 듯 보이는 혜영의 모습이 묘하게 섹시해 보였다.

첸은 창문에 비친 혜영을 보며 그렇게 생각했다. 그의 동업자이자, 상사이기도 한 혜영은 남자의 욕망을 자극하는 뭔가 특별한 것이 있다고. 그렇다고 해서 혜영을 쉽게 가질 수 있다는 뜻은 아니었다. 비집고 들어갈 틈 하나 없이 냉정한 성격이었기 때문에 간혹 그녀의 겉모습만 보고 성급하게 접근했던 남자들은 혜영의 차가운 냉기에 심장이 얼어붙곤 했다. 화려하지만 섣불리 다가갈 수 없는 가시가 있는 얼음 장미. 그것이 바로, 한혜영이었다.

다만 그녀에게 뭔가 변화가 있었던 것만은 틀림없었다. 그리고 그 변화는 그녀를 더욱 매력적으로 만들어놓았다.

위험을 감수하더라도 꼭 갖고 싶을 만큼 남자의 정복욕을 자극하고 있었다. 그래서 한편으론 걱정되기도 했다. 그 매혹적인 아름다움이 그녀에게 독이 될까 봐. 그리고 무엇보다 걱정인 것은 한혜영은 너무 열정적이란 것이었다.

아직 미친 듯이 그 열정을 쏟을 상대를 만나지 못했지만, 만약 만나게 된다면 그 열기에 혜영이 데일까 걱정이었다. 그녀는 연애에 기술도 없었고 요령 또한 없었으니까. 그저 마음이 시키는 대로, 그것이 아무리 위험해도 그에게 날아가 버릴 테니까. 부디 그 상대 역시 혜영에게 진심이길 바랄 수밖에 없었다.

첸은 혜영에게서 시선을 거둬들이곤 앞을 주시했다. 지금 두 사람이 가는 곳은 작은 섬이었다. 개인 소유인 그 섬은 6년 전 주인이 바뀐 후론 한 번도 공개된 적이 없는 곳이었다. 첸 역시 그곳에서 보석 경매가 있을 것이란 사실을 전해 들었을 때 놀랐었다.

소유주가 누구인지도 알려지지 않은 그 섬을 보게 되다니. 아마, 지금이 아니라면 그 섬을 다시 볼 기회가 없을 것이 분명했다. 운전대를 잡은 손이 기대감으로 떨리는 것을 느끼며 첸은 서둘러 액셀러레이터를 밟았다.

비밀 경매가 열릴 퀸즈 나이트(Queen's Knight) 섬. 230개가 넘는 수많은 섬으로 이뤄진 홍콩을 크게 신계지와 홍콩 섬, 구룡반도, 그리고 란타우 섬 등 네 개로 나눈다고 한다면, 퀸즈 나이트는 홍콩 섬과 란타우 섬 중간에 위치했다. 하지만 사유지란 특성 때문인지, 아니면 섬의 주인이 사생활 보호를 위해 철저히 사람의 출입을 통제해서인지, 퀸즈 나이트는 다른 곳과 독립된 또 하나의 작은 국가처럼 느껴졌다. 베일에 싸인 신비로움과 마음을 사로잡는 아름다운 자연. 그것을 동시에 가진 곳이 바로 퀸즈 나이트인 듯했다.

선착장에 도착해 배에서 내린 혜영과 첸 앞에 검은 양복을 입은 남자가 앞을 가로막았다. 그리곤 두 사람에게 각자 가면을 건넨 후 저택으로 안내했다. 섬에 도착한 순간부터가 비밀 경매의 시작이라고 생각하자, 혜영은 긴장으로 손에 땀이 배어 나왔다. 밤이라 퀸즈 나이트 저택의 규모와 외형은 정확히 볼 순 없었지만, 언덕 위 저택으로 가는 동안 숲이라고 생각했던 그곳이 저택의 정원이란 사실을 알았을 땐 놀라지 않을 수 없었다.

"정말 어마어마한 한데? 소문으론 유럽 왕족이란 말도 있던데.

섬을 통째로 산 것도 모자라 거대한 성을 만들어놓으셨군."

가면 너머로 들리는 첸의 목소리엔 흥분과 함께 찬탄이 담겨 있었다. 사실 혜영 역시 저택 안으로 들어선 순간 그 화려한 웅장함에 놀라는 중이었다.

"돈을 떠나, 취미 역시 굉장한 것 같아."

저택의 응접실을 훑어보던 혜영은 벽은 물론 가구며 장식품들역시 고가의 컬렉션이란 사실을 알아챈 것이다.

"이쪽으로 오십시오. 여성분은 저를 따라오시면 됩니다."

예의범절이 몸에 밴 듯 나무랄 곳 없어 보이는 여자가 혜영에게말을 걸어왔다. 20대 후반쯤 되어 보이는 여인은 흔들림 없는 시선으로 혜영을 응시하고 있었다. 하지만 무례하게 느껴지지 않는건, 단정한 외모와 함께 당당한 태도에서 느껴지는 신뢰감 때문인듯했다. 혜영은 서둘러 남자 고용인을 따라가려는 첸을 보며 의아한 듯 말했다.

"바로 비밀 경매가 시작되는 것 아니었어?"

"너, 내가 준 매뉴얼 읽어보지 않은 거야? 비밀 경매는 12시부터야. 한마디로 오늘 밤, 이 저택에서 하룻밤 묵게 된다는 뜻이지.12시에 봐."

"잠깐, 첸! 난……."

혜영이 멀어져 가는 첸을 부르자 그가 그녀를 향해 손을 흔들어보였다. 평소 어떤 상황에서건 포커페이스를 유지하는 혜영이었기에 당황해하는 모습을 보자 재미있는 모양이었다. 사실 혜영은이곳에서 하룻밤을 지내야 한다는 것을 알지 못했다. 경매가 끝나면 조금 전 그들이 타고 왔던 배를 타고 곧바로 돌아갈 것으로 생각했다. 비행기 안에서 눈이 아파 첸이 보내준 자료를 대충 훑었던 터라 그 사실을 놓친 모양이었다.

"그럼 가실까요?"

여자 고용인의 재촉에 혜영은 잠시 망설이다 고갤 끄덕였다. 고용인을 따라가는 동안 혜영은 저택을 훑어보았다. 고급스러운 벽지와 그 벽지와 어울리는 가구들. 그리고 중간 중간 걸린 그림까지. 정말 무엇 하나 눈을 뗄 수 없을 만큼 아름다운 저택이었다. 여자들이 욕심내고 살고 싶어질 만큼. 그렇게 한참을 앞서 걷던 고용인이 멈춰 서더니 혜영을 향해 돌아섰다.

"오늘 묵으실 곳입니다."

"아, 그래요? 고맙습니다."

"필요한 것이 있으면 언제든 침대 옆에 설치되어 있는 벨을 눌러주세요. 제가 곧바로 이곳으로 오겠습니다."

"아니요, 그럴 필요까진 없을 것 같아요. 하루 묵는 것뿐인데요. 대신 비밀 경매가 열리는 곳이 어딘지만 알려주세요."

"경매가 시작되기 10분 전 모시러 오겠습니다. 그러니 이곳에서 3시간은 편히 쉴 수 있습니다."

"네, 고마워요. 그런데……."

"엘입니다. 이 저택에 계시는 동안 제가 아가씨의 경호원 겸 개인 비서라고 생각하시면 됩니다."

경호원 겸 개인 비서라고? 비밀 경매에 참석하기 위해 온 사람에게 너무 과한 대접 아닌가? 혜영은 엘을 보며 미간을 찌푸렸다. 하지만 다행히 혜영은 가면을 쓰고 있었기 때문에 엘은 그녀의 표정을 읽을 수 없었다.

"그렇군요. 그럼 10분 전까지 준비하고 있을게요. 그런데 경매가 진행될 때까지 이 가면을 쓰고 있어야 하는 건가요?"

혜영이 답답한 듯 가면을 손으로 가리켰다.

"아닙니다. 이곳은 아가씨께서만 사용하시는 개인 공간이시니 가면을 벗으셔도 됩니다. 그리고 앞쪽 정원 역시 개인 공간이시니 나가셔도 좋다고 하셨습니다."

"개인 공간이라고요? 정말 이 섬의 주인께선 참 관대하시군요. 그저 잠시 방문한 사람들에게까지 이렇게 배려를 하는 걸 보면요."

혜영의 말에 엘이 조금은 의아한 표정을 했다.

"뭐가 잘못됐나요?"

"아닙니다. 주인님께선 매사에 철저하시고 정당하신 분이라고 생각합니다. 그리고 무엇보다 주인님께선 아무에게나 이런 관대함을 보이시는 분은 아니십니다. 그럼 이만 가보겠습니다."

엘이 혜영에게 인사를 한 후 서둘러 복도를 따라 걸어가 버렸다. 혼자 남겨진 혜영은 방으로 들어가며 얼굴에 쓰고 있던 가면을 벗었다.

"휴, 좀 살 것 같네. 그런데 뭐야? 배려가 많다는 말에 매사에 철저하고 정당하시다니……. 그리고 아무에게나 보이는 관대함이 아니란 건, 내가 특별하다는 뜻인 건가?"

혜영은 조금 전 엘의 이상한 태도에 피식 웃음을 터뜨렸다. 마치 그 말이 다른 사람들에겐 냉정하지만, 혜영에겐 예외라도 되는 것처럼 느껴지게 했다.

"말도 안 돼. 이 섬의 주인을 한 번도 본 적도 없잖아."

아니, 첸에 의하면 이 섬 퀸즈 나이트의 주인이 누군지 알지도 못한다고 했었다. 소문엔 유럽의 왕족쯤 된다고 했으니까. 만약 그 소문이 사실이라면 혜영은 유럽 왕족과 전혀 안면이 없었다. 혜영은 고갤 가로저으며 방 안을 둘러보았다. 마치 버킹엄 궁의 침실을 고스란히 옮겨놓은 듯했다.

대체 이 저택의 주인은 어떤 사람인 거지? 정말 왕족인 건가? 혜영은 다시 한 번 저택의 아름다움에 놀라며 창문으로 다가갔다. 테라스로 통하는 창문을 밀어 연 혜영은 밖으로 나갔다. 그러자 짙은 열대의 꽃향기가 그녀의 폐를 가득 채웠다. 달콤하고 청량한 향이었다. 그리고 바다의 향이 묻어 있어 뭔가 신비롭기까지 했다. 열대의 꽃이라면 붉은색의 히비스커스(신에게 바치는 꽃) 외엔 몰랐지만 묘하게 설레는 밤이었다.

혜영은 테라스 난간에 기대 정원 한가운데 있는 분수에서 달빛을 머금은 은빛 물방울이 떨어져 부서지는 모습을 바라보았다. 팔에 얼굴을 묻고 느긋하게 저택의 아름다움을 잠시 만끽했다.

"방문객에게 너무 과한 것 아닌가?"

너무도 과분한 대접에 혜영은 조금 부담스럽기도 했지만, 이것 역시 부자의 취미생활일지도 모른다고 생각했다. 아름답게 꾸민 저택을 손님에게 자랑삼아 내준 것이라고. 그렇게 생각하자 혜영은 조금 마음이 가벼워졌다.

똑똑!

"네, 들어오세요."

노크 소리에 혜영이 방으로 들어갔다. 그러자 이내 문이 열리며 익숙한 차 향이 퍼졌다. 허브향. 따뜻한 수증기를 타고 퍼지는 향굿하고 청량한 향은 그녀가 평소 즐기는 차였다.

"이건……."

"주인님께서 가져다 드리라고 하셨습니다."

"이 차를 가져다주라고 했다구요?"

"네, 그렇게 명하셨습니다."

엘은 당연하다는 듯 그렇게 대답하곤 혜영을 지나쳐 방으로 들어왔다. 그리고 차 쟁반을 탁자 위에 올려놓은 후 방을 살피기 시작했다. 침입자가 없는지 살피는 모양이었다.

"이 문을 열면 개인용 스파가 있습니다."

"그래요? 하지만 내가 사용해도 되는지 모르겠군요."

"사용하셔도 됩니다. 스파 역시 처음부터 이 방의 주인을 위해 만들어놓은 것이니까요."

이 방의 주인? 그럼 처음부터 주인이 정해진 곳이었단 뜻인가?

엘이 얼떨떨한 표정으로 서 있는 혜영을 지나쳐 다시 밖으로 나갔다. 그리곤 그녀에게 고갤 숙여 보이곤 문을 닫아주었다. 대체 이게 어떻게 된 일인지 알 수가 없었다. 뭔가 묘했다. 그녀의 경호원 겸 개인 비서라고 말하는 엘의 태도 또한 그랬지만 뭔가 미묘하게 거슬렸다. 혜영은 그것이 뭔지를 생각하며 탁자로 걸어가 뜨겁고 향긋한 차를 마시기 시작했다.

"대체 누구지? 내 클라이언트 중 한 사람인가?"

그녀의 지나친 억측일 수도 있겠지만, 이 섬의 주인은 그녀를 알고 있다는 느낌을 떨쳐 버릴 수 없었다. 차를 다 마시자 긴장으로 예민했던 신경이 점점 누그러지기 시작했다. 그러자 조금 눕고 싶어졌다. 자리에서 일어선 혜영은 푹신한 침대에 앉았다. 너무도 포근했다. 손에 닿는 기분 좋은 건조함과 햇빛 냄새. 순간 혜영은 유혹을 떨쳐 내지 못하고 침대에 몸을 눕혔다.

"아아…… 기분 좋다."

나른한 만족감이 밀려들었다. 긴 여행으로 바짝 긴장됐던 몸이 서서히 이완되기 시작했다. 그녀의 입술을 통해 만족스러운 한숨이 새어 나왔다. 지쳐 있었던 모양이었다. 몸도, 그리고 마음 역시 피로했던 것이다.

하지만 이상했다. 낯선 저택의 침실에 누워 있었지만 불안하다거나 낯설지 않았다. 오히려 그녀를 폭 감싸 안은 이불이 너무도 포근해 금방이라도 눈이 감길 것 같았다. 요 몇 달, 불면증으로 고생하던 것이 거짓말처럼 느껴질 정도도 졸음이 몰려왔다.

아, 자면 안 되는데. 아니, 자야 하는 건가? 그동안 너무 피곤했으니까.

입속에서만 맴돌다 결국 밖으로 새어 나오지 못한 말과 함께 혜영의 눈이 스르륵 감겼다. 잠시 후 깊이 잠든 듯 규칙적인 숨소리가 들리기 시작했다. 그렇게 혜영이 단잠에 빠져들 즈음, 열어둔 테라스 유리문을 통해 커튼이 바람에 흔들렸다. 꽃향기와 함께 짙은 사향 냄새 역시 방 안으로 스며들었다. 달콤하고 그녀를 묘하게 들뜨게 한 신비롭던 향기가 바다에서 불어온 차가운 밤바람에 묻어 있었다. 혜영이 추운 듯 이불을 파고들며 뒤척였다.

동시에 바람과 함께 베란다에 사람의 그림자가 어른거렸다. 진한 사향 냄새가 신비로운 꽃향기와 섞여 더욱 짙은 향을 뿜어냈다. 잠시 후, 혜영의 곁을 맴돌던 향기가 사라졌다. 뒤이어 달칵!

소리와 함께 문이 닫혔다.

옷깃을 파고들던 차가운 공기가 사라지자 혜영의 입가에 만족스러운 미소가 어렸다. 그 어떤 것보다 달콤한 향기가 그녀를 편안하게 했다. 그리곤 이내 더욱 깊은 잠 속으로 빠져들었다.

혜영은 긴 머리카락을 쓸어내리며 엘을 따라 경매가 열리는 지하로 내려갔다. 충분히 잠을 자서인지 몇 달 동안 쌓였던 피로가 조금은 가신 듯했다. 사실, 혜영이 헤이그를 떠나 이곳 홍콩에 온 이유 역시 그래서였다. 아시아에서 키라를 알리기 위한 목적도 있었지만, 그녀에겐 휴식이 필요했다.

22살 처음으로 키라라는 이름으로 보석을 디자인하기 시작하면서 8년 동안 숨 가쁘게 이 자리까지 올라온 것이다. 그리고 3개월 전, 선우와의 일을 계기로 그녀는 몸뿐만 아니라 마음 역시 지쳐 있었다. 슬럼프. 남들은 그것을 슬럼프라고 부르는 것 같았다. 그렇게 혜영은 슬럼프의 덫에 걸려 허우적거리는 중이었다.

"여기!"

혜영이 안으로 들어서자마자 첸이 그녀를 보고 다가왔다. 분명 비밀 경매에 참석하기 위한 조건 중의 하나가 가면을 쓰는 것이라고 했었는데, 첸은 가면을 벗은 상태였다. 의아하게 생각하며 혜영이 첸에게 걸어갔다. 그러다 방 안에 있는 스무 명 남짓한 사람 중 가면을 써 자신의 신분을 감춘 사람이 얼마 되지 않는다는 사실을 깨달았다.

"어떻게 된 거야? 가면을 써야 한다고 하지 않았어?"

"그게 저택에 들어온 이후엔 선택인 모양이야. 끝까지 자신이 누군지 알고 싶지 않은 사람만 쓰는 거로."

"그래? 다행이다. 답답했는데."

혜영 역시 답답하게 시야를 가리던 가면을 벗었다. 그러자 경매가 이루어질 내부의 모습을 더욱 정확히 볼 수 있었다. 아마 무대처럼 단이 놓인 곳이 바로 경매가 이루어질 곳인 모양이었다. 그리고 조금 떨어진 곳에 의자가 반원의 형태로 놓여 있었다. 그 모습에 혜영은 18세기 유럽의 살롱을 연상했다. 살롱 문화는 17세기 궁정에서 시작된 사교 모임으로 18세기 이후엔 귀족들 사이에서 유행하면서 문학과 미술, 그리고 새로운 사상을 토론하던 상류사회의 문화였다. 간혹 아름다운 그림과 예술품 역시 경매로 팔리기도 했다. 특권층만을 대상으로 이루어지는 혜택. 그 점이 오늘 열리는 퀸즈 나이트의 비밀 경매와 닮아 있었다.

얼마 전 스위스 소더비 보석 경매에서 사상 최대 경매가를 갱신했고, 크리스티 역시 마찬가지였다. 그리고 오늘, 경매에 나온 보석은 다름 아닌 '사막의 별'이었다.

신비한 전설과 함께 거의 모습을 드러낸 적 없는 희귀 보석. 비밀 경매 방식 역시 기존의 경매 방식과는 차이가 있었고, 참석한 사람 역시 단 스무 명이었다. 보석 중개인이 아닌, 소유를 목적으로 한 컬렉터를 대상으로 한 비밀 경매였기 때문에 그 가격 역시 가히 천문학적 액수일 것이 분명했다.

"첸! 무슨 일이 있어도 꼭 가져가야 해."

혜영이 첸에게 바짝 다가선 후 그의 귓가에 대고 작게 속삭였다. 그러자 첸 역시 혜영을 내려다보며 고갤 끄덕였다. 혜영이 긴장을 늦추기 위해 작게 숨을 내쉬며 첸에게서 떨어졌다. 그러다 한 남자와 눈이 마주쳤다.

경매가 있을 중앙 무대의 조명이 밝은 탓인지 남자가 서 있는 구석은 상대적으로 어두웠다. 그래서인지 남자를 자세히 볼 순 없었지만, 그에게서 뿜어져 나온 분위기가 묘하게 낯이 익었다. 기둥에 기댄 채 서 있는 남자에게선 위험할 정도로 강한 힘이 느껴졌던 것이다.

설마? 그럴 리…….

"……없어."

하지만 그녀의 육감은 그라고 말하고 있었다. 그는 몇 안 되는 사람들처럼 가면을 쓰고 얼굴을 숨기고 있었지만 확신할 수 있었다. 단 한 번 만난 게 전부였지만 그가 가진 카리스마는 쉽게 잊히지 않았다. 혜영의 시선을 느낀 남자가 몸을 바로 했다. 거만할 정도로 차가운 모습을 한 그가 어둠 속에서 그녀를 쏘아보고 있었다.

"왜? 무슨 일 있어?"

첸이 잔뜩 굳은 얼굴로 그의 손을 꼭 붙잡는 혜영을 보며 걱정스러운 듯 물었다. 그제야 혜영은 자신이 숨도 쉬지 않고 그를 쏘아보고 있었단 사실을 깨달았다. 순간, 혜영은 가면을 벗지 말아야 했다고 생각했다. 가면으로 얼굴을 숨겨 그가 어떤 표정인지 보지 못하는 그녀와는 달리, 그는 그녀가 놀란 모습까지 하나도 놓치지 않고 봤을 것이 분명했던 것이다.

"아니야, 경매 시작 전이라 긴장한 것 같아."

혜영은 애써 남자에게서 시선을 거둬들였다. 그리곤 걱정하는 첸에게 괜찮다는 듯 고갤 끄덕여 보였다. 하지만 혜영은 그녀의 뺨에 닿는 차가운 그의 시선을 느끼고 있었다.

달칵!

그때 문이 열렸고 검은색 상자를 든 남자가 안으로 들어왔다. 남자를 본 순간, 혜영은 그가 소더비에서 활동하던 수석 경매사 마이어스임을 알아보았다. 그리고 방 안은 그의 등장만으로 긴장감이 서렸다.

이제 시작된 것이다. 사상 최대 경매가를 기록할 사막의 별의 경매가. 혜영 역시 첸과 함께 이동했다. 하지만 혜영은 자꾸만 그녀의 목덜미에서 떨어지지 않는 남자의 시선을 의식하고 있었다.

〈다시 보게 될 거야.〉

잊고 있었다. 아니, 처음엔 신경 쓰지 않으려 노력했었다. 그리고 선우의 일보다 그 남자의 말에 더 신경 쓰고 있는 자신을 눈치챘을 때, 혜영은 의아했었다. 하지만 그것 역시 3개월이란 시간이 흐르는 동안 잊어버렸다. 단지 그에게 도움을 받았고 그와 두 번 키스한 게 다였다.

다시 보게 될 것이란 말과는 달리 그날 이후 그 남자는 다시 볼 수 없으니까. 다시 보지 못해 실망한 것은 아니었다. 그저 가끔 그를 떠올리는 자신에게 괜스레 화가 났고 짜증이 났을 뿐.

그런데 가장 중요한 순간 또다시 그녀 앞에 나타났다. 아직 가면을 벗겨 얼굴을 확인하지 않았지만 그 남자가 분명했다. 존더부르크. 호텔 복도에서 선우가 분명 그를 그렇게 불렀었다.

혜영은 첸과 함께 자리에 앉아 경매가 시작되길 기다렸다. 하지만 혜영은 자꾸만 그에게 향하려는 시선을 뿌리치느라 애를 써야 했다. 경매에 집중해야 했지만 혜영은 그녀 앞에 나타난 남자에게 더 많은 신경을 쓰고 있었다.

"오늘 사막의 별 경매 진행을 맡은 마이어스입니다."

마이어스의 소개로 드디어 시작되었다. 혜영은 나직하게 울리는 마이어스의 목소리에 머릿속에 떠오른 생각을 밀어냈다. 그에게 신경을 빼앗겨선 안 되었다. 사막의 별. 지금은 그것이 먼저였으니까.

"많이 기다리셨을 테니 바로 시작하겠습니다. 경매 시작 전, 다시 한 번 부탁드립니다. 오늘 경매에서 있었던 일에 침묵하시기 바랍니다. 그럼 시작합니다."

방 안은 고요했다. 정적과 함께 팽팽하게 날 선 긴장감이 흘렀다. 그곳에 모인 사람들의 시선이 마이어스의 손과 입에 집중되었고, 어쩌면 희귀 보석인 사막의 별의 마지막 경매가 될 수도 있었기에 그 긴장감은 더 했다. 먹이를 노리는 맹수들처럼, 하나의 보석을 놓고 벌이는 팽팽한 신경전이 이제 막 시작되었다.

혜영이 잔뜩 찌푸린 얼굴로 자리에서 일어섰다. 한 시간 동안 숨 막힐 정도로 긴박하게 이루어졌던 경매가 조금 전 마이어스에 의해 사막의 별 낙찰자가 결정되었던 것이다. 그리고 그 낙찰자는 불행히도 혜영이 아니었다.

혜영은 마이어스와 얘길 나누고 있는 남자를 쏘아보았다. 그러자 첸이 심상치 않은 기류를 눈치챈 듯 혜영의 손목을 붙잡으며 조급하게 물었다.

"어디 가려고?"

"내일 아침 출발이라고 했지?"

"응."

"선착장에서 봐."

"한혜영. 너, 설마?"

"아무것도 하지 않고 빼앗길 순 없잖아. 설득해 봐야지."

첸은 과연 저 남자를 설득할 수 있을지 의문이 들었지만 그렇다고 혜영을 말릴 수도 없었다. 사막의 별을 혜영이 얼마나 갖길 원하는지 알고 있었으니까.

"같이 갈까? 조금 전 낙찰받은 그 사람 장난 아닐 것 같았거든."

첸 역시 마이어스와 얘길 나누고 있는 남자를 바라보았다. 가면을 써 얼굴을 볼 순 없었지만 그에게선 강한 카리스마가 느껴졌다. 남자인 자신 역시 선뜻 다가설 수 없을 정도로 강력하고 위협적이었다. 그래서인지 호기심이 생겼다. 1300만 달러라는 어마어마한 가격으로 보석을 산 사람이 누군지.

"아니야, 첸. 내가 알아서 할게."

혜영의 팔을 붙잡은 첸이 조금 이상한 듯 그녀를 보았다. 뭔가 혜영의 태도에 다른 점을 느꼈던 것이다.

"너, 저 남자 누군지 알아? 아는 사람이야?"

"아니, 몰라."

혜영이 그가 나간 문을 쏘아보았다. 조금은 긴장한 듯 보이는 혜영의 시선이 다시 첸에게 돌아왔다.

"하지만 아는 사람이라고도 할 수 없어."

애매한 대답에 첸 역시 미간을 찌푸렸다. 뭔가 달랐다. 첵랍콕 공항에서 혜영을 처음 보았을 때 분명 생기를 잃고 지쳐 있었다. 그런데 지금 남자를 쏘아보고 있는 혜영은 눈가엔 피곤한 그늘이 여전했지만 눈빛이 생기로 빛나고 있었다. 커다란 전투를 앞둔 전사처럼 혜영은 단호해 보였다. 두렵지만 흥분된, 그렇다고 절대 피할 수도 없는 그런 전쟁을 앞둔 아테나 같았다.

"그러니 첸, 내 걱정은 말고 내일 아침에 봐."

혜영이 첸의 손을 떼어내며 걱정하지 말라는 듯 웃어 보였다. 하지만 첸은 그 반짝이는 눈빛이 마음에 걸렸다. 뭔가 심상치 않은 기류가 흐르고 있었다.

"알았어. 대신, 무모하게……."

"무모가 아니라 무리겠지. 그럼 간다. 얼른 따라가지 않으면 놓칠 거야."

혜영이 서둘러 방을 나서는 것이 보였다. 그런 혜영을 보며 첸은 그가 하려고 했던 말이 무리가 아니라 무모하다가 맞는다고 되뇌었다. 첸이 혜영을 알아온 8년 동안, 저렇게 남자의 뒤를 쫓으며 눈을 빛낸 것은 처음이었던 것이다. 그것이 어떤 의미든.

"불안해! 그나저나 알고는 있는 건가? 지금 자신이 어떤 얼굴을 하고 있는지."

첸은 다시 한 번 고갤 가로저으며 그 역시 방을 나섰다.

방을 나선 혜영은 계단을 따라 위로 올라갔다. 그녀보다 한발 앞서 걷고 있는 남자를 보며 혜영은 주먹을 꼭 쥐었다. 조금 전 경매에서 마지막 순간 그런 꼼수를 쓰다니.

최종 낙찰까지 혜영과 루한, 단 두 사람만이 남은 상태였다. 스위스 제네바에서 열린 소더비 경매에서 태양의 눈물로 알려진 110.03캐럿의 옐로우 다이아몬드가 1236만(한화 약 140억원) 달러에 낙찰되었던 것을 기준으로 혜영이 낼 수 있는 최대 금액 역시 그 정도였다.

그런데 마지막 순간, 루한이 그녀를 돌아보았다. 가면 너머 차갑게 빛나고 있는 푸른 눈동자가 순간 반짝였고, 입가 역시 재미있다는 듯 호를 그리며 휘는 것이 보였다. 혜영은 그 눈동자 속에 담긴 도전의 빛을 읽은 순간 주먹을 꼭 쥐었다.

그가 그녀의 도전을 비웃고 있었다. 마치 상대도 되지 않는 게임이라는 듯 그의 입가에 어린 차가운 냉소 역시 마음에 들지 않았다. 그리고 다음 순간, 마이어스를 향해 1300만 달러를 부른 것이다. 도전할 테면 도전해 보란 듯이.

"정말 마음에 안 들어."

혜영은 그의 등을 쏘아보며 혼잣말했다. 그리곤 그를 따라잡기 위해 걸음을 재촉했다. 계단을 올라가 다시 위층으로 이어지는 복노로 걸어갔다. 저택의 구조를 알진 못했지만, 확실한 건 그녀가 머물고 있는 별채와 그가 머물고 있는 곳이 같은 방향이라는 점이었다. 긴 다리로 걸어가는 그와는 달리 뛰듯 걷는 혜영이었지만 좀처럼 그 거리가 좁혀들지 않았다. 그러자 조급함을 느낀 혜영이 서둘러 그를 불렀다.

"잠깐, 기다려요."

하지만 그는 혜영이 부르는 소릴 듣지 못한 듯 복도 끝에 다다른 후 코너를 돌아 사라져 버렸다. 어? 놓치면 안 되는데. 그가 보이지 않자 혜영이 뛰기 시작했다. 복도 끝에 다다른 혜영이 서둘러 루한이 사라진 방향으로 몸을 돌렸다.

"어? 없어. 갑자기 어디로 사라진 거지?"

혜영은 텅 빈 복도를 바라보며 미간을 찌푸렸다. 길은 두 개였다. 복도를 따라 저택의 다른 공간으로 가는 길과 정원으로 나가는 길. 혜영은 잠시 망설이다 저택의 다른 공간이 아닌 정원으로 나가는 문을 밀었다. 그 짧은 순간 그가 사라졌다면 이 문을 열고 정원으로 나갔다고밖엔 볼 수 없었던 것이다.

확 밀고 들어온 서늘한 공기 속에서 청량한 나무 냄새가 났다. 이곳이 섬이라는 사실을 잊게 할 정도로 울창한 숲에서 나는 짙은 녹음의 향기에 혜영은 입고 있던 카디건을 바짝 여몄다. 그리고 달콤하고 청량한 향을 들이마시며 가로등이 켜진 길을 따라 한 발짝 한 발짝 내디뎠다.

왜 이렇게 긴장되는지 혜영은 알 수가 없었다. 확실한 건 어두운 길을 따라 걷는 데서 오는 두려움이 아니라는 것이었다. 경매가 진행되는 동안 느꼈던 짜릿한 흥분감과도 비슷했다. 하지만 그것과도 조금 달랐다. 혜영은 좀처럼 규정하기 힘든 묘한 마음을 품고 길을 따라 걸었다. 정원의 안쪽으로 가는 동안 주먹을 꼭 쥐었다.

"훗, 생각보다 빨리 왔군."

혜영의 발걸음이 그대로 멈춘 것과 동시에 목소리가 들리는 곳을 향해 몸을 돌렸다. 그러자 그가 그녀의 손목을 붙잡곤 자신이 서 있는 나무 쪽으로 끌어당겼다. 순식간에 그의 숨결이 느껴지는 곳까지 끌려간 혜영은 놀란 눈으로 그를 올려다보았다. 그는 그녀가 따라올 줄 알고 있었다는 듯 여유로운 표정이었다. 가면을 벗은 그는 그녀가 기억하고 있는 모습 그대로였다. 거만하고 얼음처럼 냉정한, 그래서 더 눈이 가는 조각처럼 완벽한 신의 산물.

"하지만 여전히 서툴군. 그때나 지금이나."

혜영이 그의 말에 발끈했다. 뭐든 다 알고 있다는 듯 바라보는 눈빛 역시 마음에 들지 않았다. 그리고 자꾸만 그 앞에서 냉정함을 잃고 실수를 하는 자신 역시.

"뭐가 서툴다는 거죠?"

날을 세우는 혜영을 보며 루한의 입가에 미소가 떠올랐다. 사냥을 앞둔 맹수처럼 그녀를 바라보는 눈빛이 차갑게 빛나고 있었다.

"당신이 날 뒤따라온 이유, 이미 나에게 들켰거든."

혜영이 그를 쏘아보았다. 짙은 어둠 속에서 그가 그녀를 보고 있었다. 그의 외모와 차림은 흠잡을 것 없이 완벽했지만, 그녀를 보는 그의 눈빛은 몹시도 위험스럽게 보였다. 그 상반된 이미지에 혜영은 묘하게 눈을 뗄 수가 없었다.

"들키지…… 않았어요. 난 처음부터 숨기지 않았으니까요. 그때도 지금도."

혜영 역시 지지 않고 쏘아붙이자 그가 재미있다는 듯 그녀를 내려다보았다.

"그래, 그런 것 같군. 한혜영 씨는 원래 자신이 원하는 것은 숨기지 않는 성격인 모양이야."

"맞아요. 숨길 이유가 없으…… 홋!"

순간 그가 그녀를 향해 고갤 숙였다. 그러자 심장을 두근거리게 하는 그의 향기가 더 짙어졌다. 그리고 그녀를 내려다보는 그의 얼굴 역시 선명해졌다. 밤처럼 검은 머리카락과 어둠 속에서도 빛을 잃지 않는 냉기가 흐르는 잘생긴 얼굴. 특히 암청색의 푸른 눈동자가 그녀의 시선을 사로잡고 있었다. 그의 시선을 느끼며 혜영은 입술이 바짝 마르는 느낌이었다. 무의식중에 마른 입술을 붉은 혀로 쓸어내리자 그의 시선이 날카롭게 변하는 것을 볼 수 있었다. 순간, 혜영은 서둘러 입술을 다물었다. 하지만 루한의 눈빛은 뜨거워져 있었다. 왜 그가 그녀를 잡아먹을 것처럼 쏘아보는지 알 수 있었다.

"답답해요. 좀 비켜주세요."

조급함을 숨기지 못하고 혜영이 그를 밀어내려 했다.

"안 돼."

"뭐라구요?"

"비킬 생각 없다고 했어. 난 지금 이 자세가 아주 마음에 들거든."

"비키기 싫으면 그대로 있어요. 내가 움직이면 그만이니까. 난 지금 이 자세가 엄청나게 불쾌하거든요!"

혜영이 그를 지나쳐 옆으로 비키려 하자 루한이 미간을 찌푸렸다. 그리곤 그에게서 벗어나려는 혜영의 팔을 붙잡아 이번엔 커다란 나무와 그 사이에 혜영을 밀어 넣었다.

"뭐예요? 놔요!"

혜영이 그를 밀어내기 위해 버둥거리자 정말 몰라서 이러는 거냐는 듯 루한이 혜영을 쏘아보았다. 알고 있었다. 알기 때문에 벗어나고 싶었다. 그에게 손목을 붙잡히고 그의 얼굴이 바로 코앞에 있자 떠올리기 싫은 일이 떠올라 버린 것이다. 하지만 혜영이 계속 버둥거리며 그를 밀어낼수록 그녀는 루한과 나무 사이에 갇혀 꼼짝도 할 수 없었다. 마치 바짝 조여든 올가미처럼 그에게 붙잡힌 채 혜영은 움직일 수 없었다. 그가 고갤 숙였다. 이젠 그의 암청색의 눈동자가 바로 그녀의 눈앞에 있었다.

"내가, 당신이 원하는 것을 주지."

그의 한마디에 혜영이 숨을 죽였다. 너무도 달콤한 유혹이었다. 아니, 그녀가 너무도 듣고 싶은 말이었다. 하지만…… 그가 아무런 이유도 없이 그녀에게 사막의 별을 줄 것 같지 않았다. 대체 이번엔 무슨 꿍꿍이지? 또 어떤 게임을 하려는 거지? 혜영은 경계심을 늦추지 않은 채 그를 쏘아보았다.

"사막의 별을 나에게 팔겠단 건가요?"

"아니, 주겠다는 거야."

이번엔 정말 놀란 듯 혜영의 눈이 커다랗게 떠졌다. 1300만 달러의 사막의 별을 그녀에게 주겠다니. 다음 순간, 혜영은 미간을 찌푸렸다. 그의 의도는 분명했다. 그 역시도 그녀에게 원하는 것이 있는 모양이었다.

"그럼 당신은 내게 뭘 원하는 거죠? 말해봐요, 그래야 완벽한 거래가 될 것 같으니까요."

그녀의 물음에 기다렸다는 듯 루한의 입가에 미소가 번졌다.

"이제야 게임에 응할 준비가 된 모양이군. 내 이름은 루한. 거래를 하려면 이름 정돈 알고 있어야 할 것 같아서."

게임이란 말에 혜영의 눈동자가 차갑게 빛났다. 정말 이 남잔, 1300만 달러를 걸고 나와 게임을 하려는 건가? 대체 왜? 수많은 의문이 머릿속에 떠올랐지만 분명한 대답은 찾을 수 없었다. 그저 그의 대답을 기다릴 수밖에.

"내게 뭘 원하죠, 루한?"

대답 대신 그의 길고 단단한 손끝이 그녀의 턱을 붙잡고 천천히 들어 올렸다. 이젠 조금만 고갤 들면 그의 입술이 닿을 만큼 가까워져 있었다. 밤의 서늘한 기운에 차갑게 식은 그녀의 뺨에 그의 입김이 스치자 불에 덴 듯 뜨겁게 느껴졌다.

그 뜨거움에 놀란 혜영은 눈을 질끈 감았다. 그가 키스할 것으로 생각한 것이다. 하지만 그의 입술은 그녀의 입술을 스치고 지나가 그녀의 귓가에 가 닿았다. 뜨거운 입김이 예기치 못한 곳에 닿자 혜영은 흠칫 몸을 떨었다.

"한혜영. 내가 원하는 것은 당신이야. 한. 혜. 영."

귓불을 스치는 뜨거운 느낌에 혜영은 본능적으로 손을 들어 귀를 감쌌다. 하지만 이미 그녀의 귓불은 불에 덴 듯 뜨거웠다.

"사막의 별과 당신. 답은 내일 아침, 섬을 떠나기 전까지야."

먼지 하나 없는 검은 벨벳 위에 다이아몬드가 쏟아지는 모습을 본 적 있었다. 그리고 그 모습을 보며 혜영은 밤하늘의 별을 떠올렸었다. 칠흑같이 어두운 밤. 그 밤하늘을 가득 채운 별 중, 가장 빛나고 아름다운 북극성과 견줄 수 있는 보석은 사막의 별밖에 없다고 생각했다.

3년 전, 스위스의 경매장에서 본 사막의 별은 한순간 혜영의 마음을 온통 사로잡아 버렸다. 그 강인함 속에 담긴 신비로운 광채에서 눈을 뗄 수가 없었다. 그 후 혜영은 사막의 별을 낙찰받은 사람의 행방을 찾기 위해 수소문했지만, 실마리조차 찾을 수 없었다.

그런데…… 그녀의 눈앞에 나타난 것도 모자라 그가 그 사막의 별을 주겠다고 했다. 거래의 조건은 단 하나, 한혜영 자신이라고 했다. 하지만 혜영은 그 의미를 어떻게 받아들여야 할지 감을 잡을 수가 없었다.

말 그대로 내 몸, 즉 나와 섹스를 하고 싶다는 건가? 아니면 온전히 그의 것이 되는 것? 몸뿐만 아니라 마음 역시 소유하고 싶다는 뜻일 수도 있었다. 만약 그것도 아니라면 그의 여자. 숨겨진 여자라도 되라는 건가?

하지만 너무 이상했다. 그날 호텔에서 딱 한 번 그를 본 것이 다였다. 상황이 평범하진 않지만, 그렇다고 그가 천문학적인 가치를 지닌 사막의 별을 거래의 조건으로 내걸며 자신을 원할 정도는 아니라고 생각했다. 아니면, 정말 그녀가 모르는 다른 뭔가가 있는 건가?

"답답해. 모든 게 의문투성이야."

혜영은 검은 하늘을 올려다보며 작게 한숨을 내쉬었다. 퀸즈 나이트에서 바라보는 하늘은 너무도 평온하고 아름다웠다. 하지만 혜영의 마음은 그러지 못했다. 지금 혜영의 머릿속은 대체 왜? 란 의문으로 가득 차 있었고, 왜로 시작된 의문은 이젠 사막의 별이 아니라 루한이란 남자에게 옮겨가 있었다.

그에 대해 아는 것이라곤 이번 경매에 엄청난 돈을 주고 사막의 별의 주인이 되었다는 사실뿐이었다. 선우는 그가 누군지 알고 있는 듯했지만, 3개월 전 그날 이후 어색해져 버린 관계로 인해 서로 연락을 하지 않고 있었다. 그런 그에게 전화를 걸어 루한에 대해 묻는 것 역시 내키지 않았다. 어쩌면 위험할지도 모를 남자의 제안이었다. 하지만 혜영은 그의 제안을 무시하지 못한 채 망설이고 있었다. 평소라면 불쾌하게 여겨 화를 냈을 그 거래를 두고.

〈한혜영. 내가 원하는 것은 당신이야. 한. 혜. 영.〉

혜영은 손을 들어 귀를 어루만졌다. 그 데일 듯 뜨거운 열감이 아직도 귓불에 남아 있었다. 온몸의 신경이 팽팽하게 긴장되는 느낌. 그 낯설고 심장이 강하게 조여드는 묘한 감각을 혜영은 좀처럼 떨쳐 버릴 수 없었다. 그녀에겐 처음 있는 일이었다. 남자를 보고 귀한 보석의 원석을 발견했을 때와 똑같이 흥분과 설렘을 느끼는 것은.

"공기가 찹니다."

혜영은 그제야 자신이 혼자 있는 것이 아님을 깨달았다. 그렇게 옆에 있는 누군가의 존재조차 느끼지 못할 정도로 혜영은 자신이 루한에 대한 생각에 빠져 있었다는 사실을 깨닫자 작게 한숨을 내쉬었다.

"미안해요. 난 조금만 더 있다가 들어갈 테니 먼저 들어가 쉬도록 해요."

"아닙니다. 근처에서 기다리겠습니다."

엘이 한 발짝 뒤로 물러서려 하자 혜영이 미안한 얼굴을 했다. 혜영은 묵묵히 서 있는 엘을 보며 마음이 편해졌다. 분명 훈련을 받은 것이겠지만, 엘은 기본적으로 다른 사람을 편하게 해주는 사람인 듯했다.

"엘, 엘이라고 했죠?"

"네, 그렇습니다."

"뭐 하나 물어보고 싶은 게 있는데……. 만약 대답할 수 없는 것이라면 하지 않아도 괜찮아요."

혜영의 말에 엘이 고갤 끄덕였다. 하지만 혜영은 선뜻 입을 열지 못했다. 어떤 말부터 시작해야 할지 가닥을 잡을 수 없었으니까.

"이유도 없이 주는 선물을 받는 건 어리석은 일이겠죠?"

특히나 타인과도 같은 남자가 자신을 갖고 싶다고 했는데도 망설이고 있다면 더더욱 그렇겠지. 혜영은 마음속으로 자문하며 쓸쓸하게 웃었다. 엘은 혜영의 물음에 신중한 얼굴을 했다. 그리곤 잠시 생각에 잠긴 눈치더니 너무도 당연하다는 듯 입을 열었다.

"그건 상대가 누구냐에 달려 있겠죠."

"상대라면……?"

"그 상대가 나에게 애정이 있느냐 없느냐. 그리고 그것보다 더 중요한 것은 내가 그를 어떻게 생각하고 있느냐죠. 마음이 있다면 이유가 없는 선물이라도 상관없지 않을까 합니다."

엘의 대답에 혜영의 입가에 쓸쓸한 미소가 떠올랐다.

애정이라. 그가 혜영에게 애정이 있을 리 없었다. 그의 말처럼, 거래일 뿐. 하지만 그녀는 어떻지? 다른 누군가가 그녀에게 그런 말도 안 되는 거래를 제안했다면 두 번 생각할 것도 없이 당연히 거절했을 테지.

그렇다면 왜 망설이는 거지? 내가 지금 그 사람에게 끌리는 걸까? 혜영은 뭐라 대답할 수 없었다. 그녀 역시 자신이 어떤 마음인지 알 수 없었으니까. 대신 루한은 그녀를 원하고 있다는 사실을 숨기지도 않았다. 그녀를 바라보는 눈빛은 욕망으로 빛나고 있었다. 애정이 없는 관계에서 그가 원하는 것은 온전한 육체의 쾌락일 테고, 그녀는 그런 그를 보며 설레고 있었다. 3개월 전만해도 사랑하는 사람과의 결혼을 꿈꾸던 그녀였다. 그런데 이렇게 달라져 버리다니. 혜영은 선우의 곁에 있던 유진을 떠올리며 씁쓸히 웃었다. 그날을 계기로 그녀의 삶 역시 많은 것이 달라졌으니까.

"엘, 혹시 조금 전 정원에서 나와 함께 있던 사람 기억해요?"

혜영의 말에 엘이 당연하다는 듯 고갤 끄덕였다.

"네, 당연히 기억하고 있습니다."

망설임 없는 엘의 대답에 혜영의 입가에 냉소가 어렸다. 저택의 고용인조차도 그를 기억할 정도로 그가 가진 영향력은 큰 모양이었다.

"그럼 그 사람이 머물고 있는 곳 역시 알고 있나요?"

"네, 존더부르크 님께선 이곳에 오시면 언제나 같은 곳에 머무시니까요."

"그가 이 섬에 자주 오는 모양이죠?"

루한은 섬의 주인과 안면이 있는 모양이었다. 그제야 루한에 대해 잘 알고 있는 것처럼 보이던 엘의 태도와 반응이 이해가 갔다.

"자주는 아니시지만, 시간이 나실 때마다 이곳에 오시려 하시죠."

"그렇군요. 그럼 그 사람이 있는 곳으로 날 데려다 줄 수 있나요?"

혜영의 물음에도 엘은 전혀 놀라는 기색이 없었다. 마치 정해진 순서를 밟듯 그녀가 루한에게 가는 것 역시 당연하게 받아들이고 있었다.

"제가 모셔 오겠습니다."

"아니요, 제가 갈게요. 꼭 해야 할 말이 있거든요."

단호한 얼굴로 혜영이 고갤 가로저었다. 그러자 엘은 잠시 망설이는가 싶더니, 잠깐 기다리라는 듯 고갤 끄덕여 보이곤 휴대폰을 꺼내 어디론가 전화를 걸었다. 영어가 아닌 중국어로 말하는 것으로 보아 저택의 고용인과 연락하는 모양이었다.

"절 따라오십시오."

전화를 끊은 엘이 앞장서 걷기 시작했다. 혜영은 엘을 따라 걷는 동안 긴장감을 떨쳐 내기 위해 천천히 숨을 내쉬었다.

혜영이 간 곳은 저택이 아니었다. 퀸즈 나이트 섬의 해안가를 따라 난 오솔길을 20여 분 걸었다. 가는 동안 혜영은 이 섬이 얼마나 아름다운 곳인지 다시 한 번 감탄할 수밖에 없었다. 달빛과 중간 중간 오솔길에 서 있는 가로등이 두 사람의 길잡이가 되어주었다. 그렇게 아름다운 해안가를 산책하듯 걷던 두 사람이 도착한 곳은 바닷가 근처의 언덕이었고, 그 언덕 위엔 아름다운 작은 집이 있었다.

"이곳에 있는 건가요?"

"잠이 오지 않을 때 종종 이곳에 오십니다. 아마 오늘 역시 그러신 모양입니다."

잠이 오지 않는다라? 당연히 그런 제안을 해놓고 잠이 오면 이상한 건가?

혜영이 안으로 들어가는 대신 서늘한 얼굴로 집을 노려보고 서있자 엘이 조금 난처한 표정으로 머뭇거리는 것이 보였다.

"무슨 일이죠?"

"이곳에 계실 땐 방해받는 것을 싫어하십니다."

엘의 말을 이해하지 못한 혜영이 무슨 말이냐는 듯 보자 이번엔 차분하게 말했다.

"전 돌아가야 합니다."

"아, 미안해요. 어서 돌아가 봐요. 이젠 저 혼자도 괜찮아요. 그리고 고마워요."

혜영의 대답에 고갤 끄덕인 엘이 조금 전 걸어왔던 길을 되짚어가기 시작했다. 혼자 남겨진 혜영은 굳게 닫힌 문을 노려보았다. 바다 쪽에서 불어오는 바람이 자꾸만 그녀의 뺨과 목덜미를 간질였다. 그렇게 문을 노려보던 혜영이 마침내 움직이기 시작했다.

"벌써 결정한 모양이지?"

어둠 속에서 들려온 루한의 목소리에 혜영의 발걸음이 멈췄다. 언제나 예기치 않은 곳에서 불쑥 나타나는 루한으로 인해 혜영의 심장이 쿵 내려앉았다. 이번에도 예외는 아니었다. 혜영은 놀란 마음을 가라앉히며 그를 향해 돌아섰다. 그가 그녀를 바라보며 서 있었다. 지금껏 해변을 산책한 모양이었다. 단정하던 그의 머리카락이 차가운 바닷바람에 흐트러져 있었다. 그러자 서늘한 맹수 같던 분위기가 조금은 부드러워져 있었다. 오히려 혜영은 차갑고 다가서기 힘든 분위기보단 지금이 훨씬 좋아 보였다.

"네."

망설임 없이 대답하는 혜영과는 달리 루한의 반응은 더뎠다. 아니, 일부러 그녀를 초조하게 만들려는 것인지 암청색의 눈으로 그녀를 물끄러미 응시할 뿐이었다. 그리고 그의 눈동자에선 아무것도 읽을 수 없었다.

"바람이 차군. 들어가서 얘기하지."

"아니에요, 그럴 필요 없어요. 오래 걸리지 않을 테니까요."

혜영의 표정과 말투에서 그와 함께 있고 싶지 않다는 뜻을 내비치고 있었지만 루한은 신경 쓰지 않는 눈치였다.

"하지만 난 춥군. 너무 오랫동안 해변을 산책했거든. 따라 들어오던지, 아니면 지금 이대로 돌아가 내일 아침에 다시 얘기하도록 하지."

그가 그녀를 지나쳐 집 안으로 들어가 버렸다. 혼자 남겨진 혜영은 잠시 망설였다. 단둘이 같은 공간에 머물러 있어야 한다는 사실이 내키지 않았지만, 여기까지 온 이상 아무 말도 하지 않고 돌아갈 수도 없었다. 혜영 역시 그를 따라 집 안으로 들어갔다.

"차를 마실 생각인데, 마실 텐가?"

"아니요, 그럴 필요 없어요."

"좋도록 해. 그런데 거기 앉는 게 어때? 당신을 어떻게 할 생각은 없으니까 말이야."

문 앞에서 초조한 듯 서 있던 혜영이 고갤 들어 그를 응시했다. 그의 입가에 떠오른 냉소. 분명 그녀가 왜 이렇게 긴장을 하며 날을 세우고 있는지 그 역시 알고 있는 모양이었다.

혜영은 마지못해 소파에 슬쩍 엉덩이만 걸터앉았다. 허릴 꼿꼿이 세우곤 털이 바짝 선 고양이처럼 앉아 있는 혜영을 보며 루한은 재미있다는 듯 웃었다. 그리고 그의 시선에 예민하게 반응하는 그녀가 만족스러운 모양이었다.

"거절인 모양이지? 그런 엄청난 조건에도 말이야."

"네."

"실망이군. 난 한혜영 씬 솔직할 줄 알았거든. 감정이든 욕망이든 모두."

루한이 긴 손가락으로 찻잔을 들어 올리는 것이 보였다. 차의 그윽한 향을 음미하듯 그의 입가엔 미소가 떠올라 있었다. 느긋하지만 뭔가 나른한 분위기가 느껴졌다. 그 모습을 보며 혜영은 다시 한 번 그의 외모에 감탄했다. 군살 없이 완벽한 몸에 사람의 시선을 사로잡는 외모까지. 다시 봐도 심장이 서늘해질 정도였다. 아름답고 진귀한 보석을 발견했을 때 만져 보고 싶다는 충동을 느낄 때와 같은 느낌이었다.

"솔직하기 때문에 거절하는 거예요. 엄청난 조건을 걸고 거래할 만큼 당신을 잘 알지 못할뿐더러 신뢰하지 않으니까. 욕심이 나긴 하지만, 그 욕심 때문에 나 자신을 걸 순 없는 일이니까요. 만약 내가 당신을 산다고 했다면 응할 건가요?"

"날 살 텐가?"

"뭐라구요?"

"난 한혜영 씨가 날 사준다면 당연히 응할 생각이거든."

혜영이 그를 쏘아보았다. 그리곤 진지하지 못한 그의 반응에 미간을 찌푸렸다.

"장난치지 마요. 난 지금 진지한데……."

"왜 한혜영 씬 내가 장난친다고 생각하지? 사막의 별은 장난치며 거래할 만큼 가치가 없는 보석이 아니란 사실을 알고 있을 텐데 말이야."

찻잔을 내려놓은 루한이 그녀에게 다가오기 시작했다. 그러자 혜영은 바짝 긴장한 표정으로 그를 노려보았다. 당최 저 남자를 이해할 수 없을 것 같았다. 장난치듯 그녀를 놀리다가도 어느 순간 진심인 듯 그녀를 바라보고 있었다.

"그럼, 결론을 말하자면 날 신뢰하지 못해 거절한다는 것이군."

그녀 앞에 선 루한이 손을 뻗어왔다. 움찔. 그의 손가락이 흘러내린 그녀의 검은 머리카락을 어루만지는 것이 느껴졌다. 긴 손가락 사이로 검은 머리카락이 엉켜들었다. 그 모습을 보며 혜영은 마치 머리카락에 수천 개의 신경이 있는 것처럼 그의 손길에 입술을 깨물었다.

"하지만 당신은 내가 두려워 도망치는 것처럼 보이는군."

"내가 당신을 왜 두려워한다는 거죠?"

"나한테 빠질지도 모르니까."

"대단한 자신감이군요. 하지만 어쩌죠? 전혀 아니에요."

혜영이 손을 뻗어 그의 손을 밀어냈다. 그리곤 더는 할 말이 없다는 듯 소파에서 일어섰다.

"할 말은 다 전한 것 같으니 이만…… 앗! 뭐 하는 거죠? 놔요!"

저택으로 돌아가기 위해 그를 지나쳐 가려던 혜영을 그가 가로막았다.

"그럼 왜 가려는 거지? 내게 빠질 걱정이 없다면 나와 함께 하는 것 역시 문제되지 않을 텐데 말이야. 그리고 이런 것도……."

머리카락을 만지던 그의 손끝이 그녀의 입술에 닿았다. 그의 손길에 혜영의 몸이 바짝 긴장했다. 자꾸만 그의 손길에 예민하게 반응하는 자신이 마음에 들지 않았지만 그건 어쩔 수가 없었다. 맹수를 보고 본능적으로 위험을 감지하는 초식동물의 육감과도 같은 것이었으니까.

"싫어요."

"정말 내가 싫은 건가?"

"조금 전에도 말했잖아요. 이건 좋고 싫고를 떠나 당신을 신뢰할 수 없다고."

그녀의 대답에 루한의 입가에 미소가 떠올랐다. 혜영 역시 부정하지 않았다. 그에게 육체적으로 끌리고 있다는 사실을.

"다른 제안을 해야겠군."

혜영을 보며 그가 의미심장하게 웃었다. 대체 뭐지? 또 무슨 속셈인 거지? 혜영은 깊이를 알 수 없는 암청색의 눈동자를 보며 초조해졌다.

"다른 제안이라구요?"

"신뢰가 먼저라면 사업적인 관계만큼 좋은 게 없지."

"사업적인 관계라면……?"

"얼마 후면 저택에서 생일파티가 있을 거야. 생일 선물로 어울리는 목걸이를 만들어주겠나?"

"지금 나에게 생일 선물용 목걸이를 만들어달라는 건가요?"

"그래. 목걸이에 쓸 보석은 내가 주도록 하지. 무엇보다 생일까진 시간이 없어. 일주일밖에 남지 않았으니까. 그러니 퀸즈 나이트에서 머물며 일을 끝마쳤으면 좋겠군."

"그거야 몇 가지 필요한 도구만 구할 수 있다면 상관없어요. 하지만…… 이 섬의 주인이 허락할지는 의문이군요."

혜영이 불가능하다는 듯 어깨 으쓱해 보이자 루한의 입가에 미소가 떠올랐다.

"그건 걱정할 필요 없어. 조금 전 허락했으니까."

순간 혜영의 미간이 찌푸려졌다. 그리곤 생각에 잠긴 듯 날카로워지더니 어느새 믿을 수 없다는 표정을 지었다.

"설마……?"

"맞아. 이곳에서 마음 편히 지내도록 해."

하지 않겠다고 단호하게 거절했어야 했던 걸까? 이른 새벽 혜영은 첸과 함께 선착장으로 가는 내내 그녀의 결정을 후회하는 중이었다. 사실 그의 의뢰를 받은 것은 사실이었지만, 계약서를 쓰지 않았기 때문에 무시하고 떠나면 그만이었다.

"정말 이곳에 남을 생각은 아니지?"

혜영이 이곳에 남기로 했다는 말을 듣는 순간부터 잔뜩 찌푸려 있던 첸이 결국 입을 열었다. 혜영 역시 첸이 무엇을 걱정하는지 알고 있었다.

"의뢰를 받았다고 했잖아. 당연히 해야지."

"하지만 너 혼자 저택에 남아야 하는 건 마음에 들지 않아. 키라 작업실에서 하면 될 일이잖아."

"생일까지 시간이 얼마 남지 않았다고 했어. 그의 말처럼 내가 이곳에 있는 것이 시간을 절약할 수 있는 가장 좋은 방법이야. 그러니 넌 내가 연락할 때까지 일에만 열중하도록 해. 내가 그랬지? 이번엔 네 못된 버릇 단단히 고쳐 주겠다고."

혜영이 던지는 농담에 굳어 있던 첸의 얼굴이 조금 누그러졌다. 하지만 여전히 마음이 놓이지 않은 모양이었다.

"어젠 퀸즈 나이트의 주인을 모른다고 하지 않았어?"

"몰랐어. 저 남자가 이 섬의 주인이란 걸. 사실 선우 씨를 만나러 갔다 우연히 마주친 게 다야. 조금 도움을 받은 것도 있고."

"네가 그에게 도움을 받았다고? 어떤 도움인데?"

"그게 그러니까…… 말을 할 정도로 큰 건 아니야."

첸의 질문에 혜영이 조금 난처한 얼굴로 얼버무렸다. 그러자 첸의 눈빛이 날카로워졌다.

"뭐야? 정말 그 남자와 특별한 뭔가가 있는 건 아니지? 내가 봤을 땐 그 사람 위험해. 아니, 사업적인 관계로만 봤을 땐 신뢰할 수 있는 사람이지만 너에게 남자가 된다면…… 그 누구보다 위험한……."

"세기의 바람둥이님께서 그런 말을 하다니 전혀 신빙성이 없는 걸?"

첸의 걱정에도 혜영이 가볍게 대꾸하자 그것 역시 마음이 들지 않는 모양이었다.

"내 말 명심해. 저 남자, 위험해. 네가 상처받을지도 모른단 뜻이야."

"그건 걱정 마. 상처받을 일 없으니까. 난 더는 결혼에 연연하지 않거든."

첸이 혜영을 물끄러미 바라보았다. 그가 8년 동안 알아온 혜영은 진심으로 결혼하고 싶어 했다. 어린 시절 사고로 부모님을 잃었다고 들었다. 그 결과 부유한 상속녀는 되었지만, 언제나 부모님에 대한 그리움과 혼자라는 데서 오는 외로움이 그녀의 일부처럼 따라다녔다. 차가운 얼굴 아래, 그런 여리고 상처받기 쉬운 면을 꼭꼭 숨긴 탓에 첸 역시 그 사실을 최근에서야 알았다. 열정적이고 당당한 그녀의 모습 아래, 외롭고 여린 아이가 숨겨져 있었던 것이다. 그리고 첸은 혜영이 그 누구보다 자신의 가족을 원하고 있다는 사실을 알고 있었다. 결혼에 연연하지 않는다고 했지만, 사람의 생각은 그리 쉽게 변하는 것이 아니니까.

"진심이야?"

"응. 나도 이젠 결혼에 연연하지 않고 자유롭게 사람을 만날 생각이야."

밝게 웃는 혜영을 보고 첸은 왠지 그녀가 안타까웠다. 그 역시 3개월 진, 박선우에게 차였던 일을 알고 있었기 때문에 더 그랬다. 아직 마음의 상처가 아물지 않은 것 같아서.

"그래. 많은 사람을 만나는 것은 나도 찬성이야. 내가 좋은 사람으로 알아볼까? 야한 속옷이랑 섹시한 드레스도 준비해 놓을게.

단번에 넘어올 수 있게."

첸의 말에 혜영이 피식 웃었다.

"좋아. 기대하고 있을게."

첸이 혜영을 와락 끌어안았다. 첸의 품에 안긴 혜영 역시 그에게 팔을 둘렀다. 언제나 다정하게 그녀를 챙기는 첸은 그녀에겐 동업자를 넘어 가족과도 같았다. 때론 말썽을 부리는 남동생도 되었다가, 오늘처럼 그녀를 걱정하며 끌어안을 땐 오빠처럼 느껴졌다.

"다 끝나면 전화해. 데리러 올 테니까."

"알았어."

첸이 다시 한 번 혜영을 힘주어 끌어안고는 그녀를 놓아주었다. 그리곤 그의 시선이 언덕 위에 있는 저택으로 향하는 것이 보였다. 돌아보니, 루한이 길을 따라 빠른 걸음으로 선착장으로 오고 있었다. 급한 용건이 있는 건가 생각할 정도로 서두르는 모습에 혜영은 미간을 찌푸렸다.

"다시 한 번 말하지만……."

"알았어. 귀에 딱지가 앉을 것 같으니 그만해."

첸을 밀어내며 혜영이 그의 옆구리를 꾸욱 찔렀다. 그러자 첸이 피식 웃으며 알았다는 듯 고갤 끄덕였다. 평소와 달리 혜영을 끌어안고 그녀의 뺨에 입까지 맞추는 첸을 보며 혜영은 의아했다. 하지만 보란 듯이 루한을 쏘아보는 첸을 보며 그가 왜 그랬는지 알 수 있었다.

훗, 수컷들의 신경전인 건가? 혜영은 경계를 놓지 않고 서로 쏘아보는 두 사람을 보며 어이없는 얼굴을 했다.

"그만 가봐."

하지만 첸은 쉽게 그녀를 놓아주지 않았다. 뭔가 할 말이 있는 듯 망설이는 것 같았다. 그때, 그녀의 목덜미에 차가운 시선이 느껴졌다. 그 채찍처럼 날카로운 시선이 루한의 것임을 안 혜영이 첸의 품에서 빠져나왔다.

"다들 기다리고 있어. 어서 가."

"연락해. 기다릴게."

첸이 혜영의 손을 놓으며 요트에 올랐다. 마지막까지 혜영을 놓고 혼자 가는 것이 내키지 않은 듯 첸의 얼굴은 어두웠다. 그리고 어느새 첸의 시선은 혜영의 옆이 당연하다는 듯 서 있는 루한에게 향해 있었다. 잠시 후, 첸이 탄 요트가 출발했다.

"동업자라고 알고 있었는데 아닌 모양이지? 마치 이별이 아쉬운 연인 같더군."

무척이나 차가운 목소리였다. 혜영은 그 냉기에 놀라 루한을 돌아보았다. 그러자 그가 마땅찮은 표정으로 멀어져 가는 첸을 쏘아보았다. 그리곤 혜영을 보며 차가운 냉소를 지었다. 뭔가에 단단히 화가 난 듯 그의 눈빛이 날카로웠다. 혜영은 루한이 왜 이렇게 차갑고 짜증 섞인 얼굴로 자신을 쏘아보는지 전혀 감을 잡을 수가 없었다.

"연인처럼 보일 수도 있겠지만, 8년 동안 함께 해온 가족이죠."

"하지만 가족이라고 보기엔 너무 뜨겁더군. 내가 오지 않았다면, 종일 그렇게 끌어안고 입을 맞출 태세였거든."

불쾌한 얼굴로 말하는 루한을 보며 혜영은 이상한 생각이 들었다. 설마, 저 남자가 자신과 첸의 관계를 오해해 질투라도 하는 건가?

"당연한 것 아닌가요? 첸은 누가 봐도 멋진 남자잖아요. 심장이 두근거릴 정도로. 누구나 첸의 품에 안기고 싶어 할 거예요."

"당신도 그렇다는 건가?"

"저 역시 누구나에 속하는 여자일 뿐이죠."

한순간 그의 눈빛이 차갑게 빛나는 것이 보였다. 하지만 다음 순간 루한은 언제 그랬냐는 듯 무심한 눈으로 그녀를 바라보았다.

"다행이군. 한혜영 씨 역시 연애에 쿨한 것 같아서. 뭐, 집착하고 들러붙는 것보단 훨씬 이성적이긴 하지."

그의 말이 그녀의 신경을 거슬리게 했다.

"잠깐, 그게 무슨……."

하지만 루한은 그녀를 남겨놓은 채 옆에 서 있는 엘에게 걸어가 버렸다. 잠시 엘에게 뭔가를 말하는 듯싶더니 혜영에겐 눈길조차 주지 않고 저택이 아닌 해안가를 따라 걸어가기 시작했다. 아마 방향으로 보아 어제 보았던 그 해변가 언덕의 집으로 가는 모양이었다. 엘이 혜영에게 다가왔다.

"절 따라오십시오. 저택을 안내해 드리겠습니다."

"그가 엘에게 저택을 보여주라고 했나 보군요."

"네."

"저택은 나중에 봐도 되니 서두를 것 없어요. 그런데 엘? 혹시 갈아입을 옷이 필요한데 구할 수 있을까요?"

"손님들을 위해 여분의 옷이 준비되어 있습니다. 저택으로 가는 즉시 별채로 가져다 드리겠습니다. 그리고 주인님께서 이곳에 계시는 동안 불편 없이 모시라고 하셨습니다. 필요한 것이 있으시면 언제든 저에게 말씀해 주십시오."

엘이 저택으로 향하자 혜영 역시 그녀를 뒤따랐다. 하지만 혜영의 시선은 해안로를 따라 걷고 있는 루한에게 향해 있었다. 그의 등이 무척이나 차갑게 느껴졌다. 오늘 새벽 그녀를 바라보던 눈빛과는 너무도 달랐다. 그래서인지 혜영은 조금 전 그녀를 바라보던 그의 차가운 시선이 괜스레 신경이 쓰였다.

목걸이가 완성될 때까지 얼굴을 마주하며 일주일을 지내야 했다. 그동안 그와의 사이가 급속히 가까워지는 것 역시 원치 않았지만, 껄끄러워지는 것 또한 바라지 않았다. 이곳에 있는 동안, 아무 일 없이 일을 끝내고 돌아가고 싶었다. 그리고 퀸즈 나이트를 떠날 땐 사막의 별과 함께이길 원했다. 그를 설득해 사막의 별을 그녀에게 팔도록 할 생각이었으니까. 그렇게 된다면 그가 제안한 거래 역시 자연히 없어질 터였다.

하지만…… 처음부터 두 사람의 관계가 묘하게 삐걱대는 느낌이었다. 혜영은 일주일 동안 무사히 이곳에서 지낼 수 있을지 벌써부터 걱정이 되기 시작했다.

쳇! 대체 저 태도는 뭐지? 왜 저렇게 화가 난 건지 이해할 수 없었다. 오히려 불쾌해야 할 사람은 그녀였으니까.

"이성적이라 내가 집착하고 들러붙을 일이 없다는 건가?"

혜영이 마땅찮은 눈빛으로 그의 등을 쏘아보며 혼잣말을 했다. 그러자 앞서 가던 엘이 뒤를 돌아보았다.

"다시 한 번 말씀해 주시겠어요? 제가 듣질 못했습니다."

"아, 아무것도 아니에요. 머릿속에 떠오른 생각이 밖으로 튀어

나온 모양이에요."

"그러셨군요."

"그런데…… 엘?"

"네, 말씀하세요."

"루한, 그러니까 퀸즈 나이트의 주인은 어떤 사람이죠? 제가 보기엔 좀 어렵고 차가운 성격인 것 같거든요."

혜영의 말에 엘이 고갤 갸웃했다. 어젯밤 혜영이 했던 말을 떠올린 모양이었다.

"주인님께선 좀처럼 생각을 읽을 수 없는 어려운 성격이시지만, 누구에게나 공평하신 분이십니다. 적대적인 관계의 사람들에겐 냉혹하다는 평을 듣지만, 자신의 사람에겐 절대 등을 돌리시지 않는 분이십니다. 그리고…… 정말 예외적인 일이지만 친절하실 때도 있는 것 같습니다. 사실 최근엔 좀 성격이 변하신 듯, 가끔 무언가에 집착도 하시는 것 같고 종종 감정의 기복 역시……."

"아니요, 그 정도면 됐어요. 괜한 걸 제가 물은 것 같군요."

엘의 말을 듣는 순간 머릿속이 더 복잡해져 버렸다. 원래는 적에겐 냉혹할 정도로 차가운 사람이지만 자신의 편에겐 절대 등을 보이지 않는 의리파. 하지만 최근 무슨 일이 있었는지 갑자기 성격이 변했다는 건가?

"답이 되셨다면 저택으로 안내하겠습니다."

엘이 다시 앞서 걸어가기 시작하자 혜영 역시 그녀의 뒤를 따랐다. 하지만 여전히 뭔가 개운치 않았다. 단 일주일뿐이었다. 생일 선물을 핑계로 퀸즈 나이트에 머물며 그와 최대한 부딪히지 않은 상태에서 그를 설득하면 그만이었다. 하지만 혜영은 자꾸 그가 신경 쓰였다.

의뢰자와 의뢰인이라는 사업적인 관계 아래, 금방이라도 터질 듯 위험스럽게 부풀어 오른 뜨거운 열기를 숨긴 채. 그렇게 두 사람의 퀸즈 나이트에서의 생활이 시작되고 있었다.

제2장 왜 자꾸 두드려요?

하루가 빠르게 지나가고 있었다. 루한과 그렇게 헤어진 후 저녁이 다 된 지금까지 그는 저택에 얼굴을 내비치지 않고 있었다. 생일까지 일주일밖에 남아 있지 않다며 섬에 머물라고 한 사람이 바로 그였다.

하지만 그는 무슨 일인지 아침부터 저기압이더니 온종일 저택에선 그림자도 찾아볼 수 없었던 것이다. 고민 끝에 혜영은 엘에게 넌지시 루한의 행방을 물었지만, 엘 역시 알지 못한다고 대답했을 뿐이었다.

"덕분에 편히 쉬긴 한 건가?"

혜영은 나른한 몸을 쭉 펴 이완시켰다. 마지막으로 낮잠을 자본 적이 언제인지 떠오르지 않았다. 첸과 함께 8년 동안 키라*KIRA*를 보석 업계에서 인정받는 브랜드로 키우기 위해 미친 듯이 일에 매달렸다. 그리고 8년 만에 유럽은 물론 미국에서도 인정받은 젊은 브랜드로 성장하게 된 것이다.

혜영은 선베드에 몸을 맡긴 채 편하게 누웠다. 지금 그녀는 엘의 권유로 저택의 수영장에 있었다. 한 시간 넘게 수영을 한 후 지친 몸을 이끌고 선베드에 누웠던 게 화근인 모양이었다. 바다에서 불어오는 청량한 바람과 따사로운 햇살에 그녀도 모르게 잠이 든 것이다.

혜영은 아직 몸에 남아 있는 노곤함을 털어내려 했지만, 이미 휴식의 달콤함에 젖어 나른해진 몸은 여전히 선베드 위에서 일어날 줄 몰랐다. 휴! 작게 한숨을 내쉰 혜영은 조금 더 누워 있기로 했다. 푹신한 선베드에 배를 깔고 엎드린 후 팔에 얼굴을 묻었다. 태양의 열기가 남은 팔은 따뜻했다. 적당한 열기와 건조함에 기분이 좋아진 혜영은 저택에서 내려다보이는 에메랄드 빛 바다를 응시했다.

다시 봐도 아름다웠다. 도시의 소음이 없는 퀸즈 나이트는 고요했다. 하지만 그 고요함은 무덤덤하고 지루한 것이 아닌, 심장을 두근거리게 하는 설렘과 만족스러운 그런 종류의 평온함이었다. 혜영은 흘러내린 검은 머리카락을 쓸어 올렸다.

등 뒤로 머리카락이 비단 이불처럼 펼쳐졌다. 혜영은 문득 어젯밤 그녀의 검은 머리카락을 쓸어 넘기던 그의 손가락을 떠올렸다. 길고 강한 손에 붙잡혀 있던 머리카락을 보며 혜영은 얼굴이 뜨거워졌다. 모든 감각이 머리카락으로 집중된 듯 그의 손길에 예민하게 반응한 것이다.

"휴!"

혜영은 작게 숨을 내쉬며 눈을 감았다. 이젠 그가 없는 곳에서도 그를 생각하고 있었다. 그리고 마치 그의 시선을 느끼듯 온몸이 바짝 긴장했다. 목덜미에서 시작된 서늘한 감각이 어느새 등줄기를 타고 흘렀다. 팔에 얼굴을 묻고 있던 혜영이 당혹스러움에 선베드에서 몸을 일으켰다. 갑자기 일기 시작한 열감에 혜영은 차가운 물줄기 아래 샤워를 해야 할 것 같았다. 별채로 돌아가기 위해 옆에 놓아두었던 휴대전화에 손을 뻗었다.

"······!"

언제부터 있었던 걸까? 울타리 앞 커다란 나무에 등을 기댄 채그가 있었다. 잔디 위로 드리운 녹음으로 그가 어떤 표정을 하고있는지는 알 수 없었다. 하지만 그의 시선이 그녀에게 못 박히듯닿아 있는 것을 확실히 느낄 수 있었다.

얼어붙듯 휴대폰을 손에 쥔 채 앉아 있던 혜영이 최대한 침착한모습으로 옆에 놓인 비치 가운을 걸쳤다. 그리곤 조금 안도했다.단순한 형태의 원피스 수영복 차림이긴 했지만 그의 시선 아래 몸을 드러내고 있는 것 자체가 부담이었다.

혜영은 그렇게 생각하는 자신을 정말 이해할 수가 없었다. 사실 가끔 참석하는 파티에 등이 깊게 파인 원피스나 몸의 곡선이드러나는 옷 역시 입던 그녀였다. 키라라는 보석 이미지가 차갑지만 섹시한 젊은 여성의 이미지였기 때문에, 그 이미지를 강조하기 위해 파티 때마다 입었던 것이다. 하지만 한 번도 누군가의시선을 이렇게 강하게 의식한 적 없었다. 그런데 저 남자 앞에선평소의 한혜영이란 여자 사라지고 맹수 앞의 사슴처럼 반응하고있었다.

"수영한 모양이군."

"종일 할 일이 없어서요. 생일까지 시간이 촉박하다고 했던 것 같은데, 그게 아닌 모양이죠?"

순간 루한의 입꼬리가 올라간 것도 같았다. 그녀를 바라보는 눈빛 역시 빛나는 것 같기도 했다. 혜영은 주머니에서 손을 빼낸 후 그녀에게 걸어오는 루한을 바라보았다. 짙은 녹음에 보이지 않던 그의 얼굴이 햇살 아래 선명하게 드러났다. 반듯한 이마며, 바람에 흐트러진 머리카락, 높은 콧날과 서늘한 입매까지. 그를 본 순간 혜영은 가라앉아 있던 마음이 들뜨기 시작했다.

"내가 보고 싶었던 모양이군."

정말 그랬던 걸까? 그의 물음에 바로 대답하지 못한 채 혜영은 미간을 찌푸렸다.

"시간 낭비하는 게 싫을 뿐이에요. 저 역시 어서 돌아가서 박람회 준비도 해야 하거든요. 그리고 키라 역시 홍콩에서 자릴 잡으려면 바쁘게 움직여야 해요."

"낭비는 아닌 것 같은데? 사실 그런 얼굴을 하고 있는데 일을 시킨다면 노동력 착취라고 생각했거든. 체력을 회복한 후 최고의 컨디션으로 최고의 선물을 만들어주길 원했던 것뿐이야."

지금 저 남자, 일부러 날 위해서 그랬다고 말하는 건가?

혜영이 믿지 못하겠다는 얼굴을 하자 그가 갑자기 허릴 구부렸다. 그의 얼굴이 그녀의 얼굴 바로 가까이에 있었다. 그의 시선이 그녀의 얼굴을 살피는 것이 느껴졌다.

"확실히 눈가에 그늘이 없어졌군. 피부 역시 분홍빛이고 아침보다……."

보는 것만으론 안 되겠다는 듯 그의 손끝이 그녀의 뺨에 와 닿
았다. 그리곤 충분한 휴식으로 윤기 있고 촉촉해진 혜영의 뺨을
쓸어내렸다. 혜영은 그의 손길에 숨을 멈췄다. 느릿느릿 움직이는
그의 손끝이 닿는 곳마다 따끔거렸다. 그러다 갑작스레 그의 손이
멀어져 갔다. 뭔가 불쾌한 듯 루한의 미간이 찌푸려지는가 싶더니
어느새 그가 바지 주머니 안으로 손을 밀어 넣는 것이 보였다. 마
치 다시 만지고 싶지 않다는 듯.

"훨씬 보기 좋군."

다시 입을 연 루한의 목소리 역시 무심할 정도로 건조했다.

"고맙군요. 제 몸 상태까지 걱정해 주시다니. 앞으론 그럴 필
요 없어요. 체력 때문에 일을 하는 데 방해가 되진 않을 테니까
요."

뭔가 거슬렸다. 그저 손을 뗀 것뿐이었지만 그의 태도가 묘하
게 그녀의 신경을 자극했다. 그녀를 밀어내는 것 같은 느낌 때문
에.

"그 점에 대해선 걱정하지 않아. 나 역시 아무에게나 일을 의뢰
하는 사람은 아니거든."

그 말은 일에서 날 신뢰한다는 건가? 하지만 어떻게 알고 있는
거지? 키라의 보석을 산 적이 있거나 아니면 보석에 관심이 있으
면 모를까…….

"애인에게 선물을 자주 한 모양이군요."

"지금 날 떠보는 건가?"

루한의 입가에 미소가 떠올랐다. 그러자 혜영이 절대 그럴 리

없다는 듯 고갤 가로저었다.

"아니요. 전 일반적인 얘길 하는 것뿐이에요. 보석을 아는 남자들의 보편적인 이유를요."

"그게 당신은 여자라는 것이군."

혜영이 확신에 찬 듯 고갤 끄덕였다. 대부분 남자가 보석을 사러 오는 이유가 바로 애인에게 줄 선물을 하기 위해서였다. 혹은 청혼 때문이라든가.

"잘 생각해 보니 나 역시 여자 때문인 것 같군. 처음엔 우연히 내 손에 들어온 물건을 보고 호기심이 생겼던 것뿐이었지. 하지만 나란 사람은 호기심만으로 움직이진 않아."

차갑게 울리는 루한의 목소리에 혜영은 호기심이 생겼다.

"그럼 당신을 움직이게 할 만한 그 어떤 계기가 있었다는 건가요?"

궁금했다. 그를 보석에 관심을 갖게 한 그 계기란 게 어떤 것인지, 그리고 그 계기를 만든 사람 역시.

"그래, 있었지."

루한의 시선이 그녀를 향했다. 짙은 암청색의 눈동자가 더욱 깊어져 있었지만 혜영은 그 속에 담긴 감정을 짐작조차 할 수 없었다. 묻고 싶었다. 그 계기가 대체 뭔지.

"말해줄 수 있나요? 그 계기란 게 뭔지?"

그의 대답을 기다리는 동안 혜영은 자신이 긴장하고 있다는 사실을 깨달았다. 그를 변하게 만든 여자가 누군지 듣고 싶었지만, 다른 한편으론 듣고 싶지 않기도 했다. 혜영은 그런 자신의 이율배반적인 감정에 주먹을 꼭 쥐었다.

"아쉽지만 엘이 오는군. 그 얘긴 다음에 할 기회가 있겠지. 저녁 후에 서재에서 보도록 하지."

혜영 역시 루한의 시선이 향한 곳으로 고갤 돌렸다. 그러자 엘이 빠른 걸음으로 두 사람에게 다가오고 있었다.

"엘, 테라스에서 저녁을 먹을 테니 준비시키도록 해."

"네, 그렇게 전하겠습니다."

"참, 알렉스가 돌아왔어. 이번에도 문제를 일으킨다면 두 사람 중 한 사람을 자를 테니 단단히 각오해 둬."

루한의 말에 엘의 얼굴이 조금 놀라는 듯 보였다. 하지만 그것도 잠시, 평소의 무표정한 얼굴로 돌아왔다.

"이번엔 절대 그런 일 없을 겁니다."

"그래, 믿도록 하지."

엘의 대답에 만족한 듯 루한이 저택으로 걸어가기 시작했다. 혜영은 멀어져 가는 루한을 보며 작게 한숨을 내쉬었다.

"저택에 누가 온 모양이죠?"

혜영의 질문에 엘은 아무런 반응이 없었다. 평소와 달리 잔뜩 굳은 얼굴로 생각에 잠겨 있었다. 한 번도 이런 일이 없었던 엘이었기 때문에 혜영은 호기심이 생겼다. 조금 전, 루한이 말한 알렉스란 남자 때문일까? 엘의 눈빛은 어두웠고 미간 역시 찌푸려져 있었다.

"엘? 무슨 일 있나요?"

혜영이 손을 뻗어 엘의 팔을 붙잡았다. 그러자 엘이 화들짝 놀라며 혜영을 바라보았다.

"아, 죄송합니다. 별채로 모시겠습니다."

"얼굴색이 좋지 않아요. 아픈 건 아니죠?"

혜영의 다정한 물음에 엘의 입가에 희미한 미소가 떠올랐다. 하지만 언제 그랬냐는 듯 평소의 모습으로 되돌아와 있었다.

"걱정해 주셔서 감사합니다. 전 아무렇지도 않습니다."

어느새 냉정함을 되찾은 엘이 앞장서 저택으로 걸어가기 시작했다. 하지만 묘하게 분위기가 변한 엘이 걱정스러웠다. 밤이 찾아든 저택엔 묘한 긴장감이 감돌기 시작했다.

어느새 어둠이 찾아든 퀸즈 나이트에 불이 하나둘씩 켜지기 시작했다. 부둣가를 시작으로 저택으로 올라오는 도로를 따라 쭉 늘어선 가로등이 도미노의 연쇄반응처럼 시간 차이를 두고 켜지는가 싶더니, 그 가로등 하나하나를 기점으로 빛의 마법은 타원형의 섬 전체로 빠르게 퍼져 나갔다. 혜영은 가로등이 만들어내는 아름다운 광경을 테라스 난간에 기댄 채 홀린 듯 바라보았다.

마치 영화나 드라마의 한 장면처럼 보였다. 엠파이어 스테이트 빌딩의 점등식이라든가, 놀이동산의 점등식처럼 불빛이 만들어낸 장면은 하나의 예술 작품처럼 느껴졌다.

섬을 바라보는 혜영의 입가에 부드러운 미소가 떠올라 있었다. 샤워해 젖은 머리카락이 바다에서 불어오는 바람에 흔들렸다. 한낮의 열기를 식혀주는 시원한 바람이 좋았다. 혜영은 지금 루한이 기다리고 있는 서재로 가야 했지만 잠시 망설이는 중이었다.

그와 함께 저녁을 먹는 동안 일상의 소소한 대화가 계속되었다.

사실 그와 함께 있을 때마다 바짝 긴장하는 그녀였지만 이상하게
도 저녁을 먹는 내내 편안한 분위기였다. 루한은 저택의 주인으로
서 손님을 편안하게 해주는 것이 몸에 밴 듯 자연스럽게 행동했
다.

처음으로 그와 함께 있는 시간이 편안하게 느껴졌다. 그리고 그
가 생각보다 훨씬 보석에 대해 많은 것을 알고 있다는 사실 또한
알았다. 저녁 식사 내내 체코의 붉은 처녀 기사단의 보물고라든
가, 루이 16세의 블루 다이아몬드, 그리고 19세기 러시아의 명공
페테르 칼 파베르제가 만든 파베르제 달걀에 이르기까지 보석에
얽힌 미스터리한 이야기를 나누며 보냈던 것이다.

그동안 그에 대한 경계심은 누그러졌지만 혜영의 심장은 자꾸
만 들썩이고 있었다. 부드럽게 울리는 그의 목소리가 굉장히 듣기
좋다는 사실을 알았고, 그녀의 얘길 집중해서 듣는 동안 그의 입
꼬리가 살짝 올라간다는 것도 알았다. 암청색의 눈동자에 깃든 따
뜻한 눈빛에 빠져들 것 같았다.

"여기 있었군."

혜영은 뒤에서 들려오는 루한의 목소리에 천천히 돌아섰다.

"이제 막 서재로 가려던 참이었어요. 많이 기다렸나요?"

혜영이 일부러 늑장을 부린 것이 미안해 서둘러 그에게 걸어가
려 했다. 하지만 루한이 그녀에게 먼저 다가왔다. 짙은 사향 냄새
가 바람과 섞여 더욱 강해졌다. 혜영은 또다시 긴장했다. 그가 곁
에 서자 혜영은 본능적으로 그를 피하려는 듯 옆으로 비켜서려 했
다.

"엇, 루한!"

그의 손이 그녀의 손목을 붙잡았다. 그리곤 놀라 올려다보는 혜영을 루한이 미간을 찌푸린 채 내려다보았다.

"내가 무섭나?"

혜영은 그의 질문의 의도를 읽기 위해 눈을 가늘게 떴다. 너무도 진지하게 물어오는 루한을 보며 혜영 역시 대충 무시하며 얼버무릴 수 없었다.

"아니에요, 무섭지 않아요."

"그럼 내가 옆에 오는 것이 싫은 모양이군."

그 역시 알고 있는 모양이었다. 그가 옆에 오면 그녀가 부담스러워한다는 걸. 아니, 바짝 긴장해 털을 세운 고양이처럼 경계를 한다는 사실을.

"싫은 건 아니에요. 그저 긴장되는 것뿐이지."

혜영이 그의 손에 잡혀 있는 손목을 빼내려 잡아당기자 오히려 루한은 그녀의 손목을 단단히 붙잡은 채 놓아주지 않았다. 혜영이 대체 왜 그러냐는 듯 쏘아보자 루한 역시 그녀를 물끄러미 내려다보았다.

"일주일을 함께 있어야 할 텐데 이렇게 자꾸 신경 쓰고 피한다면 불편하지 않겠어?"

"차차 익숙해지겠죠."

"하지만 너무 더뎌."

조급하게 들리는 그의 목소리가 그녀의 심장을 두드렸다. 그리고 잠시 후, 그 더디다는 의미가 무슨 뜻인지 혜영은 분명히 알 수 있었다.

"그럼 이건 싫은가?"

말이 끝나는 것과 동시에 혜영을 그의 품으로 끌어당겼다. 그의
품에 바짝 안겨든 혜영은 그의 온기와 짙은 향에 휩싸였다.

"어, 잠깐……."

그의 품에 안긴 혜영은 바짝 다가선 그의 품에서 균형을 잡기
위해 그의 옷자락을 붙잡고 매달려야 했다.

"어때? 불편한가?"

순간 혜영이 저항을 멈추고 그를 올려다보았다. 대체 뭘 하려
는 거지? 또 다른 재미난 장난을 치려는 건가? 하지만 장난이라
고 생각하기엔 그의 눈빛은 너무도 진지했다. 그녀가 그를 싫어
하지 않기를, 그리고 경계해 도망치지 않기를 바라는 것처럼 느
껴졌다.

그에게 익숙해지란 뜻인 건가? 혜영 역시 최대한 몸에서 힘을
빼려 노력했다. 앞으로 일주일. 그가 이렇게 그녀에게 가까이 다
가올 때마다 긴장하고 피할 수만은 없는 노릇이었다. 그가 다가와
도 불편하지 않게 그녀 역시 그에게 조금은 익숙해질 필요가 있었
다.

"아니요."

그녀의 대답에 루한의 눈매가 부드러워졌다. 그 역시 그녀가 긴
장을 누그러뜨리는 것을 보며 안심한 모양이었다.

"그럼 이건?"

하지만 그와 동시에 그의 행동이 대담해졌다. 그의 손이 그녀의
턱을 감싸는가 싶더니, 이내 엄지손가락으로 그녀의 귓불을 천천
히 쓸어내렸다. 흠칫! 그의 손길에 그녀의 몸이 다시 긴장했다. 그
리곤 머리카락 속으로 파고드는 그의 손길을 느껴야만 했다. 가는

목덜미에 그의 손이 닿았다. 부드러운 벨벳을 쓸어내리듯 그의 손 길이 무척이나 조심스러웠다. 예상과는 달리 그의 손길에 기분이 좋아졌다. 다정하게 어루만지는 느낌에 바짝 긴장되었던 몸이 천 천히 이완되기 시작했다. 여자와 남자 사이에 이루어지는 스킨십 은 서로를 긴장하게 했지만, 또 한편으론 그 어떤 것보다 달콤한 이완제이기도 했다.

"간지러워요."

깃털처럼 부드러운 느낌에 혜영이 어깨를 밀어 올리며 그의 손 길을 피하려 했다.

"싫진 않은 모양이군. 그럼…… 이건?"

이번엔 그가 그녀의 턱을 들어 올렸다. 그리고 동시에 그의 입 술이 그녀의 입술을 스쳤다. 갑작스러운 키스는 한순간 이루어졌 다. 열기를 담아 대담하게 한 발짝 다가선 그가 애태우듯 잠시 그 녀의 입술에 아쉬움을 남긴 채 멀어졌다.

하아! 혜영이 참았던 숨을 내쉬었다. 순식간에 닿았다 떨어진 그의 입술은 예상외로 강한 여운을 불러일으켰다. 혜영은 말없이 그녀의 대답을 기다리고 있는 루한을 응시했다.

"어, 그러니까……."

바로 대답하지 못하고 머뭇거리는 혜영을 보며 루한의 눈빛 이 날카로워졌다. 그에겐 그녀의 대답이 무척이나 중요한 모양 이었다. 혜영은 바짝 마른 입술을 혀로 쓸어내렸다. 그의 입술 이 닿았던 곳을 가만가만 혀로 쓸며 뭐라고 말을 해야 할지 망 설였다.

"아무런 느낌도 없는 모양이지?"

"그건 아니지만……."

혜영이 그를 응시했다. 아니, 그의 입술을 바라보고 있다는 말이 맞을 듯했다. 달콤한 솜사탕을 맛본 것처럼 다시 그 달콤하고 아릿한 맛을 느끼고 싶었다.

"부족해요."

처음엔 그녀의 대답을 이해하지 못한 듯 그가 무슨 뜻이냐는 듯 물끄러미 그녀를 응시했다. 그의 반응에 혜영은 얼굴이 뜨거워졌다. 자신이 왜 그런 말을 불쑥 내뱉었는지 후회도 됐지만 알고 싶기도 했다. 그리고 그 호기심은 그녀를 대담하게 했다.

"입맞춤 한 번만으로 알기엔 부족하다고 했어요. 그러니까 내 말은…… 흐흣!"

거친 숨을 뱉어내며 그의 입술이 그녀의 입술을 찾았다. 전혀 예상치 못한 대답이었다. 당연히 싫다고 거부할 것이라고 여겼던 혜영이 그녀의 감정을 숨김없이 드러내며 부딪혀 왔던 것이다. 그 솔직함에 루한은 더는 참을 수 없었다. 그는 차가운 얼굴 아래 숨기고 있던 맹수의 본성을 드러내며 매끄럽고 촉촉한 입안으로 뜨거운 혀를 깊숙이 밀어 넣었다.

강하게 휘감겨 오는 혀가 아릿할 정도로 뜨거웠다. 녹아들 듯 달콤한 열기에 혜영은 그의 팔을 붙잡았다. 스치듯 멀어져 가던 처음의 키스와는 달리 흥분으로 심장이 꽉 조여들었다. 남자의 거친 열기가 고스란히 담긴 성급하고 진한 키스가 자꾸만 그녀의 심장을 두드렸다.

좋았다. 3개월 전 선우라고 생각하고 무작정 그에게 키스했을 때도 그랬다. 자꾸만 맛보고 싶었다. 꽉 닫힌 입술을 열고 그 안에 숨겨진 뭔가를 갖고 싶었었다. 그리고 그가 선우가 아니라는 사실을 알았을 때도 같은 느낌이었다. 그와 하는 키스는 너무도 좋았다. 청량한 그의 향기와 함께 뜨겁고 아릿한 감각에 열중하게 했다. 그 이유가 그가 경험이 많기 때문인지는 알 수 없었지만, 키스를 별로 좋아하지 않는 그녀도 흠뻑 빠져들 정도였다. 마음이 가지 않아도 육체는 이미 그에게 반응하고 있었다.

"흐흡!"

시간이 지날수록 더욱 농밀해지는 키스로 혜영의 입술 새로 거친 숨이 새어 나왔다. 뜨거운 숨결과 흥분으로 짙어진 남녀의 숨소리가 어두운 밤하늘 아래 뒤섞였다. 키스뿐이었지만 혜영은 그 뜨거운 열정에 데일 것 같았다.

"아, 잠깐……."

그녀의 입술을 집요하게 빨아 당기던 그의 입술이 어느새 멀어져 갔다. 습기로 젖은 뜨거운 그의 입술이 그녀의 귓불을 깨물었다. 훅! 뜨거운 기운이 순식간에 그녀의 몸 안에서 퍼져 나갔다. 키스할 때와는 달리 뭔가 온몸이 뜨거워지며 욱신거리는 느낌에 혜영은 당황스러웠다.

그녀가 놀라 몸을 굳히는 것과는 달리, 귓불을 깨물며 자극하던 루한이 그녀의 허릴 끌어당겼다. 한 치의 틈도 없이 맞닿은 몸에서 느껴지는 열기에 혜영의 입술에선 연신 뜨거운 숨이 새어 나왔다. 하지만 그의 키스가 불러일으킨 그 나른하고 묘한 감각에 의해 혜영이 그를 밀어내려 했다.

"잠깐…… 루한…… 하아!"

"조금 더 견뎌봐."

"훗!"

그는 아직이었다. 키스만으론 아직 채워지지 않는 열기였기 때문에 루한은 혜영에게 유혹하듯 낮게 속삭였다. 그리고 그녀가 망설이는 사이 목덜미의 여린 살에 입을 맞추었다. 흠칫. 목덜미가 빨아 당겨지는 느낌에 놀라 혜영이 몸을 뒤로 뺐다. 루한 역시 목덜미를 손으로 감싸 쥐며 놀란 얼굴을 한 혜영을 내려다보았다. 마치 달콤한 사탕을 빼앗긴 소년처럼 아쉬운 표정이었지만 루한은 순순히 그녀를 놓아주었다. 그리곤 낮게 가라앉은 목소리로 놀리듯 말했다.

"겁 없이 덤비더니, 놀란 건가?"

그의 입가에 미소가 떠올라 있었다. 흘러내린 머리카락을 쓸어 넘겨주는 그의 손길이 무척이나 다정했다. 그리고 그녀를 놀리듯 바라보는 눈빛 역시 한결 부드러웠고 가슴이 뭉클할 정도로 애틋했다. 지금 생각해 보니, 그의 호텔 방으로 이끌려 들어갔을 때도 이런 눈빛이었다. 서툴고 당혹스러워 어쩔 줄 몰라 하는 혜영을 지금과 같은 눈으로 바라보았었다.

"놀란 게 아니라 딱 여기까지일 뿐이에요. 내가 당신을 신뢰하는 정도가."

괜스레 민망해진 혜영이 딴청을 피우며 아니라고 부정했다. 하지만 그녀를 보며 웃고 있는 그를 보자 믿지 않는 것이 분명했다.

"그래? 그럼 날 더 신뢰하게 되면 앞으로 더 많은 것을 할 수 있겠군."

더 많은 것이란 의미가 어떤 것인지 혜영 역시 분명히 알 수 있었다. 많은 감정을 담고 노골적으로 유혹해 오는 그를 보며 혜영은 얼굴이 붉어졌다. 다행히 밤이라 그가 알지 못하는 것이 다행이라고 혜영은 생각했다.

"아니면 이대로 끝이거나. 그럼 갈까요? 목걸이에 들어갈 보석을 보여준다고 서재로 오라고 했던 것 같은데요."

혜영이 먼저 그에게서 벗어나 걸음을 옮기기 시작했다. 아직 그녀의 몸은 열기로 뜨거웠다. 뭔가 들뜨고 아쉬운 느낌이 들기도 했지만 그것 못지않게 묘하게 설레고 있었다.

"그랬었지."

"혹시 그 보석들, 컬렉션인가요?"

"아니, 어머니께서 물려주신 거야."

유품인 건가? 순간 혜영은 호기심이 생겼다. 어머니의 유품을 이용해서 만든 목걸이를 생일 선물로 주는 것이라면, 그 상대는 그에겐 무척이나 소중한 존재일 테니까. 누굴까? 유품을 이용해 목걸이로 만들어줄 정도의 사람. 누군지 궁금한 동시에 불쾌했다. 하지만 애써 태연함을 가장한 채 그에게 말했다.

"그럼 조심해서 다뤄야겠네요. 당신에겐 소중한 물건일 테니까요."

"그래 주면 고맙겠어. 사실 내 어머니 역시 한국인이지. 짐작했을 테지?"

루한의 말에 혜영이 고갤 끄덕였다. 호텔에서 그를 처음 본 순간 그렇지 않을까 예상했던 것이다.

"하지만 한국인일 것이라곤 생각 못했어요. 그럼 한국어도 할 수 있는 건가요?"

"조금. 어머니께선 내가 한국어를 사용하는 걸 싫어하셨지. 특히 아버지 앞에선 더욱."

루한의 목소리에 담긴 씁쓸함에 혜영이 그를 돌아보았다. 하지만 어느새 차갑게 굳은 얼굴에선 아무것도 알아낼 수 없었다.

"알렉스가 기다리겠군. 어서 가지."

"알렉스가 누구죠? 수영장에서도 말하는 것 같았는데."

"내가 가장 신뢰하는 사람 중의 하나지. 나와 함께 일하는 직원이야. 엘의 전남편이기도 하니까, 두 사람이 좀 이상해도 모른 척하도록 해."

루한이 이번엔 혜영을 지나쳐 복도를 따라 걷기 시작했다. 서재로 가는 동안 혜영은 그의 넓은 등을 바라보았다. 조금 전 그녀를 바라보았던 부드럽던 눈빛이 사라진 루한은 너무도 냉정했다. 쉽게 손을 뻗을 수 없을 만큼. 혜영은 머뭇거리며 손을 뻗었다. 하지만 앞서 걷는 루한과 자신의 거리 때문인지 그에게 닿지 않았다. 아쉽게 허공에서 머물던 혜영의 손이 제자리를 찾았다. 뭔가 안타까운 마음에 혜영은 주먹을 꼭 쥐었다. 그리곤 서둘러 밀려드는 감정을 털어낸 후 그를 따라 서재로 향했다.

서재에 들어선 혜영은 보석상자를 가지러 간 루한이 오길 기다리며 천천히 방 안을 살피기 시작했다. 전체적으로 짙은 갈색의 마호가니 책상과 책장. 그리고 소파가 놓인 서재는 한마디로 주인의 성격을 그대로 반영하고 있었다. 차갑지만 진중하고 섣불리 다가설 수 없는 카리스마. 혜영은 장식 하나 없이 단정한 느낌의 서재를 보며 그와 닮았다고 생각했다.

그러다 혜영은 장식 하나 없는 책상 위에 유일하게 놓여 있는 액자를 신기한 듯 바라보았다. 딱딱한 느낌의 서재와는 정반대로 흰색과 핑크로 된 액자는 섬세한 형태의 장미가 조각되어 있어, 누가 봐도 여자가 놓아둔 것임을 알 수 있었다.

어느새 혜영은 사진 속 여자를 물끄러미 응시하고 있었다. 루한의 옆에 서 있는 여자는 환한 미소를 짓고 있었고 너무도 행복해 보였다. 190cm가 넘는 루한의 곁에 마치 그가 그녀의 것이라도 된 양 그의 팔을 꼭 잡고 있었다. 무엇보다 혜영의 눈을 붙잡은 것은 사진 속의 풍경이 낯이 익다는 것이었다. 아마 사진 속의 여자가 퀸즈 나이트에 왔을 때 함께 찍은 사진인 모양이었다. 섬으로 초대할 정도면 애인인 건가?

"얼마 전 대학에 입학했지."

서재 문이 열리는 소리가 들리더니 어느새 혜영 옆에 선 루한이 책상에 놓인 액자를 집어 들었다. 그리곤 다정한 눈빛으로 사진 속의 여인을 바라보았다.

"예쁘네요. 무척 어리기도 하고."

"어리지. 올해 스무 살이 되었으니까. 나랑 14살 차이가 나거든."

혜영은 다시 한 번 사진 쪽으로 고갤 돌렸다. 금발에 암청색의 눈동자를 한 여자는 무척이나 아름다웠다. 하지만 혜영이 눈을 뗄 수 없는 사람은 여자가 아니라 그녀 옆에 서 있는 루한이었다. 여자 옆에 선 그는 평소 다가서기 힘들 정도로 차갑고 딱딱한 모습과는 달리 무척 다정했다. 애인에겐 물론 모든 사람에게 냉정할 것 같은 남자가 사진 속 여자를 애틋한 눈빛으로 바라보고 있었다. 순간 혜영은 불쾌해졌다.

"잘 어울리네요. 그럼 내가 만들어야 하는 목걸이의 주인이 바로 이분인 모양이군요."

"맞아. 캐롤라인이 곧 생일이거든. 이번엔 좀 특별한 선물을 해주고 싶어서."

캐롤라인. 사진 속 여자의 이름이 캐롤라인인 모양이었다. 특별한 선물이라. 아마 루한의 말처럼 그녀에게 특별한 선물이 될 것 같았다. 어머니의 유품을 이용해 목걸이를 만들어주는 것이니까. 그 어떤 여자가 그런 선물을 쉽게 받을 수 있겠는가? 혜영은 애써 머릿속에 떠오른 생각을 밀어내곤 최대한 사무적인 목소리로 말하려 했다.

"취향이 어떤지 알고 싶어요. 특별히 좋아하는 보석 종류라든가…… 뭐 다른 것도."

그녀의 변화를 눈치채지 못한 루한은 잠시 생각에 잠긴 듯하더니 어느새 입가에 미소가 떠올랐다. 캐롤라인을 떠올리는 것만으로 행복한 모양이었다.

"어리지만 자신이 다 큰 어른이라고 생각하지. 특히 외모에 대한 자부심이 대단해. 하지만 밉지 않아. 오히려 그 모습이 너무도 사랑스러울 정도니까."

혜영의 입가가 꽉 다물렸다. 웃으려 했지만 자꾸만 얼굴이 굳어지며 입매가 차가워졌다. 그리고 목소리 역시.

"전 캐롤라인이 얼마나 사랑스러운지 물은 게 아니라 취향을 물은 것뿐이에요. 하지만 당신이 어린 캐롤라인에게 얼마나 애정을 갖고 있는진 알게 되었네요. 특별히 취향이 없다면 제 마음대로 디자인해도 되는 건가요?"

차갑게 들렸다. 혜영은 생각보다 날카롭게 들리는 자신의 목소리에 미간을 찌푸렸다. 그러자 액자를 들고 있던 루한이 그녀를 향해 고갤 돌렸다. 그제야 혜영의 목소리뿐 아니라 분위기 역시 변했다는 것을 안 모양이었다.

"화가 난 모양이군."

"아니요, 화나지 않았어요. 내가 왜 화를 내겠어요."

딱 잘라 부정하는 혜영을 보며 루한이 책상 위에 액자를 내려놓았다. 그리곤 가슴 팔짱을 끼곤 탐정이라도 된 듯 날카로운 눈빛으로 그녀를 유심히 살피기 시작했다.

"아니, 화가 난 게 분명해."

그가 고갤 숙이더니 불쑥 그녀의 얼굴 가까이 얼굴을 들이밀었다. 그리곤 흥미로운 듯 입가에 미소까지 매달고는 그녀를 바라보았다.

"아니라고 했잖아요."

혜영이 그의 날카로운 시선을 피해 고갤 돌리려 했다. 하지만 루한은 재빨리 그녀의 턱을 붙잡곤 그를 보게 했다.

"당신이 기분 나빠진 이유를 난 알 것도 같은데……."

"이유 같은 건 없어요. 그저 피곤해서……."

"훗! 거짓말도 못하는군."

"거짓말이 아니라……."

"변명도 허술해. 그날도 그랬었던 것 같아. 박선우란 남자 앞에서 서툰 변명을 하며 난처한 얼굴로 서 있었지. 보고 있는 내가 안타까울 만큼."

그의 말에 혜영의 미간이 찌푸려졌다. 그리곤 그녀의 턱을 붙잡은 루한의 손을 밀어내며 고갤 돌렸다.

"그랬죠. 그리고 그런 날 당신은 불쌍하게 생각해서 도와줬구요."

하지만 이내 혜영은 그와 마주해야 했다. 그가 그녀의 턱을 붙잡곤 그를 보게 한 것이다. 짙은 암청색의 눈동자가 많은 의문을 품고 그녀를 내려다보고 있었다.

"아직도 그 박선우란 남자를 잊지 못한 건가?"

루한의 질문에 혜영은 아무런 대답도 하지 않았다. 그렇다고 생각했었다. 3개월 동안 잠도 자지 못하고 일에 매달린 이유가 바로 박선우 때문이라고 생각했었다. 하지만 퀸즈 나이트에 도착해 루한을 만난 이후, 혜영은 한 번도 선우를 생각하지 않았단 사실을 떠올렸다. 믿을 수 없지만 사실이었다.

"마음이란 한순간에 사라지는 것이 아니니까요. 두고두고 가슴에 남아 있을 테죠."

그는 혜영의 대답이 마음에 들지 않는 눈치였다. 루한은 붙잡고 있던 그녀의 턱을 놓아주었다. 그리곤 손을 주머니 속에 넣곤 뻐딱한 자세로 섰다.

"당신이 아니라 다른 여자를 선택한 남자 같은 건 잊는 게 좋아."

조금은 불쾌한 듯 말하는 루한을 보며 혜영 역시 미간을 찌푸렸다. 그 역시 캐롤라인이란 사랑하는 여자가 있었다. 젊고 아름다웠으며 그 여자를 바라볼 때 눈빛까지 그윽해질 정도로 애정을 가진 여자가 그에게도 있었다. 그런 그가…… 선우를 잊으라고 말하다니. 혜영은 그의 태도가 몹시 불쾌해졌다.

"그건 당신도 마찬가진 것 같군요. 마음에 둔 사람이 따로 있으면서 다른 여자에게 손을 대다니. 타고난 바람둥이가 아니라면, 내가 당신 눈에 너무 쉽게 보인 건가요?"

순간 루한의 미간이 찌푸려졌다. 하지만 날카로운 눈빛으로 그녀의 화난 얼굴을 쏘아볼 뿐 아무런 반응이 없었다. 그 모습이 그녀를 더 화나게 했다. 마치 인정하는 것처럼 느껴졌던 것이다.

"불쾌하군요. 앞으로 개인적인 관심은 사양하고 싶군요. 누군가의 대용품으로 갖고 놀다 버려지는 건 딱 질색이니까요."

"지금 질투하는 건가?"

질투? 라는 말에 혜영의 턱이 움찔거리는 것이 보였다. 그녀 역시 그가 상기시키기 전까지 깨닫지 못한 모양이었다.

"아니요, 절대요. 당신이야말로 선우 씨를 질투하는 건 아닌가요?"

혜영의 도발에 루한의 얼굴이 눈에 띄게 굳어졌다. 선우를 질투한다는 말에 기분이 상한 모양이었다. 흥! 질투하는 게 아니라면 아니라고 하면 될 것이지. 대꾸할 가치도 없다는 듯 쏘아보는 그의 태도에 혜영은 더 기분 나빴다.

"당연히 아닐 테죠. 저 역시 아니에요. 당신에게 제가 질투를 할 이유가……."

"질투가 맞아."

"네?"

"질투가 맞는다고 했어. 당신 말을 들으니 이 불쾌한 감정이 뭔지 분명히 알겠군."

그의 대답에 혜영의 입가가 서늘해졌다.

"이제 그만해요. 당신이 치는 장난 이제 재미없어졌어요."

"뭐가 장난이란 거지?"

그녀의 반응에 루한 역시 차갑게 얼굴을 굳혔다.

"그렇잖아요. 몇 번 마주친 게 다인 제게 그런 감정을 갖는다 니…… 이상해요."

"그게 왜 이상하지? 매혹적인 이성에게 감정을 느끼는 것은 한 순간이야. 상대가 뿜어내는 페로몬에 홀리는 거지. 아마 사람들은 그걸 첫눈에 반한다고 하더군."

혜영은 그가 쏟아내는 말을 이해할 수 없었다. 아니, 믿기지 않았다.

그가 다가왔다. 뒤로 물러서야 했다. 하지만 그녀를 바라보는 그의 강력한 시선에 혜영은 고갤 돌릴 수도, 그렇다고 뒤로 물러설 수도 없었다. 그저 그를 응시한 채 바짝 마른 입술을 혀로 축여야 했다. 입술을 쓸어내리는 혀를 바라보는 그의 눈빛이 더욱 짙어졌다.

"당신은 장난이라고 받아들인 모양이지만 난 여자와 의미 없는 장난 같은 건 치지 않아. 처음부터 말했을 텐데? 난 한혜영 당신을 원한다고."

"아, 난……."

낮고 탁한 목소리였다. 귓가를 간질이듯 그녀의 심장을 파고드는 목소리에 혜영은 주먹을 꼭 쥐어야 했다. 심장이 자꾸만 움찔거렸다. 그가 그녀를 강한 힘으로 끌어당겼다. 순식간에 그의 품에 안긴 혜영은 그에게 턱을 붙잡힌 채 그를 속수무책으로 바라보아야 했다.

"잊지 마. 캐롤라인의 생일 선물을 핑계로 당신을 퀸즈 나이트에 묶어둔 이유가 뭔지. 내가 원하는 것이 뭔지."

심장이 두근거렸다. 짙은 암청색의 눈동자가 흔들림 없이 그녀에게 못 박혀 있었다. 심장 부근이 자꾸만 간질거려 혜영은 숨도 쉬지 못할 것 같았다. 폭풍처럼 몰아치는 그를 보며 혜영은 입술을 깨물었다.

문득 두려웠다. 처음부터 그는 그녀를 원하고 있음을 숨기지 않았다. 유감스럽게도 사랑이 아니라 육체적인 끌림이었지만 그는 분명 그녀를 원하고 있었다. 그리고 그녀 역시 그와 같은 끌림을 느끼고 있었다.

하지만 만약, 만약…… 그를 사랑하게 된다면…….

위험했다. 선우에게 느꼈던 감정과는 비교도 되지 않을 만큼 아플 것 같았다. 다시는 그 누구도 사랑할 수 없을 만큼 지독히. 혜영이 두 팔을 뻗어 그를 밀어냈다. 그리곤 그에게 도망치듯 무서운 속도로 서재를 빠져나갔다. 심장이 미친 듯이 뛰고 있었다.

혜영은 엘이 건네는 옷을 받아 들었다. 하지만 머릿속은 온통 서재에서 루한이 했던 얘기로 가득 차 있었다. 그렇게 서재에서 도망치듯 방으로 온 혜영은 한 시간이 넘게 방 안을 서성였다. 시간이 지날수록 마음이 가라앉기는커녕 오히려 더 초조해지는 감정을 느끼며 혜영은 불안해 미칠 것 같았다.

"무슨 일이 있으십니까?"

엘의 물음에 혜영이 작게 한숨을 내쉬었다. 그리곤 그녀를 걱정스러운 눈빛으로 바라보고 있는 엘을 안심시키기 위해 별일 아니라는 듯 고갤 가로저었다.

"옷, 가져다줘서 고마워요."

"아닙니다. 어차피 제가 해야 할 일이었으니까요."

차분한 목소리의 엘을 보며 혜영은 왜 알렉스와 헤어졌는지 궁금했다. 차분하고 인내심 많은 엘이 이혼을 했다는 것이 믿기지 않았던 것이다.

"엘은 루한 밑에서 일한 지 얼마나 됐어요?"

"누군가를 인지하기 시작한 순간부터였을 겁니다. 제 부모님께서 주인님 가문에 소속된 사람이었으니까요."

대를 이어 루한의 집안에서 일을 했다는 건가? 그럼 루한의 집안이 유럽에 있는 귀족 가문이라도 된다는 건가? 조금 의아했지만 혜영은 더는 묻지 않았다.

"아, 그렇군요. 그럼 그에 대해 잘 알겠군요."

"네. 하지만 주인님께서는 어린 소년이었을 때부터 워낙 속을 알 수 없는 분이셨습니다. 그것은 지금도 마찬가지십니다. 절대 감정을 먼저 내비치시는 분이 아니시거든요. 매사 사업을 하듯 손익에 의해 모든 것을 결정하시는 철두철미한 분입니다. 사람을 만나는 것 역시."

"그랬나요?"

하지만 그녀가 이틀 동안 본 루한은 속을 알 수 없는 사람인 건 분명했지만 감정을 절제하는 사람은 아니었다. 차갑고 냉철해 보이는 그의 겉모습 아래 맹수의 사냥 본능을 드러내며 매 순간 그녀에게 다가오고 있었다.

사람을 만나는 것 역시 사업적 손익을 따진다고 했었나? 그럼 난 그에게 어떤 이득이 있는 거지? 1300만 달러의 가치를 지닌 사막의 별과 자신. 그럼 내가 그에게 사막의 별을 주고서라도 얻고 싶을 만큼 가치가 있다는 건가?

"네. 아 참, 얼마 뒤 캐롤라인 님께서 퀸즈 나이트에 도착하실 거라 들었습니다. 아마 저 역시 생일 파티 준비로 조금 바빠질 것 같구요. 하지만 제 임무는 어디까지나 아가씨의 비서이자 경호원입니다. 아가씨께서 부르시면 언제든 올 테니 필요하면 부르세요."

"아, 생일 파티가 있군요. 난 신경 쓰지 말아요. 나 역시 생일파티까지 목걸이를 완성하려면 바빠질 것 같거든요."

혜영의 말에 엘이 안도한 듯 웃어 보였다. 그리곤 밝은 목소리로 말했다.

"네, 알겠습니다. 그럼 편히 쉬십시오."

엘이 방을 나가려 했다. 그러자 혜영이 엘을 다시 불러세웠다. 파티라니. 캐롤라인이 이 섬에 온다니. 보고 싶지 않았다. 그리고 그 여자의 생일 선물인 목걸이 역시 만들고 싶지도 않았다. 또한 루한이란 남자는 대체 무슨 생각으로 그녀를 붙잡아놓은 이곳에 캐롤라인을 불러들이는지 화가 났다.

"저기 엘."

"네, 말씀하세요."

"부탁 하나만 해도 될까요?"

"말씀하세요."

"필요한 것이 있어서 그러는데……. 퀸즈 나이트를 나갈 요트를 빌릴 수 있을까요?"

잠이 오지 않는 밤이었다. 루한은 섬이 내려다보이는 저택의 파티오에 앉아 검은 바다 위를 비추는 달빛을 내려다보았다. 간간이 불어오는 바람에 의해 금빛으로 수 놓인 달빛이 흔들리는 모습을 굳은 얼굴로 내려다보는 루한의 눈동자에도 짙은 어둠이 내려앉았다.

"아직 깨어계셨습니까?"

인기척과 함께 어느새 다가온 알렉스가 뜨거운 차가 든 차 쟁반을 들고 서 있었다. 알렉스 역시 루한이 잠을 이루지 못하고 있다는 사실을 알고 차를 내온 모양이었다.

"너 역시 자지 않은 모양이군."

알렉스가 파티오에 놓인 동그란 하얀 탁자 위에 찻잔을 내려놓자 루한이 그를 보며 피식 웃었다. 아마 그 역시 잠이 오지 않을 테지. 1년 전 엘과 싸운 후 다시 얼굴을 마주하게 되었으니 그럴 수밖에.

"잠이 오지 않아서요."

"차보단 술이 마시고 싶은 건 아니고?"

"루한 님이야말로 술이 필요하신 모양이군요. 가져올까요?"

"먹고 싶긴 한데 그럴 필요 없어."

"혹시 잠을 이루시지 못하는 이유가 그분 때문이십니까?"

루한은 알렉스가 말하는 그분이 혜영을 지칭한 말이란 사실을 알고 있었다. 하지만 모르는 척하기로 했다. 알렉스는 그런 루한을 보며 살짝 미간을 찌푸렸다. 가족 행사 때 외엔 퀸즈 나이트에 사람을 초대하는 일이 없던 그였다. 퀸즈 나이트를 사들인 이후, 그가 가장 중요하게 생각했던 것 중 하나가 보안이었던 것이다. 개인 소유의 섬으로 철저히 기자와 사람들의 눈으로부터 사생활을 지키던 그였다.

그런데 사막의 별을 내걸고 비밀 경매까지 하더니, 이번엔 한 여자를 섬에 초대, 아니, 붙잡아놓은 것이다. 어쩌면 비밀 경매를 한 것 역시 그 여자를 섬으로 불러들이기 위해서는 아닌지 의심이 들 정도였다. 만약 그의 추측과는 달리 이것이 우연이라면 대단한 우연이 분명했다.

루한을 알아온 지 20년. 그동안 루한은 이번처럼 자신이 정한 틀에서 벗어난 적이 없었다. 철저히 정해진 룰 안에서 행동해 왔다. 최고의 명문가에서 태어난 그는 정해진 수순처럼, 엘리트 코스를 밟고 성장해 온 존더부르크 가문의 완벽한 후계자였다. 그리고 그동안 그가 만났던 여자들 역시 순전히 사업적인 관계하에 이루어졌다.

하지만…… 의외였다. 어머니와 같은 한국인 여인이라니. 혈통과 자부심을 큰 자랑으로 생각하는 존더부르크 가문에서 동양인 여성이 안주인이 되었을 때, 쏟아지던 비난과 멸시를 루한 역시 분명 알고 있을 테니까. 그리고 어머니 곁에서 그 무게에 힘겨워하던 모습 역시도 똑똑히 지켜봤던 그였다. 그런데…… 대체 어쩌려고…….

"아니, 전혀. 넌 엘 때문인 모양이지?"

굳은 얼굴로 차갑게 대답하는 루한을 보며 알렉스의 시름은 깊어졌다. 분명 심각했다. 그저 알렉스의 바람처럼 열기가 가라앉을 때까지 몇 개월 연애하면 그만이겠지만, 만약 관계가 더 깊어져 루한이 한혜영이란 동양인 여성을 사랑하게 된다면 문제는 심각해질 게 분명했다. 그리고 그 과정 중 가장 상처받는 사람은 루한이 아니라 한혜영이란 여자가 될 테니까.

"아니요, 저 역시 아닙니다."

딱 잘라 부정하는 알렉스를 보며 루한의 입가에 미소가 떠올랐다. 전혀 믿지 않는 눈치였다.

"그래? 그럼 우리 두 사람 다 아니로군."

첸은 현관 앞에 서 있는 혜영을 보며 놀란 얼굴을 했다. 그리곤 문에 기댄 채 혜영을 날카로운 눈빛으로 내려다보았다. 혜영은 첸의 시선에 난처한 얼굴을 했다. 갑작스럽게 나타난 혜영을 보자 첸은 뭔가 잘못되었음을 느낀 모양이었다.

뭐라고 말해야 하지? 혜영 역시 대답을 찾으며 머뭇거렸다. 사실 지금까지 한 번도 의뢰인과의 약속을 어긴 적이 없는 그녀였지만 이번만큼은 예외였다. 루한이란 남자 때문에 자꾸만 흔들리고 있었다. 그리고 그 혼란스러운 감정은 급기야 혜영을 도망치듯 퀸즈 나이트를 떠나게 한 것이다. 두려웠다. 급작스럽게 밀려드는 그에 대한 감정도. 그리고 지금 그에게서 벗어나지 않는다면 위험할 것 같은 예감 역시.

"어떻게 된 거야? 일주일이라고 하지 않았어?"

"그 일 하지 않을 생각이야. 일주일 동안 퀸즈 나이트에 있으면서 시간을 허비하기엔 할 일이 많다는 결론을 내렸거든. 중요하지도 않고. 그나저나 나 아직 아침 전인데 넌 먹었어?"

혜영이 심각한 얼굴로 서 있는 첸을 지나쳐 아파트 안으로 들어갔다. 그리곤 정말 배가 고픈 듯 곧장 부엌으로 향했다.

"아파트 좋은데? 나도 여기에 집 하나만 알아봐 줘."

"정말 헤이그로 돌아가지 않을 생각인 거야?"

"응, 적어도 6개월은 이곳에 있을 생각이야."

"그럼 내 집에 있어. 나도 집이 넓어 룸메이트를 구하고 있던 참이었으니까."

"하지만 불편하지 않겠어? 애인도 데리고 와야 할 테고. 그리고 내가 함께 사는 걸 애인이 싫어할 수도 있잖아."

"여잔 집이 아니어도 어디서든 만날 수 있어. 그리고 만나는 여자가 너와 함께 사는 걸 싫어한다면 헤어지면 그만이야."

혜영이 첸의 자신만만한 대답에 어이없는 얼굴을 했다. 하지만 그렇게 말해주는 첸이 혜영은 고마웠다.

"고맙다, 동업자. 애인 대신 날 선택해 줘서. 우선 집 문제는 밥부터 먹고 난 후에 생각해 볼게."

"앉아 있어. 마침 빵을 굽고 있던 참이었으니까. 커피 마실 거지?"

첸이 부엌으로 오더니 혜영의 팔을 붙잡곤 식탁 의자에 앉혔다. 그리곤 간단히 음식을 만들기 시작했다. 혜영은 그런 첸을 보며 작게 한숨을 내쉬었다.

"뭐야, 그 한숨은? 퀸즈 나이트의 주인과 무슨 일이 있었던 거지? 크게 싸우기라도 한 거야? 내가 보기엔 만만치 않은 성격에 냉혈한이란 생각이 들 정도로 차가워 보이던데. 혹시 괜스레 트집이라도 잡고 널 괴롭히기라도 한 거야?"

"그냥, 갑자기 내가 감당하기엔 힘든 일이란 생각이 들어서."

"까다롭게 굴었나 보군."

은은한 커피 향이 방 안에 퍼지기 시작했다. 첸은 서둘러 머그잔에 막 내린 커피를 따라 혜영에게 건넸다. 머그잔을 든 혜영이 뜨거운 김이 모락모락 나는 커피를 한 모금 마셨다. 카페인이 몸에 들어가자 밤새 잠을 차지 못해 멍해진 혜영의 머릿속이 맑아지는 느낌이었다.

"곧 출근할 거지?"

"그래야지. 넌 어떡할래? 매장으로 함께 갈래?"

"아니, 우선은 좀 쉬어야겠어. 점심때쯤 매장으로 갈 테니까 점심이나 같이 먹어. 그때 직원들과 인사도 해야지."

혜영은 첸이 접시에 담아 내놓은 토스트와 스크램블 에그를 먹었다. 입안이 버석했다. 퀸즈 나이트를 떠나오면 모든 것이 끝날 거로 생각했었다. 하지만 아니었다. 떨쳐 버리려 할수록 의식은 자꾸만 그에게 향하고 있었으니까. 혜영은 넘어가지 않는 음식을 억지로 꾹꾹 눌러 삼켜야 했다.

루한은 엘을 차가운 눈으로 쏘아보았다. 혜영이 오늘 새벽 퀸즈 나이트를 떠났다는 보고에 입매가 눈에 띄게 굳어졌다. 결국 그녀의 답은 이것이었나? 그의 손이 미치지 않는 곳으로 떠나는 것. 루한은 그의 서늘한 눈빛을 보고 당황해하는 엘을 보며 시선을 돌렸다.

"허락도 없이 죄송합니다. 곧 돌아오신다는 말에……."

"아니, 돌아오지 않을 거야."

"네? 하지만……."

"알았으니 그만 나가봐."

감정이 담기지 않은 루한의 목소리에 엘은 바짝 긴장했다. 화가 나 있었다. 폭풍 전야의 맑은 날씨처럼 고요하게 울리는 루한의 목소리에서 엘은 그가 굉장히 화가 나 있다는 사실을 알 수 있었다. 그리고 그 이유는 다름 아닌 한혜영 그 동양인 여자 때문이었다.

엘이 굳은 얼굴로 서재를 빠져나가자 루한은 읽고 있던 서류를 거칠게 덮어버렸다. 그리곤 자리에서 일어나 창가로 향했다. 퀸즈 나이트는 그 어느 때보다 평화로웠다.

자만이었나? 분명 혜영 역시 그와 같은 감정이라고 생각했었다. 하지만…… 아직 박선우 그 남자를 잊지 못한 건가? 육체적 끌림은 부정하지 않았지만 그녀의 마음은 여전히 다른 남자에게 향해 있는 것이 분명했다.

젠장! 그를 거부하고 가버린 여자였으니 그 역시 밀어내면 그만이었다. 그 역시 호기심에서 시작해 강한 육체적인 끌림을 느낀 것뿐이었으니까.

하지만 왜 이렇게 화가 나는 거지? 루한은 그녀가 떠났다는 사실을 받아들이지 못하는 자신을 보며 주먹을 꽉 쥐었다. 다시 책상에 앉은 루한은 조금 전 살피고 있던 서류를 다시 보기 시작했다. 하지만 그의 시선은 서류가 아닌 책상 옆 한곳에 머물러 있었다.

짙은 푸른색의 탄자나이트. 마치 맹수의 차가운 눈빛을 연상시키는 보석이 그를 비웃듯 바라보고 있었다. 루한은 손을 뻗어 만년필을 집어 들었다. 그리곤 만년필 한쪽에 키라라고 쓰인 로고를 손끝으로 천천히 쓸어내렸다.

3개월 전 그의 호텔방에 떨어뜨리고 간 만년필이었다. 아마 박선우란 남자를 위해 만든 것이었겠지만 루한은 이 만년필이 마음에 들었다. 그리고 지금은 그의 손에 있었다. 한혜영이 그런 것처럼. 그 깨달음에 손에 꽉 쥐어진 만년필을 들고 루한이 자리에서 일어섰다. 그리곤 빠른 걸음으로 서재를 나섰다.

첸이 출근을 위해 아파트를 나간 후 혜영은 차가운 물에 샤워했다. 샤워하는 내내 혜영은 오늘 하루 아무것도 생각하지 않기로 마음먹었다. 샤워를 끝낸 후, 욕실에서 나와 기계적으로 드라이기로 머릴 말리고 옷을 입었다. 하지만 점심 약속을 위해 가볍게 화장을 하는 동안 혜영은 결국 그를 떠올리고 말았다.

지금쯤 그녀가 퀸즈 나이트를 떠났다는 사실을 알았을 테지? 그리고 그 이유 역시 알았을 게 분명했다. 그녀가 그의 제안을 거절했다는 사실을.

혜영은 입술에 립스틱을 발랐다. 평소보다 진한 붉은색이었다.

잠을 자지 못해 창백해진 얼굴을 가리기 위해서였지만 생각보다 잘 어울렸다. 창백한 얼굴에 잠을 자지 못해 그윽해진 눈동자, 그리고 붉게 빛나는 입술이 무척이나 관능적이었다. 혜영은 립스틱을 내려놓으며 휴대전화를 켜 시간을 확인했다.

10시. 1시까지 키라의 매장으로 가기로 했으니 아직 3시간이나 남아 있었다. 더디 가는 시간에 초조해진 혜영은 작게 한숨을 내쉬곤 휴대전화를 내려놓으려 했다. 그때 휴대전화의 벨소리가 울렸다. 그 소리에 놀란 혜영이 서둘러 액정 화면을 확인했다. 사촌 여동생 서진이었다. 혜영은 작은 소리에도 민감하게 반응하는 자신이 한심하게 느껴졌다. 그는 그녀의 휴대전화 번호도 알지 못할 텐데.

『응, 서진아.』

[언니, 나 헤이그야.]

『헤이그? 온다는 말 없었잖아.』

[급하게 확인할 일이 있어서 왔어. 언닌 어디야? 같이 저녁이라도 먹고 싶은데.]

『어쩌지? 나 홍콩에 있어. 박람회가 있어서 왔거든. 아마 당분간 이곳에 있을 거야.』

[그래? 아쉽다. 사실 박선우 씨랑 같이 저녁이라도 먹으려고 했었거든.]

『아, 그랬어? 그런데 너 혼자 왔어?』

[아니야. 기억나? 박선우 씨랑 함께 만났던 민도혁 씨.]

『당연히 기억나지. 설마, 두 사람 함께 온 거야?』

[응.]

『한국에 돌아가 다시 만난 모양이네.』

[응. 언닌, 박선우 씨랑 어때? 잘 만나고 있지?]

서진의 물음에 혜영의 입가에 씁쓸한 미소가 떠올랐다.

『그렇지 뭐. 근데 정말 어떻게 된 거야? 두 사람 사귀는 거야?』

[난 결혼하고 싶어.]

『정말?』

혜영은 서진의 대답에 놀랐다. 그 짧은 순간 결혼을 결정할 만큼 가까워지다니.

[홍콩이 있다니 결혼식엔 올 수 있겠다. 한국에 돌아가면 연락할게.]

『그래, 기다릴게.』

전화를 끊은 혜영이 아직도 믿기지 않은 얼굴을 했다. 아니, 사실 헤이그에서 두 사람을 봤을 때 그렇지 않을까 생각은 했었다. 하지만 결혼할 것이라니. 혜영은 부러웠다. 그녀 역시 3개월 전까지 결혼하고 싶었다. 상대는 박선우였고.

하지만 지금 생각해 보니 혜영은 박선우란 남자를 사랑한다는 것보다 결혼하고 싶다는 생각이 더 컸던 것은 아닐까 하는 생각이 들었다. 따뜻하고 자상한 선우 곁에서 그녀 역시 행복할 수 있을 거로 생각했으니까.

휴대전화를 내려놓으며 혜영은 작게 한숨을 내쉬었다. 이제야 그 사실을 깨닫다니. 혜영은 그날 호텔에서 있었던 일이 다행이라고 생각했다.

똑똑! 똑똑똑똑!

현관문을 두드리는 다급한 소리에 혜영이 고갤 갸웃했다. 올 사람이 없었던 것이다. 분명 첸은 출근한 상태였고 첸의 손님이라면 아파트가 아니라 매장으로 갔을 게 분명했던 것이다.

"대체 누구지? 설마 첸이 다시 온 건가?"

혜영이 방문객을 확인하기 위해 현관으로 걸어갔다. 그 사이 또다시 문을 두드리는 소리가 들렸다. 성격이 급하거나 무척이나 다급한 모양이었다.

"누구세요? 첸이야?"

혜영은 다급하게 문을 두드리는 소리에 누군지 확인도 하지 않은 채 문을 열었다. 하지만 다음 순간 혜영은 얼어붙은 듯 아무런 말도 할 수 없었다. 문앞에 선 남자를 홀린 듯 올려볼 뿐이었다.

"여긴 어떻게……?"

"한혜영 씨야말로 말도 없이 섬을 떠나다니. 새벽에 몰래 빠져나올 만큼 애인이 그렇게 그리웠나?"

애인? 지금 첸을 말하는 건가?

"말할 필요가 없다고 생각했어요. 그러는 당신은 왜 온 거죠? 제가 퀸즈 나이트를 떠난 이유를 분명 알았을 텐데요."

혜영이 차가운 얼굴로 루한을 쏘아보자 그 역시 잔뜩 찌푸린 얼굴로 그녀를 보았다.

"당연히 알았지. 하지만 화가 나더군."

"뭐가 화가 난다는 거죠?"

"당신이 먼저였지 않나? 3개월 전 내 호텔방에 무작정 뛰어들더니 내 입술을 가져갔지. 그런데 또 이렇게 온통 내 심장을 두드린 다음 말도 없이 도망치다니."

혜영은 멍하니 루한을 바라보았다. 억울한 듯 그녀를 내려다보는 루한은 떼를 쓰는 아이 같았다. 이 모든 게 그녀의 탓이라고 억지를 부리고 있었다. 하지만 조금은 인정할 수밖에 없었다. 처음 시작은 그의 말처럼 그녀였으니까.

"당신도 그랬잖아요. 그런 말도 안 되는 제안으로 날 당황스럽게 했으니 서로 퉁 치는 것으로 해요. 이제 돌아가 주세요."

혜영이 다신 보고 싶지 않다는 듯 그의 얼굴 앞에서 문을 닫으려 했다. 하지만 그가 그녀보다 한 발 더 빨랐다. 그녀의 손목을 꽉 붙잡더니 방 안으로 들어와 문을 닫아버렸다. 현관 통로에서 두 사람이 한껏 가까워져 있었다.

"뭐예요? 가라고 했잖아요."

"싫어."

"정말 당신이란 사람은……."

혜영이 그를 밀어내려 했다. 하지만 루한이 그녀에게 다가오기 시작했다. 그리곤 냉기가 가득 담긴 목소리로 낮게 속삭였다. 그의 목소리엔 거역할 수 없는 힘이 느껴졌다.

"책임져 줘야겠어."

루한이 그녀를 벽으로 밀어붙였다. 그리곤 그녀의 턱을 붙잡곤 위로 들어 올려 그를 보게 했다. 혜영은 암청색의 눈동자에 담긴 열기를 확인한 순간 숨을 멈췄다. 분노에서 시작된 감정은 어느새 짙은 소유욕으로 빛나고 있었다. 책임지라니? 대체 뭘 책임지라는 거지? 혜영은 그의 눈동자에 사로잡힌 채 마른침을 삼켰다. 벌써부터 긴장으로 입안이 바짝 마르고 있었던 것이다.

"내가 더는 널 원하지 않을 때까지 내 곁에 있어. 내 곁에서 내 여자로. 당신이 날 이렇게 만들었으니까 책임 또한 져야 할 거야."

"흐흡……."

낮게 속삭이는 그의 목소리가 그녀의 귓속으로 아프게 스며들었다. 그리고 그녀의 대답은 원치 않는다는 듯 그의 입술이 그녀의 입술을 거칠게 막았다. 움찔 놀랄 정도로 그녀의 붉은 입술을 빨아 당기던 그가 그녀의 턱을 잡고 살짝 옆으로 돌린 후 그녀의 입술 안으로 뜨거운 혀를 밀어 넣었다.

부드럽지도 달콤하지도 않았다. 거칠고 성급하게 느껴지는 그의 키스였지만 이상하게도 싫지 않았다. 왜일까? 당연히 거부하고 그를 밀어내야 했다. 다정함은커녕 화를 내듯 그녀의 입술을 아프게 빨아 당기며 옥죄어오는 그의 키스를 싫다고 해야 했다.

하지만 인정하고 싶지 않았지만 혜영은 그와의 키스로 알게 되었다. 그녀 역시 그를 원하고 있었다. 그와 얽히게 된다면 무슨 일이 벌어질지 알 수 없어 두려웠지만 거부할 수 없었다. 루한은 그녀가 그를 흔들어놓았다고 했지만 그녀 역시 그 때문에 흔들리고 있었다.

머뭇거리며 갈 곳을 찾지 못해 허우적대던 그녀의 손이 그의 목덜미에 팔을 감았다. 그리곤 그에게 매달리듯 끌어안으며 닫혀 있던 입술을 벌려 그를 받아들였다.

도망치지 않을 생각이었다. 그녀가 상상하지 못한 결과가 그녀를 기다린다고 해도 지금은 그에게서 벗어날 수 없었다. 한꺼번에 몰아닥친 태풍에 몸을 맡길 수밖에 없었다.

그녀의 변화를 느낀 루한이 더욱 깊숙이 혀를 밀어 넣었다. 뜨겁게 얽힌 혀가 한 덩어리처럼 젖어들었다. 그가 있는 힘껏 그녀를 품에 끌어당겼다. 순식간에 뜨거운 공기에 휩싸였다. 짙고 농밀한 키스가 계속되었고 한 번 시작된 열기에 혜영은 그에게 꼭 매달릴 뿐이었다.

제3장 밤은, 낮보다 아름답다

키라*KIRA*의 매장이 있는 코즈웨이 베이. 홍콩의 유일한 상업도 시이기도 한 코즈웨이 베이는 소고 백화점과 타임스퀘어를 중심 으로 패션 위크라고 불리는 페터슨 스트리트가 있었다. 또한 각 종 명품숍은 물론 다양한 먹거리까지 홍콩의 젊은이들이 가장 많 이 찾는 쇼핑센터였다.

키라 역시 타임스퀘어에 매장을 두고 있었기 때문에 매장으로 가는 내내 혜영은 사람들이 이룬 홍수 속을 헤치고 들어가야 했 다. 키라 매장에 도착한 혜영이 유리문을 열고 안으로 들어가자 이미 매장 안은 손님들로 가득 차 있었고, 손님에게 보석을 보여 주던 첸이 옆에 서 있던 직원에게 부탁하곤 서둘러 그녀에게 다가 왔다. 그러다 그녀의 뒤를 따라 매장 안으로 들어오는 루한을 보 곤 놀란 듯 걸음을 멈췄다.

"약속 시각보다 빨리 왔네. 무슨 일 있어?"

첸이 혜영에게 다가서며 경계하듯 루한을 보았다. 혜영 역시 첸이 그를 못마땅하게 생각한다는 사실을 이미 알고 있었기 때문에 어색한 미소를 지었다. 혜영은 루한을 슬쩍 돌아보며 첸과 함께 안쪽 사무실로 걸음을 옮겼다. 매장 안에 있던 손님들의 시선이 루한에게 향하는 것이 느껴졌다. 그리곤 그의 외모에 감탄한 듯 눈을 떼지 못하는 여자들도 있었다. 휴! 정말 어딜 가나 눈에 띄는 남자라니까.

"대체 뭐야, 저 남잔?"

첸이 마땅찮은 얼굴로 루한을 쏘아보며 말했다. 그러자 혜영은 난처한 얼굴로 서둘러 화제를 돌렸다.

"첸, 나 퀸즈 나이트에 가기로 했어. 한 번 맡았던 일이니 끝내야 할 것 같아서."

"뭐? 너한텐 무리라며? 깐깐하게 구는 저 남자와 잘해 나갈 수 있겠어?"

다시 루한을 걸고넘어지는 첸이었지만 혜영은 침착한 얼굴로 대답했다.

"처음부터 잘 맞을 순 없으니까. 지금까지 까다로운 손님도 많았고 아마 절충하다 보면 답이 나오지 않을까 해."

혜영이 뒤에 서 있는 루한을 돌아보며 말했다. 말속에 담긴 의미가 목걸이에 국한된 얘기가 아니란 것을 그 역시 눈치챈 듯했다. 혜영을 바라보는 그의 눈빛이 의미심장하게 빛나고 있었으니까.

"얼마 동안 있을 건데?"

"당연히 일주일이지."

혜영의 대답에 그때까지 잠자코 서 있던 루한이 끼어들었다.

"그건 있어봐야 하는 건 아닐까? 홍콩에 있는 동안……."

"아니요. 딱 일주일, 아니, 이제 6일이네요. 그 후엔 제자리로 돌아가야죠."

혜영의 말에 루한이 마땅찮은 듯 미간을 찌푸렸다. 그 차가운 눈빛에 심장이 서늘해질 정도였지만 혜영 역시 지지 않고 딱 잘라 6일이라고 못을 박았다.

〈내가 더는 널 원하지 않을 때까지 내 곁에 있어. 내 곁에서 내 여자로. 당신이 날 이렇게 만들었으니까 책임 또한 져야 할 거야.〉

두 사람 역시 첸의 아파트에서 그가 했던 말을 기억하고 있었다. 하지만 혜영의 생각은 그와 달랐다.

"혹시, 뭔가 오해를 하는 것이라면……."

"오해 같은 건 없어요."

처음엔 루한의 말처럼 오해했었는지도 몰랐다. 하지만 그가 첸의 아파트 현관 앞에 서 있는 모습을 본 순간 알 수 있었다. 그녀는 그저 핑계를 찾고 있었다는 것을. 그에게서 도망칠 구실로 캐롤라인이 그의 여자로 생각하려 했었다. 조금만 사진을 살펴보면 캐롤라인의 차가운 눈매며 얼굴이 그와 닮아 있다는 것을 알 수 있었을 테니까. 일부러 핑계를 찾고 돌아서고 싶을 만큼 혜영은 그에게 느끼는 감정이 두려웠다. 하지만 두렵다고 해서 피할 수는 없었다. 두렵더라도 앞으로 나아가야 했다. 상처가 되더라도 후회하지 않도록.

"첸, 점심은 다음에 해. 그걸 말하려고 왔어."

"그건 걱정 마. 직원들한테도 잘 말해놓을 테니까. 그나저나 나 걱정 안 해도 되는 거지?"

첸의 물음에 혜영의 눈빛이 깊어졌다. 그리곤 안심해도 된다는 듯 첸의 손을 꼭 잡았다 놓았다.

"서른씩이나 된 여잘 걱정하다니. 하지만 네가 걱정하지 않도록 할게."

혜영의 대답에도 첸은 아직 마음이 놓이지 않는 모양이었다. 루한을 쏘아보는 눈빛이 곱지 않았다. 그러다 첸이 혜영을 지나쳐 루한에게 걸어갔다. 그리곤 손을 내밀며 악수를 청했다.

"첸입니다. 혜영과는 동업자이자 친구죠."

"루한입니다."

소개할 생각은 없었다. 하지만 두 남자는 서로를 경계하며 손을 맞잡고 있었다. 두 남자 사이에 감도는 차가운 긴장감에 혜영은 서두르기 시작했다.

"그럼 갈게. 다녀와서 봐."

혜영이 사무실 문을 열고 나갔다. 하지만 두 남자는 여전히 차가운 눈으로 서로를 마주하고 서 있었다. 잠시 후 루한이 첸의 손을 놓고는 사무실을 나갔다. 매장을 나서자 혜영은 이미 인파 속에 있었다. 하지만 그는 단번에 그녀를 찾을 수 있었다.

"잠깐 기다려."

빠른 걸음으로 혜영에게 걸어간 루한이 그녀의 팔을 붙잡곤 그녀를 돌려세웠다. 그리곤 차갑게 굳은 얼굴로 혜영을 내려다보았다.

"조금 전 그 의미가 뭐지? 딱 6일만 퀸즈 나이트에 있겠다니.

나와 함께 가기로 했을 때 이미 내 뜻을 따르기로 한 게 아니었나?"

순간, 혜영의 입가에 미소가 떠올랐다. 그가 무슨 소릴 하는지 모르겠다는 듯. 그리곤 답답한 듯 서 있는 루한을 향해 느긋한 목소리로 말했다.

"당연히 아니죠. 난 딱 6일간만 퀸즈 나이트에 있을 생각이에요. 파티가 끝나면 돌아가야죠. 일상으로."

혜영의 말에 루한의 눈빛이 날카로워졌다.

"지금 나랑 장난하자는 건가? 아니면 또 다른 거래를 하려는 건가?"

"장난도 또 다른 거래도 아니에요. 난 지금 내 마음을 얘기하는 거예요. 그런데 당신은 퀸즈 나이트에 얼마나 머무를 예정이죠? 당신 역시 일상으로 돌아가야 하는 것 아닌가요?"

"3주 동안 퀸즈 나이트에 있을 거야. 하지만 당신이 있다면 급한 일만 해결하고 곧 돌아올 거야."

"3주간의 휴가인 모양이군요."

"맞아. 5년 만에 갖는 휴식이지."

루한의 말에 혜영이 마음을 굳힌 듯 고갤 가로저었다. 사실 그녀 역시 8년 만에 갖는 휴식이었다. 휴식이 끝나면 그녀는 그녀만의 일상으로 돌아가야 했다. 지금 혜영에게 루한은 신기루 같았다. 만약 그 신기루가 허상이 아닌 실제라면…….

"그럼 더더욱 안 돼요. 난 주인도 없는 집에서 강아지처럼 당신을 기다릴 순 없어요. 그러기엔 해야 할 일이 아주 많거든요."

커다란 집에서 돌아오지 않을 부모님을 기다리며 느껴야 했던 슬픔과 절망. 그리고 초조함. 그녀가 어린 시절 느꼈던 가장 아픈 기억이었기 때문에 그런 짓은 다신 하고 싶지 않았다.

"돌아와. 그렇게 오래 걸리지 않을 테고……."

"그럴 테죠. 하지만 싫어요."

너무도 단호했다. 루한은 전혀 생각을 바꾸려 하지 않는 혜영을 보며 미간을 찌푸렸다.

"그럼 대체 왜 나와 함께 퀸즈 나이트로 함께 가겠다고 한 거지? 내가 당신의 생각을 잘못 이해한 건가?"

"당신과 함께 가는 이유가 궁금한 모양이군요."

"당연히 궁금해. 아니, 확실히 해둬야겠어. 지금 보니 당신이란 여잔 정확하게 약속을 해놓지 않으면 금방이라도 마음을 바꿀 사람인 것 같거든."

그런 루한을 보며 혜영이 피식 웃었다.

"그럼 내가 왜 당신과 함께 가는지 말해줄게요."

의미심장한 미소와 함께 그녀가 손을 들어 올렸다. 그리곤 그의 가슴에 손을 올려놓았다. 그녀의 손바닥에 그의 따뜻한 온기가 느껴졌고 잠시 시간이 지나자 규칙적으로 뛰는 심장의 고동 역시 느낄 수 있었다.

"당신……."

혜영은 잠시 시간 차를 두고 다시 입을 열었다.

"지금 내가 당신을 원하기 때문이에요. 당신이 아니라 내가."

한순간 루한의 표정이 멍해지는 것처럼 보였다. 지금까지 한 번도 누군가에게 선택된 적 없었다. 언제나 그가 모든 관계에 주도권을 쥐고 있었으니까. 하지만 지금 눈앞에 서 있는 혜영을 보며 루한은 묘하게 심장이 뛰고 있음을 느낄 수 있었다.

누군가에게 선택된다는 것. 그 희열이 예상보다 컸다. 특히 검은 눈동자로 겁 없이 쏘아보는 눈빛이 더 그를 흥분시켰다. 루한이 그의 심장을 누르고 있는 혜영의 손을 힘껏 붙잡았다. 그리곤 그 역시 기대에 찬 목소리로 답했다.

"좋아. 당신에게 모든 걸 주지. 당신 뜻대로."

퀸즈 나이트 저택으로 돌아온 혜영은 테라스 문을 열고 밖으로 나갔다. 오늘 새벽 이곳을 떠날 때까지만 해도 다시 돌아올 것이라곤 전혀 예상치 못했다. 그 자존심 강한 남자가 그녀를 뒤쫓아 오다니. 믿을 수 없었지만 사실이었다. 혜영은 난간에 기대 이젠 어둑어둑해지는 퀸즈 나이트를 물끄러미 바라보았다. 이곳에서 바라보는 밤이 익숙해지고 있음을 느끼며 만약 다시 보지 못하게 된다면 아쉬울 것 같다고 생각했다.

똑똑!

그때 노크 소리가 들렸다.

"네, 들어오세요."

혜영이 아쉬움을 밀어내며 몸을 돌려 방 안으로 들어갔다. 그러자 문을 열고 엘이 들어왔다. 엘을 보자 혜영은 잠시 걸음을 멈췄다. 그녀 때문에 곤란했을 엘에게 괜스레 미안했던 것이다.

"엘, 나 때문에 미안해요. 루한이 힘들게 하지 않았나요?"

"아닙니다. 사실 주인님께서 아가씨께서 돌아오시지 않을 것이라고 했을 때 좀 당황했습니다. 하지만 이렇게 돌아오셨으니 괜찮습니다."

"사실 돌아오지 않을 생각이었어요."

혜영이 엘을 보며 씁쓸하게 웃어 보였다. 하지만 엘은 그런 그녀를 물끄러미 바라볼 뿐이었다. 혜영과 루한 사이에 뭔가 있음을 눈치챈 모양이었다.

"혹시 주인님께서 찾아가신 건가요?"

엘이 조금은 믿기지 않는다는 듯 물었다. 그리곤 혜영의 대답을 기다리는 엘의 진지한 표정을 보곤 혜영은 잠시 대답을 망설였다.

"그가 찾아온 것은 맞지만 제가 돌아오고 싶어서 왔어요."

"아아. 그랬군요. 주인님께서……."

멈췄던 숨을 내쉬듯 엘이 대답했다. 하지만 여전히 얼떨떨한 표정이었다. 들었지만 아직 믿기지 않는 표정. 평소 루한이 얼마나 거만하게 굴었으면 저런 반응을 하는지 혜영은 조금은 이해할 수 있을 것 같았다.

"그게 그렇게 이상한 일인가요?"

혜영이 조심스럽게 물어오자 엘은 서둘러 평소의 표정으로 되돌아왔다. 그리곤 담담한 목소리로 대답했다.

"한 번도 없으셨습니다. 누군가를 붙잡는 일은. 그리고 그렇게 화를 낸 것 역시 10년 만에 처음이었습니다."

"그가 화를 낸 모양이군요."

"아니요, 직접 화를 낸 것은 아니었습니다. 단지 그 어느 때보다 말이 없으셨습니다. 태풍의 눈처럼."

"아, 그랬군요."

태풍의 눈이란 표현에 혜영은 그녀가 퀸즈 나이트를 떠난 후 어떤 분위기였는지 짐작할 수 있었다.

"저기, 혜영 님!"

"네, 말씀해 보세요."

"만약에, 만약에요. 아주 나중에라도 힘든 일이 생기신다면, 그건 루한 님의 뜻과는 전혀 다를 수 있음을 기억해 주시겠어요?"

"네? 그게 무슨 말씀이신지……."

"그러니까 만약에요."

엘의 표정이 너무도 진지했다. 전후 사정을 얘기하지도 않은 채 밑도 끝도 없이 루한의 뜻과 다르다는 것을 기억하라니. 대체 엘이 왜 그런 걱정스러운 얼굴로 그녀를 보는지 혜영은 이상했다. 하지만 그런 엘을 보자 차마 거절할 수 없었다.

"네. 만약 그런 일이 생긴다면 꼭 기억할게요. 고마워요."

"휴! 약속해 주셔서 감사합니다."

그녀의 대답에 안도한 엘이 이젠 괜찮다는 듯 웃어 보였다. 가끔 이해할 수 없을 때가 종종 있었다. 퀸즈 나이트의 고용인들은 그녀를 살얼음판을 걷는 듯 위태로운 눈빛으로 바라보았다. 냉정하고 까칠한 루한의 눈에 띄었다는 사실을 동정하기라도 하듯. 동정이라? 별로 기분 좋지 않은 감정인데…….

"그런데 파티 준비는 잘 되고 있나요?"

"네, 차질없이 진행 중입니다."

"그렇군요. 몇 명이나 초대되는지 알 수 있을까요?"

"캐롤라인 님과 캐롤라인 님의 친구분 몇 분이 초대되었다고 들었습니다. 사실 루한 님께선 번잡스러운 것을 싫어하시거든요. 사실 파티 역시 원치 않으셨지만 캐롤라인 님께서 고집을 피우시는 바람에 어쩔 수 없이 허락하셨습니다."

"루한은 캐롤라인을 무척이나 아끼는 모양이군요."

"14살이나 차이 나는 여동생이니까요."

"그렇겠군요."

엘의 대답에 혜영은 그녀의 생각처럼 캐롤라인이 루한의 여동생임을 알 수 있었다.

"사실 루한 님께선 10년 전 부모님께서 돌아가신 후 캐롤라인 님의 보호자가 되셨습니다. 그땐 사업 역시 함께 물려받아 1년 동안 10살이신 캐롤라인 님을 돌볼 수가 없었습니다. 그때 캐롤라인 님께서 많이 아프셨고 죄책감 때문에 자신에게 화를 내셨습니다. 그리고 그 후론 무슨 일이 있더라도 캐롤라인 님과 함께 시간을 보내기 위해 노력하셨습니다."

"유일한 가족이군요. 그래서 더 소중한 것이고."

혜영은 루한이 캐롤라인의 사진을 보며 지었던 표정을 떠올렸다. 그 눈빛은 연인을 사랑하는 눈빛이 아니라 분명 더 짙은 애정이 담겨 있었다. 가족에겐 따뜻한 사람. 루한이란 남잔 마음을 허락한 사람에겐 한없이 다정한 사람인 모양이었다.

"아마 캐롤라인 님께서도 혜영 님을 좋아하실 겁니다. 평소 언니가 있었으면 좋겠다고 노랠 하셨거든요."

"그럴까요?"

엘은 캐롤라인이 그녀를 좋아할 것이라고 했지만, 그건 어디까지나 혜영이 오빠의 여자가 아닌 방문객이었을 때의 얘기였다. 만약 혜영이 루한의 연인으로 섬에 머물고 있는 사실을 알게 된다면 어떤 반응을 할지 걱정이었다.

〈내가 더는 널 원하지 않을 때까지 내 곁에 있어. 내 곁에서 내 여자로. 당신이 날 이렇게 만들었으니까 책임 또한 져야 할 거야.〉

그의 여자로 곁에 있으라고 했지만, 혜영은 그의 여자로 그의 옆에 있어야 한다는 것이 무척 힘든 일일 것이란 생각을 했다. 3주간의 휴가가 끝난다면 그는 일상으로 돌아갈 테고 어쩌면 바쁜 일 때문에 만남 역시 뜸해질 테지. 그렇게 되면 자연히 두 사람의 감정과 관계 역시 소원해질 게 분명했다.

사실 그것이 이유는 아니었지만 혜영은 백 퍼센트 그의 말을 수용할 생각은 없었다. 그가 원할 때까지 그의 곁에서 그의 여자로 있을 생각은 없었다. 지금은 그녀가 그와 함께 있고 싶었다. 사실 퀸즈 나이트로 돌아오는 대신 첸과 함께 생활하며 그를 만날 생각이었다. 하지만 지금은 그녀에게 주어진 유일한 휴가였다. 루한 역시 3주의 휴가 기간이었고.

어쩌면 지금 이 순간이 온 시간을 다해 누군가 함께 있을 유일한 시간일지도 몰랐다. 그리고 그 시간 동안 혜영은 그 누구도 아닌 그와 함께 있고 싶었다.

그녀의 인생에서 이렇게 강렬한 느낌을 주는 남자는 루한이 처음이었고 그녀를 움직이게 한 유일한 남자였다. 만약 육체적인 끌림으로 끝이 난다고 해도 지레 포기해 후회하고 싶지 않았다. 그녀 역시 지금 느끼는 이 강렬한 감정이 뭔지 알고 싶었으니까.

"그런데 엘. 루한은 어디에 있죠? 저녁 내내 보이지 않아서요."

사실 퀸즈 나이트에 도착한 후 루한은 알렉스와 함께 급한 일이 있다며 서재로 가버렸다. 그 후 저녁 식사를 하는 동안에도 그를 볼 수가 없었다. 오전만 해도 절대 그녀를 손에 놓지 않을 것처럼 행동하더니 이곳에 도착하자 언제 그랬냐는 듯 무심해졌다.

"조금 전 정원에서 와인을 마시고 계신 것을 보고 왔습니다."

"와인을 마시고 있다구요?"

혜영이 의외라는 듯 미간을 찌푸렸다. 당연히 일하고 있다고 생각한 그가 정원에서 한가하게 와인을 마시고 있다니. 첸의 아파트에 왔을 땐 당장에라도 그녀를 소유할 듯 조급하게 굴더니 섬에 도착한 후 갑자기 싸늘해지다니. 혜영은 그의 태도가 묘하게 서운했다.

혜영의 반응에 엘이 넌지시 물어왔다.

"모셔다 드릴까요?"

혜영은 잠시 망설였다. 하지만 혜영은 그를 만나는 쪽을 선택했다.

"부탁할게요, 엘."

혜영은 조금 떨어진 곳에 서서 밤하늘을 바라보고 있는 루한을 보며 미간을 찌푸렸다. 미묘하지만 루한의 태도가 달라져 있었다. 뭐라고 꼬집어 말할 순 없었지만 묘하게 그녀의 신경을 거슬리게 했다. 마치 그녀의 시선을 피하려는 듯 밤의 풍경에 빠진 것처럼 행동하고 있었다.

대체 왜? 란 강한 의문을 품고 혜영은 의자에서 일어섰다. 그리곤 그가 서 있는 곳으로 한발 다가섰다. 그러자 루한은 기다렸다는 듯 한 발짝 옆으로 자릴 옮기는 것이 보였다. 그 모습에 혜영의 심중은 확신으로 굳어졌다. 그가 그녀를 피하고 있는 게 분명했다.

"왜죠?"

약간은 날 선 듯 보이는 혜영의 목소리에 루한이 그녀를 돌아보았다. 두 사람을 감싸고 있는 어둠처럼 짙고 푸른 눈동자가 그녀를 응시했다.

"난 지금 무슨 말을 하는 건지 모르겠군."

그가 아무것도 모른다는 듯 시치미를 뗐다. 그러자 혜영이 그에게 한 발짝 다가섰다. 그녀가 가까워진 만큼 또다시 그가 옆으로 물러섰다. 그녀의 입가에 차가운 냉소가 어렸다. 거보란 듯.

"이래도 무슨 말을 하는지 모르겠다는 건가요?"

혜영이 두 사람의 좁혀지지 않는 거리를 손가락으로 가리켰다.

"아, 그것 말이었군. 혹시 나 때문에 초조해진 건가?"

능청스럽게 이제야 알았다는 듯 말하는 루한을 보며 혜영은 미간을 찌푸렸다. 설마, 지금 날 일부러 자극했다는 건가?

"지금 일부러 그랬단 건가요? 날 초조하게 만들려고? 만약 그게 아니라 내 제안에 당신 마음이 변한 것이라면 난 지금 돌아가도 상관없어요. 그러니 솔직히 말하세요. 괜스레 눈치 없는 여자가 되긴 싫으니까요."

차가운 목소리로 말하는 혜영을 보며 루한이 이해할 수 없다는 얼굴을 했다.

"당신이 왜 이렇게 화를 내는지 모르겠군. 아니면 벌써 잊은 건가? 키라의 매장에서 당신이 그랬지. 내가 당신을 선택한 것이 아니라 당신이 날 선택한 거라고."

기억하고 있었다. 그래서 그가 했던 말도.

〈좋아. 당신에게 모든 걸 주지. 당신 뜻대로.〉

설마 지금 내 말을 지키기 위해 날 피했다는 건가?

"만약 그렇다고 하더라도 지나치군요. 난 당신에게 날 피하라고 말한 적 없어요."

"분명 그랬지. 하지만 내가 못 참을 것 같거든."

"뭘 참지 못하겠다는 거죠?"

"내가 한혜영 씨 곁에 있으면 참지 못하고 한혜영 씨 생각과는 달리 손을 뻗을 것 같거든. 그리고 내 품에 가둘 테고 또 키스할 테지."

짙어진 눈동자를 빛내며 참기 힘들다는 듯 말했다. 그 담담한 목소리에 담긴 감정이 고스란히 화살이 되어 혜영의 심장에 날아들어왔다. 혜영은 생각지도 못한 그의 대답에 심장이 두근거리기 시작했다.

"그리고……."

그가 손을 뻗어 그녀의 머리카락을 손등으로 천천히 쓸어내렸다. 아쉬운 듯 느릿느릿 움직이는 그의 손길에 혜영은 바짝 긴장했다.

"그렇게 된다면 난 당신의 의지와 상관없이 당신을 가질지도 몰라. 난 원래 그런 사람이니까. 내 욕심과 내 본능에 너무도 충실한 그런 인간. 자비도 없고 배려도 없지."

그런 냉혹하고 잔혹한 인성을 가진 사람이 바로 루한 프레데릭 크리스티안 존더부르크였다.

"그래서 떨어져 있는 거야. 딱 이 거리만큼."

그리고 기다리고 있었다. 손을 뻗으면 닿을 거리였지만 그는 먼저 움직이지 않을 생각이었다. 혜영이 먼저 손을 뻗어 다가올 때까지. 루한이 아쉬운 듯 그녀의 머리카락에서 손을 거둬들였다. 그리곤 주머니 속으로 손을 밀어 넣었다. 조금 전 그의 말을 증명하려는 듯이.

"그런 이유였나요?"

전혀 생각해 보지 못한 루한의 대답에 혜영은 멍해졌다. 잠시 시간이 흘렀고 마침내 혜영의 입가에 미소가 떠올랐다.

"좋군요. 내가 주도권을 갖고 당신이 기다린다는 의미가."

혜영이 홀가분한 마음으로 난간에 기댔다. 하지만 그녀가 즐거워하는 모습을 보며 루한은 미간을 찌푸렸다. 그의 심장은, 아니, 몸은 욕망으로 타버릴 것처럼 괴로운데 혜영은 너무도 여유로운 모습이었다.

루한 역시 그녀 옆에 서서 난간에 기댔다. 몸은 괴로웠지만 마음만은 그 어느 때보다 만족스러웠다. 한혜영이란 여자완 손익에 의한 사업적인 관계나 욕구를 해결하기 위한 관계가 아니었다. 손익을 따지자면 오히려 그에겐 손해였고 욕구 역시 눌러 참아야 했기 때문에 해소되지 않았다. 하지만 그 어느 때보다 흥분되었다. 육체적으로 충족되지 않은 갈증이 있었지만 그 갈증이 해소되었을 때의 만족감을 생각하자 기대가 되기까지 했다.

"루한!"

검은 바다 위에 뜬 별을 바라보던 혜영이 그를 불렀다.

"무슨 일이지?"

"춥군요."

밤이 깊어갈수록 바다에서 불어오는 바람이 차가워져 있었다. 루한이 탁자 옆에 놓인 얇은 담요 쪽으로 고갤 돌렸다. 그러자 혜영이 다시 말했다.

"싫다면 담요를 가져다줘도 상관없어요. 하지만…… 난 당신이 담요가 되어준다면 더 좋을 것 같군요."

무심한 목소리였다. 여전히 검은 바다를 응시하고 있는 혜영의 옆 얼굴 역시 그랬다. 하지만 그 말속에 담긴 뜻을 알아차린 루한의 발걸음이 빨라졌다.

그가 그녀에게 다가왔고 기다렸다는 듯 그가 그녀를 뒤에서 끌어안았다. 그의 가슴에 그녀의 등이 닿았다. 그가 손을 뻗어 그녀를 팔을 감싸자 혜영이 그의 품에 안겨들었다. 백허그. 루한이 혜영의 담요가 되어준다는 의미는 바로 그것이었다. 안아줄래요? 그에게 안긴 상태로 혜영이 그의 가슴에 머릴 기댄 후 혜영은 만족스러운 미소를 지었다.

"마음에 들어요. 따뜻하고 포근하군요. 앞으로 종종 이용해야겠어요."

그녀의 말에 루한이 미간을 찌푸렸다. 그 역시 그녀를 품에 안아 좋았지만 그녀의 향기가 그의 폐부 깊숙이 들어오자 또 다른 욕망이 꿈틀거리기 시작한 것이다.

"날 죽일 작정이군."

약간은 퉁명스러운 목소리에 혜영이 피식 웃음을 터뜨렸다.

"내가 힘들어하는 모습이 즐거운 모양이군. 하지만 반대 입장이 되었을 때 당신이 어떻게 나오는지 기대가 되는군. 각오 단단히 해두는 게 좋아."

고갤 숙인 그가 그녀의 귓가에 낮게 속삭였다. 귓불에 입술이 닿진 않았지만 그의 뜨거운 숨결이 스쳤고 혜영의 몸이 흠칫 떨렸다. 고갤 돌려 그를 쏘아보자 그의 입가에 장난스러운 미소가 떠올라 있었다. 그 역시 그녀에게 당하지만은 않을 모양이었다.

"일부러 그런 거죠?"

"아니. 당신과 내 키 차이가 딱 거기라서. 나 역시 이 자세가 좋아질 것 같군."

혜영이 루한을 곱게 흘기곤 고갤 돌렸다. 따뜻했다. 담요를 덮었을 때보다 더 좋았다. 그리고 누군가 함께 같은 곳을 바라본다는 것 역시 묘하게 혜영을 설레게 했다.

"퀸즈 나이트는 낮보다 밤이 아름다운 것 같아요."

"난 아름다운 것보단 뜨거운 것을 좋아하지."

순식간에 그녀의 귓불이 뜨거워졌다. 우연을 가장한 그의 유혹. 혜영은 손을 들어 그의 입술이 닿지 않도록 귓불을 감쌌다. 그러자 이번엔 그의 입술이 그녀의 손등을 스쳤다.

"자꾸 이러면……."

말이 끝나지도 않았는데 그의 입술이 멀어졌다. 그리곤 언제 그랬냐는 듯 담요의 역할에 충실했다. 그제야 혜영이 만족스러운 듯 한숨을 내쉬었다. 그러다 풋! 웃음이 터져 나왔다.

서른과 서른넷. 다 큰 성인이 입맞춤 하나로 아이들처럼 철없이 굴고 있다는 사실이 믿어지지 않았다. 혜영은 너무도 신기했다.

이런 사소한 말싸움을 하며 기뻐하는 자신이.

"내일은 일을 좀 해야겠어요. 생일까지 5일밖에 남지 않았잖아요."

"선물은 핑계라고 했잖아."

"아니요, 의뢰가 들어온 이상 제겐 일이에요. 그러니 낼 하룬 절대 방해하지 마세요."

사실 방해는 그녀가 했다. 오늘 역시 혼자 있는 루한을 찾아 그녀가 온 것이니까. 하지만 혜영은 모른 척하기로 했다.

"옆에만 있는 건 상관없겠지?"

"뭐, 옆에만 있는 것이라면."

햇살이 비추는 정원의 테라스. 혜영은 탁자에 앉아 디자인 북을 내려다보고 있었다. 새하얀 종이 위엔 망설이듯 찍어놓은 점들이 몇 개 보일 뿐이었다. 다시 마음을 가다듬은 혜영은 들고 있던 연필에 힘을 주었다. 하지만 이내 새하얀 종이 위에 어른거리는 사람의 그림자를 노려보다 결국 고갤 들었다.

햇빛에 서 있는 남자의 목덜미를 타고 흘러내리는 땀방울이 눈에 들어왔다. 그리고 그 땀방울은 남자의 굵은 목덜미를 타고 군살 없이 완벽한 어깨 근육으로 이어졌고 서서히 입고 있는 흰색의 면 셔츠 속으로 사라졌다. 그 모습이 혜영의 시선을 사로잡았다. 그리고 깨달았다. 사람의 피부 위로 흘러내리는 땀방울이 물방울 다이아몬드만큼이나 아름답고 영롱할 수 있다는 것을.

루한이란 남잔 여러 의미로 살아 숨 쉬는 보석. 그 자체라는 것을.

햇빛 속에 서서 그가 그녀를 내려다보고 있었다. 방해하지 않겠다고 했던 그가 엄연히 그녀를 방해하고 있었던 것이다. 혜영은 애써 그의 따가운 시선에서 고갤 돌리려 했다. 하지만 눈부신 태양만큼 강렬한 그의 눈빛에서 쉽게 벗어날 수 없었다.

"비켜주세요! 당신이 햇빛을 가리고 서 있잖아요."

아, 생각보다 그녀의 목소리가 탁했다. 그에게 아무런 동요도 하지 않고 있다는 것을 보이고 싶었던 혜영은 그의 입가에 떠오른 미소를 보자 실패했음을 깨달았다. 그리고 그가 노리는 것 역시 분명 그녀가 마음의 평정을 잃은 그것일 테고.

"난 지금 당신에게 그늘을 만들어주는 거야. 햇빛에 자꾸 눈살을 찌푸리는 것 같아서."

말을 못하면 밉지나 않지. 혜영은 눈살을 찌푸리며 그의 엉큼한 호의를 거절했다.

"그럴 필요 없어요. 오히려 햇빛을 즐기는 중이었으니까요."

"그렇다면 비켜줘야겠군."

그가 몸을 움직여 혜영에게 다가왔다. 순간 혜영은 몸이 긴장하는 것이 느껴졌다. 그리고 어느새 코앞까지 다가온 그를 올려다보아야 했다. 강한 햇빛과 함께 그에게선 짙은 사향 냄새가 났다. 태양을 닮은 그 향기에 혜영의 심장은 벌써 반응하고 있었다.

"이번엔 또 뭐죠? 분명 방해하지 않기로……."

하지만 이번에도 혜영은 말을 끝맺지 못했다. 그가 그녀를 향해 손을 뻗어왔던 것이다. 두근! 가까워진 그의 손이 분명 그녀의 가슴 쪽으로…….

"대체 어딜…….."

하지만 그의 손길은 그녀의 가슴께를 지나쳐 탁자 위에 놓인 디자인 북을 집어 들었다. 순식간에 얼굴이 붉게 달아올랐다. 그저 디자인 북을 집어 들려던 것뿐인 그를 오해하다니. 아마 그녀의 머릿속엔 지금 음란함으로 가득 차 있는 모양이었다.

하지만……. 그녀를 바라보던 그의 눈빛은 분명 그녀가 오해하도록 하는 그런 종류의 것이었다. 그리고 지금 입가에 어린 저 미소 역시.

"오전 내내 아무것도 하지 않은 모양이군. 딴생각이라도 한 모양이지?"

아무것도 그려져 있지 않은 종이를 넘기며 루한이 이상하다는 듯 혜영을 내려다보았다.

"이리 줘요!"

당황한 혜영은 재빨리 그에게서 디자인 북을 빼앗아 들었다.

"영감이란 찰나의 빛과 같은 거라구요. 그려야겠다고 생각한 순간 막 떠오르는 그런 것이 아니에요."

혜영은 자신의 대답이 변명처럼 들리지 않기를 바랐다.

"그렇겠지. 영감이란 기계로 물건을 찍듯 만들어지는 것이 아닐 테니까. 그럼 당신은 어떤 식으로 영감을 얻는지 궁금하군."

"음, 내 경우엔 특별히 정해져 있진 않아요. 어떤 땐 길을 걷다 무심히 흘러나오는 음악 소리에 영감이 떠오를 때도 있죠. 혹은 바람과 함께 묻어 날아온 꽃향기라던가, 그것도 아니라면 반짝이는 햇살이 만들어낸 다양한 무늬를 보면서 영감을 떠올리죠. 그러니까 한마디로 난 당신이랑 장난칠 만큼 한가하지 않다는 뜻이에요. 이제부터 방해하지 말고…… 어, 뭐예요. 돌려줘요."

루한이 혜영에게서 디자인 북을 빼앗았다. 그리곤 책상에 놓여 있던 연필이며 디자인 도구까지 챙겨 들더니 그녀의 손목을 붙잡곤 일으켜 세웠다.

"뭐예요. 지금까지 내 말을 흘려들었던 건가요? 나 지금 바쁘다고……."

"알아. 지금 당신은 디자인을 위해 영감이 필요한 거잖아."

다 알고 있으면서 또 방해하다니.

"내 말이 바로 그거예요. 그러니 더는 날 방해하지 말고……."

"내가 데려다 주지. 당신의 상상력을 자극할 수 있는 곳으로."

루한의 입가에 미소가 떠올라 있었다. 영감이 무궁무진하게 떠오르는 곳이라고? 하지만 혜영은 눈을 가늘게 뜨고 그를 바라보았다. 대체 또 무슨 속셈인 건지. 혜영은 그의 의도가 심히 의심스러웠다.

"정말인가요?"

"아마, 당신도 보면 놀랄 거야. 조용하고 숨을 쉴 수 없을 만큼 아름답지. 파도 소리가 음악이 되고 또 햇살이 만들어낸 신비로운 그림 역시 볼 수 있거든."

"그런 곳이 있다는 건가요?"

"있어."

대답과 함께 그가 재촉하듯 그녀의 손을 잡아끌었다. 믿어도 될까? 혜영은 그의 손에 이끌려 발걸음을 옮기기 시작했다. 한발 앞서 걷는 루한은 그녀의 손을 붙잡고 있었다.

"잠깐, 손은 놓고 가요."

혜영이 그에게 잡힌 손을 빼려 하자 그가 손에 힘을 주어 바짝 끌어당겼다.

"안 돼! 도망칠지도 모르니까."

농담인 듯했지만 그의 눈빛은 뜻밖에도 너무 진지했다. 혜영은 다시 그의 손에 이끌려 걸음을 옮겨놓아야 했고 한걸음, 한걸음 걷는 동안 어쩔 수 없는 기대감으로 심장이 뛰기 시작했다.

저택에서 나온 두 사람은 해안 산책로를 따라 20여 분을 걸었다. 첫날 그를 만나기 위해 엘을 따라 도착했던 언덕의 작은 집을 지나쳐 좀 더 해안 쪽으로 걸어가자, 지금까지와는 달리 경사가 가파른 좁은 길이 나타났다. 그때 앞서 걷던 루한이 돌아서는가 싶더니 그녀가 피할 시간도 주지 않고 그녀를 두 팔로 안아 들었다.

"뭐 하는 거예요. 당장 내려놔요!"

순식간에 그의 품에 안긴 혜영이 그의 품에서 벗어나기 위해 버둥거렸다. 하지만 그의 태도는 완강했다.

"혼자 가기엔 위험해. 그러니 내 목에 팔을 감고 꽉 붙들어야 할 거야."

"그럴 필요 없어요. 나 혼자 충분히 갈 수 있어요. 이런 것쯤 거뜬히……."

"알아. 당신이 굉장히 독립적인 여자라는 걸. 하지만 이 길을 그 다리로 내려갔다간 쐐기풀에 긁혀 엉망이 될 거야. 그랬다간 당신은 디자인의 영감은커녕 생채기를 치료하느라 시간을 보낼 테고. 그러니 시간 낭비하고 싶지 않거든 날 붙잡아."

루한의 말에 발아래 길을 내려다보였다. 그의 말처럼 덩굴 식물인 쐐기풀이 길을 따라 자라고 있었고 날카로운 가시들이 눈에 들어왔다. 그리고 무릎까지 오는 원피스를 입어 훤히 드러난 새하얗고 가는 다리도.

하는 수 없이 혜영은 팔을 들어 그 목에 감았다. 하지만 힘을 주진 않았다. 그저 그의 목에 팔을 슬쩍 걸쳐 놓은 것뿐이었다. 마치 어린아이의 투정마냥 그의 말을 다 수용하지 않겠다는 듯. 그녀의 행동에 루한의 입가에 미소가 떠올랐다.

"고집쟁이."

그가 놀리는 소릴 들었지만 혜영은 못 들은 척했다. 그리고 그런 혜영을 안은 채 루한이 가파른 길을 천천히 내려가기 시작했다.

휘청!

"어헛!"

급경사로 혜영의 몸이 크게 흔들림과 동시에 그녀의 입술 새로 헛바람 빠지는 소리가 새어 나왔다. 그리곤 놀란 혜영이 그의 목에 두른 팔에 힘을 주곤 힘껏 매달려야 했다. 그러다 자신의 행동을 깨닫고 서둘러 손에 힘을 뺐다.

"고집쟁이."

그를 올려다볼 수가 없었다. 분명 그녀를 내려다보며 웃고 있을 테니까. 혜영은 그의 놀림거리가 되느니 고집쟁이가 되기로 했다. 대신 루한이 그녀를 고쳐 안았다. 바짝 그의 품속으로 당겨진 혜영은 그를 붙잡지 않아도 안정감을 느낄 수 있었다. 차가운 태도와는 달리 행동에선 그녀에 대한 배려를 느낄 수 있었다.

"도착하려면 아직인가요?"

혜영은 그의 작은 행동에 괜스레 심장이 따뜻해졌다. 그녀가 고개 들자 자신의 얼굴을 담은 암청색의 눈동자와 마주했다. 차갑다고 느껴졌던 눈동자에선 온기가 느껴졌다. 그의 심장은 얼음이 아니라 뜨거운 피가 흐르고 있었던 것이다.

"이 길만 내려가면 돼."

그가 다시 조심스럽게 발을 옮겨놓기 시작했다. 그의 품에 안겨 그의 목덜미에 팔을 두른 채 혜영은 그의 가슴에 슬쩍 뺨을 묻었다. 그의 향기가 났다. 짙은 사향 냄새와 함께 청량한 그의 향취. 언제나 그가 곁에 올 때면 느껴지는 향기였다.

"향수 어떤 것 써요?"

"향수 같은 건 안 써. 귀찮으니까."

그럼 면도 후 사용하는 스킨인 모양이었다.

"독특한 향이라 궁금했어요."

"그래? 이상하군. 알렉스 역시 같은 것을 쓰고 있거든."

루한의 대답에 혜영이 고개 들었다. 알렉스와 같은 것이라고? 하지만 달랐다. 그에게선 지금껏 한 번도 느껴보지 못한 짙은 향이 났던 것이다. 그럼 이 향이 바로 페로몬이란 건가? 혜영이 잠시 생각에 잠겨 있는 동안 루한이 멈춰 섰다.

"도착했군. 바로 여기야."

혜영이 고개 들어 앞을 응시했다.

"여긴……."

너무도 아름다웠다. 말을 잊게 할 정도로. 그리고 혜영은 루한이 했던 얘기가 사실임을 깨달았다. 태양 빛에 보석처럼 빛나는 새하얀 모래사장 끝에 기암절벽이 있었다. 그리고 그 높고 곧은 절벽은 수천, 아니, 수만 년의 시간 동안 바람과 파도의 끝없는 구애 끝에 커다란 천연 동굴을 만들어낸 것이다. 혜영은 동굴의 신비롭고 놀라운 아름다움에 한순간 마음을 빼앗겼다.

"마음에 드는 모양이군."

혜영의 눈동자가 기쁨으로 빛났다. 그리곤 조금은 흥분한 얼굴로 고갤 끄덕였다.

"마음에 드는 정도가 아니라 최고예요."

그녀가 그의 목에 감긴 팔을 아래로 끌어당겼다. 어느새 그의 뺨이 그녀의 얼굴 가까이에 있었고 그것을 깨달은 순간 그의 뺨에 촉촉하고 부드러운 것이 닿았다 사라졌다. 루한은 그것이 그녀의 입술이란 사실을 알기까지 조금 시간이 걸렸다. 멍하니 서 있는 루한을 놓아둔 채 혜영이 그의 품에서 빠져나왔다. 그리곤 새하얀 모래 위를 걸어 동굴 입구로 갔다.

루한은 멀어져 가는 혜영을 보며 살짝 미간을 찌푸렸다. 그리곤 평소와 달리 망설이듯 손을 뻗어 그의 뺨을 쓰다듬었다. 혜영의 입술이 닿았던 뺨이 뜨거웠다. 멀어져 가는 혜영을 보며 루한은 뭔가 심장이 쿵 내려앉는 느낌이었다. 그 묘한 감각에 루한은 뺨을 만지던 손을 떨구었다. 혜영을 바라보는 그의 눈빛 역시 갑작스레 깨달은 상념으로 짙어져 있었다.

혜영은 바닥에 깔아놓은 담요 위에 무릎을 세우고 앉아 바위틈 사이로 보이는 짙푸른 바다를 응시했다. 동굴은 상상 이상이었다. 바닥에 깔린 새하얀 모래와 동굴 안쪽까지 좁다랗게 이어진 또 다른 작은 바다가 있었다. 동굴 안은 그야말로 또 다른 바닷가였다.

혜영은 고갤 들어 자연 통풍창을 통해 들어오는 햇살을 바라보았다. 따사롭게 비추는 햇빛 때문인지 습할 것 같은 동굴 안은 적당한 그늘과 쾌적한 건조함을 지닌 휴식을 취하기에 최적의 장소였다.

에덴? 아니, 동양의 에덴 샹그릴라라고 해야 하는 건가? 혜영은 신비롭고 아름다운 동굴을 보며 옆에 놓아두었던 디자인 북을 꺼내 부지런히 연필을 움직였다.

시간이 흘렀다.

혜영은 짙은 바다 냄새와 함께 다가오는 서늘한 느낌에 고갤 들었다. 그러자 바다에서 수영하고 돌아오던 루한과 시선이 마주쳤다. 상체를 드러낸 채 젖은 머리를 입고 있던 셔츠로 털어내는 모습이 무척이나 섹시했다. 그가 움직일 때마다 함께 움직이는 근육 역시 힘이 느껴졌다. 바다의 신 포세이돈. 헝클어진 머리카락을 손가락으로 쓸어 넘기며 그녀에게 다가오는 루한을 보며 혜영은 마른침을 삼켰다.

"당신도 수영을 좀 하는 게 어때?"

"아니에요. 난 다음에요. 아직은 해야 할 일도 있고."

애써 그의 상체에서 시선을 거둬들인 혜영은 무릎 위에 올려놓은 디자인 북에만 집중했다. 하지만 그녀의 시선은 자꾸만 그에게로 향했다. 자연의 신비 역시 그녀의 시선을 잡아끌었지만 살아 숨 쉬는 완벽한 예술품과는 비할 바가 아니었으니까.

털썩! 그가 그녀 옆에 자릴 잡고 앉았다. 그리곤 조금은 피곤한 듯 눕더니 눈을 감았다. 그제야 혜영은 그를 바라보았다. 잔 근육으로 이루어진 그의 몸은 완벽했고 숨을 쉴 때마다 오르내리는 단단한 가슴은 손을 뻗어 만져 보고 싶을 만큼 아름다웠다.

고갤 돌린 혜영이 작게 한숨을 내쉬었다. 서늘하게 느껴지던 동굴이 갑자기 더워졌다. 혜영이 조심스럽게 그에게서 떨어져 앉았다. 거칠게 뛰는 그녀의 심장 소릴 그가 듣게 될까 봐 걱정되었던 것이다. 그녀의 움직임 탓인지 그가 눈을 떴다. 그리곤 재미있다는 듯 피식 웃으며 상체를 조금 일으켜 세웠다. 이젠 팔을 괴고 옆으로 누운 그가 그녀를 뚫어질 듯 바라보았다.

"할 말이라도 있나요?"

"할 말은 내가 아니라 당신이 있는 것 같군. 날 만지고 싶은 모양이지?"

"내가요? 아니요, 전혀요!"

대답이 너무 빨랐다. 조급하게 들리는 그녀의 목소리가 마치 그의 말이 맞는다고 시인하는 것처럼 들리는 것은 그녀만의 착각이라고 여기고 싶었다. 하지만 다행히도 혜영의 대답에 루한은 더는 캐묻지 않았다. 그럴수록 혜영의 초조함은 더해갔다.

"방해하지 않기로 했잖아요."

"어젯밤 옆에 있는 것까진 된다고 했던 것 같은데."

그는 아무런 잘못도 없다는 듯 어깰 으쓱했다. 그녀의 말을 이해하지 못한 척하다니. 그는 고단수인 게 분명했다.

"그랬었죠. 하지만 다시 말할게요. 그렇게 쳐다보지 마세요."

"그렇게라니…… 내가 어떻게 당신을 쳐다봤다는 거지?"

혜영이 그걸 모르느냐는 듯 눈을 치켜떴다. 하지만 루한은 여전히 전혀 모르겠다는 표정이었다.

"그러니까 내 말은 당신이 마치⋯⋯."

"마치, 뭐지?"

그가 흥미로운 듯 눈을 빛냈다. 그 모습에 혜영은 도저히 말을 할 수 없었다. 금방이라도 먹잇감을 노리는 맹수처럼 자신을 덮칠 기세라는 걸 어떻게 말할 수 있겠는가.

"하여튼⋯⋯ 저쪽으로 돌아누워요. 그리고 쳐다보지 마요."

혜영이 내려놓았던 연필을 다시 집어 들었다. 그러자 그가 일어서며 의미심장한 목소리로 말했다.

"쳐다만 보지 않으면 된다는 거지?"

"그렇다니까요. 그러니까 어서⋯⋯ 헙! 지금 뭐 하는 거예요?"

돌아서긴커녕 그가 그녀에게 바짝 다가섰다. 그리곤 앉은 자세에서 그녀를 뒤에서 바짝 끌어안았다. 그녀의 등에 어느새 그의 가슴이 맞닿았고 그의 다리 사이에 자릴 잡은 혜영은 꼼짝없이 그에게 갇힌 꼴이 된 것이다. 그가 고갤 숙여 그녀의 어깨에 얼굴을 올려놓자 혜영은 화들짝 놀라 그에게서 벗어나려 했다. 하지만 그의 팔이 재빨리 그녀의 허리에 감겨왔다.

"쳐다만 보지 말라고 했으니까 이건 상관없다는 것이겠지? 그리고 난 지금 당신 담요야. 이곳은 동굴이라 조금 지나면 몸이 차가워질 거야."

"담요 같은 건 필요 없어요. 하나도 춥지 않으니까요."

그가 손을 뻗어 그녀의 팔을 쓸어내렸다. 차가워진 그녀의 팔에 그의 뜨거운 손이 닿자 혜영은 흠칫 몸을 떨었다.

"팔에 소름이 돋아 있군. 몸도 떨리는 것 같고."

"그러니까 이건 추워서가 아니라……."

"추워서가 아니라면 뭐지?"

그의 입가에 엷은 미소가 떠올라 있었다. 그리고 짙은 암청색의 눈동자 역시 유난히 빛나고 있었고. 설마 다 알고 내 입으로 인정하게 할 심산인 건가?

혜영은 또다시 입술을 꾹 다물어야 했다. 팔에 소름이 돋은 이유와 몸이 떨리는 이유는 추워서가 아니었다. 그와 몸이 닿자 그녀의 몸이 본능적으로 반응한 것뿐이었으니까. 그 사실을 그가 모를 리 없었다.

"지금부터 날 담요라고 생각하도록 해."

말도 안 돼. 이렇게 신경을 거슬리게 하는 담요가 대체 어디 있다는 거지? 혜영이 그를 밀어낼 구실을 찾는 동안 그가 그녀를 담요처럼 포근하게 감싸 안았다. 그리곤 그녀의 목덜미에 얼굴을 묻곤 좀 더 편하게 자세로 고쳐 앉았다. 순식간에 그의 품속에 바짝 당겨진 혜영은 도저히 디자인에 집중할 수 없었다.

그의 몸에서 뿜어져 나오는 열기와 등에 닿는 온기. 그리고 귓불을 스치는 그의 숨소리까지. 혜영은 작게 한숨을 내쉬곤 최대한 태연한 척하려 했다. 하지만 한 번 시작된 심장의 두근거림은 쉽게 가라앉지 않았다. 다시 디자인에 집중하기 위해 애쓰던 혜영은 루한의 뜻밖의 질문에 잠시 움직임을 멈췄다.

"한국은 어떤 나라지?"

아마 그의 어머니가 한국인이었다고 했었다. 어린 시절 분명 어머니로부터 한국에 대해 많은 얘길 들었을 텐데 그녀에게 새삼 묻는 이유가 궁금했다.

"객관적인 설명이 듣고 싶은 건가요? 아니면 내 주관적인 생각이 궁금한 건가요?"

"둘 다라고 하고 싶지만 지금은 당신의 주관적인 생각이 더 듣고 싶군."

멈췄던 그녀의 손이 다시 움직이기 시작했다. 그리고 디자인 북 위에 한국이라고 썼다. 혜영에게 한국이라……

"내게 한국은 그리움이죠. 외국에서 오래도록 사는 사람이라면 누구나 느끼는 감정이거든요."

"누구나 느끼는 향수병 말고, 한혜영 당신의 그리움은 뭐지?"

내 그리움. 혜영의 그리움은…… 안타까움이었다. 14년이 지났어도 떠올리는 것만으로 심장이 아리고 다시 볼 수 없다는 사실을 깨닫게 되는 안타까움이었고, 다시 돌아갈 수 없는 행복했던 부모님과의 추억이기도 했다.

"내 그리움은…… 추억이죠. 한국엔 사계절이 있는데 그 계절 중 처음을 우린 봄이라고 불러요. 그리고 그 봄은 겨울의 한기를 몰아내고 따뜻한 온기를 가져오죠. 제게 한국은 봄처럼 행복한 추억이죠."

"봄처럼 행복한 추억이라. 당신에게 한국이란 나란 좋은 곳이군."

"네, 좋은 곳이에요. 항상 다시 그때로 돌아가고 싶은……."

그녀의 대답에 루한은 대답이 없었다. 잠시 침묵히 흐른 뒤 혜영은 멈춰 있던 손을 다시 움직이기 시작했다. 말없이 흐르는 침묵에 혜영은 자꾸만 그를 돌아보고 싶어졌다. 그녀의 목덜미에 얼굴을 묻고 미동도 하지 않는 그가 신경이 쓰였다.

대체 뭐지? 왜 그런 질문을 나에게 한 걸까? 그에겐 어머니의 나라이기도 한 한국은 어떤 의미일까? 왠지 혜영은 그에게 좋은 의미는 아니란 느낌을 받았다. 뭔가 깊은 감정의 앙금이 그의 목소리에 담겨 있었던 것이다. 혜영은 점점 길어지는 루한의 침묵에 미간을 찌푸렸다. 문득 떠오른 부모님에 대한 그리움까지 밀어낼 정도로 혜영은 그가 신경 쓰였다.

사각사각!

혜영의 연필 끝이 종이 위를 무의미하게 움직였다. 그러다 또다시 혜영이 흠칫! 몸을 떨었다. 그녀의 목덜미에 그의 입술이 스치듯 닿았다. 우연이었을까? 혜영이 몸을 바짝 긴장시키며 그의 입술에서 멀어지려 했다. 하지만 또다시 그의 입술이 그녀의 목덜미에 닿았고 이번엔 좀 더 노골적으로 입술을 부딪쳐 왔다. 처음엔 우연이었을지 모르지만 지금 그녀의 목덜미에 잘게 입을 맞추는 그의 행동은 다분히 의도적이었다. 명백한 방해였고 유혹이었다.

"앗, 루한? 이럴 거면……."

그의 입술에서 벗어나기 위해 혜영이 자리에서 일어서려 했다. 하지만 다음 순간 불쑥 물어오는 그의 뜻밖의 물음에 한순간 모든 동작을 멈췄다. 조금은 믿을 수 없다는 듯.

"키스…… 해도 돼?"

아니요. 라고 대답하면 그만이었지만 혜영은 답하지 못했다. 몇 번의 키스를 하는 동안 한 번도 이렇게 그녀의 의사를 물은 적이 없었다. 그저 마음이 시키는 대로 그녀의 입술이 그의 것인 양 가졌으니까.

"아…… 그게……."

뭘까? 혜영은 고갤 돌리면 닿을 거리에 있는 그의 입술을 바라보았다. 선이 뚜렷한 입술은 서늘했다. 하지만 혜영은 그 서늘하고 차가운 입술이 얼마나 뜨거워질 수 있는지 너무도 잘 알고 있었다. 또한 얼마나 달콤한 쾌락을 주는지도.

대답 대신 혜영은 손을 뻗어 그의 입술을 더듬었다. 단단해 보이는 입술은 의외로 따뜻했다. 그녀의 손가락이 그의 입술선을 따라 천천히 움직이는 동안 그의 붉은 혀가 그녀의 손가락을 깨물듯 쓸어내렸다. 흠칫! 뜨겁고 축축했다. 하지만 불쾌하지 않았다. 혜영은 멍하니 그의 혀가 그녀의 손가락을 쓸어내리는 것을 보며 입안이 바짝 마르기 시작했다.

남자가 이렇게 관능적일 수 있다니. 혜영은 루한의 눈빛을 보며 그렇게 생각했다. 혜영은 참고 있던 뜨거운 숨을 내쉬며 눈을 질끈 감았다. 뜨거운 열기가 일기 시작했고 그 충동을 떨쳐 내지 못하고 혜영은 그의 입술에 키스했다.

그녀의 입술이 닿자 그의 입술을 통해 기분 좋은 신음이 들려왔다. 하지만 그는 미동도 하지 않았다. 그녀의 입술이 그의 입술을 더듬고 조심스럽게 빨아 당기며 맛보는 동안에도 아무런 움직임이 없었다. 그의 차가운 반응에 혜영은 채워지지 않는 열기가 커지는 것 같았다. 그리고 그가 그랬던 것처럼 붉은 혀로 그의 입술을 쓸며 조심스럽게 안으로 밀고 들어갔다.

"하아!"

그의 입술을 통해 거친 신음이 새어 나왔다. 그리고 그다음 순간 혜영은 담요 위에 눕혀졌고 그가 그녀를 내려다보고 있었다.

너무도 순식간에 혜영은 그의 무게를 느끼며 그를 올려다보아야 했다. 그늘진 그의 눈동자가 열기를 품고 빛나고 있었다. 그녀가 시작한 키스였지만 이젠 그 역시 내버려 두지 않을 모양인 듯했다. 오직 그녀의 머릿속을 그에 대한 생각으로 가득 채우려는 듯 그의 입술이 그녀의 입술을 삼킬 듯 부딪쳐 왔다.

달콤하고 향긋한 꽃 속에 든 꿀을 찾듯 그의 혀가 그녀의 입술 깊숙이 들어와 헤집고는 안달이 날 정도로 부드럽게 혀를 빨아 당겼다. 또다시 짙은 향기가 그녀를 사로잡았다.

"흣!"

혜영의 손이 그의 옷자락을 붙들었다. 연인이 함께하는 모든 순간이 마음을 표현하는 언어라는 말에 혜영은 공감했다. 거칠고 강렬한 키스와는 달리 심장을 녹이는 부드러움이었다. 그녀가 스스로 입술을 벌리고 그를 받아들이게 하는 달콤한 유혹. 혜영 역시 그 유혹에 입술을 열었다.

마음이 흐른다. 지금 혜영의 마음은 하나처럼 얽힌 입술을 통해 그에게 흘러가고 있었다. 그의 셔츠 자락을 붙잡았던 혜영의 손이 어느새 그의 목을 휘감았다. 그녀의 몸 위로 느껴지는 그의 온기에 혜영은 안도했다.

"루한……."

그녀의 입술을 통해 흘러나오는 그의 이름이 그녀의 심장을 울렸다. 더욱 애틋해진 감정에 혜영은 입술을 열어 그를 온전히 받아들였다. 뜨거운 혀가 그녀를 삼킬 듯 다시 밀고 들어왔고 그녀의 혀를 휘감았다. 숨도 쉬지 못할 만큼 힘껏 빨아 당기는 아릿한 감각에 놀라 혜영은 움찔 물러서려 했다. 하지만 그는 그녀가 물러서게 내버려 두지 않았다. 그녀의 턱을 붙잡고 옆으로 살짝 기울인 후 더욱 깊숙이 혀를 밀어 넣었다.

"홋!"

나른하고 아릿한 쾌감이 등줄기를 타고 흘렀다. 혜영은 그의 목에 감은 팔에 힘을 주며 그에게 매달리듯 꼭 끌어안았다. 키스만으로 온몸이 달콤한 열감으로 머릿속이 새하얗게 변하고 있었다. 그리고 더한 열기를 기대하듯 혜영은 낯선 갈증을 느껴야 했다.

알 수 있었다. 그녀가 느끼고 있는 이 낯선 갈증이 바로…….

엇, 뭐지? 다음 순간 그녀를 유혹하던 그의 입술이 사라졌다. 짙은 만족감에 몸을 떨던 혜영은 사탕을 빼앗긴 아이처럼 잔뜩 찌푸린 얼굴로 눈을 떴다. 아직 채워지지 않는 열기로 혜영은 아쉬운 듯 한숨을 내쉬어야 했다.

"루한……."

그녀의 목소리에 담긴 감정은 분명했다. 더 원하고 있었다. 더 짙은 쾌락을 원하고 있었다. 하지만 루한은 몸을 일으키며 그녀의 팔을 풀어냈다. 그녀와는 달리 너무도 태연한 얼굴이었다. 조금 전 그 키스가 그에겐 아무것도 아니라는 듯 뱉어내는 숨결 역시 전혀 흐트러져 있지 않았다. 혜영 역시 몸을 바로 하곤 그를 올려다보았다.

"어, 난……."

더 해달라고 말하고 싶었다. 좀 더 나른한 감각을 불러일으키는 키스를 원한다고. 하지만 그녀와는 달리 순식간에 냉정함을 되찾은 루한을 보며 혜영은 차마 입을 열지 못했다.

뭐가 어떻게 된 거지? 분명 조금 전까지 그 역시 그녀를 원하고 있었다. 하지만 다음 순간 혜영은 그가 키스를 멈춘 이유를 알 수 있었다.

"당신이 움직여야 해. 날 원한다면 당신이 직접 내게 와야 할 거야."

"지금 뭐라고 했죠?"

"당신이 와. 당신이 이 모든 관계에 주도권을 쥔 이상 난 아무것도 하지 않을 생각이거든."

아무것도 하지 않고 그는 그녀를 기다리겠다고 말하고 있었다. 그를 원한다면 그 누구도 아닌 그녀 스스로 움직여야 한다고.

"누가 간대요? 평생 기다려 봐요. 내가 당신에게 먼저 손을 내미는지. 아마 당신이 먼저 항복하게 될 거예요. 내가 아니라, 당신이!"

혜영은 바닥에 떨어뜨렸던 디자인 북을 주섬주섬 챙겨 들었다. 그런 혜영을 보는 루한의 눈동자가 흥미로운 듯 빛나고 있었다. 혜영은 그런 루한을 혼자 남겨두고 저택으로 돌아가기 위해 걷기 시작했다. 혜영은 미간을 찌푸렸다. 그와의 키스로 여전히 심장은 거칠게 뛰고 있었고 채워지지 않는 갈증으로 몸 한 부분이 욱신거렸다.

30분 후, 퀸즈 나이트의 저택에 도착한 두 사람 사이에 팽팽한 긴장감이 흘렀다. 저녁 식사를 하는 동안에도 그리고 저녁을 먹은 후 테라스에 앉아 각자의 일에 집중해 있는 동안에도 그 긴장감은 사라지지 않았다. 아니, 밤이 깊어갈수록 날 선 긴장감은 더욱 팽팽해졌다.

서로를 외면하고 있었지만 가끔 서로의 시선을 피해 상대를 바라보는 눈빛 역시 숨이 막힐 정도였다.

　퀸즈 나이트의 밤은 신비로울 정도로 아름다웠고, 또한 심장을 태울 듯 뜨거워지고 있었다.

제4장 깊은 밤을 날아서, 너에게로

 새벽 해안로를 따라 걷는 내내 루한의 표정은 차갑게 굳어 있었다. 아직 어둠 속에 잠들어 있는 퀸즈 나이트는 너무도 고요했고 그 고요한 침묵을 루한은 좋아했다. 누구의 방해도 받지 않고 자신만의 생각에 집중할 수 있었던 것이다. 온전히 혼자가 되는 시간. 루한은 그 자유가 너무도 소중했다.

 하지만 오늘 그는 조금 이상했다. 그의 시선은 자꾸 퀸즈 나이트 저택의 한곳으로 향했고 그럴 때마다 그의 미간은 더욱 찌푸려졌다. 그의 머릿속은 혼란스러웠고 또한 혼자 있는 이 시간에도 누군가가 그립다는 느낌은 처음이었다. 훗! 뱉어낸 한숨 속에서도 복잡한 그의 마음을 읽을 수 있었다. 저택으로 향해 있는 그의 눈빛 역시 더욱 짙어져 어둠 속에서 빛나고 있었다.

 루한 프레데릭 크리스티안 존더부르크에게 타인을 위한 배려란 존재하지 않았다. 스물넷에 존더부르크 가문의 수장이자 사업을 물려받았을 때부터 그에겐 이기적이고 차가운 세계에서 살아남기 위해 그 누구보다 냉혹해져야 한다는 사실을 깨달았다. 특히 그에게 여자란 사업에 필요한 요소일 뿐이었다. 감정이 아닌, 돈이었고 계산적이었으며 계약일 뿐이었다. 그것도 아니라면 욕망이 시키는 대로 여자를 가지면 그만이었다. 배려 같은 건 필요 없었다. 그리고 상대에 대한 감정 역시 전혀 없었다.

한혜영이란 여잘 호텔에서 봤을 때도 그랬다. 문이 열리자마자 키스해 오는 혜영을 보며 파파라치거나 상대 쪽 기업이 보낸 여자라고 생각했었으니까.

하지만 그 순간 뭔가 변했다. 그 서툰 키스가 그의 호기심을 불러일으켰고 사랑하는 남자에게 거절당하는 혜영을 보며 이상하게도 자기 일처럼 불쾌했다. 그의 차가운 눈빛에도 당당히 쏘아보던 여자가 그 남자 앞에서 흔들리는 모습이 마음에 들지 않았던 것이다.

그래서였던 것 같다. 어머니를 닮은 검은 눈동자가 슬픔을 담지 않기를 바랐다. 그가 그녀의 입술에 키스했을 때 슬픔이 아닌 당혹스러움이 어리자 루한은 안도했다. 지금껏 다른 여자에겐 한 번도 느껴보지 못했던 감정. 루한은 문득 그의 감정을 깨달은 순간 혜영을 놓아주었다. 그의 키스로 붉어진 입술을 보자 더 짙은 욕망이 일었지만 그건 단순한 욕구일 뿐이었다.

울 것이라고 생각했던 혜영은 울지 않았다. 아마 혜영은 그때부터 고집쟁이였던 모양이었다. 그렇게 짧은 만남이 다였다. 그녀가 가버린 후, 바닥에 떨어져 있던 만년필이 아니었다면 그녀란 존재는 아마 그의 기억 속에서 사라졌을지도 몰랐다. 언젠가부터 그녀가 떨어뜨리고 간 만년필은 그의 가까이에 있었고 그 만년필을 볼 때마다 그 검은 눈동자의 동양인 여자가 떠올랐다. 시간이 갈수록 갈증이 일었다.

그녀의 수줍고 서툰 키스가 작은 불씨라고 생각했었다. 단순한 욕망이라고. 그 욕망을 채우고 나면 언제나처럼 무관심해질 것으로 생각했다. 그녀를 갖기로 결정한 순간, 언제나 그랬던 것처럼 상대에 대해 알아보고 시작했다. 그리고 사막의 별을 미끼로 그녀를 퀸즈 나이트에 불러들인 것이다.

그녀가 거절할 수 없을 조건을 걸어 그녀를 유혹했다. 당연히 그가 내건 계약 조건을 혜영이 받아들일 것이라 확신했다. 하지만 혜영의 반응은 전혀 달랐다. 생각해 보니, 첫 만남부터 그의 예상대로 되는 것은 무엇 하나 없었다. 매 순간 모든 게 달라졌고 그녀 때문에 변했다. 루한, 자신 역시도.

지금 이 순간, 루한은 확신할 수 없었다.

지금도 그는 한혜영이란 여잘 단순히 정당한 계약으로 선택한 섹스파트너일 뿐인지 아니면……. 휴! 루한은 깊게 숨을 내쉬며 손을 뻗어 그의 뺨을 만져 보았다. 동굴을 발견한 그녀가 기뻐하며 그의 뺨에 입을 맞추었던 바로 그곳이었다. 뜨거웠다. 단순한 입맞춤이었지만 루한은 심장 한쪽이 욱신거렸다. 멈췄던 심장이 처음으로 바동을 시작하는 섯저럼 온몸의 피가 빠르게 돌기 시작했다. 심장에 느껴지는 묵직한 아픔과 새롭게 생겨난 낯선 기대감에 루한은 주먹을 꼭 쥐어야 했다.

"비가 올 것 같군요. 그만 들어가셔야 합니다."

루한은 그제야 알렉스 역시 함께 있다는 것을 깨달았다. 언제나 경계를 늦추지 않는 그였지만, 곁에 있는 사람의 존재마저도 잊은 채 생각에 골몰해 있었던 것이다. 루한은 아직 어두운 하늘을 올려다보았다. 알렉스의 말대로 금방에라도 폭우가 쏟아질 듯 하늘엔 먹구름으로 가득했다.

"알렉스, 만약 내가 동양인 여자를 만난다면 존더부르크 사람들은 어떤 반응을 보일까?"

루한의 말에 알렉스의 표정이 눈에 띄게 어두워졌다. 그 역시 10년 전 루한의 부모님께서 돌아가시기 전까지 그의 어머니에게 쏟아지던 비난의 시선을 기억하고 있었던 것이다. 그 때문에 얼마나 힘들어했는지도.

"당연히 싫어하실 겁니다. 이미 한 번의 경험을 했으니, 두 번은 용납하지 않을 테고요. 어쩌면 존더부르크 가문 수장의 지위를 내놓으라고 할 수도 있습니다."

파문이란 건가? 알렉스의 말에 루한의 입가가 차갑게 비틀렸다. 그 역시 너무도 잘 알고 있었다. 그들이 얼마나 이기적이고 욕심 많은 사람인지. 그리고 얼마나 잔혹한 혀를 가졌는지도.

"존더부르크 가문의 수장 따위 개나 줘버리라고 해."

처음부터 원치 않은 지위였지만 그가 존더부르크인 이상 가져야 할 족쇄였다.

"하지만 싫다고 해서 버릴 수 없다는 것을 루한 님께서도 잘 알고 있지 않습니까?"

덴마크 왕가의 한 분파인 존더부르크. 그리고 그 가문이 소유한 거대한 왕국은 전 세계에 걸쳐 사업체를 가진 다국적 기업이었다.

유통에서부터 호텔, 그리고 크루즈, 부동산에 이르기까지. 그들이 손댄 사업은 한 번의 실패도 없이 나날이 번창하고 있었다. 특히 루한이 존더부르크의 오너가 된 후 그 이익금은 가히 천문학적 수준이었다. 그리고 그것이 존더부르크 사람들이 루한을 더는 깔보지 못하는 이유이기도 했다.

"너무도 잘 알고 있지."

루한의 눈빛이 날카롭게 빛났다. 그 모습을 보며 알렉스는 감정적으로 처음으로 흔들리고 있는 루한이 걱정되기 시작했다. 인간미라곤 손톱만큼도 없던 그가 고민을 하다니. 하지만 무엇보다 걱정인 것은 그 고민의 이유가 한국인 여자인 한혜영이란 사실이었다.

"연애만 하십시오. 언제나 그렇듯, 루한 님답게."

"나답다라."

"네, 냉혹한 사업가 존더부르크에겐 감정이란 없습니다. 결혼 역시 사업의 일부죠. 제 정보에 의하면 캐롤라인 님과 함께 샤론 양도 함께 퀸즈 나이트에 올 것이라고 합니다."

샤론이란 이름이 언급되자 루한의 얼굴은 더욱 서늘해졌다. 신문과 매스컴에선 존더부르크의 다음 안주인은 샤론 블리스가 될 것이라고 보도했다. 그리고 그 역시 만약 결혼하게 된다면 샤론 블리스가 유력한 후보란 사실을 부정할 수 없었으니까.

"하룻 내머 도망칠지도 모르겠군."

툭, 뱉어내듯 흘러나온 루한의 목소리가 잔뜩 흐려져 있었다. 걱정되는 모양이었다. 알렉스 역시 그랬다. 거대한 존더부르크 가가 확고한 위치에 오르기 위해선 샤론 블리스의 배경이 필요했다.

"샤론 양께서 혜영 님을 어떻게 받아들이실지 저 역시 걱정입니다. 아마 이런 일에 익숙하실 테니 크게 문제를 일으키시진 않을 테지만, 그래도 그전에 돌려보내시는 게……."

"그래야지. 돌려보내야지."

루한의 대답에 알렉스는 안도했다. 혜영을 돌려보내지 않는다고 하면 어쩌나 걱정을 하고 있었던 것이다. 하지만 순순히 그렇게 하겠다고 대답하는 루한을 보자 어쩌면 한혜영이란 여자 역시 지금까지의 여자들처럼 금방 그의 관심에서 사라질 그런 존재인 게 분명했다. 그리고 그래야 했다. 만약 두 사람이 지독한 마음으로 얽히게 된다면 두 사람 모두에게 상처가 될 테니까.

투둑, 투두둑!

나뭇잎에 빗방울이 하나둘씩 떨어지기 시작했다. 오늘은 종일 비가 오려는 모양이었다.

"저택으로 돌아가야겠군."

루한은 저택 쪽으로 발길을 옮기며 캐롤라인에게 서둘러 전화해야겠다고 생각했다. 만약 샤론이 퀸즈 나이트에 온다면 분명 혜영은 미련없이 퀸즈 나이트를 떠날 테니까. 지금도 파티가 끝나고 나면 그녀의 자리로 돌아갈 것이라고 말하고 있었다. 루한은 미간을 찌푸린 채 저택 쪽으로 발길을 재촉했다.

유리창에 빗방울이 떨어지는 소리에 잠이 깬 혜영은 테라스 문을 열고 밖으로 나갔다. 아직 아침이 오지 않은 퀸즈 나이트에 비가 내리고 있었다. 혜영은 난간에 기댄 채 아름다운 섬과 바다에 떨어지는 비를 바라보았다.

빗방울이 나뭇잎을 두드렸다. 초록의 싱그러운 잎과 붉게 피어오른 꽃잎 사이로 투명한 보석 같은 빗물이 흘러내렸다. 밤새 잠들어 있던 모든 것이 생명을 얻은 듯 더욱 짙은 색으로 변하는 모습을 혜영은 신기한 눈빛으로 바라보았다.

그러다 그 나뭇잎 사이로 익숙한 모습이 나타났다 사라졌다. 차분하게 가라앉았던 혜영의 심장이 뛰기 시작했다. 루한이었다. 저택으로 들어오는 오솔길을 따라 걸어오는 그를, 무수히 많은 나무와 채 밝아오지 않은 어둠 속에서도 똑똑히 찾을 수 있었다. 아마 새벽 산책을 하던 중 갑작스럽게 내리기 시작한 비 때문에 저택으로 돌아오는 모양이었다.

그녀가 그랬듯 그 역시 그녀의 시선을 느낀 듯 멈춰 섰다. 그리곤 테라스 난간에 서 있는 그녀를 바라보았다. 멀리 떨어져 있었지만 혜영은 그의 시선을 똑똑히 느낄 수 있었다. 한순간 짙은 사향 냄새가 나는 것도 같았다.

투둑, 두두툭!

싱그러운 초록의 녹음을 두드리는 빗방울.

두근두근, 두근두근!

만개를 기다리며 부풀어 오른 심장 위에 그의 시선이 머물렀다. 멀리서도 느낄 수 있었다. 루한의 눈동자 속에 담긴 열기를. 차가운 빗방울에도 아랑곳하지 않고 그는 비를 맞으며 그녀를 바라보고 있었다. 난간을 잡은 혜영의 손이 가늘게 떨렸다. 그 작은 떨림에 혜영은 서둘러 두 손을 꼭 맞잡았다.

그때 알렉스의 모습이 보였다. 루한에게 뭔가 말을 하는 것이 보였다. 그리곤 두 사람은 함께 걸음을 옮기기 시작했다. 조금 전까지 그가 서 있던 곳엔 아무도 없었다. 혜영은 그가 없는 오솔길이 너무도 허전하게 느껴졌다. 들떴던 심장 역시 다시 무겁게 가라앉기 시작했다.

물기를 머금은 초록색 이파리 위로 여명이 비추기 시작했다. 하늘을 가린 먹구름 사이로 아침이 찾아들고 있었다. 아쉽고 또 아쉽고……. 그래서 다시 보고 싶었다. 다시…….

그 순간, 문득 혜영은 목걸이에 대한 디자인이 떠올랐다. 방으로 들어간 혜영이 물방울을 그리기 시작했다. 그리고 그 물방울은 어제 오후 루한의 목덜미를 흘러내리던 땀방울과도 닮아 있었다.

묘하게 관능적인 느낌을 담은 물방울들이 새하얀 종이 위에 그려졌다. 그렇게 한참을 그림에 집중해 있는 동안 똑똑! 문밖에서 노크 소리가 들려왔다.

"네, 들어와요."

엘이라고 생각한 혜영은 고개도 들지 않고 대답했다. 문이 열리는가 싶더니 안으로 들어오는 인기척이 느껴졌다. 그런데 비 냄새가 났다. 그리고 그 비 냄새와 섞인 사향 냄새도.

"드디어 영감이 떠오른 모양이군."

그였다. 루한. 고갤 든 혜영이 방으로 들어오는 그를 올려다보았다. 저택에 들어오자마자 방으로 가는 대신 곧장 그녀에게 온 모양이었다. 단정한 머리카락과 셔츠가 빗방울에 젖어 축축했다. 혜영이 의자에서 일어서 욕실로 향했다. 그리곤 마른 수건을 들고 나와 그에게 건넸다.

"감기라도 들면 어쩌려고 그래요. 가끔 보면 어린아이 같다니까요. 어서 닦아요."

혜영이 수건을 내밀었다. 하지만 루한은 수건을 받아 드는 대신 고갤 숙였다. 바로 눈앞에 숱 많고 윤기나는 그의 검은 머리카락이 있었다. 당장에라도 손을 뻗어 만져 보고 싶을 만큼 가까이.

"당신이 닦아줘."

"뭐라구요?"

"일찍부터 산책을 했더니 닦을 힘도 없어. 그러니 당신이 좀 닦아줘."

혜영은 난처한 듯 그를 내려다보았다. 하지만 다 큰 남자가 머릴 내밀고 떼를 쓰는 모습이 싫지 않은 이유는 분명했다. 벌써 손끝이 기대감으로 간질거렸다.

"좀 더 가까이 와요."

혜영의 말에 루한이 그녀에게 한 발짝 다가왔다. 그러자 그의 머리가 그녀의 가슴 바로 앞에 있었다. 손을 뻗어 마른 수건으로 루한의 젖은 머리를 닦아주기 시작했다. 손가락 사이로 그의 머리카락이 흘러내렸다. 차갑고 매끄러운 감촉. 그리고 비 냄새와 섞인 청량한 체취.

혜영의 시선이 저절로 그의 목덜미로 향했다. 물기를 닦아내느라 흐트러진 머리카락 사이로 보이는 목덜미와 등은 강인한 느낌이었다. 한 번도 실패하지 않았고 절망을 모르는 자신감으로 넘치는 그런.

"루한, 오늘 홍콩 섬에 다녀올 생각이에요."

순간 루한이 고갤 들었다. 조금은 화가 난 듯 혜영의 손목을 붙잡았다. 그의 표정으로 혜영은 그가 무슨 생각을 하는지 알 수 있었다.

"지난번처럼 도망치는 것 아니니까 그런 얼굴 할 것 없어요. 작업실에서 해야 할 일이 있어서 그러는 것뿐이에요."

"그럼 같이 가."

"안 돼요!"

혜영이 단호한 표정으로 거절하자 루한의 표정 역시 굳어졌다.

"왜 안 된다는 거지?"

혜영이 그걸 몰라서 묻느냐는 듯 쏘아보았다. 바로 어제 일을 잊었느냐는 듯.

"오늘은 솔도 필요 없고 옆에 있는 것도 안 돼요. 쳐다보는 것은 물론이고 내게 손대는 것도 안 돼요."

"그럼 우산은 어때? 밖에 비가 오는 것 같거든."

정말 포기를 모르는 사람이었다. 루한은 최대한 그녀와 함께 가고 싶다고 말하고 있었지만 혜영은 그가 옆에 있으면 제대로 집중할 수 없을 것 같았다.

"미안하지만, 난 이미 우산은 갖고 있어요. 그리고 오늘은 진짜일에 집중하고 싶어요."

루한이 혜영을 물끄러미 내려다보았다. 그렇게 잠시 혜영을 바라보던 루한이 작게 한숨을 내쉬었다. 혜영이 저런 표정을 하면 그는 한 번도 이긴 적이 없었던 것이다.

"대신 빨리 돌아오도록 해. 지금 비가 오는데다 바람까지 불면 배를 탈 수 없으니까."

루한이 테라스 유리문을 통해 밖을 내려다보았다. 비가 내리고 있긴 했지만 바다는 평온했다.

"걱정 마요. 6시까진 돌아올게요. 이제 고개 좀 숙여봐요. 아직 물기가 남아 있잖아요."

혜영이 그를 잡아당겼다. 그러자 그가 고갤 숙여왔다. 누군가의 젖은 머리를 닦아준다는 것이 이렇게 심장을 두근거리게 하는 일이었다니. 그 순간 루한이 그녀의 허리에 팔을 감아왔다. 그의 무게에 혜영이 몇 발짝 뒤로 물러서다 의자에 앉았다. 그가 그녀의 다리 위에 얼굴을 묻어왔다.

그의 온기에 혜영의 심장이 또다시 두근거렸다. 그를 내려다보는 그녀의 눈동자가 그윽해졌다. 그리곤 조심스럽게 그의 머리카락을 말리기 시작했다.

키라의 공방에 도착하자마자, 디자인 북과 중간에 이탈리아 수공예공장에 들러 사 온 물건들을 차례차례 꺼내놓기 시작했다. 그리고 작업실 의자에 앉자마자 혜영은 작업에 몰두하기 시작했다. 저녁때가 되기 전까지 돌아가기 위해선 시간이 촉박했던 것이다.

"혜영, 내가 도와줄까?"

혜영이 카리의 공방에 왔다는 소식이 첸에게 전해진 듯 그가 작업실의 문을 열고 안으로 들어왔다. 혜영은 첸을 돌아보지도 않은 채 손을 가로저었다.

"됐어. 내가 할게. 아니, 잠깐."

혜영이 뭔가 떠오른 듯 가방에서 수첩을 꺼냈다. 그리곤 수첩의 가장 마지막 부분을 찢어 첸에게 건넸다.

"여기 넥타이 핀에 들어갈 탄자나이트 좀 구해줄 수 있겠어?"

"탄자나이트?"

"응. 되도록 빨리 구해줬으면 해."

첸이 혜영이 건넨 넥타이 핀의 도안을 물끄러미 바라보았다. 탄자나이트란 말을 듣는 순간, 첸 역시 이 넥타이 핀이 누구를 위한 것인지 알 수 있을 것 같았다. 퀸즈 나이트의 주인, 루한 프레데릭 크리스티안 존더부르크. 그의 눈동자를 닮은 암청색의 보석이 바로 탄자나이트였던 것이다. 첸은 조금 걱정스러운 눈으로 다시 작업에 몰두하기 시작한 혜영을 내려다보았다. 긴 머리카락을 하나로 질끈 묶고 토치를 들고 있는 혜영은 평소와 똑같았다. 하지만 뭔가 변해 있었다. 작업하는 동안 입가에 걸린 미소며 부드러워진 눈동자까지.

벌써 그를 좋아하게 된 건가? 그 무서울 정도로 냉혹할 것 같은 그 남자를?

첸은 그런 혜영을 보며 잠시 고민했다. 그녀에게 루한에 대해 알아낸 정보를 말을 해야 할지 말아야 할지 결정을 내리지 못한 것이다.

"탄자나이트라고 하니 생각났는데, 3개월 전에 네가 만든 만년필도 탄자나이트 아니었어?"

"응, 맞아."

"그건 어디 있어? 선물한 거야?"

첸의 질문에 혜영이 쓸쓸하게 웃었다. 선물하기 위해 가져갔지만 그날 잃어버린 것이다. 대체 어디서 떨어뜨린 건지 기억도 나지 않았다.

"아니, 잃어버렸어."

박선우가 그녀와 인연이 아니었듯 만년필을 만드는 내내 들뜨고 설레던 마음 역시 함께 놓고 온 것이다. 누군가 그 만년필을 주웠다면 잘 쓰길 바랄 뿐이었다. 혜영은 보석에도 인연이 있다고 믿고 있었으니까. 선우가 그 만년필의 주인이 아니었던 것처럼.

"아깝다. 사진으로 본 것뿐이지만 정말 멋진 만년필이었거든. 탐이 날 정도로."

"인연이 아니었던 거지. 그 만년필의 주인과. 첸, 부탁할게."

혜영이 어깰 으쓱해 보인 후 토치를 집어 들었다. 그리곤 디자인 도안을 유심히 살피며 천천히 목걸이를 만들기 시작했다.

첸은 그런 혜영을 보며 묻지 못했다. 이번엔 인연인 것 같으냐고? 그를 감당할 수 있겠냐고?

며칠 전 혜영과 함께 나타난 루한을 본 후 첸은 그에 대해 알아보았다. 그리고 루한이란 인물이 다국적 기업 존더부르크의 오너일 뿐 아니라 덴마크 왕가의 일족이란 사실 역시 알게 되었다.

무엇보다 그에겐 굉장한 배경을 가진 약혼녀가 있었다. 아직 정식으로 약혼한 것은 아니지만 그가 찾아낸 기사엔 존더부르크 가문의 공식 일정에서 덴마크 총리의 딸 샤론 블리스와 함께 찍힌 사진이 있었다. 그리고 곧 존더부르크 가문의 안주인이 될 것이라고 했다.

"저기, 한혜영?"

"응, 말해."

혜영은 여전히 바쁜 듯 고개도 들지 않고 작업에 몰두한 채였다. 첸은 또다시 망설였다.

"아파트 구해놨어. 올 거지?"

"당연하지. 돌아오자마자 바로 갈 테니까 청소 좀 부탁해."

혜영의 대답에 그제야 첸의 입가에 미소가 떠올랐다. 그래, 걱정할 필요가 없었던 모양이었다. 이 선물 역시 클라이언트로서의 고마움의 표시인 게 분명했다.

"조금 있다 점심은 같이 먹자. 그리고 이 탄자나이트는 꼭 구해볼게."

"부탁해."

첸이 작업실을 나가는 소리가 들렸다. 그러자 바쁘게 움직이던 혜영의 손이 잠시 멈췄다.

"5일. 앞으로 5일인 건가?"

5일간의 휴가. 이젠 그 시간이 너무 짧다는 생각이 들었다. 혜영은 서둘러 퀸즈 나이트로 돌아가기 위해 작업에 몰두하기 시작했다.

비가 거세지고 있었다. 서재 책상에 앉아 책을 읽고 있던 루한은 책장을 덮고 자리에서 일어섰다. 그리곤 바다가 보이는 창문가로 걸어가 문을 열었다. 아침보다 거세진 빗방울이 서재 안으로 들어왔다. 이제 겨우 12시가 막 넘은 참이었다. 하지만 그 시간이 루한에겐 너무도 길게 느껴졌다.

퀸즈 나이트 저택에서의 일상이 더디고 너무도 지루했다. 책상에 앉아 책을 펼쳐 놓고 있었지만 한 줄도 눈에 들어오지 않았던 것이다. 아직 걱정할 정도는 아니었지만 빗방울이 점점 거세지고 있었다. 그래서인지 루한은 시간이 흐를수록 초조해지고 있었다.

"같이 갔어야 했어."

그랬어야 했다. 혜영이 단호한 표정으로 거절했더라도 함께 갔어야 했다. 그녀에게 따가운 눈총을 받으며 온종일 숍은커녕 멀찍이 떨어져 있어야 했을 테지만 이렇게 아무것도 손에 잡히지 않을 정도로 초조하진 않았을 테니까.

똑똑!

노크 소리와 함께 서재 문이 열렸다. 그리곤 알렉스가 안으로 들어왔다. 창문 앞에 서서 바다를 내려다보고 있는 루한을 보자 알렉스는 살짝 눈살을 찌푸렸다. 열린 창문 틈으로 서늘한 냉기가 들어오고 있는데도 루한은 미동도 하지 않고 서 있었던 것이다. 새벽부터 차가운 비를 맞았기 때문에 감기라도 걸리지 않을까 걱정이었다.

"뜨거운 차를 준비하겠습니다."

알렉스는 서둘러 창가로 다가와 유리문을 닫았다. 그리곤 루한을 살피며 조심스럽게 물었다.

"안색이 좋지 않습니다. 혹시 몸이 좋지 않으시면 엘을 부르겠습니다."

"아니야, 그럴 것 없어. 그나저나 바다 상황은 어때? 출항은 가능한 것이겠지?"

"아직까진 괜찮습니다. 혹시 한혜영 씨 때문에 걱정되십니까?"

"걱정은 무슨. 그저 비가 와서 신경이 쓰이는 것뿐이야. 이렇게 쏟아지는데도 섬으로 돌아오겠다고 고집을⋯⋯."

"그것이라면 안심하십시오. 만약 배가 뜨지 않는다면 그쪽에서 하루 자고 내일 들어오면 될 테니까요. 아마 현명한 사람이니 바람이 부는데 배를 타는 일은 없을 겁니다."

눈치라곤 전혀 없는 알렉스의 말에 루한이 미간을 찌푸렸다.

'엘이 힘들었겠군. 눈치 없는 알렉스와 2년이나 함께 살았으니 말이야.'

작게 한숨을 내쉬며 루한은 새삼 엘과 알렉스의 관계를 생각하게 되었다.

"엘과는 어때? 이제 남은 앙금 같은 것은 없을 테지?"

"남을 게 있나요? 이젠 동료일 뿐입니다."

아무것도 남아 있지 않다고 말하는 알렉스를 보며 루한은 그 말이 거짓임을 알 수 있었다. 알렉스야말로 엘에 대한 감정의 앙금이 아직도 큰 모양이었다. 아직도 미련이 남은 건가? 아니면⋯⋯.

"헤어진 남녀는 친구는 될 수 없다는 것이군."

동료. 사실 자신과 알렉스, 그리고 엘은 어린 시절을 함께 보낸 사이였다. 동료보단 6살이란 나이 차이에도 친구에 더 가까웠다.

"유감스럽게도 친구는 될 수 없었습니다."

루한이 고갤 끄덕였다. 그 역시 같은 생각이었다. 그에게 여자란 소유였다. 내 것. 그리고 내 것이 아닌 것.

책상으로 걸어간 루한은 의자에 앉았다. 그리곤 버릇처럼 만년필을 꺼내 탄자나이트를 쓸어내렸다. 알렉스의 시선 역시 루한의 손에 쥐어진 만년필로 향했다. 3개월 전 갑자기 루한의 손에 들려 있던 그것은 이제 루한에겐 애착을 느끼는 몇 안 되는 물건 중의 하나가 되어 있었다.

"전부터 궁금했는데, 그 만년필은 어디서 사신 겁니까? 흔치 않은 디자인이라서요."

"산 게 아니라 주웠지. 누군가 떨어뜨리고 갔거든."

"그럼 주인에게 돌려줘야겠군요."

"그래야겠지. 처음부터 주인이 있는 물건이었으니까."

알렉스는 씁쓸한 표정으로 만년필을 내려다보는 루한이 이상해 고갤 갸웃했다. 주인이 있는 물건이라고 말했지만 왠지 그의 표정엔 인정하고 싶지 않은 무언가가 있었다.

"제가 알아볼까요?"

"아니, 그럴 필요 없어. 주인이 누군지 이미 알고 있으니까."

더 이해할 수 없었다. 이미 주인이 누군지 알고 있으면서도 돌려주지 않았다니. 알렉스가 어리둥절해 있는 동안 루한은 잔뜩 미간을 찌푸렸다.

박선우. 혜영이 찾아왔던 남자의 이름이 분명 박선우였다. 그리고 그 박선우는 그녀가 사랑하는 남자이기도 했다.

쳇! 보는 눈이 없어. 그 바람둥이처럼 생긴 남자가 뭐가 좋다고.

만년필을 쥔 손에 힘이 들어갔다. 그리곤 또다시 초조해지기 시작했다.

"선착장에 배가 들어오면 즉시 나에게 연락하라고 전해주겠어?"

알렉스의 얼굴에 놀란 표정이 스치고 지나갔다. 아니었던 모양이었다. 루한은 분명 한혜영이란 여잘 신경 쓰고 있었다. 아니, 걱정하고 있는 건가?

"네, 알겠습니다."

서재를 나서는 알렉스의 눈동자가 수심으로 깊어졌다. 그때 복도를 지나가는 엘이 눈에 들어왔다. 퀸즈 나이트에 도착한 후 계속 피했던 엘이었지만 알렉스는 한혜영에 대해 알아야 했다. 결국, 알렉스는 서둘러 엘에게 걸어가기 시작했다.

생각보다 너무 늦어버렸다. 벌써 밤 10시. 비는 거세게 내리고 있었고 이젠 설상가상으로 바람까지 불어오고 있었다. 혜영은 손에 든 우산을 바짝 끌어당겼다. 조금 전 바다에서 불어온 바람에 금방이라도 날아갈 것처럼 위태로웠던 것이다.

흔들리는 배 위에 서 있던 혜영은 이제 어둠 속에서 조금씩 보이기 시작한 퀸즈 나이트의 불빛을 응시했다. 조금만 더 가면 섬에 닿을 수 있었지만 이렇게 비바람이 계속된다면 돌아가야 할지도 몰랐다.

"다시 돌아가야 할 것 같습니다."

선장의 말에 혜영이 위를 올려다보았다. 잔뜩 굳어 있는 선장을 보자 혜영은 상황이 어렵다는 것을 짐작할 수 있었다.

"이대로 가면 위험하겠죠?"

"사실 갈 수는 있지만 선착장에 도착해도 정박할 수 있을지는 의문입니다. 개인용 선착장이라 작을뿐더러 자칫 강풍이라도 불면 위험해질 수도 있습니다."

"그렇겠죠. 돌아가야겠죠."

혜영은 작게 한숨을 내쉬었다. 그가 기다리고 있을 테지? 아니, 그렇지 않을 거야. 6시까지 돌아가겠다고 했었는데 벌써 4시간이나 지났으니까. 그리고 이 폭우 속에서 혜영이 퀸즈 나이트로 올 것이라곤 생각하지 않을 테니까.

사실 혜영 역시 알 수 없었다. 이 비바람을 뚫고 왜 돌아가고 싶은지. 이렇게 계속 가다간 위험하다는 사실도, 그리고 비가 그치면 그때 퀸즈 나이트 돌아가면 되는 일이었지만, 가고 싶었다. 지금, 퀸즈 나이트로. 그가 있는 곳으로.

"바람이 거세지고 있습니다. 지금 결정을 내리셔야……."

혜영이 쓰고 있던 우산을 접었다. 그러자 하늘에서 내리던 비가 그녀의 얼굴 위로 떨어지기 시작했다. 혜영은 다시 한 번 멀리서 깜빡이는 퀸즈 나이트 저택을 물끄러미 응시했다. 그리곤 선장을 향해 고갤 끄덕여 보였다.

"돌아…… 가요."

혜영의 대답이 떨어지자마자 선장은 서둘러 방향을 바꾸기 위해 키를 돌리기 시작했다. 그러다 뭔가 발견한 듯 동작을 멈추곤 바다를 물끄러미 응시했다.

"무슨 일이시죠?"

"배가 오고 있습니다."

"배요?"

"네. 저기."

선장이 가리키는 쪽으로 고갤 돌리자 그의 말처럼 어둠을 뚫고 배가 오고 있었다. 작은 불빛이 깜빡깜빡 신호를 보내고 있었던 것이다. 잠시 후, 희미하던 불빛이 점점 더 선명해졌다. 그리고 빗속을 뚫고 서서히 모습을 드러내기 시작한 배를 보며 혜영의 심장이 뛰기 시작했다.

그였다. 배 위에 서 있는 사람은 분명 루한이었다.

"잠깐, 기다려 주세요."

혜영이 다급한 목소리로 말하자 선장 역시 속도를 줄인 상태에서 배가 가까워지기를 기다렸다. 바로 앞까지 다가온 배가 혜영이 타고 있는 배 옆에 멈춰 서더니 루한이 선장에게 무전기로 뭔가를 말하는 것이 보였다. 선장 역시 처음엔 어두운 표정이더니 루한의 설득에 고갤 끄덕이는 것이 보였다.

"아가씨! 루한 님께서 아가씨를 저쪽 배로 모시고 가고 싶다고 합니다. 하지만 바람에 배가 흔들려 위험할 수도 있는데 가시겠습니까?"

두 번 생각하지도 않았다. 혜영은 서둘러 선실로 들어가 가방을 챙기기 시작했다. 입고 있던 우비 속으로 가방이 젖지 않도록 단단히 여민 다음 선장에게 준비가 다 되었다는 듯 고갤 끄덕여 보였다.

그런 혜영을 보며 선장은 한숨을 내쉬었다. 혜영이 두려움 때문에 거절한다면 그것을 핑계로 돌아가려 했던 것이다. 하지만 검은 눈동자에 담긴 감정은 너무도 단호했다. 조금 전 무전기를 통해 흘러나온 목소리와 똑같이.

"그럼 꼭 붙잡으세요. 최대한 가까이 가야 위험하지 않습니다."

선장이 신중한 얼굴로 루한의 배에 접근하기 시작했다. 서서히 두 개의 배가 가까워지자 혜영은 갑판에 서 있는 루한의 얼굴을 분명히 볼 수 있었다. 위험스럽게 배가 흔들렸다. 풍랑과 함께 배가 움직이며 만들어내는 파도 때문인 모양이었다.

혜영은 넘어지지 않기 위해 배의 난간을 꼭 붙들었다. 덜컹, 덜컹! 몇 번의 시도 끝에 마침내 배가 1m 가까이 멈춰 섰다. 그러자 루한이 혜영이 서 있는 곳으로 밧줄을 던졌다. 옆에 서 있던 선원이 밧줄을 붙잡곤 힘껏 잡아당긴 다음, 난간에 고정하는 것이 보였다.

그러는 동안에도 루한의 시선은 혜영에게 향해 있었다.

"늦어서 미안해요."

그 말과 동시에 루한이 혜영에게 손을 내밀었다. 혜영이 루한의 손을 잠시 내려다보았다.

"어서!"

그가 조급한 듯 재촉했다. 그러자 혜영이 그의 손을 꼭 붙잡았다. 그녀가 조심조심 난간을 넘어서자 그가 몸을 그녀 쪽으로 내밀더니 그녀의 허릴 팔로 강하게 휘감았다.

"날 믿어. 안전할 거야."

"걱정 안 해요."

혜영이 그의 팔을 강하게 붙들었다. 그러자 루한이 그가 있는 쪽으로 힘껏 그녀를 끌어당겼다. 몸이 붕 떠오르는 순간 혜영은 그의 품에 있었다. 천천히 배 위에 발을 내려놓았다.

"그럼 이만 돌아가겠습니다."

조금 전까지 혜영이 있던 배에서 선장이 큰 소리로 말했다. 빗속을 뚫고 들려오는 말속엔 안도감이 담겨 있었다. 선원이 밧줄을 풀어 혜영과 루한이 서 있는 쪽으로 던져 주었다.

"고맙습니다. 어서 돌아가세요."

혜영의 대답과 함께 배가 멀어지기 시작했다. 그리곤 방향을 바꾸는가 싶더니 어둠 속으로 사라졌다. 혜영은 그녀를 꼭 끌어안고 있는 루한을 올려다보았다. 그 역시 비에 흠뻑 젖어 있었다. 그리고 얼마나 오랫동안 밖에 있었는지 알 순 없었지만 그의 몸은 몹시 차가웠다.

"얼마나 오랫동안 기다린 거예요? 설마, 6시부턴 아니죠?"

그럴 리 없었다. 하지만…….

"이렇게 비가 오는데 위험할 수도 있었어."

대답 대신 루한은 이 폭우 속에서 배를 타고 온 그녀의 경솔함을 탓했다. 하지만 그녀를 꽉 붙잡고 있는 루한의 손엔 힘이 들어가 있었다. 절대 놓지 않겠다는 듯. 그 역시 그녀를 기다리고 있었다는 생각을 떨쳐 버릴 수 없었다.

"하지만 약속했으니까요."

그녀의 대답에 굳었던 그의 얼굴이 조금은 누그러지는 것처럼 보였다.

"그러는 당신이야말로 내가 언제 올 줄 알고……."

"이렇게 왔잖아."

훗! 그의 대답에 혜영의 입가에 미소가 떠올랐다. 그리곤 서서히 안도감이 밀려들었다.

"그렇군요. 이렇게 왔군요. 빨리 돌아가요. 추워요."

혜영의 대답에 루한은 신호를 보냈다. 그러자 멈췄던 배가 퀸즈나이트를 향해 나아가기 시작했다.

"비를 맞은 모양이군. 그러니 내가 우산이 되어준다고 했을 때……."

"우산은 필요 없어요. 내겐 보호자가 필요한 게 아니라 다른 게 필요하거든요."

혜영이 루한의 품에서 벗어나 선실 안으로 들어가려 했다. 그러자 루한이 혜영의 손목을 붙잡았다. 조금 전 그게 무슨 말이냐는 듯.

"다른 것이라니? 그게 뭐지?"

여전히 눈을 가늘게 뜨고 영문 몰라 하는 루한을 보며 혜영이 피식 웃었다.

〈당신이 와. 당신이 이 모든 관계에 주도권을 쥔 이상 난 아무것도 하지 않을 생각이거든.〉

그의 말처럼 그녀가 그에게 온 것이다. 폭우를 뚫고 배를 타고 퀸즈 나이트에 온 이유는 다름 아닌 그것 때문이었다. 그에게 오는 것. 그녀가 먼저 그에게 손을 내미는 것. 그리고 그에게 흘러가는 그녀의 마음이었다.

하지만 그는 아직 알아채지 못한 듯했다. 혜영은 심장이 두근거렸다. 그가 알아차렸을 때 어떤 표정을 할지, 또 어떻게 나올지 생각하자 심장이 두근거렸다.

"알아맞혀 보세요. 내가 뭘 필요로 하는지."

뜨거운 물이 얼굴을 타고 흘러내렸다. 빗속에 있는 동안 차갑게 식었던 몸이 뜨거운 물줄기로 점점 원래의 체온을 되찾기 시작했다. 혜영은 샤워기의 물을 잠근 후 뜨거운 김이 올라오는 욕조 안으로 들어갔다. 뜨거운 물에 몸을 담그자 혜영의 입술을 통해 만족스러운 신음이 새어 나왔다.

허브 냄새가 났다.

뜨거운 물에 굳었던 근육 역시 이완되었을 뿐만 아니라 허브의 그윽한 향기에 혜영의 마음 역시 차분해졌다. 우습게도 저택에 돌아오자 안도감과 함께 평온함을 느꼈다. 마치 그녀가 있어야 할 곳으로 돌아온 듯. 그렇게.

혜영은 천천히 눈을 감았다. 유리창 밖으로 아직 비가 내리고 있었고 어둠은 더욱 짙어졌다. 밤새 비가 내릴 모양이었다. 하지만 전혀 걱정되지 않는 이유는 그녀가 저택으로 돌아왔기 때문이었다.

똑똑!

엘인 모양이었다. 혜영은 욕조에서 몸을 일으키곤 커다란 목욕 수건으로 몸을 감쌌다. 가슴부터 무릎까지밖에 가려지지 않았지만 이젠 엘에게 익숙해져서인지 그리 신경 쓰이지 않았다. 혜영은 옆에 놓여 있는 작은 수건을 집어 젖은 머리를 닦아내며 욕실을 나섰다. 방으로 가자 문을 두드리는 소리는 더 커졌다.

"네, 들어와요."

혜영은 문 쪽으로 고갤 돌리지도 않고 옷을 갈아입기 위해 옷장으로 걸어갔다. 그러다 문득 목덜미에 느껴지는 서늘한 느낌에 뒤를 돌아보았다.

"아, 루한……."

그 역시 샤워를 한 듯 편안한 옷으로 갈아입은 상태였다. 언제나 반듯하게 정돈되어 있던 머리카락 역시 자연스럽게 흘러내려 그의 이마 위에 흩어져 있었다. 머리카락 하나만으로 팽팽하게 날

선 느낌이 아니라, 무척이나 부드럽고 따뜻해 보였다. 짙은 암청색의 눈동자 역시 물기에 젖은 듯 그윽해져서인지 혜영은 그 모습에 평소보다 훨씬 심장이 두근거렸다.

"이번엔 내가 말려주지."

어느새 혜영에게 다가온 그가 그녀의 손에 들린 수건을 받아 들었다.

"아니에요. 그럴 필요 없어요."

혜영이 그의 손을 밀어냈다. 욕실에서 막 나온 참이라 커다란 목욕 수건 아랜 아무것도 입고 있지 않았던 것이다. 그가 가까이 다가오자 혜영은 드러난 어깨며 다리, 그리고 수건 아래 아무것도 입지 않았단 사실을 의식하기 시작했다.

"앉아. 피곤할 텐데 내가 할게."

"아니, 그게……."

루한은 만류하는 혜영을 침대 위에 앉혔다. 그러자 수건이 말려 올라가며 그녀의 새하얗고 가는 허벅지가 더 드러났다. 혜영은 입술을 깨물며 난처한 얼굴을 했지만 루한은 전혀 신경 쓰지 않는 듯 조심스럽게 혜영의 머리카락의 물기를 닦아주기 시작했다.

그의 손가락이 그녀의 머리카락을 스쳤다. 그리고 그녀의 목덜미며 드러난 어깨 역시. 그의 따뜻한 손이 그녀의 드러난 맨살에 닿을 때마다 혜영은 주먹을 꼭 쥐어야 했다. 애써 태연함을 가장한 채 혜영이 조심스럽게 물었다.

"무슨 일로 온 거죠?"

혹시 배에서 했던 말의 의미를 알아챈 것일까? 그래서 온 것일까? 혜영은 몸이 뜨거워지며 심장이 뛰기 시작했다. 그의 손이 물기로 촉촉이 젖은 맨 어깨를 스치며 움직일 때마다 심장 부근이 자꾸만 간질거렸다. 아랫배 안쪽에 느껴지는 묘한 열감 역시 혜영을 당혹스럽게 만들었다.

"감기에 걸리진 않았나 걱정이 돼서 왔지. 그런데 괜찮은 모양이군."

내가 걱정돼서 온 거라고? 단지, 그것뿐인 건가?

"그게 단가요?"

혜영이 그의 손에서 수건을 받아 들며 그를 올려다보았다. 그를 올려다보는 혜영의 눈동자엔 기대감과 함께 뺨이 붉어졌다. 분명 그녀의 감정을 읽었을 텐데도 눈치 없는 사람이 되기로 작정이라도 한 듯 루한은 가슴 팔짱을 끼며 그럼 다른 이유가 있겠느냐는 듯 무덤덤한 표정을 했다.

"비를 많이 맞은 것 같아 걱정되었거든. 이제 괜찮은 것을 확인했으니 가봐야겠군. 당신도 피곤할 텐데 그만 쉬도록 해. 나 역시 피곤하군. 돌아가 그만 자야겠어."

루한이 방을 나가려는 듯 돌아서는 것이 보였다.

뭐야? 정말 그게 다인 거야? 내가 했던 말의 의미를 아직 알아차리지 못한 건가?

혜영은 문으로 걸어가는 루한을 보며 입술을 깨물었다. 붙잡을까? 아니면 그가 알아차릴 때까지 기다려야 하나? 혜영은 루한의 등을 쏘아보며 침대에서 일어섰다. 그리곤 그를 따라 문으로 걸어갔다.

"잘 자. 내일 아침에 보도록 하지."

문의 손잡이를 붙잡은 그가 금방이라도 문을 열고 밖으로 나가려는 듯 작별 인사를 건넸다.

"저기, 잠깐……."

혜영이 그의 팔을 붙잡았다. 그러자 루한이 그녀를 돌아보았다. 그의 얼굴은 너무도 평온했다. 아니, 평온함을 넘어 싸늘하기 그지없었다. 평소 그녀를 바라볼 때마다 느꼈던 열기는 이미 사라지고 없었던 것이다.

"다른 할 말이라도 있나?"

혜영은 뭐라고 말을 꺼내야 할지 난감했다. 졌다고 해야 하나? 아니면, 더 직설적으로 안아달라고 해야 할까? 하지만 그 어느 쪽이든 그에게 말을 하려 했지만 막상 그의 서늘한 표정을 보자 입이 떨어지지 않았다.

"아니에요. 잘 자요."

혜영이 붙잡았던 그의 팔을 놓아주었다. 왜 이렇게 실망스러운 것인지 몰랐다. 잔뜩 기대했던 어떤 일이 한순간에 사라진 듯 허무했다. 혜영은 조금은 화가 난 얼굴로 돌아섰다. 이내 등 뒤에서 문이 열리는 소리가 들리더니 다시 닫히는 소리가 들렸다. 정말 그가 가버린 것이다.

"뭐야? 자기가 먼저 말해놓곤."

정말 어이가 없었다. 동굴에서 키스할 때도 그렇고, 오늘 역시. 실망감과 그리고 끝내 버리지 못한 자존심 사이에서 혜영은 미간을 찌푸렸다. 지금이라도 붙잡을까? 지금이라면 그를 붙잡을 수 있었다.

"쳇, 다른 땐 얄미울 정도로 눈치가 빠르더니 이번엔……."

"이번엔 뭐지?"

움찔! 혜영은 뒤에서 들려오는 루한의 목소리에 휙 돌아섰다. 분명 그가 나가는 소리가 들렸던 것 같은데 그가 방에 있었다. 입가에 의미심장한 미소를 지으며 서 있는 그의 눈동자엔 서늘한 냉기가 아닌 뜨거운 열기가 서려 있었다.

뭐야? 다 알고 있었던 거야? 그럼 일부러 날…….

"간 것 아니었나요?"

"아니. 처음부터 돌아갈 생각 같은 건 전혀 없었어."

그의 입가에 미소가 더욱 깊어졌다. 그리고 그녀를 내려다보는 눈동자 역시 더욱 짙어져 있었다. 그녀에게 천천히 다가오는 그는 당장에라도 그녀를 삼킬 기세였다. 손에 들어온 먹잇감을 보듯 그의 눈동자가 날카롭게 빛나고 있었다. 어느새 혜영 앞에 선 루한이 손을 뻗어 그녀의 팔을 붙잡았다.

"내가 갔다고 생각하곤 실망했던 모양이지?"

맨살에 닿는 그의 손이 무척이나 뜨거웠다.

"실망은, 무슨! 절대 아니에요."

"고집쟁이!"

"그러는 당신이야말로 다 알고 있었으면서 날 놀린 건가요?"

그녀를 그의 품으로 힘껏 끌어당겼다. 근육으로 이루어진 그의 단단한 몸이 그녀의 몸에 맞닿았다. 그의 품에 안긴 혜영은 바로 코앞까지 다가온 그의 얼굴을 곱게 흘겨보았다. 짙은 사향 냄새가 그녀의 코끝을 자극했다. 그러자 혜영은 심장이 두근거리기 시작했다.

"이런 모습이 보고 싶었던 모양이야. 난 당신이 생각하는 것보다 훨씬 욕심이 많은 사람이거든."

그의 손이 혜영의 젖은 머리카락 사이로 들어갔다. 그리곤 드러난 목덜미를 천천히 쓸어내렸다. 흠칫 그의 손길에 몸이 떨려왔다. 추워서가 아니라 기대감 때문이란 사실을 그녀 역시 알 수 있었다. 그의 손이 그녀의 턱을 붙잡더니 입술을 부딪쳐 왔다. 더는 참을 수 없었다. 아니, 참을 필요가 없는 건가?

"흐읏!"

그녀의 입술을 통해 새어 나온 신음에 루한의 키스가 더욱 깊어졌다. 짙은 열기를 담고 그녀를 힘껏 안아 든 그가 침대로 걸어갔다. 입술은 여전히 그녀의 입술에서 떨어지지 않고 있었다. 뜨거운 혀가 혜영의 입안으로 깊숙이 들어왔고, 그녀의 혀를 단단히 휘감고는 힘껏 빨아 당겼다.

짙은 욕망이 느껴졌다. 출렁! 그녀의 몸이 침대에 닿는 순간 그녀의 몸 위로 그의 무게가 느껴졌다. 그리곤 숨 쉴 틈도 주지 않고 루한은 고갤 숙여 더욱 깊고 농밀한 키스를 하기 시작했다. 어둠이 짙어지는 퀸즈 나이트의 저택엔 이제 막 시작된 뜨거운 열기가 피어오르기 시작했다.

무수히 내리는 빗방울이 연신 유리창을 두드렸다. 짙은 어둠과 함께 비의 장막에 갇힌 듯 저택은 고요했다. 모두가 깊이 잠든 저택 한쪽에 습기를 머금은 뜨거운 바람이 불었고 두 개의 심장이 무섭게 뛰고 있었다.

"흐흣!"

숨길 수 없는 뜨거운 열기가 담긴 여자의 신음이 어두운 방 안을 울렸다. 하지만 이내 그 짙은 열기가 사라지기도 전에 남자의 입술이 여자의 입술을 찾았다. 혜영이 뱉어내는 숨결까지 모두 가지려는 듯 루한의 입술은 한시도 그녀의 입술에서 떨어질 줄 몰랐다. 매끄럽고 보드라운 입안을 헤집고 열기로 짙어진 혀를 휘감곤 힘껏 빨아 당겼다.

숨김없이 드러낸 그의 욕망이 느껴지는 농밀한 키스에 혜영은 온몸이 떨려왔다. 그의 손길이 그녀의 목덜미를 쓸어내렸다. 가는 목덜미를 지나 드러난 어깨를 감싸는 그의 손길에 혜영은 온몸이 뜨거워졌다. 그녀의 입술을 놓아주지 않던 그의 입술이 혜영의 귓불을 쓸어내렸다.

"하흣……."

순식간에 뜨거운 열기가 온몸으로 퍼지자 혜영의 손이 그의 옷자락을 꽉 붙들었다. 심장이 터질 것 같았다. 귓불을 간질이는 뜨거운 숨결이 화염처럼 뜨겁게 느껴져 혜영은 몸이 떨려오기 시작했다. 혜영은 나른한 열기에 연신 거친 숨을 몰아쉬어야 했다.

"여기가 예민한 모양이군."

그의 입술이 집요하게 혜영의 귓불을 깨물었다. 더운 숨이 귓불을 자극하자 여린 솜털이 열기에 반응하며 바짝 일어섰다. 그녀의 몸속에 서서히 퍼져 나가기 시작한 열기에 손끝까지 저렸다.

"흐읏, 하지 마요…… 하흣!"

견딜 수 없는 듯 혜영이 그의 입술을 밀어내려 했다. 하지만 루한은 집요하게 귓불을 혀로 핥고 입술로 빨아 당겼다. 그럴 때마다 혜영은 거친 숨을 뱉어내며 흠칫 몸을 떠는 것이 보였다. 루한은 그런 혜영을 내려다보았다. 그의 손길과 입술에 반응하며 더운 숨을 내쉬는 혜영을 보자 심장이 주체할 수 없을 만큼 뛰고 있었다. 손가락 사이로 흘러내리는 검고 윤기나는 머리카락에선 달콤한 향기가 묻어났다.

초조했었다. 돌아오겠다고 약속했던 시간이 훌쩍 지나고 설상가상으로 비에 바람까지 세차게 불기 시작했다. 변덕스러운 바다에 날씨는 그녀가 퀸즈 나이트로 돌아올 수 없음을 말해주고 있었다. 하지만 왜일까? 루한은 기다릴 수밖에 없었다. 이 날씨에 그녀가 배를 타고 섬으로 오는 것이 위험한 일임을 너무나도 잘 알고 있었다. 그 역시 혜영이 그런 위험을 감수하지 않길 바랐으니까. 하지만…… 마음 한편에 그녀가 돌아오길 바라고 있었던 모양이었다.

산책을 핑계로 선착장으로 나왔을 때도 루한의 시선은 혜영이 있는 홍콩 섬으로 향해 있었던 것이다. 그러다 홍콩 섬에서 퀸즈 나이트로 배가 출항했다는 소식을 들었을 때 그 역시 마냥 기다릴 수 없었다. 빗속에서 출항을 결정했을 때, 알렉스의 눈동자엔 당혹스러움과 함께 황망함이 떠올라 있었다.

아마 속으로 미쳤다고 생각했을 테지. 이 폭우 속에 출항이라니, 죽겠다는 생각이 아니라면 절대 할 수 없는 결정이었을 테니까. 루한은 알렉스의 만류를 무시했다. 이성에 앞서 이미 그의 몸이 움직이고 있었던 것이다.

"루한, 데리러 와줘서 고마워요."

순간 혜영을 붙잡은 루한의 손에 힘이 들어갔다. 심장이 아렸다. 버석하게 말랐던 심장이 왜 이렇게 아프게 뛰는지 루한은 알 수 없었다. 왜 이 여자를 바라보면 자꾸만 루한 존더부르크는 사라지고 그저 남자가 되어버리는지도. 혜영의 어깨를 쓸어내리는 루한의 손끝이 아프게 저렸다.

"돌아와 줘서……."

말을 다 끝마치기도 전에 루한의 입술이 혜영의 입술을 찾았다. 허기진 맹수처럼 그녀의 입술을 갈급하게 빨아 당기며 생각했다. 그다음 말은 대체 뭐지? 고맙다? 아니면 기쁘다, 인 걸까? 하지만 지금은 그다음 말이 뭔지 루한 역시도 알 수 없었다.

부드러운 입술을 혀로 핥아 올리며 벌어진 입술 새로 혀를 밀어 넣었다. 아무리 그녀의 입술을 빨아 당기고 미친 듯이 헤집고 혀를 얽어도 부족했다. 그녀의 모든 걸 다 가져도 더 많은 것이 갖고 싶었다. 아마 이 허기는 그녀를 소유해도 여전할 것 같았다.

떨어질 것 같지 않던 입술을 떼어 루한은 그녀의 목덜미를 힘껏 빨아 당겼다. 흐흣! 아린 신음과 함께 혜영의 새하얀 목덜미에 붉은 점이 생겼다. 그제야 루한은 조금이나마 갈증이 채워지는 느낌이었다.

그녀의 몸에 새긴 그의 흔적. 아마 그는 그녀의 몸에 그의 체향과 흔적을 새겨 그의 것임을 표시해 두고 싶었던 모양이었다. 소유욕 강한 맹수. 그에겐 그조차도 알지 못한 지독한 소유욕이 숨겨져 있었던 것이다.

그의 손이 혜영의 목욕 수건을 풀어내기 시작했다. 스륵 소리와 함께 수건이 풀리자 티 하나 없이 새하얀 봉긋한 가슴이 모습을 드러냈다. 루한은 그 아름다운 곡선의 융기에서 눈을 뗄 수가 없었다. 보드랍고 탄력 있는 새하얀 가슴 위에 붉은 열매가 부끄러운 듯 일어서 있었다.

루한은 천천히 손을 뻗어 투명한 흰 살결을 꽉 움켜쥐었다. 생각보다 훨씬 부드러웠다. 그리고 말캉한 그 감촉에 루한은 온몸의 피가 뜨겁게 요동치기 시작했다. 갖고 싶었다. 당장에라도 그의 것으로 만들고 싶었다. 그 누구도 손대지 못하게. 오직 그만⋯⋯.

"홋!"

혜영은 그의 손길에 몸을 떨었다. 가슴을 움켜쥔 그의 손에 힘이 들어가자 아릿한 아픔과 함께 온몸에 열기가 일기 시작했다. 그의 손가락이 가슴의 붉은 정점을 천천히 쓰다듬더니 뜨겁고 축축한 혀로 허기를 달래듯 베어 물곤 힘껏 빨아 당기기 시작했다. 흠칫 몸이 떨려왔다. 그는 양손으로 그녀의 가슴을 욕심껏 움켜쥐곤 사탕을 발견한 아이처럼 맛보기 시작했다. 붉은 입술 속으로 두 개의 붉은 열매가 사라졌다 모습을 드러내기를 몇 번. 그의 애무가 반복될수록 혜영의 입술에선 거친 신음이 새어 나왔다.

더웠다. 온몸에 퍼져 나가기 시작한 열기와 함께 아랫배 안쪽에 아릿한 통증이 느껴지며 뜨거워졌다. 허벅지 사이의 은밀한 곳이 자꾸만 간질거려 혜영은 자신도 모르게 허릴 비틀며 낮은 신음을 뱉어냈다. 나른하고 달콤한 쾌감에 발끝까지 저렸다.

"루한⋯⋯."

그의 옷자락을 붙잡고 있던 그녀의 손가락이 그의 머리카락을 붙잡았다. 손가락 사이로 차갑고 매끄러운 머리카락이 얽혀들었다. 그 묘한 감촉에 혜영은 또다시 몸을 떨며 낮은 신음을 흘렸다. 그가 그녀를 올려다보았다. 짙은 암청색의 눈동자. 어둠 속에서 빛나는 암청색의 눈을 본 순간 혜영은 심장이 서늘해졌다. 그 눈빛 어디서 본 것처럼 익숙했다.

몇 달 전, 꿈에서 그녀를 희락으로 들뜨게 했던 남자 역시 뜨거운 열을 품은 암청색의 눈동자였다. 훗! 말도 안 돼. 하지만…….

혜영은 손을 뻗어 루한의 얼굴을 쓸어내렸다. 그의 얼굴이 닿는 혜영의 손끝이 가늘게 떨렸다. 묘한 만족감이 그녀의 심장을 덮혔다. 그리고 안도감 역시. 그래서, 그녀의 처음을 함께 하는 남자가 루한이라서 다행이라고 생각했다.

냉혹하고 감정이라곤 없는 지독한 사람처럼 보이던 그가 그녀를 어루만지고 있었다. 그녀를 품고 있는 그는 더는 냉혹하지도 감정에 무감하지도 않았다. 그녀를 바라보는 눈빛 역시 눈이 시릴 정도로 따뜻했다.

"혜영……."

그의 입술을 통해 흘러나온 그녀의 이름이 너무도 달콤했다.

"루한, 당신을 원해요."

그가 손을 뻗어 그녀의 손을 붙잡았다. 그리곤 그녀의 손바닥에 입을 맞추었다. 마치 그녀의 심장에 낙인을 찍듯 혜영의 손바닥에 키스로 그의 마음을 새겨넣었다.

"나 역시 당신을 원해. 미쳐 버릴 만큼, 온통 당신 생각뿐이야."

그가 입고 있던 티셔츠를 위로 들어 올려 벗어 던졌다. 티셔츠가 바닥에 떨어지자 어느새 그의 손이 바지로 내려가 마저 벗어 내리고 있었다. 어두운 장막처럼 내리는 비로 인해 침실엔 달빛 하나 들어오지 않았다. 다만 침대 옆에 켜진 은은한 실내등만이 군살 없이 단단한 근육을 비추고 있었다.

은은한 조명 아래 천천히 움직이는 그의 모습이 마치 재규어와 닮았다고 생각했다. 맹수의 강인한 힘과 함께 느긋하고 유연한 움직임까지. 루한은 매혹적이고 소유하고 싶을 정도로 욕심이 나는 그런 남자였다. 혜영은 그녀의 가슴에서부터 날씬한 배와 가느다란 다리에 이르기까지 그의 시선이 닿는 부분마다 뜨거운 열기가 이는 것 같았다.

그의 손길이 가슴을 지나쳐 납작한 배를 쓸어내렸다. 훗! 그리곤 매끄러운 허벅지를 쓸어내리자 혜영은 긴장으로 다리에 힘이 들어가는 것을 느꼈다.

"긴장한 모양이군. 혹시 아직 마음의 결정을 내리지 않은 것이라면⋯⋯."

"그런 게 아니에요. 당신을 원해요, 루한."

그저 이건 긴장해서일 뿐이었다. 남자의 손길에 익숙지 않은 데서 오는 긴장감과 낯선 쾌락으로 몸이 움츠러드는 것뿐이었다. 혜영이 최대한 몸에 힘을 풀고 그를 올려다보았다. 그러자 그 역시 긴장을 늦추곤 그녀를 어루만지기 시작했다. 그의 손이 다시 그녀의 다릴 양쪽으로 밀어 올렸다. 그의 시선이 새하얀 허벅지 안쪽에 자리한 검은 수풀에 닿아 있었다.

혜영은 얼굴이 뜨거워졌다. 그의 짙은 키스와 집요하리만치 계속되는 손길에 메말라 있던 그곳이 축축하게 젖어 끈적거렸다. 그의 손끝이 애액으로 젖은 밀부의 입구를 어루만졌다. 그의 손끝이 움직일 때마다 음란하게 느껴질 정도로 젖은 소리가 났다.

"훗!"

자꾸만 나른한 열감에 허리가 비틀렸다. 그의 혀가 허벅지 안쪽을 쓸어 올리고 수풀 속에 숨겨져 있는 핑크빛 꽃잎을 쓸어내렸다. 혜영은 그의 애무에 흠칫 몸을 떨며 침대 시트를 비틀어 쥐었다. 참을 수 없는 열기였다. 발끝까지 저린 쾌감에 혜영은 눈을 감았다. 그의 혀가 놀란 그녀를 달래듯 꽃살 주변에 입을 맞추었다. 살짝 빨아 당기기도 하고, 입을 맞추기도 하고, 또 혀를 뾰족이 한 다음 예민한 그곳을 자극하기도 했다. 그럴 때마다 혜영은 뜨거운 숨을 뱉어내며 허릴 들썩여야 했다.

"하아, 루한……."

그녀가 그를 불렀다. 달콤한 유혹에 더는 참을 수 없다는 듯. 한 숨처럼 그의 이름을 뱉어내자 루한 역시 더는 기다릴 수 없었다. 이미 그의 일부는 불덩이처럼 단단해져 그녀를 원하고 있었다.

"아하, 혜영……."

그가 혜영의 다릴 더 넓게 벌렸다. 그리곤 뜨거운 액으로 젖어 있는 입구 안으로 그를 밀어 넣기 시작했다.

"하흑!"

단단히 맞물려 있는 입구는 충분히 젖어 있었지만 열리길 거부 하고 있었다. 마치 누군가의 침입이 처음인 듯 그렇게……. 설 마……?

"혜영, 나를 봐."

루한이 눈을 꼭 감고 있는 혜영의 턱을 붙잡고는 그를 보게 했 다. 그녀 역시 천천히 눈을 떠 그를 올려다보았다. 그의 눈동자가 놀라움으로 커져 있었다. 그리고 혜영은 그가 왜 놀랐는지 알 수 있었다. 혜영의 얼굴이 붉게 달아올랐다.

그녀가 처음이란 게 그렇게 놀라운 일인 건가? 사실 서른이 되 기 전까지 기회는 많았던 것 같다. 하지만 이렇게 친밀하게 몸을 나누고 싶은 마음이 들지 않았을 뿐이었다. 무엇보다 지금까지 사 랑하는 남자를 만나 결혼을 하고 아이를 낳을 꿈을 꾸고 있던 그녀였기 때문에 그녀에게 내밀어진 손을 순간적인 욕망 때문에 붙잡을 수도 없었던 것 또한 이유였다.

혜영의 반응을 보곤 그 역시 그가 생각하는 것이 맞는다는 것을 안 모양이었다. 그의 입가에 미소가 떠올랐다. 훗! 그리곤 거친 신음을 뱉어내며 그녀를 꼭 끌어안았다. 그의 입술이 그녀의 귓불을 깨물고 천천히 자극했다. 그곳이 그녀가 느끼는 예민한 곳임을 그 역시 잘 알고 있었다. 그의 침입으로 굳었던 그녀의 몸이 그의 애무로 천천히 이완되기 시작했다. 그러자 멈춰 있던 그가 다시 그녀의 안으로 들어가기 시작했다.

"하훗!"

"힘을 빼."

뜨거운 숨결이 그녀의 귓가를 스치더니 그의 입술이 그녀의 가슴의 정점을 베어 물었다. 조금이라도 그녀의 아픔을 줄여주고 싶었다. 그가 그녀의 허릴 쓸어내리며 그녀의 몸을 어루만졌다. 그러자 혜영은 또다시 찾아온 나른한 쾌감에 몸을 떨었다. 나른한 쾌감과 아릿한 아픔이 동시에 느껴졌다.

단단한 불덩이가 그녀의 몸을 찌르듯 강하게 밀고 들어오는 느낌이 너무 생경했다. 하지만 뭔가 가득 채워진다는 느낌은 싫지 않았다.

"루한, 난 괜찮아요. 괜찮으니까, 흐흑……!"

그가 움직이자 또다시 그녀의 입에선 흐느낌과도 같은 신음이 새어 나왔다. 아픔으로 눈가에 눈물이 고였다. 그 역시 그녀의 눈가에 매달린 눈물을 보았는지 손을 뻗어 조심스럽게 닦아주었다.

"미안, 아프게 해서……."

다정한 그 목소리가 왜 이렇게 가슴이 아리는 건지. 혜영은 심장이 촉촉해지는 것 같았다. 아픔 같은 건 참을 수 있었다. 지금 혜영은 그를 더 가까이 느끼고 싶었다.

"루한!"

그의 이름을 부르며 혜영이 그의 목덜미로 팔을 감았다. 그리곤 힘껏 끌어당기며 그의 입술에 키스했다. 여전히 서툴렀다. 하지만 그 서툰 열정이 루한의 몸엔 뜨거운 화염을 일으켰다.

"하아, 혜영……."

거친 신음을 뱉어내며 그가 그녀의 안으로 더 깊숙이 파고들었다. 움찔. 그녀의 몸이 긴장으로 굳어지는 것이 느껴졌지만 혜영은 그녀의 다릴 그의 허리에 단단히 감고는 그가 빠져나가지 못하게 했다. 그가 그녀를 내려다보았다. 그러자 혜영은 이제 괜찮다는 듯 고갤 끄덕여 보였다.

그의 입가에 떠오른 미소가 사라져 갔다. 욕망으로 더는 웃을 여유 따윈 없었던 것이다. 최대한 천천히 움직여야 했지만 단단하게 솟은 그의 욕망은 미친 듯이 질주하길 원했다. 그가 뜨겁고 촉촉한 점액질의 내벽을 오가기 시작했다. 질척하게 젖은 동굴 안을 오갈 때마다 루한은 심장이 터질 것 같은 쾌락으로 뜨거웠다. 머릿속이 새하얗게 변할 정도로 지독한 열감이었다. 지금까지 한 번도 느껴보지 못한 쾌락에 루한은 인내심이 바닥나고 있음을 느꼈다.

처음인 그녀에게 그가 느끼는 쾌락을 줄 순 없었지만 고통 또한 주고 싶지 않았다. 눌러 참고 있는 욕망에 고삐가 풀려 버린다면 그 역시 어떻게 될지 감당할 자신이 없었던 것이다. 최대한 그의 욕망을 참아내는 것 외엔 방법이 없었다.

"하흡!"

또다시 들려온 그녀의 흐느낌에 루한이 그녀를 내려다보았다. 고통을 참으려는 듯 입술을 깨문 그녀의 입술이 하얗게 변해 있었다.

"내 어깰 물어."

그의 말에 혜영이 고갤 가로저었다. 그러자 루한이 손을 뻗어 위로하듯 그녀의 뺨을 부드럽게 쓸어내렸다.

"괜찮아."

그의 말에 망설이던 혜영이 그의 어깨에 고갤 묻었다. 그리곤 입술 대신 그의 어깨를 깨물었다. 흣! 혜영의 이가 그의 어깨에 박혀 들어왔다. 아픔이 느껴졌지만 루한은 안도감이 밀려들었다. 하나가 된 순간, 기쁨은 물론 고통까지도 함께 나눈다고 생각하자 심장이 뜨거워졌다. 소유하게 된 여자에게 이런 감정을 느끼게 되다니. 루한은 자신이 느끼는 이 생경한 감정에 웃음이 새어 나왔다.

"더 아플지도 몰라. 그러니 참지 마."

그의 당부에 혜영이 고갤 끄덕였다. 그리곤 다음 순간 루한의 손이 그의 허리에 감긴 그녀의 다릴 단단히 감게 했다. 또다시 그가 움직이기 시작했다. 내벽의 예민한 곳을 쓸어 올리며 안으로 깊이 들어왔다가 썰물처럼 재빨리 밖으로 빠져나왔다. 그리곤 다시 그녀의 안으로 깊이 들어갔다. 내벽의 수백, 수천 개의 주름이 난생처음 그곳에 들어온 침입자의 움직임에 맞춰 그를 붙들곤 강하게 조여왔다. 루한은 쫀득하고 촉촉한 내벽이 그의 일부를 꽉 조여오자 금방이라도 욕망이 터질 듯 단단히 부풀어 오르는 것을 느꼈다.

"너무 좋군."

더운 숨을 내쉬며 속삭이는 루한의 목소리에 혜영은 다행이라고 생각했다. 그가 다시 움직이기 시작했고 그의 움직임이 격정적으로 변할수록 그의 어깨를 물고 있는 혜영의 이에 힘이 들어갔다. 루한은 어깨에 느껴지는 통증에 미간을 찌푸렸다. 하지만 더없이 기분 좋았다.

쾌락을 동반한 아픔. 루한은 거칠게 몸을 떨며 그녀의 안으로 파고들었다.

"흡…… 루한……. 하흑!"

그의 거듭되는 움직임에 그녀의 몸 역시 뭔가 변하기 시작했다. 찌를 듯 밀고 오는 그의 일부 때문에 아픔만 느껴지던 내벽 안쪽에 열기가 어리더니 그곳이 참을 수 없이 간질거렸다. 이상하게도 더 깊고 더 강하게 그곳을 헤집어줬으면 좋겠다고 생각할 정도였다. 움찔움찔 그의 침입에 수축을 거듭할수록 잔잔하던 수면에 파문이 일 듯 나른한 열감이 밀려 들어왔다.

흡! 그녀의 신음 역시 아픔을 참던 흐느낌 대신 물기를 머금고 짙은 열기로 진득해졌다. 그 역시 그녀의 변화를 몸으로 느낀 듯했다. 거친 파도가 바위를 덮치듯 그의 움직임이 빨라졌다. 리드미컬하게 그녀의 내벽을 오가는 그의 움직임에 혜영은 아랫배에 힘이 들어갔다. 그녀 역시 허릴 관통하는 나른한 열기에 다리로 그를 꽉 붙들었다. 그리곤 뜨거운 동굴 안을 가득 채운 그를 힘껏 조이며 본능적으로 허릴 움직였다.

"하아, 혜영…… 으윽!"

열기를 참지 못하고 루한의 입에서 거친 신음이 새어 나왔다. 그의 어깨를 물고 있던 혜영이 입술을 떼어냈다. 더는 아프지 않았던 것이다.

"루한…… 뭔가 이상해요. 하흑, 뭔가……. 하아!"

"하아, 다음엔…… 더 좋을 거야. 하지만 지금은…… 내가 더 는……."

다음 말은 끝내 들을 수 없었다. 그가 말을 할 여유 따위 없다는 듯 그녀의 안으로 깊이 파고들어 왔다. 진퇴를 거듭하는 그의 움직임 역시 거칠어졌고 격렬한 그의 움직임에 의해 그녀의 허리 역시 위험스러울 정도로 휘었다. 짙은 욕망으로 흐려진 혜영의 눈동자에 눈물이 차올랐다. 그의 품에 매달려 그와 하나가 된 순간 뜨거운 뭔가가 울컥 치밀어 올랐던 것이다.

쾌락과 함께 찾아든 안도감. 그리고 알 수 없는 뜨거운 감정에 혜영은 눈을 감고 그의 품에 얼굴을 묻었다. 끝날 것 같지 않았다. 시간이 갈수록 그의 움직임이 거세졌다. 어둠 속에서 남녀의 물기 어린 신음이 더욱 짙어졌고 욕망으로 흔들릴 때마다 두 육체에선 젖은 소리가 흘러나왔다. 신경을 자극하는 관능적인 소리에 혜영은 얼굴을 붉혔다.

"하아, 루한……. 이제…… 하훗 그만……. 훗!"

그녀가 숨을 삼켰다. 산질거리던 열기가 어느새 참을 수 없는 쾌락으로 내벽이 조여들기 시작했다. 마지막 희락을 위해 무섭게 치닫던 그 역시 한순간 움직임을 멈췄다. 그리곤 그녀를 꽉 끌어안은 채 그녀의 안에서 그의 일부를 빼낸 다음 바닥에 떨어진 목욕 수건 위에 뜨거운 욕망을 뿜어냈다.

혜영은 거친 숨을 내쉬며 천천히 눈을 감았다. 루한이 수건을 들고 침대를 내려가 욕실로 들어가는 소리가 들렸다. 그리곤 잠시 후 나오는가 싶더니 그가 다시 침대로 올라온 듯 그의 무게에 침대가 흔들렸다. 혜영이 무겁게 내려앉은 눈꺼풀을 들어 올리자 그의 손엔 젖은 수건이 들려 있었다.

그가 뜨거운 김이 나는 수건으로 땀으로 젖은 그녀의 몸을 닦아주기 시작했다. 그리곤 다릴 양쪽으로 밀어 올리더니 애액과 붉은 피가 엉겨 있는 그녀의 밀부와 허벅지를 닦아주기 시작했다.

"내가 할게요."

부끄러웠다. 조금 전까지 그와 한 몸처럼 얽혀 흔들렸지만 그가 또다시 그녀의 은밀한 부위를 수건으로 닦아주자 얼굴이 붉어지다 못해 새빨갛게 변했다. 그가 그녀의 손을 밀어냈다. 그리곤 단호한 표정으로 고갤 가로젓더니 조심스럽게 닦아주었다. 깨끗하게 닦아낸 그가 다시 욕실로 가 수건을 놓고 돌아왔다. 다시 침대로 들어온 루한이 그녀를 꼭 끌어안고는 침대 시트를 끌어당겼다. 함께 잠을 자려는 듯.

"돌아가야 하는 것 아닌가요?"

그녀의 말처럼 그의 방으로 돌아가야 했다. 사실 지금까지 여자와 섹스를 한 후 그 여자와 잠을 잔 적은 한 번도 없었다. 욕망이 사라지면 그걸로 끝이었다. 마음이 아닌, 몸을 나누는 관계일 뿐이었으니까. 하지만 지금은 돌아가고 싶지 않았다. 오히려 돌아가라고 채근하는 그녀의 말을 무시한 채 그녀의 허리에 팔을 감았다. 그리곤 그녀의 말을 거부하듯 그의 품으로 그녀를 바짝 끌어당기기까지 했다.

"루한······."

"아무리 채근해도 안 가. 여기서 잘 거야."

그리곤 그녀의 말을 더는 듣지 않겠다는 듯 눈을 감았다. 혜영
은 그런 루한을 보며 작게 한숨을 내쉬었다. 내일 아침이면 퀸즈
나이트 저택의 모든 고용인이 그녀가 루한과 잤다는 사실을 알게
될 테지. 그녀 역시 성인이었기 때문에 남자와 섹스를 했다는 사
실이 부끄러운 것은 아니었지만 다른 사람들의 눈에 어떻게 비칠
지 신경이 쓰이는 것은 어쩔 수 없었다. 특히 저택의 고용인에게
루한이 어떻게 비칠지도.

"루한······?"

그녀가 그를 흔들었다. 돌아가라고 재촉하기 위해서였다. 그러
자 그가 미간을 찌푸리며 눈을 떠 그녀를 내려다보았다.

"나랑 잤다는 걸 다른 사람들이 아는 게 싫다면, 갈게."

"그건 아니에요. 하지만 이곳은 당신의 집이잖아요. 저택의 사
람들이······."

"나 때문이라면 상관없어."

그는 더는 신경 쓰지 말라는 듯 그녀를 꽉 끌어안았다. 그리곤
다정히 그녀의 머리카락을 쓸어주며 그녀의 이마에 입까지 맞췄
다. 이마에 닿는 그의 입술이 뜨거웠다. 또다시 스멀스멀 피어오
르기 시작한 열기로 그의 목소리가 탁해졌다.

"지금 당장 당신을 갖고 싶어."

"뭐라구요?"

놀란 듯 혜영이 눈을 동그랗게 떴다. 그러자 그가 피식 웃었다.

걱정하지 말라는 듯.

"걱정 마, 지금은 아니니까. 하지만 날 감당하려면 어서 자는 게 좋을걸? 다음엔……."

다음 말은 루한이 그녀만 들을 수 있게 그녀의 귓가에 낮게 속삭였다. 어두운 방 안에 둘뿐이었지만 루한은 두 사람의 밀어를 그 누구도 듣는 걸 원치 않았다. 그것이 장막처럼 내리는 비와 짙은 어둠뿐이라고 할지라도. 루한은 그렇게 욕심 많은 남자였다. 그의 속삭임에 혜영의 얼굴이 붉게 달아올랐다.

"이 짐승……!"

혜영이 그를 곱게 흘기자 루한의 입가에 미소가 떠올랐다.

"짐승을 깨운 사람이 바로 당신이란 사실을 잊지 마."

그가 그녀를 꽉 끌어안더니 그녀의 입술에 키스했다. 아직 열기가 남아 있는 키스는 담백하지 못했다. 아쉬운 듯 자꾸만 그녀의 입술을 핥고 유혹하듯 그녀의 혀를 단단히 얽어왔다. 농밀해진 키스가 계속되었다. 키스에 담긴 메시지는 너무도 분명했다. '갖고 싶다. 다시 지독한 쾌락에 몸을 맡기고 싶다.'였다.

하지만 다음 순간 그가 거친 숨을 뱉어내며 그녀의 입술에서 떨어졌다. 조금 더 키스했다간 그녀와 한 약속을 지키지 못하고 당장 그녀의 안으로 밀고 들어갈 것 같았던 것이다.

아쉬움을 뒤로하고 루한이 혜영의 머릴 그의 팔에 올려놓았다. 팔을 베고 눕게 된 혜영은 그의 단단한 가슴에 얼굴을 묻었다. 그의 체향과 함께 짙은 사향 냄새가 났다. 그의 맨살이 그녀의 몸을 감싸자 혜영은 자신 역시 아무것도 입고 있지 않다는 사실을 의식했다. 하지만 단단히 붙든 그로 인해 옷을 입을 수도 없었다.

규칙적으로 오르내리는 그의 심장의 움직임을 느끼며 혜영 역시 곤한 듯 눈을 감았다. 생각해 보니 많은 일이 있었던 것이다. 그리고 그의 말처럼 혜영은 잠이 필요했다. 어느새 두 사람은 서로의 품에 안겨 잠이 들었고 무섭게 내리던 비 역시 점점 잦아들고 있었다. 새벽녘 짙은 먹구름 역시 사라지고 퀸즈 나이트에 쾌청한 해가 떠오르기 시작했다.

제5장 내 옆에 있어줄래요?

온몸이 나른했다. 포근한 느낌과 함께 온몸이 노곤했다. 오랜만에 깊은 잠을 잔 뒤에 오는 기분 좋은 감각에 혜영은 입가에 미소가 떠올랐다. 멍한 의식 사이로 천천히 주변의 소리가 들려오는 것이 느껴졌고, 조금 떨어진 곳에서 작은 목소리로 누군가 이야길 하고 있었다.

루한, 그래. 루한과 엘인 모양이군. 어젯밤 비를 맞고 돌아온 혜영이 걱정돼 엘이 이른 새벽 그녀를 찾아온 모양이었다. 그리고 그녀 대신 루한이 엘을 맞았을 테고.

"걱정할 필요 없어."

루한의 목소리가 들려왔고 잠시 뜸을 들인 후 엘의 목소리가 들여왔다.

"그런 것 같군요. 혹시 제가 따로 준비해 드릴 게 있다면 말씀해 주십시오."

"없어. 대신, 오늘 별채 출입은 하지 않아도 돼."

"그럼 식사는?"

"시간에 맞춰 정원의 탁자 위에 놓고 가면 돼."

"네, 알겠습니다."

문이 닫히는 소리가 들렸다. 엘이 가는 모양이었다. 선명해지는 의식 속에서 혜영은 두 사람이 나눈 대화를 곱씹어보았다. 별채에 오지 말라니. 아마 어젯밤 그가 이곳에서 잔다고 했을 때, 그녀가 했던 말을 잊지 않고 있었던 모양이었다. 그러자 혜영의 입가에 미소가 떠올랐다. 잠깐! 그렇다는 것은 여기서 둘만 있을 테니 방해하지 말라는 건가? 그런 결론에 도달하자 혜영은 눈을 번쩍 떴다.

어젯밤 잠이 들기 전 그가 했던 말이 떠올랐던 것이다. 맙소사! 안 돼.

침대에서 일어서자 움찔 아랫배 안쪽이 아파 순간 몸을 웅크렸다. 그녀의 인기척에 루한이 쟁반을 탁자 위에 내려놓고는 서둘러 혜영에게 다가왔다

"일어난 모양이군."

"아, 네. 엘이 왔다 간 건가요?"

"당신이 걱정돼서 온 모양이더군. 내가 괜찮으니 돌아가라고 했어."

루한이 침대로 들어왔다. 상쾌한 비누 냄새가 났다. 벌써 일어나 씻은 듯 그의 머리카락은 물기로 젖어 있었고 옷 역시 갈아입은 듯 어제완 다른 옷이었다. 그를 보자 혜영은 그녀 역시 씻고 싶

었다. 그가 뜨거운 수건으로 땀을 닦아주긴 했지만 시원한 물로 씻는 것과는 다른 것이었으니까.

"샤워한 모양이군요. 저도 씻어야…… 앗! 루한! 뭐 하는 거예요. 놔줘요."

"아플 것 아냐. 내가 데려다 줄게."

어느새 그의 품에 안긴 혜영은 몸 아래로 흘러내린 시트를 움켜쥐었다. 잠에서 깨어난 순간 그녀는 아무것도 입고 있지 않다는 사실을 깨달은 것이다. 그 역시 혜영이 시트를 단단히 붙잡은 이유를 아는지 피식 웃음을 터뜨렸다. 이게 다 누구 때문인데. 밤새 옷도 입을 수 없을 만큼 꽉 끌어안고 잠을 잔 게 누군데…….

그의 품에 안긴 채 시트를 바닥에 질질 끈 채 욕실까지 간 혜영은 그를 욕실 밖으로 밀어냈다. 이번엔 루한이 순순히 욕실 밖으로 나가자 혜영은 안도하며 몸에 감고 있던 시트를 바닥에 떨어뜨렸다.

"뭐야, 벌써 물까지 받아놓은 거야?"

혜영은 뜨거운 김이 나는 욕조를 보며 피식 웃었다. 그리곤 천천히 욕조 안으로 들어가다 문득 걸음을 멈췄다. 무수히 많은 붉은 점. 거울에 비친 그녀의 모습을 보며 혜영은 얼굴이 붉어졌다. 목덜미를 시작으로 쇄골 부근과 가슴. 그리고 아랫배에 이어 허벅지 안쪽까지 붉은 흔적들로 가득했다. 혜영이 손끝으로 가슴을 가렸다. 하지만 역부족이었다. 특히 다리 안쪽으로 사라진 붉은 흔적은 귓불이 붉어질 만큼 노골적이었던 것이다. 또한 그녀의 몸에서 그의 체향이 나는 것 같았다.

벌컥, 예고도 없이 욕실 문이 열렸다. 그리곤 그가 안으로 들어왔다.

"뭐 하는 거예요? 당장 나가요."

첨벙! 혜영은 자신도 모르게 욕조 안으로 몸을 숨기듯 앉았다. 입술 부근까지 잠기도록 몸을 숙인 혜영의 코끝으로 향긋한 꽃향기가 스며들었다. 하지만 루한은 욕실을 나가는 대신 욕조가 있는 곳으로 걸어오기 시작했다.

"밖에서 기다리는 것보단 안에서 기다리는 게 좋을 것 같았거든."

욕조 바로 앞까지 다가온 그가 그녀를 지나쳐 옆으로 걸어가더니 커다란 유리문을 열었다. 드륵 소리와 함께 슬라이딩도어로 된 문을 열자 별채의 정원이 한눈에 내려다보였다. 이 욕실의 또 다른 형태는 바로 노천탕인 듯했다. 퀸즈 나이트의 정원은 물론 바다까지 한눈에 내려다보며 목욕을 즐길 수 있는 그런. 루한이 그녀를 돌아보았다.

"아름답지 않나?"

혜영 역시 욕조 끝으로 이동했다. 그리곤 화창하게 갠 퀸즈 나이트와 바다를 내려다보았다. 어젯밤 내린 비로 공기는 상쾌했고 하늘 역시 투명한 푸른색이었다. 어젯밤 폭우가 내렸다는 것이 마치 거짓말인 것처럼 바다는 평온했다.

어느새 욕조로 다가온 그가 그녀 옆에 자릴 잡고 앉았다. 그의 시선을 느낀 혜영은 그제야 자신의 몸에 새겨진 붉은 흔적이 떠올라 몸을 가리려 했다.

"이미 늦었어. 다 보았으니까."

루한이 욕조로 손을 뻗어 그녀의 팔을 붙잡았다. 그리곤 멀찍이 도망치려는 그녀를 확 끌어당겼다. 끌려가는 힘에 욕조의 물이 출렁거렸다. 흘러넘친 물에 그의 옷이 젖었지만 루한은 신경 쓰지 않는 것 같았다. 그의 시선이 당황해 얼굴을 붉히는 혜영에게서 떨어질 줄 몰랐던 것이다.

"당신을…… 어떡할까?"

어떻게 해야 할까? 언제나 자신만만한 얼굴로 고집을 피우며 그의 말을 하나부터 열까지 부정하는 이 여자를. 그러다 이렇게 그의 시선 하나에 얼굴을 붉히는 여잘, 어떻게 해야 할까?

혼잣말처럼 중얼거리는 그 말속에 담긴 감정에 혜영은 순간 긴장했다. 그녀를 바라보는 그의 눈빛이 너무도 진지해 혜영 역시 농담조차 던질 수 없었던 것이다.

사실 루한 역시 대답을 바라고 했던 말이 아니었다. 조금 전처럼 욕조의 물이 흘러넘치듯 마음속에 떠오른 의문이 밖으로 흘러나와 버린 것일 뿐.

"날, 어떻게 할 필요 없어요."

흔들림 없는 검은 눈동자가 물끄러미 그를 응시하고 있었다. 그리곤 전혀 신경 쓰지 않는다는 얼굴로 다시 입을 열었다.

"난 감정이 흘러가는 대로 놓아둘 생각이거든요. 그다음은 그 뒤에 생각하면 돼요. 나 역시 당신을 어떻게 할 생각 같은 건 없으니까."

훗! 그의 입가에 씁쓸한 미소가 떠올랐다. 어쩌면 그녀의 말처럼 아무것도 얽매지 않고 흘러가는 대로 놓아두는 것이 맞을지도 몰랐다. 하지만 이 순간 왜 혜영의 쿨한 대답이 마음에 들지 않는지 이해할 수 없었다. 자꾸만 신경에 거슬렸다.

"만약 내가 당신을 어떻게 할 생각이라면…… 그렇다면 당신은 날 따라올 텐가?"

그의 대답에 혜영의 눈동자에 그늘이 졌다. 그를 따라오라는 말에 그녀의 심장이 무겁게 가라앉았다. 어떤 이유에서인지 혜영은 그가 아주 먼 신기루처럼 느껴졌다. 퀸즈 나이트 섬의 소유주이며 알렉스와 엘과 같은 뛰어난 사람들을 부리는 남자. 그리고 사막의 별을 그녀에게 아무런 조건 없이 주겠다고 한 사람이었다.

혜영은 사막의 별을 가지려고 안간힘을 썼지만 결국 갖지 못했다. 하지만 그런 거액의 보석을 서슴지 않고 주겠다며 거래를 제안한 남자라면 루한이란 남잔 분명 평범한 사람은 아닐 터였다. 그리고…… 그날 호텔에서 선우가 루한을 보고 보였던 태도 역시 그녀를 불안하게 만들었다. 그에 대해 검색해 보지 않아도 충분히 짐작할 수 있었다. 그가 그녀와는 아주 먼 세계에 사는 사람이라는 것을.

"아니요. 따라가지 않아요. 내가 퀸즈 나이트에 오기 전 말했을 텐데요. 지금은 내가 당신을 선택한 것이라고. 그러니 난 때가 되면 내가 있어야 할 곳으로 돌아갈 생각이에요."

순간, 심장이 서늘해졌다. 그녀의 대답이 루한은 마음에 들지 않았다. 정말 감정의 동요 따윈 전혀 느껴지지 않는 혜영의 이성적인 반응이 신경에 거슬렸다. 그녀에게 루한은 그렇게 한순간 떨쳐 버릴 수 있는 하찮은 존재란 생각에 미간이 찌푸려졌다.

"정말 냉정하군."

"냉정해져야 살아갈 수 있었으니까요. 그러니 당신도…… 흐흣!"

그의 손이 아프게 그녀의 머리카락을 쥐었다. 그리곤 힘껏 끌어당기더니 물 듯 거칠게 그녀의 입술에 키스했다. 입술을 파고드는 혀가 그녀의 입술을 짓누르자 아릿한 아픔이 느껴졌다. 화가 나 있는 것 같았다.

혜영의 입술을 빨아 당기며 루한은 치밀어 오르는 불쾌감을 억누르려 했다. 그녀의 말처럼 냉정해야 했지만 그는 그럴 수 없었다.

왜 이렇게 화가 나는 거지? 왜 이렇게 냉정하고 차분해 보이는 혜영이 신경이 거슬리는 거지? 알 수 없는 분노가 치밀어 루한은 거칠게 그녀의 혀를 휘감곤 빨아 당겼다.

"흣! 루한, 아파요."

그의 입술이 잠시 떨어진 사이 혜영이 눈살을 찌푸리며 말했다. 그제야 루한은 그녀를 붙잡은 손에 너무 힘이 들어갔다는 사실을 깨달았다. 그리고 키스 역시도.

"미안. 나도 모르게……."

아픔을 달래듯 루한의 혀가 혜영의 입술을 부드럽게 쓸어내렸다.

"왜 화가 난 거죠?"

순간 그의 입술이 멀어졌다. 그리곤 물끄러미 혜영을 바라보더니 고갤 가로저었다.

"화난 적 없어."

잡아떼려는 모양이었다. 하지만 혜영은 피식 웃으며 그에게 얼굴을 들이밀었다.

"거짓말."

혜영의 확신에 찬 목소리에 루한이 미간을 찌푸렸다. 그리곤 혜영을 놓아주곤 자리에서 일어섰다. 뭔가 마땅찮은 게 분명했다. 마치 마음을 들켜서 당혹스러운 것처럼.

"말해봐요. 왜 화가 났는지."

"그런 적 없어. 물이 식을 것 같군. 어서 씻고 나와. 밖에서 기다릴게."

나가지 않겠다고 버티던 루한이 서둘러 욕실을 나가는 모습을 보았다. 언제나 포커페이스던 그가 당황스러워하다니. 혜영은 피식 웃었다. 사실 혜영은 루한이 그녀에게 원하는 대답이 무엇인지 정확히 알 수는 없었다. 하지만 그녀의 말에 화를 내는 그를 보자 가슴이 뭉클해졌다. 묘한 설렘 역시 함께였다. 혜영은 다시 뜨거운 욕조 안에 몸을 묻었다. 그리곤 천천히 눈을 감곤 느긋한 마음으로 목욕을 즐겼다.

젖은 옷을 벗기 위해 방으로 들어서는 루한을 알렉스가 뒤따랐다. 당연히 방에서 잤을 것으로 생각했던 루한이 조금 전 별채에서 나오는 것을 보자, 알렉스는 두 사람 사이가 변했다는 것을 알았다. 사실 어젯밤, 폭우가 쏟아지는 바다에 배를 출항시키겠다고 우길 때부터 이렇게 되지 않을까 짐작은 했지만 막상 루한을 보자 걱정이 되기 시작했다.

'곧 사람들이 올 텐데 대체 어쩌시려고.'

알렉스는 작게 한숨을 내쉬곤 루한을 보았다.

샤론 블리스. 블리스 총리의 유일한 딸인 그녀에게 조금 전 전화가 왔다. 아직 존더부르크와 블리스 가문 사이에 정식 혼담은 오가지 않은 상태였지만 알렉스는 당연히 샤론 블리스가 존더부르크 가문의 다음 안주인이 될 것으로 생각했다. 그래야만 존더부르크 가문에서의 루한의 입지 역시 굳건해질 수 있었으니까.

하지만 지금 의문이 생겼다.

'루한, 그 역시도 같은 생각인 건가?'

잘 생각해 보니 한 번도 샤론 블리스에 대해 루한이 그 어떤 언급도 한 적이 없다는 것을 깨달은 것이다. 매스컴과 루한을 둘러싼 두 가문 사이에서 두 사람의 약혼이 임박한 것처럼 행동했지만, 정작 당사자인 루한은 그 문제에 대해 구체적인 그 어떤 계획도 언급한 적이 없었다.

사실 가족 간의 정식 행사 외엔 샤론 블리스를 개인적으로 만난 적도 없었던 것이다. 설마 지금껏 잘못 생각했던 건가? 아니야, 그럴 리 없어. 루한 님께서도 당연히……. 순간 알렉스의 미간에 주름이 더욱 깊어졌다.

"루한 님, 샤론 님께서 조금 전 전화하셨습니다."

"블리스가?"

젖은 옷을 벗던 루한이 눈살을 찌푸리며 알렉스를 돌아보았다. 그녀가 왜 전화했는지 이해할 수 없다는 반응이었다. 어제 아침, 분명 캐롤라인에게 전했던 것이다. 친구들 외에 다른 사람은 절대 초대하지 말라고. 특히 블리스는.

"네."

"뭐라고 했지?"

"캐롤라인 님보다 하루 앞서 퀸즈 나이트에 도착하실 것 같다고 하셨습니다. 지금 여행 중이라 바로 오시겠다고……."

젠장! 알렉스의 말에 루한은 모든 상황이 이해가 가기 시작했다. 사흘 후라니. 아마 샤론이 여행 중이라 퀸즈 나이트에 오지 말라고 했던 루한의 말을 캐롤라인이 전하지 못한 모양이었다.

"알렉스, 블리스에게 받은 연락처를 주겠어?"

"저기 그것이, 여행 도중 휴대폰을 잃어버리셨다고 하셨습니다. 그래서 홍콩에 오시면 샤론 님께서 직접 연락하시겠다고……."

"젠장!"

일이 꼬이고 있었다. 사실, 루한 역시 휴가를 보내는 한 달 동안 외부와 그 어떤 연락도 취하지 않기 위해 통신 수단을 모두 정지해 놓은 상태였다. 아마 샤론 블리스 역시 그랬을 테지. 언제나 사람들의 시선을 의식하고 경계해야 했을 테니. 잠깐의 휴식 동안 그 누구와도 연락하지 않고 자유롭고 싶다는 건 당연한 본능일 테니까. 그럼 늘 함께 다니던 경호원도 따돌렸겠군.

"만약 블리스에게 다시 연락이 오거든 날 바꿔주도록 해. 꼭 해야 할 말이 있으니까."

"네, 알겠습니다."

루한이 옷을 갈아입은 것을 확인하곤 알렉스가 방을 나왔다. 하지만 그의 표정이 어두웠다. 대체 일이 어떻게 돌아가는 것인지 그 역시 알 수 없게 되어버린 것이다. 분명 저 반응은 샤론 블리스가 퀸즈 나이트에 오는 것을 반기지 않는 것처럼 보였다.

하지만 루한 프레데릭 크리스티안 존더부르크에겐 한혜영이란 한국인 여자가 아닌 샤론 블리스가 필요했다. 그리고 그 사실을 루한이 누구보다도 잘 알고 있었다. 그래, 걱정할 것 없어. 루한은 냉혹하고 뼛속까지 철저한 사업가였고, 지금 이 열기가 지나가면

본모습을 되찾을 게 분명했으니까.

하지만 알렉스는 엘이 했던 말이 마음에 걸렸다. 젠장! 그 고집 세고 애교라곤 하나도 없는 여자가 뭘 알겠어?

알렉스는 엘을 떠올리자 울컥 화가 치밀었다. 그리곤 머릿속에 떠오른 생각을 밀어낸 후 서둘러 그의 개인용 사무실로 향했다.

가방에서 보라색 상자를 꺼낸 혜영이 조심스럽게 상자의 뚜껑을 열었다. 그러자 물빛 사파이어로 된 목걸이가 태양 빛에 반짝이기 시작했다. 가느다란 백금 체인으로 연결된 영롱한 아침 이슬과도 같은 목걸이는 섬세한 디자인과 함께 눈부시게 빛났다.

혜영은 그녀가 만든 목걸이를 만족스러운 얼굴로 내려다보고는 다시 상자의 뚜껑을 닫았다. 그리곤 뭔가 떠오른 듯 서둘러 휴대전화를 들고 첸에게 전화를 걸었다. 넥타이 핀에 들어갈 탄자나이트가 구해졌는지 궁금했던 것이다. 몇 번의 통화연결음이 들리는가 싶더니 첸이 전화를 받았다.

"나야. 혹시 부탁했던 것, 구했어?"

[급하긴. 구하긴 했는데, 네가 말했던 크기의 탄자나이트가 홍콩에 오려면 이틀 정도 걸릴 것 같아.]

첸의 대답에 혜영의 입가에 미소가 떠올랐다. 이틀이라. 그러면 홍콩섬으로 돌아가기 전까지 루한에게 선물하기에 충분한 시간이었다. 혜영은 전화 통화를 하면서 정원으로 통하는 테라스의 문을 열었다.

"부탁할게, 첸."

[알았어. 구해지는 대로 내가 퀸즈 나이트로 가져다줄까?]

"아니야, 그럴 필요는 없는데……."

순간, 혜영의 눈에 커다란 나무 아래 서 있는 루한이 눈에 들어왔다. 초록의 잔디 위를 걷고 있는 그는 뭔가 깊은 생각에 잠긴 듯 느릿느릿 움직이고 있었다. 그리고 놀랍게도 그는 맨발이었다.

[급하다며? 내가 가져다주는 게 빠르지 않겠어? 혜영, 한혜영! 듣고 있는 거야?]

루한을 바라보다 잠시 멍해진 모양이었다. 첸의 조급한 목소리에 혜영이 다시 통화에 집중했다.

"그래 알았어. 부탁할게."

그 뒤로도 첸이 뭔가 말하는 것이 들려왔지만 이미 혜영의 귀엔 들리지 않았다. 잠시 후 첸이 그녀가 통화에 집중하지 않고 있다는 사실을 깨달은 듯 한숨과 함께 또 투덜거렸고 이내 전화를 끊었다. 혜영은 휴대전화를 내려놓고는 물끄러미 루한을 응시했다.

신기했다. 언제나 단정한 옷차림과 정돈된 머리카락, 그리고 몸에 밴 듯 절제된 행동에 이르기까지. 루한이란 사람과 맨발은 전혀 어울리지 않았다. 그런데 그런 그가 맨발로 아무렇지 않게 잔디 위를 걷고 있다니. 루한이란 남잔 겉모습에서 느껴지는 편견을 걷어내고 봐야만 숨겨져 있는 깊고 깊은 그의 참모습을 볼 수 있는 모양이었다.

혜영이 정원으로 통하는 계단을 내려가자 루한 역시 그녀의 인기척을 느낀 듯 걸음을 멈추곤 그녀를 바라보았다. 녹음이 주는 청량함. 그리고 짙은 암청색의 눈빛이 그녀에게 향하자 혜영은 걸음을 멈췄다. 그가 멀게 느껴졌다. 가까이 있었지만…… 그에게서 뿜어져 나오는 신비롭고 묘한 분위기에 혜영은 그에게 다가설 수 없었다.

그 순간, 루한이 그녀에게 걸어오기 시작했다. 정원의 잔디를 가로질러 거침없이 그녀에게 똑바로 걸어왔다. 그리곤 계단 위에 서 있는 혜영을 보곤 환하게 웃었다. 짙은 암청색의 눈동자에 반가움이 떠올라 있었다. 그녀를 보자 너무도 기쁘다는 듯.

"왜 이렇게 늦어?"

"기다렸나요?"

"조금."

혜영의 시선이 어느새 루한의 맨발로 향했다. 그러자 루한은 멋쩍은 듯 웃으며 어깰 으쓱했다.

"생각할 게 좀 있었거든. 사실 이건 어렸을 때 자주 하던 습관이야. 오랜만에 다시 하니, 좋군."

"어렸을 때라구요?"

"그래. 어머니께서 중요한 결정을 내리셔야 했을 때 이렇게 맨발로 잔디 위를 걸으셨지. 난 그런 어머니 곁에서 무작정 걸었었고. 그리고 어느새 나 역시 습관이 돼버린 모양이야."

"그래서, 중요한 결정에 대한 답을 찾았나요?"

루한이 잠시 생각에 잠겼다. 그리곤 고갤 가로저었다. 그는 아직 답을 찾지 못한 모양이었다.

"답이 없는 문제란 생각이 조금 전부터 들기 시작했어."

조금 전, 계단을 내려오는 혜영을 본 순간 지금껏 그의 심장을 내리누르던 묵직한 무게가 사라짐을 느꼈다. 그저 그녀가 나타난 것만으로 그의 심장이 무섭게 뛰기 시작했고 기쁨을 숨길 수 없었던 것이다.

"세상에 답이 없는 문제도 있나요?"

"있는 것 같아. 나도 조금 전, 깨달았거든."

루한이 혜영에게 손을 내밀었다. 혜영은 잠시 그녀에게 내밀어진 손을 물끄러미 내려다보았다. 망설이는 그녀를 재촉하듯 그가 말했다.

"나와 함께 걸어보겠어? 내가 확신이 들 때까지 내 곁에서 같이."

같이 걷는다. 그 말이 혜영은 마음에 들었다. 혜영이 그의 손을 잡으며 대답했다.

"좋아요. 좀 색다를 것 같기도 하고 재미있을 것 같군요."

그러자 루한이 그녀를 계단에 앉혔다. 그리곤 그녀가 신고 있던 신발을 벗기곤 계단 위에 가지런히 놓았다.

"그럼 걸어볼까?"

혜영이 준비되었다는 듯 고갤 끄덕이자 그녀의 손가락에 손을 얽고는 천천히 발을 내디뎠다. 혜영은 맨발에 닿는 차갑고 조금은 거친 잔디의 감촉이 생경했다. 하지만 싫지 않았다. 발등을 스치는 시원한 바람이라든가 발가락을 간질이는 풀잎. 그리고 걸을 때마다 나는 바스락거리는 소리까지.

"어때? 걸을 만해?"

"시원하군요. 신발을 벗는 것 하나만으로 뭔가 편해지는 느낌이에요."

"신발이란 족쇄를 벗어버린 거지. 우린 신발을 신기 시작하면서 문명인으로서 지켜야 할 예의범절과 격식까지 강요받아 온 것이니까."

"신발 하나 벗는 걸 가지고 너무 거창하군요."

혜영이 어이없다는 표정으로 루한을 올려다보았지만 이내 입가에 미소가 떠올랐다. 맨발로 잔디 위를 걷는 느낌이 좋았다. 그와 손을 잡고 말없이 걷는 느낌 역시 마음에 들었다. 언제나 그녀의 심장을 태울 듯 쏘아보던 그의 눈빛 역시 오늘은 날카로움을 거둬내서인지 한없이 부드러웠다. 두 사람 사이에 감돌던 팽팽한 성적 긴장감이 사라지자 혜영은 그가 함께 있기에 편한 사람이란 사실 역시 알게 되었다.

"어린 시절에 또 뭘 했어요?"

그녀의 보폭에 맞춰 걷고 있는 루한을 올려다보며 혜영이 물었다. 궁금했다. 어린 시절의 그는 어떤 아이였는지. 지금처럼 이렇게 차갑고 시크했는지. 아니면, 어머니와 함께 맨발로 잔디를 걸을 만큼 다감한 소년이었는지.

"기억이 나지 않는군. 그러는 당신은 어때? 분명 고집쟁이였겠지?"

루한의 물음에 혜영은 대답이 없었다. 그랬던 것 같다. 한없이 응석을 부렸던 것 같고 또 고집을 부렸던 것도 같았다. 사실 사고가 있던 그날도 뭐에 감정이 틀어졌는지 부모님과 함께 가지 않겠다고 고집을 부렸었다. 기억도 나지 않을 정도로 하찮은 이유였고 그녀를 집에 남겨두고 외출하는 부모님에게 시선조차 주지 않았었다. 그런 혜영을 부모님께서는 아쉬운 듯 바라보았었다. 하지만 그때 그녀는 사춘기였고 응석받이로 자랐기 때문인지 안타까워하는 부모님을 향해 미소 한 조각 보여주지 않았다.

후회했다. 심장을 쥐어뜯으며 후회했다. 그리고 못된 자신은 벌

받은 것이라 생각했다. 숨도 쉴 수 없을 만큼 자신을 원망했다. 부모님께 마지막으로 보인 표정이 화난 얼굴이었다는 것이. 또한 마지막 그녀의 뇌리에 남아 있는 표정 역시 부모님의 안타까운 얼굴이었단 것도.

그러지 말걸. 쓸데없이 고집을 피우는 대신 부모님께 웃어줄걸. 아니, 함께 갔어야 했다. 부모님과 함께……. 14년이 지난 지금도 혜영은 그 생각을 떨쳐 버릴 수 없었다. 아마 그래서였는지도 몰랐다. 그녀만의 가족을 갖고 싶다고 생각한 것은.

"고집쟁이였죠."

어리석을 정도로 고집 세고, 그 때문에 14년을 후회할 만큼.

혜영은 입가에 떠올랐을 씁쓸한 미소를 재빨리 지워냈다. 그리곤 그녀를 내려다보고 있는 루한을 보며 미소를 지었다.

"하지만 더는 고집 피우지 않을 생각이에요. 후회하는 일 없게."

그럴 생각이었다. 괜한 고집을 피우다 소중한 것을 또 잃어버릴지도 모르니까. 후회할지도 모르니까. 마음이 흘러가는 대로 움직일 생각이었다.

루한이 손을 뻗었다. 그리곤 혜영을 그의 품으로 끌어당겼다. 한순간이었지만 그녀의 눈동자에 스친 아릿한 아픔이 마음에 걸렸다. 그의 품에 안긴 혜영이 너무도 가냘프게 느껴졌다.

"더 먹어야 히는 깃 아냐? 너무 말랐군."

"풋! 글래머를 좋아하는 모양이죠?"

웃음을 터뜨리며 농담조로 말하는 혜영과 달리 루한은 너무도 진지했다. 그리고 그다음 그가 한 대답을 듣는 순간 혜영의 붉어진 뺨이 밝은 햇살에 여실히 드러났다.

"내가 좋아하는 건 한혜영이야. 그 누구도 아닌."

테라스의 열린 문 사이로 바다에서 불어오는 바람이 들어왔다. 시원한 그 바람은 한껏 달아올라 팽팽히 날 선 방 안의 온도를 식히려 했지만 이미 뜨겁게 몸을 겹친 두 사람에겐 역부족인 듯했다. 그가 주는 나른하고 짙은 열기에 혜영은 거친 숨을 내쉬었다.

"흐훗! 루한…… 하흑!"

혜영이 몸을 비틀며 움직일 때마다 그에게 붙잡힌 새하얀 가슴이 관능적으로 흔들렸다. 그가 만들어놓은 무수히 많은 붉은 흔적들이 혜영의 새하얀 몸 위에 꽃잎처럼 흩어져 있었다. 루한은 그조차 성에 차지 않는 듯 또다시 가슴의 붉은 열매를 힘껏 빨아 당겼다.

"하아, 루한……."

열기로 잔뜩 쉰 목소리로 혜영이 그를 불렀다. 그러자 가슴을 핥고 삼킬 듯 애무하던 그가 고갤 들었다. 혜영의 뺨은 붉게 물들어 있었고 눈동자 역시 지독한 욕망으로 잔뜩 흐려져 있었다. 연신 뱉어내는 뜨거운 숨결이 젖은 입술을 통해 새어 나왔다.

"뭘 원하지?"

"훗!"

이미 그녀가 무엇을 원하고 있는지 알고 있으면서도 루한은 그녀에게 대답을 종용했다. 그리곤 입술로 가장 예민한 귓불을 쓸어내렸다. 말하지 않으면 주지 않겠다는 듯.

혜영은 입술을 깨물며 새어 나오는 신음을 삼켰다. 정말 미웠다. 그 역시 그녀를 원하고 있으면서 그녀의 입을 통해 그 말을 꼭 들으려 하다니. 순간, 혜영의 눈동자가 빛났다. 그리곤 시트를 꽉 그러쥐고 있던 손을 뻗어 그의 가슴 위로 올려놓았다.

"헉!"

갑작스러운 그녀의 손길에 그의 몸이 크게 흔들렸다. 그리곤 짙은 암청색의 눈동자가 열기로 더욱 짙어졌다. 그의 반응에 혜영의 입가에 의미심장한 미소가 떠올랐다. 그리곤 조금 전보다 더 대담하게 단단히 솟아오른 붉은 돌기를 손으로 쓸어내렸다.

"흑, 혜영……."

또다시 그의 입에서 억눌린 신음이 새어 나왔다. 그리곤 허리를 관통하는 격정에 몸을 떨며 그녀의 손을 밀어냈다. 하지만 이번엔 혜영의 손이 그의 단단한 배를 따라 내려가더니 욕망으로 잔뜩 부풀어 오른 그의 중심을 슬쩍 쓸었다.

움찔! 이번엔 더 크게 그가 몸을 떨었다. 그리곤 눈을 질끈 감고는 그녀의 손길에 반응하며 몸을 바짝 긴장시키는 것이 보였다.

"루한, 말해봐요. 당신이 뭘 원하는지."

상황이 역전되어 버렸다. 감았던 눈을 가늘게 뜨고 혜영을 내려다보는 루한의 눈빛이 심상치 않았던 것이다. 그러자 혜영의 입가에도 미소가 사라졌다. 그가 손을 뻗어 그녀의 손을 붙잡더니 머리 위로 올려 단단히 고정시켰다. 그리곤 움직이지 못하게 다리로 그녀의 몸을 꽉 붙들고는 그녀의 귓가에 고갤 숙였다.

"듣고 싶다니, 말해주지."

애를 태우듯 천천히 혜영의 귓불을 건드리며 루한이 대답했다. 그리곤 이로 그녀의 귓불을 잘근잘근 씹으며 예민한 부분을 입술로 문질렀다. 등줄기를 타고 견딜 수 없는 전율이 흘렀다. 혜영은 고갤 저으며 그에게서 벗어나려 했지만 루한은 쉽게 놓아줄 생각이 없는 모양이었다. 그녀의 도발에 대한 그의 반응은 집요했고 또한 용서가 없었다.

"훗, 루한……. 하훗…… 그…… 만해요."

"늦었어. 그러니 잘 들어. 내가 원하는 건, 한혜영. 당신이야. 당신 안에 날 묻는 것. 그리고……."

그의 말이 떨어지기가 무섭게 그가 그녀의 다리 사이에 자릴 잡고 앉았다. 그리곤 다리를 넓게 벌리자 그녀의 다리 역시 위로 넓게 벌려졌다. 순식간에 수풀 속에 숨겨져 있던 그녀의 밀부가 모습을 드러냈다. 애액으로 젖어 끈적해진 그곳은 그를 기다리며 움찔움찔 떨리고 있었다.

그녀의 손을 붙잡았던 손을 놓고는 그가 그녀의 다릴 꽉 붙들었다. 그리곤 더는 참을 수 없다는 듯 촉촉이 젖은 여린 속살을 비집고 안으로 깊이 들어갔다.

"하흑, 하항!"

"으윽!"

동시에 두 사람의 입에서 억눌린 신음이 새어 나왔다. 쾌락으로 젖은 목소리가 무척이나 음란했다. 훗! 그가 집요하게 그녀의 몸을 달구어놓은 이유가 이것인 모양이었다. 그만해 달라는 부탁도 들어주지 않고 그녀의 몸 곳곳을 애무하던 이유가.

혜영은 더는 아프지 않았다. 어젯밤 느껴지던 고통이…… 더는 느껴지지 않았다. 그 고통 대신 혜영은 온몸을 관통하는 뜨거운 쾌락과 몸을 태울 듯 달콤한 열기를 느꼈다.

그의 입가에 미소가 번졌다. 그녀의 안을 꿰뚫듯 관통한 순간, 그 역시 느낄 수 있었다. 그녀가 느끼는 감각이 고통이 아닌 희열임을. 그녀의 안을 가득 채운 그가 그녀의 입술에 입을 맞췄다. 간질이듯 그리고 또 유혹하듯 그의 입술이 혜영의 입술을 쓸고 혀로 훑어 내렸다.

"어떻게 해줄까? 응? 혜영, 뭘 원하는지 말해봐. 당신이 원하는 대로 해줄 테니까."

뜨거운 혀가 더운 숨을 뱉어내는 혜영의 입술 안으로 밀고 들어왔다. 그리곤 조심스럽게 그녀의 입술을 빨아 당겼다.

"훗!"

견딜 수 없는 희락(喜樂)에 혜영은 시트를 그러쥐었다. 끝까지 루한은 그녀의 입을 통해 듣고 싶은 모양이었다.

"……해요. 루한…… 당신을 원해요. 날…… 하훗!"

그녀의 대답에 루한의 입가에 만족스러운 미소가 떠올랐다. 눈빛 역시 더욱 깊어졌다. 루한은 지금 놀라고 있었다. 그녀의 입을 통해 들은 그 말에 이렇게 심장이 뛰다니. 그녀를 향한 소유욕에 이렇게 흥분되다니. 그 역시 더는 여유를 부릴 수가 없어졌다. 열기로 팽팽하게 날 선 욕망이 온몸을 관통한 듯 뜨겁게 요동치고 있었다.

그녀보다 그가 더 갈급했다. 이젠 그가 더 그녀를 원했다. 미친 듯이 그녀가 갖고 싶었다.

"혜영……."

혜영의 이름을 부르며 그가 키스해 왔다. 조금 전과는 달리 조급함이 느껴졌다. 그리곤 그녀의 깊은 곳에서 머물러 있던 그가 움직이기 시작했다. 예민해진 내벽을 오갈 때마다 혜영은 아랫배에 뜨거운 열기가 어렸다. 머릿속이 새하얗게 변할 만큼 극심한 희락에 혜영은 허릴 비틀었다. 자꾸만 그녀의 안으로 밀려들었다 빠져나가려는 그를 꽉 조이며 놓아주지 않았다.

루한 역시 움찔 몸을 떨며 몸을 경직시켰다. 뜨겁고 촉촉이 젖은 내벽이 한 치의 틈도 없이 밀착된 그 감각에 등줄기에 땀이 솟아나왔다. 지독한 쾌락이었다. 한순간 이성을 놓아버릴 만큼 너무도 강렬해 루한은 있는 힘껏 그녀의 안으로 밀고 들어갔다.

"흐흣! 루한…… 하핫!"

그녀의 손이 시트가 아닌 그의 목덜미에 감아왔다. 거칠게 파고드는 그를 감당하기 위해선 그를 붙잡고 매달리는 것 외엔 방법이 없었다. 혜영은 아랫배에서 시작된 열기가 순식간에 온몸으로 퍼져 나가자 거친 쾌락에 연신 신음을 흘려야 했다. 심장이 무섭게 뛰고 있었다. 뜨거운 피가 온몸을 들뜨게 했고 혜영은 그가 진퇴를 거듭할수록 짙은 허기에 입술을 깨물어야 했다.

"루한…… 루한……."

그가 고갤 들었다. 그리곤 그녀의 벌어진 입술에 혀를 밀어 넣고는 농밀한 키스를 하기 시작했다. 혜영의 혀를 붙잡아 얽고는 힘껏 빨아 당겼다.

"흐흣!"

또다시 밀려온 뜨거운 쾌락에 혜영의 엉덩이가 들썩였다. 그리곤 동시에 안으로 밀고 들어온 그의 일부를 조이며 위험스럽게 허릴 비틀었다. 그러자 그의 입술에서도 거친 신음이 새어 나왔다. 루한이 질끈 눈을 감더니 그녀의 입술을 놓아주었다.

"날 미치게 할 작정이군. 그렇게 조이면…… 하아!"

그녀 역시 마찬가지였다. 금방이라도 온몸이 타버릴 것처럼 뜨거운데 그는 쉴 새 없이 그녀의 안을 헤집고 있었다. 깊이 들어왔다, 다시 입구의 끝까지 빠져나간 그가 다시 질척한 내벽을 문지르듯 밀고 들어왔다. 미칠 것 같은 쾌락에 입안이 바짝 마르기 시작했다.

짙은 욕망에 몸이 떨려왔지만 놀랍게도 혜영은 그가 좀 더 거칠게 안으로 들어오길 바랐다. 조금만 더 가면 이 극심한 허기가 채워질 것 같았던 것이다. 그녀의 마음을 읽기라도 한 듯 그의 손이 그녀의 다릴 위로 더 밀어 올렸다. 그녀의 허리와 엉덩이를 붙잡은 손에 힘이 느껴지는가 싶더니 그가 힘껏 그녀의 안으로 들었다.

"하흣……. 루한…… 하앗!"

그의 거친 움직임에 그녀의 허리가 호를 그리며 휘기 시작했다. 땀에 젖은 나신이 얽혀 흔들릴 때마다 욕망으로 흐려진 남녀의 숨소리 역시 거세졌다. 지치지도 않는 듯 루한의 움직임은 멈출 줄을 몰랐다. 혜영이 그를 단단히 붙들곤 견딜 수 없는 희락에 흐느꼈다.

"하아, 루한……. 하훗!"

이미 거센 쾌락의 정점에 다다른 혜영은 허릴 비틀며 강하게 그를 조였다. 하지만 루한은 아직 아니었다. 혜영은 절정을 느끼고 몸을 떨며 거친 숨을 내쉬었지만 루한은 아직 부족했다. 몸속에 들끓기 시작한 욕망과 혜영에 대한 소유욕이 지독히도 컸던 것이다. 루한 역시 처음 느껴보는 욕망에 온몸의 피가 뜨겁게 날뛰는 느낌이었다. 폭발할 것 같은 거친 쾌락에 루한이 다시 그녀의 안으로 깊이 파고들었다.

"하앙…… 루한……."

"아직 난 아니야. 날 깨운 이상, 절대 혼자는 안 돼. 견뎌. 조금만 더, 견뎌."

몽롱한 의식 사이로 루한의 속삭임이 들리자 혜영은 눈을 떠 그를 올려다보았다. 아직도 그녀의 안에서 뜨겁게 요동치고 있는 그의 일부 역시 생생히 느낄 수 있었다.

"하아, 이젠 싫어요. 그만…… 하흑!"

날카롭게 울리는 혜영의 목소리에 담긴 감정은 분명 쾌락이었다. 이미 끝났다고 생각했던 은밀한 부분에서 다시 열기가 일기 시작한 것이다. 그리고 이번엔 조금 전보다 더 예민하게 반응하고 있었다. 훗! 그의 입가에 미소가 어리는 것이 보였다. 어둠 속에서 빛나는 짙은 암청색의 눈동자가 열기로 번득이고 있었다.

쉽게 끝나지 않을 것 같았다. 그의 말처럼 한 번 깨어난 그의 욕망의 불은 쉽게 꺼질 것 같지 않았던 것이다. 또다시 단단하고 거친 힘이 느껴지는 육체와 휘어질 듯 여린 아름다운 육체가 얽혀들었다. 처음부터 하나였던 것처럼 한 치의 틈도 없이 맞닿은 나신이 관능적으로 흔들렸다. 움직임이 격렬해질수록 단단히 결합된 부분에선 질척한 애액이 흘러나왔다.

"하흡!"

또다시 혜영에게 숨도 쉬지 못할 만큼 날카로운 쾌락이 찾아들었다. 그녀의 내벽에 있는 그를 쥐어짜듯 강하게 조이자 이번엔 그 역시 격한 신음을 뱉어내며 몸을 떨기 시작했다. 격렬한 움직임과 함께 찾아온 극심한 희락에 루한은 그녀를 꽉 끌어안았다. 처음 맛보는 쾌락에 등줄기에 땀이 배어 나왔다. 그렇게 그녀의 안에서 희락을 맛본 루한이 그녀의 위로 무너져 내렸다. 그녀의 목덜미에 얼굴을 묻고 거친 숨을 몰아쉬는 것을 혜영 역시 느낄 수 있었다.

그의 입술이 혜영의 입술에 닿았다. 다정하고 부드러운 입맞춤에 혜영은 본능적으로 입술을 열어 그를 받아들였다. 그리곤 그의 품속으로 파고들었다. 이젠 루한의 품속에 있는 게 너무도 자연스럽게 느껴졌다. 입술에 키스하던 그의 입술이 그녀의 턱에 입을 맞췄다. 그리곤 그녀의 뺨에 또 그녀의 이마에도.

"훗! 간지러워요, 루한."

그녀가 그를 피해 얼굴을 들자 루한이 그녀를 내려다보았다. 그윽한 눈동자에 담긴 감정은 분명 진한 애정이었다. 혜영의 심장이 녹아 흐를 만큼 달콤한 감정.

루한이 손을 뻗어 땀으로 젖은 그녀의 머리카락을 뒤로 넘겨주었다. 그러자 긴 머리카락에 숨겨져 있던 여린 목덜미와 어깨가 드러났다. 그 아름다운 곡선을 보자 루한은 또다시 열기가 치밀어 올랐다. 바로 조금 전에 그녀를 가졌는데도 그의 일부는 또다시 반응하기 시작한 것이다. 순간 혜영이 눈을 가늘게 뜨곤 믿을 수 없다는 듯 그를 쏘아보았다. 그리곤 그에게서 도망치려는 듯 그를 밀어냈다.

하지만 그의 품에 단단히 안겨 있었기 때문에 혜영은 쉽게 그에게서 도망칠 수 없었다. 그리고 무엇보다 그의 일부가 아직 그녀의 안에 있었던 것이다.

"루한…… 난 안 돼요. 너무 피곤하고 잠을 자야……."

"알아. 잠을 자야지."

루한의 대답에 혜영이 안도했다. 하지만 그다음 말을 듣는 순간 벌어진 입을 다물 수가 없었다.

"끝난 후엔 꼭 재워주지."

경악으로 벌어진 그녀의 입술 안으로 그가 혀를 밀어 넣었다. 입가에 맹수처럼 잔혹한 열기를 품고서.

혜영이 잠이 든 것을 확인한 루한은 시트를 끌어당겨 그녀의 몸에 단단히 덮어주었다. 지친 그녀를 두 번이나 거듭 안았기 때문인지 혜영은 그가 침대에서 내려오는 것도 느끼지 못한 채 깊은 잠에 빠져 있었다.

발소리를 죽여가며 방을 나온 루한은 나른한 몸을 쭉 폈다. 그러자 만족스러운 감각과 함께 그의 입가에 미소가 떠올랐다. 닫힌 문을 돌아보는 루한의 눈빛엔 짙은 애정으로 그윽했다. 몸속에 남아 있는 욕망을 마지막 한 방울까지 다 쏟아냈다고 생각했는데, 이 문 너머 그녀가 있다고 생각하자 다시 열기가 일기 시작했다. 그녀를 떠올리는 것만으로 이런 반응이라니, 루한은 서둘러 복도를 따라 걷기 시작했다.

잠시 후 그가 본채로 통하는 오솔길로 접어들었을 때 알렉스가 잔뜩 찌푸린 얼굴로 걸어오는 것이 보였다. 그리고 그 뒤로 엘의 뒷모습도 보였다. 또 싸운 듯 알렉스의 얼굴은 화가 나 있었다. 그러다 루한을 발견하곤 알렉스는 겸연쩍은 얼굴로 그에게 다가왔다.

"뭐야? 이른 아침부터 엘과 싸운 모양이지?"

루한의 말에 알렉스가 고갤 숙였다. 사실 어느 정도는 루한의 말이 맞았던 것이다.

"싸우진 않고 그저 의견 차이가 있었을 뿐입니다. 그러는 루한 님께선 새벽부터 어딜 다녀오신 겁니까?"

묻고 나니 알렉스는 궁금해졌다. 그리곤 혹시 새벽부터 어딜 다녀온 것이 아니라 어디에 있다가 돌아오는 것은 아닌가 하는 의문이 생겼다. 설마, 어젯밤처럼…….

"어딜 다녀오진 않았어. 잠깐 잊고 있던 물건이 생각나 가지러 가려던 참이었거든."

루한의 대답에 알렉스는 이틀 연속 밤부터 새벽까지 그가 어디에 있었는지 짐작할 수 있었다. 그리고 조금은 지친 듯 보이는 루한의 모습과는 달리 허기를 채운 포식자의 눈빛을 한 그를 보자 확신할 수 있었다.

한혜영이란 여자와 이틀 밤을 함께 보낸 건가? 타인과 몸이 스치는 것 역시 불편해했던 그였다. 또한 혼자가 아니면 잠을 자지도 못했던 것이다. 그런데 루한이 여자와 이틀 동안 한 침대에서 잠을 자다니. 알렉스는 그 사실에 놀라는 중이었다.

"생각난 물건이 무엇인지 물어도 되겠습니까?"

"사막의 별이 생각났어. 이젠 줘야 할 때가 된 것 같기도 하고."

처음엔 알렉스는 루한의 밑뜻을 이해할 수 없었다. 사막의 별을 준다니. 혹시 한혜영이란 여자에게 준다는 건가?

"하지만 사막의 별의 가격은 가히 천문학적인…….'

"가격이 천문학적이어도 나에겐 소용없는 물건이니까. 필요한 사람에게 주는 게 더 가치 있는 일이란 생각이 들어서."

루한의 입가에 미소가 떠올랐다. 그리곤 더는 알렉스에게 할 말이 없는 듯 서둘러 본채로 걸어가 버렸다. 알렉스는 바다에 떠오르는 해를 물끄러미 응시했다. 사막의 별을 한혜영에게 준다니. 그 의미가 어떤 것인지 갈피를 잡을 수 없었다.

세상에 단 하나뿐인 보석을 한혜영에게 준다는 의미가, 한혜영이란 여자가 루한에게 그 정도로 중요한 존재가 되었다는 뜻인 건가? 알렉스는 불안감이 밀려들었다. 설마, 사랑인 건가? 절대 일어나지 않길 원했던 일이 벌어진 모양이었다. 알렉스는 언제나처럼 냉혹한 사업가답게 한혜영이 아닌 샤론 블리스를 선택하길 바랐다. 그래야 루한의 삶은 지금처럼 평탄할 테니까. 하지만…….

"젠장, 대체 어쩌시려는 건지."

알렉스는 루한의 방을 올려다보았다. 그리곤 그의 생각이 틀렸기를 간절히 바랄 뿐이었다.

진한 커피 향에 혜영은 눈을 떴다. 그리곤 몸을 쭉 뻗어 기지개를 켜자 아랫배와 허리 부근에 아릿한 쾌감이 밀려들었다. 흠칫 몸을 떤 혜영이 나른한 열감에 작게 한숨을 내쉬며 몸을 일으켰다. 그러자 커피가 가득 든 컵을 들고 루한이 그녀에게 다가왔다.

"오늘은 어딜 갈까? 지난번 가보았던 동굴은 어때? 아니면 날씨도 좋은데 배를 타고 나가볼까? 그것도 아니라면……."

"잠깐, 기다려요."

혜영이 컵을 받아 들곤 루한을 흘겨보았다. 그는 한결 개운해진 몸으로 잔뜩 들뜬 듯 보였지만, 혜영은 밤새 그에게 시달린 덕에 온몸이 나른했다. 그리고 허벅지 안쪽의 맞닿는 부분이 그와 사랑을 나누는 동안 마찰돼 쓰라렸다.

"어디, 몸이 불편한 건가?"

들뜬 듯 보이던 루한의 눈동자에 근심이 어렸다. 그리곤 그녀가 조금만 더 인상을 썼다간 금방이라도 시트를 들추고 그녀를 살필 기세였다. 정말 이 남자 3개월 전 그녀를 파파라치라고 차갑게 쏘아보던 그 남자가 맞는지 의심스러울 정도였다. 아니지, 4일 전 그녀에게 사막의 별을 주겠다며 거래를 하자고 하던 남자와 같은지 의심해야 하는 건가?

생각해 보니 4일밖에 되지 않은 건가? 그런데 혜영은 아주 오래된 것처럼 느껴졌다. 짧은 순간이었지만 그가 그녀 앞에 나타났고 또 순식간에 그녀의 삶에 들어와 버렸던 것이다. 이젠 그의 눈빛이며 그의 시선 하나하나에 반응하고 그가 주는 기쁨에 몸을 떨며 그에게 흠뻑 빠져들어 버렸다.

"괜찮아요. 대신 오늘은 얌전히 보내도록 해요."

"얌전하게? 그게 뭔지는 모르겠지만 최선을 다해보도록 하지. 아참……."

그가 장난스럽게 웃더니 뭔가 생각난 듯 탁자로 걸어가는 것이 보였다. 그리곤 검은색 상자를 들곤 혜영에게 다가와 그녀에게 건넸다.

"이게 뭐죠?"

"열어봐."

그의 눈동자가 흥분으로 반짝이고 있었다. 이 상자를 열었을 때 그녀의 반응이 몹시도 궁금한 모양이었다. 대체 뭐가 들어 있기에 저렇게 흥분한 거지? 혜영 역시 루한의 표정에 호기심이 생겼다. 혜영이 천천히 상자의 뚜껑을 열었다. 그러자 아름다운 광채의 사막의 별이 들어 있었다.

"이건……."

"어때? 마음에 들어? 당신에게 주려고 가져왔어."

순간 혜영의 표정이 싸늘해졌다. 처음 그를 보았을 때 그가 내걸었던 거래가 떠올랐던 것이다. 그녀를 갖는 대신 그녀에게 이 사막의 별을 주겠다고 했었다.

혜영은 들고 있던 컵을 침대 옆 협탁에 내려놓았다. 손이 떨려 침대에 뜨거운 커피를 쏟을 것 같았던 것이다. 그리곤 차갑게 굳은 얼굴로 그를 쏘아보며 상자를 내밀었다.

"필요 없어요. 거래 때문에 당신과 잔 게 아니니까. 처음부터 말했던 것 같은데요? 당신이 원해서가 아니라, 내가 선택한 거라고. 만약, 우리 관계에 대가를 지불해야 한다면 내가 해야 될 것 같군요. 뭘 원하죠?"

루한의 표정 역시 변했다. 처음엔 황당한 표정이더니, 이내 잔뜩 굳은 얼굴로 그녀를 쏘아보고 있었다. 마치 그렇게 말한 그녀를 원망하는 것처럼 보인 것은 착각인 걸까? 그는 그녀의 가당치 않은 억측에 화가 난 듯했다.

아니, 그럴 리 없어. 그녀가 대가를 지불한다는 말에 자존심이 상한 모양이겠지.

루한이 상자를 받지 않자 혜영은 침대 위에 상자를 내려놓았다. 그리곤 시트를 말아쥐고는 침대에서 내려섰다. 돌아가야 했다. 돈을 주고받고 대가를 원하는 관계라면 그녀가 이곳에 있을 이유는 없었던 것이다.

"지금, 돌아가겠어요."

혜영이 시트를 몸에 감고는 그녀의 가방이 놓여 있는 곳으로 갔다. 그리곤 가방에서 캐롤라인에게 줄 목걸이 상자를 꺼냈다. 하지만 혜영은 그에게 주는 대신 탁자에 올려놓고는 다신 그의 얼굴을 보고 싶지 않다는 듯 욕실로 걸어가기 시작했다.

"기다려!"

그의 말을 무시한 채 혜영은 욕실로 향했다.

"기다려, 한혜영!"

그가 성큼성큼 다가오더니 그녀의 팔을 붙잡곤 힘껏 돌려세웠다. 그의 얼굴엔 그녀와 똑같은 분노가 떠올라 있었다.

"진심으로 그렇게 생각한 건가?"

"뭘요?"

"내가 사막의 별을 당신에게 준 이유가 거래의 대가라고 생각했는지 묻고 있어. 정말 섹스의 대가로 내가……."

"그럼 아니란 건가요?"

그녀가 날카롭게 쏘아붙였다. 이 상황에서 그녀가 어떻게 생각해야 한다는 거지? 섹스 후 남자가 주는 선물. 순수한 애정에서 나온 호의일 수도 있었지만 혜영은 그가 내건 그 거래를 떠올릴 수밖에 없었다. 두 사람의 시작이 바로 그것이었으니까. 혜영은 자존심이 상했다. 아니, 이건 자존심이 아니라 심장이 아렸다. 분노와 함께 찾아든 이 감정은 분명…….

"아니야. 당연히 아니야."

루한이 그녀의 턱을 붙잡곤 그를 바라보게 했다. 고집스럽게 달힌 입매며 그를 쏘아보는 날카로운 눈빛까지. 혜영은 화가 나 있었다. 하지만 루한의 눈엔 상처 입은 것처럼 보였다. 상처를 받고, 그 상처를 감추기 위해 강한 척 화를 내고 있었다.

"그럼 뭔데요? 그게 아니면, 대체……."

"당신이 좋아할 줄 알았어. 침대에 잠든 당신을 보고 있자니 문득 사막의 별이 떠올랐어. 그리고 한 가지 생각밖에 없었어. 당신이 이걸 보면 좋아할 거라는 것."

그의 대답에 혜영이 눈을 가늘게 뜨고 그를 쏘아보았다. 그의 진심을 읽으려는 듯 그녀의 눈빛이 날카로웠다. 정말…… 단지 그것뿐인 건가? 내가 좋아할 것 같아 가져왔다는 그 말이 진심인 건가?

혜영은 믿고 싶어졌다. 처음엔 화가 난 듯 보이던 그의 얼굴이 어느새 진지해져 있었다. 그리고 진청색의 눈동자에 담긴 것은 그의 말이 진심임을 말해주고 있었다.

"정말 그것뿐인가요?"

"그래, 그것뿐이야. 난 당신이 당연히 좋아할 거로 생각했어. 당신을 기쁘게 해주고 싶었어. 내가 당신 때문에 그런 것처럼. 하지만 당신이 이런 식으로 생각할 것이라곤 전혀 예상하지 못했어."

루한의 말에 혜영이 입술을 깨물었다. 괜스레 그를 오해하고 발끈한 자신이 민망해졌다. 그의 호의를 무작정 의심해 미안하기도 했다.

"하지만 당신 입장에선 그런 생각을 할 수도 있을 것 같군. 처음 내가 당신에게 내건 거래가 이것이었으니까."

그의 입가에 씁쓸한 미소가 떠올랐다. 마치 그의 행동을 후회한다는 듯.

"나 역시 오해해서 미안해요. 하지만 사막의 별은 받을 수 없어요."

혜영이 조금은 누그러진 표정으로 대답하자 루한이 안도한 듯 작게 한숨을 내쉬는 것이 보였다. 아마 그녀가 화를 내고 돌아가 버릴까 봐 조마조마했던 모양이었다.

"그럼 여기 있을 거지?"

다짐을 받겠다는 듯 그가 물어왔다. 그 모습을 보자 혜영은 완전히 의심을 내려놓았다.

"약속대로 파티까진 있을게요. 그러니 이것 좀 놔줘요."

그제야 루한이 그녀의 손을 놓아주었다. 하지만 여전히 불안한 모양이었다.

"그럼 다음 의뢰를 하지."

"의뢰라구요?"

"캐롤라인의 목걸이가 완성되었으니 이젠 다른 의뢰를 해도 될 것 같아서."

대체 또 무슨 속셈이냐는 듯 혜영이 쏘아보자 루한의 입가에 미소가 떠올랐다.

"사막의 별을 반지로, 아니, 반지로 하기엔 너무 큰가? 그럼 목걸이로 만들어주겠어? 그리고 그 목걸이와 세트가 되는 반지 역시 만들어줘. 비용은 정확히 청구하도록 해. 이건 키라의 수석 디자이너인 한혜영에게 하는 내 의뢰니까."

혜영이 어이가 없는 듯 그를 쏘아보았다. 그리곤 침대로 걸어가 사막의 별이 담긴 상자를 가져와 그녀에게 내미는 루한을 보며 미간을 찌푸렸다.

사막의 별. 그녀가 너무나도 원했던 보석이었다. 만약 그녀의 소유가 되지 못한다고 해도 사막의 별로 무언가를 만들 생각을 하자 흥분으로 손가락이 간질거렸다.

"설마, 이제 와 자신이 없는 건 아니지?"

그는 그녀를 너무 잘 알고 있었다. 자신 없는 것이냐고 묻는 그를 보자 자존심이 상한 혜영이 새침한 표정으로 대답했다.

"당연히 자신 있죠. 걱정 말아요. 세상에서 가장 아름다운 목걸이를 당신에게 가져다줄 테니까요."

아차! 하는 순간 루한의 입가에 미소가 떠올랐다. 보기 좋게 그가 친 덫에 걸려든 것이다.

"좋아, 기대하지. 캐롤라인의 목걸이에 대한 청구서를 보내줘. 곧 처리할 테니까."

어느새 사업가의 얼굴을 한 루한을 보며 혜영은 하는 수 없이 고갤 끄덕였다.

"그럼 일은 끝났고……."

순식간에 표정을 바꾼 루한이 혜영을 꽉 끌어안았다.

"엇, 뭐 하는 거예요. 분명 얌전히 있기로……."

"요트를 정비하러 가기 전 다시 한 번 안아보는 것뿐이야. 오늘은 바다로 나가려면 서둘러야 할 것 같거든."

루한의 말에 혜영이 안심한 듯 그의 품에 안겨 힘을 뺐다. 그러자 이번엔 루한이 쪽 소리가 나게 그녀의 입술에 입을 맞췄다.

"뭐 하는……."

"준비되는 대로 선착장으로 나와. 기다리고 있을 테니까."

그녀가 밀어내기도 전에 그가 웃으며 그녀를 놓아주었다. 그리곤 서둘러 방을 나가는 것이 보였다. 문이 닫히자 혜영은 그의 입술이 닿았던 그녀의 입술을 어루만졌다.

두근두근! 심장이 뛰고 있었다. 밤새 서로를 품고 짙은 희락에 몸을 떨었을 때보다 조금 전 그 입맞춤에 혜영은 설레고 있었다. 얼굴이 붉어질 만큼. 그와 종일 있을 생각에 혜영의 입가에 미소가 떠올랐다. 기뻤다. 그리고 함께 있고 싶었다. 그의 옆에.

'내 옆에 있어줄래요?'

혜영은 닫힌 문을 향해 조심스럽게 되뇌었다. 하지만 이내 고갤 가로젓고는 서둘러 욕실로 들어갔다.

홍콩 첵랍콕 공항에 도착한 샤론 블리스는 얼굴의 반을 가린 검은 선글라스를 바짝 당겨서 썼다. 홍콩에서 그녀를 알아볼 사람은 없었지만 조심해서 나쁠 건 없다는 것이 그녀의 생각이었다. 1주일 전, 캐롤라인의 생일 파티에 참석하겠다는 명목으로 아버지 블리스 총리의 감시에서 벗어난 샤론은 홀가분한 마음이었다.

사실 아버지가 그녀의 여행을 찬성한 진짜 이유가 캐롤라인의 생일 때문이 아니라 루한 프레데릭 크리스티안 존더부르크 때문이란 사실을 모르지 않았지만 샤론은 애써 신경 쓰지 않기로 했다. 어차피 그녀의 생각은 중요하지 않았으니까.

아마 블리스 총리와 존더부르크의 수장인 루한의 결정대로 약혼이 이루어질 테지. 그리고 샤론 역시 루한이 딱히 싫지 않았다. 덴마크의 막강한 정치 권력의 축인 블리스 가문과 왕실의 일족인 데다 강력한 경제력을 손에 쥔 존더부르크 가문의 조우는 어쩌면 당연한 것이었다.

그가 한국계 혼혈이란 사실이 아버지 블리스가 못마땅하게 생각하는 요소이긴 했지만 그것마저도 존더부르크의 돈 앞에선 아무것도 아니게 된 것이다.

"엇, 죄송합니다."

그 순간 급하게 걸어가던 남자가 샤론과 부딪혔다. 그러자 쓰고 있던 선글라스가 바닥에 떨어졌고, 금발 아래 숨겨져 있던 아름다운 얼굴이 모습을 드러냈다. 샤론은 불쾌한 표정으로 바닥에 떨어진 선글라스를 집어 들기 위해 손을 뻗었다. 하지만 부딪힌 남자의 행동이 더 빨랐다. 남자는 바닥에 떨어진 선글라스를 들어 조심스럽게 살피더니 미안한 얼굴로 그녀를 올려다보았던 것이다.

"이런, 고장나 버렸네요. 죄송해서 어쩌죠? 제가 보상하겠습니다. 연락처를 주시면……."

샤론의 시선이 배우처럼 잘생긴 동양인 남자를 쏘아보았다. 그녀의 눈동자에 떠오른 것은 분명 경계심이었다.

"그럴 필요 없어요."

샤론이 서늘한 표정으로 일어서더니 선글라스 따위 신경 쓰지 않는 듯 문을 향해 걸어가기 시작했다. 그러자 남자가 그녀의 태도에 기분이 상한 듯 그녀에게 성큼성큼 다가갔다. 그리곤 그녀의 팔을 붙잡곤 휙 돌려세웠다.

"뭐예요? 그럴 필요 없다고……."

"난, 첸이라고 합니다. 키라의 디자이너기도 하구요. 이 팔찌를 보니 키라의 것이군요. 매장에 오시면 변상하겠습니다. 여기!"

첸이 샤론의 손에 명함 하나를 주곤 가버렸다. 샤론은 멀어져 가는 동양인 남자를 쏘아보다 손바닥에 놓인 명함을 내려다보았다.

키라의 로고와 함께 첸이란 이름이 쓰여 있었다. 샤론은 미간을 찌푸렸다. 그리곤 명함을 구겨 버리려다 잠시 머뭇거렸다. 작게 한숨을 내쉬던 샤론은 주머니에 아무렇게나 명함을 넣고는 서둘러 공항을 빠져나가기 시작했다.

제6장 내 손을 잡아

한낮의 따사롭던 태양이 퀸즈 나이트를 비추고 있었다. 선상 갑판에 앉아 있던 혜영은 난간에 기대 퀸즈 나이트를 바라보았다. 신비롭고 아름다운 섬이었다. 홍콩의 경계 끝에 있는 섬은 평화로웠다. 바다의 한가운데 떠 있는 섬은 그 누구의 시선에서도 자유로웠고 태고의 그것처럼 아늑했다. 혜영은 짧은 순간 퀸즈 나이트에 흠뻑 빠져든 자신에게 놀라고 있었다. 8년 동안 네덜란드의 헤이그에 있었지만 아직 그곳이 익숙하지 않았다. 언제나 그리움과 외로움이 그녀를 따라다녔던 것이다.

"퀸즈 나이트가 마음에 드는 모양이지?"

혜영이 돌아보자 루한이 그녀를 바라보며 서 있었다. 불어오는 바람에 흐트러진 머리카락이 그의 이마를 덮고 있었다. 혜영은 루한을 보며 단정한 모습보단 지금처럼 자연스러운 모습이 더 마음에 든다 생각했다. 그녀를 바라볼 때마다 더 짙어지는 암청색의 눈동자 역시도.

"네, 마음에 들어요."

그녀의 눈동자가 그를 향해 있었고 검은 눈동자가 그윽해져 있었다. 마치 그녀가 마음을 흔들어놓은 것이 퀸즈 나이트가 아닌 루한이라는 듯.

"그럼 다시 생각해 봐. 당신만 좋다면……."

"그건 싫어요."

너무도 단호했다. 더는 생각할 것도 없다는 듯. 혜영은 루한을 향해 고갤 가로저었다.

"1초쯤 망설이는 시늉이라도 할 것이지. 그랬다면 내가 희망을 품어볼 수도 있었을 텐데."

루한이 주머니에 손을 넣고는 아쉬움을 떨쳐 내려 했다. 하지만 쉽지 않은 모양이었다. 3일 후에 그녀가 퀸즈 나이트를 떠난다는 사실 역시 마음에 들지 않았다.

"루한, 난 지금이 딱 좋아요. 이만큼의 거리가."

혜영은 1m 정도 떨어져서 서로 마주 보며 서 있는 두 사람의 거리를 가리켰다. 이 상태에서 더 멀어진다면 그가 어떤 표정인지 알 수 없었고 더 가까워지면 서로의 표정을 숨기지 못할 테니까. 그렇게 된다면 서로의 표정에 상처를 받게 될 수도 있었다.

"우리 당분간 이만큼의 거리로 서로를 보면 안 될까요? 난 그러고 싶은데."

혜영의 말에 루한이 그녀에게 다가왔다. 이미 그에게 선을 긋고 경계하는 혜영을 보며 왜 이렇게 마음에 들지 않는 건지 알 수 없었다. 그리곤 혜영의 표정 하나 숨결 한 조각까지 다 보고 느낄 수 있을 만큼 가까이 섰다.

"내가 싫다고 한다면 당신은 떠나겠지?"

그의 시선이 그녀를 향해 있었다. 그녀의 대답을 기다리는 동안 그는 애써 태연한 척하려 했지만 잘 되지 않는 모양이었다. 혜영은 그런 루한을 보며 지금이야말로 솔직하게 자신의 감정을 드러낼 때란 사실을 깨달았다.

"떠날 순 없겠죠. 하지만 마음은 불편할 거예요. 당장은 당신과 섹스를 하고 함께 시간을 보내는 것이 즐거울 테지만 불같이 타오르는 열기는 잦아들기 마련이거든요. 열기가 가시고……."

"두려운 모양이군."

혜영은 그녀의 뺨에 닿는 그의 손길에 몸을 떨었다. 그리고 그녀의 심장을 꿰뚫듯 바라보는 그의 시선에도 혜영은 심장이 움찔했다. 이번엔 그녀가 태연함을 가장할 차례였다.

두렵다. 두렵다.

"어쩌면 두려움인지도 모르겠군요. 하지만 그 두려움보다 더 큰 이유는…… 내가 아직은 당신을 사랑하지 않아서예요. 당신 역시 그럴 테고."

그렇게 말한 순간 혜영의 심장이 서늘해졌다. 그녀의 두려움은 그것이었던 것이다. 감정 없는 욕망과 쾌락은 쉽게 사라질 테니까. 폭풍우처럼 강한 지독한 쾌락이 순식간에 두 사람을 집어삼키고, 무섭게 휩쓸린 것처럼 또 그렇게 사라질 게 분명했다. 그에겐 그런 감정일 테지.

그렇다면 자신은? 자신이 느끼는 감정은 뭘까? 이렇게 생각만으로도 심장이 서늘해지고 욱신거리는 이유는……. 만약, 지금 이 감정이 욕망이 아니라면……? 어떻게 되는 거지? 욕망이 아닌 그 어떤 감정이라면……. 순간 혜영은 숨을 삼켰다. 그것이 더 위험했다. 순식간에 빠져든 이 감정이 걷잡을 수 없는 그 무언가라면…….

"사랑하지 않는다라."

그의 입가가 비틀렸다. 어쩌면 너무도 당연한 일이었다. 두 사람이 만난 지 일주일도 채 되지 않는 시간이었고, 그녀의 말처럼 지독한 열기에 휩쓸려 그사이 몸을 나눠 가진 것뿐이었으니까. 지금 상황에서 어쩌면 그녀의 말이 너무도 당연했고, 혜영의 말처럼 딱 그만큼의 거리가 두 사람에겐 가장 이상적인 관계일 수 있었다.

하지만…… 그는 아니었다. 그의 감정은 극심한 쾌락을 좇는 욕망만은 아니었다. 그녀의 말처럼 육체적 욕망이라면 다른 여자를 통해서도 느낄 수 있었으니까. 서툰 그녀보다 훨씬 섹스에 능한 여자는 많았다. 하지만 이런 적은 처음이었다. 여자의 행동과 표정 하나하나에 반응하며 일희일비한 적은 없었다. 온몸이 뿌리째 흔들리고 지독한 소유욕과 갈망에 허덕이는 이 감정을 단지 육체적 욕망이란 것으로 단정 지을 수 없었다.

그럼 뭐지? 이 감정은. 이 여자를 보며 느끼는 이 떨림과 짙은 갈망은 대체 뭐지?

"네."

또다시 단호하게 거부하는 목소리였다. 그의 감정까지도 사랑이 아니라고 확신하는 혜영을 보며 루한은 화가 치밀었다.

"그러니…… 우리…… 아야! 루한, 아파요!"

그의 손에 힘이 들어간 모양이었다. 루한은 아파하는 혜영을 보곤 턱을 붙잡았던 손을 놓아주었다. 그의 손에 의해 그녀의 턱이 붉게 변해 있었다.

심장이 아렸다. 루한은 아파하는 혜영을 보며 어렵사리 손을 거둬들였다. 하지만 시선을 돌릴 수는 없었다. 이젠 그녀를 바라보는 것을 멈출 수가 없었던 것이다.

"난 상관없어. 지금 이 감정이 단순히 육체적 쾌락에서 오는 만족감이든 아니면 다른 무엇이든. 답은 같아."

그의 눈동자가 깊어졌다. 그리곤 단호한 얼굴로 혜영을 내려다보았다.

"난 당신을 놓아주지 않을 생각이니까. 그러니 도망칠 수 있을 때 도망치도록 해."

하지만 말과는 달리 루한의 손이 다시 그녀의 손목을 붙잡았다. 그리곤 강하게 끌어당기더니 그녀의 입술에 키스했다. 말과는 달리 도망치지 못하게 그녀의 허리에 팔을 감고는 숨도 쉬지 못하게 품에 안았다. 아팠다. 입술을 파고들며 혀를 밀어 넣는 그는 화가 난 듯했다. 순간 입안에 비릿한 피 맛이 느껴졌다. 여린 살이 그의 키스에 터진 모양이었다. 그 역시 느낀 듯 강하게 빨아 당기는 대신 혀로 상처 부위를 부드럽게 쓸어내렸다. 느릿느릿 움직이는 그의 키스가 점점 농밀했다. 한순간 혜영을 사로잡고 벗어나지 못하게 하려는 듯 유혹적이었다. 그리고 그 유혹은 혜영에게 섬뜩할 정도로 날카로운 파괴력을 발휘했다.

순식간에 밀려든 열기에 혜영이 그에게 매달리듯 그의 팔을 붙잡았다. 그리곤 입술 사이로 파고드는 그의 혀를 느끼며 혜영은 뜨거운 숨을 내쉬었다. 훗! 또다시 그녀의 몸이 그에게 반응하고 있었다. 혜영은 버티려 했지만 쉽지 않았다. 그가 혀를 얽고 강한 힘으로 빨아 당기자 아릿한 아픔과 함께 등줄기를 타고 전율이 흘러내렸다. 너무도 쉽게 그녀의 몸이 열리고 있었다. 그리고 너무도 뜨겁게 반응했다.

파르르 떨리며 흔들리던 눈동자가 감아 내린 눈꺼풀에 감춰지는 순간 혜영이 그의 목에 팔을 둘렀다. 그리곤 그의 몸에 몸을 밀착시키곤 키스에 열중하기 시작했다. 걷잡을 수 없는 폭풍우에 몸을 맡기듯. 그렇게.

선착장에 도착한 첸은 휴대전화를 꺼내 혜영에게 전화를 걸었다. 퀸즈 나이트는 개인 소유의 섬이었기 때문에 그곳으로 들어가기 위해선 주인의 허락이 필요했다. 하지만 무슨 일인지 혜영은 전화를 받지 않고 있었다.

"대체 뭘 하고 있는 거야?"

첸은 가방에 든 상자를 내려다보고는 작게 한숨을 내쉬었다. 이른 새벽, 그가 주문했던 탄자나이트가 공항에 도착했다는 전화를 받고는 서둘러 공항에 다녀오던 참이었다. 최대한 빨리 구해달라고 한 혜영의 말이 생각나 키라의 매장을 열자마자 출근한 매니저에게 매장을 맡기고 퀸즈 나이트에 있는 혜영에게 가기 위해 차를 몰고 온 것이다. 그런데 이렇게 선착장에 발을 묶인 채 있어야 한다니.

새삼 첸은 사유지인 퀸즈 나이트와 그 섬의 주인인 루한에 대해 다시 생각하게 됐다. 바로 눈앞에 있었지만 가고 싶다고 갈 수 없는 곳이 바로 퀸즈 나이트였던 것이다.

"배가 없다구요?"

날카롭게 울리는 여자의 목소리엔 짜증이 묻어 있었다. 첸은 목소리가 들리는 곳을 향해 고갤 돌리자 어딘지 모르게 익숙한 여자의 모습이 눈에 들어왔다.

"요즘 관광객들이 많은 시기라 남는 배가 없습니다. 그리고 딱하나 남아 있던 배는 조금 전, 그래 저 손님이 빌렸구요. 아참, 저손님 역시 퀸즈 나이트에 가려는 모양이니 한 번 부탁해 보시든가요."

남자가 이 상황이 난처한 듯 도망치듯 가버리자 여자가 미간을 찌푸리며 고갤 돌렸다. 그러다 그녀를 보고 있는 남자를 발견하곤 입술을 깨무는 것이 보였다. 순간 조금 전까지 당차 보이던 여자의 표정이 평범한 여자처럼 여려 보였다. 하지만 이내 눈꼬리를 올리는 것이 보였다.

"뭐야? 저 여잔……."

첸은 그를 쏘아보고 있는 여자를 한눈에 알아보았다. 오늘 아침 공항에서 부딪힌 그 차갑고 도도한 금발 여자가 분명했다.

홋! 이런 곳에서 다시 만나게 되다니. 첸은 무척 놀라는 중이었다. 조금 전 선원과의 대화로 그녀에겐 배가 필요한 모양이었고 그에겐 배가 있었다. 참, 상황이 묘했다. 공항에서 마주친 여자를 다시 만난 것도 그랬지만 지금은 상황이 뒤바뀐 것이다.

마지못해 여자가 그에게 걸어오는 것이 보였다. 그리고 그녀가 가까워질수록 그녀 역시 첸을 알아본 듯했다. 한순간 하늘빛 눈동자가 그를 알아보곤 커졌던 것이다.

"여기서 또 보게 되는군요. 지금에라도 선글라스를 보상하고 싶은데……."

샤론은 첸을 말없이 응시했다. 선글라스의 보상 따위 처음부터 기대하지 않았다. 사실 공항에서 그와 부딪혔을 때 혹시나 기자가 아닐까 의심했었으니까. 하지만 그가 건넨 명함을 받아 든 순간 그 의심은 사라졌다. 그렇다고 해서 여전히 경계심을 놓을 수 없었다. 만약 이 첸이란 남자가 퀸즈 나이트의 주인이 루한이란 사실을 알고 있다면 자신에 대해서도 알아내는 것 역시 시간문제일 테니까. 지긋지긋했다. 주변에 기자가 있는지 살피는 생활 따위. 경호원과 수행 비서를 따돌리고 평범한 대학생처럼 여행하며 만끽한 자유를 눈앞에 서 있는 남자 때문에 망치긴 싫었던 것이다.

아마 그건 루한도 마찬가지일 게 분명했다. 5년 만에 갖는 휴가를 자신 때문에 방해받았다고 생각한다면, 루한이 어떻게 나올지 상상도 하기 싫었다. 그 차갑고 냉혹한 남자는 당장 그녀를 섬에서 쫓아낼지도 몰랐다. 아마, 무척이나 예의 바른 얼굴로 가차 없이 그녀를 돌려보낼 게 분명했다. 샤론이 아는 루한은 냉혹한 사업가였으니까.

"보상 따윈 필요 없어요. 대신 배를 저에게 양보하는 건 어때요?"

샤론의 말에 첸이 어이없는 얼굴을 했다. 건방진 부잣집 아가씨. 그녀의 태도로 보건대 한 번도 남에게 부탁 같은 건 해보지 않은 온실 속 화초인 게 분명했다.

"유감이지만 그럴 순 없겠군요. 대신 함께 가는 건 허락하죠. 들자 하니, 퀸즈 나이트에 가려는 모양인데. 나 역시 거기에 친구를 만나러 가려던 참이거든."

"친구라구요?"

샤론이 이상하다는 듯 고갤 갸웃했다. 첸이란 남자가 말한 친구라는 사람이 설마 루한? 하지만 이해할 수 없었다. 루한이란 남잔 쉽게 누군가의 친구가 될 만한 성격이 아니었으니까. 그의 곁에 있는 알렉스와 엘만이 그를 어려워하지 않을 뿐, 대부분의 사람들은 그의 시선을 부담스러워했다. 아니, 두려워했다. 그런데 이 첸이란 남자와 루한이 친구가 되었다니 믿을 수 없었던 것이다.

그것도 아니라면 알렉스인가? 만약 첸이 언급한 사람이 알렉스라면 그나마……. 순간 샤론은 뭔가 떠올렸다. 그가 보석 브랜드 키라의 디자이너란 사실을.

"혹시 보석을 가지고 퀸즈 나이트에 가는 건가요?"

샤론의 질문에 첸이 놀란 얼굴을 했다.

"그걸 어떻게 알았죠?"

첸의 대답에 샤론의 얼굴에 서렸던 경계심이 조금 풀어졌다. 루한이 캐롤라인의 선물을 키라에 의뢰한 게 분명했다. 사실 캐롤라인과 자신이 최근 키라의 보석에 흠뻑 빠져 있었던 것이다. 묘하게 섹시하고 당당한 키라의 보석은 여성의 마음을 사로잡는 힘이 있었다. 심장이 두근거리고 한순간 마법에 휩싸일 만큼 동화적이기도 했다. 그 신비한 매력에 흠뻑 빠져드는 것은 너무도 당연한 일이었다. 샤론은 더는 고민할 필요가 없다는 듯 첸을 보았다.

"그럼 다시 제안하죠. 선글라스와 배를 빌려 타는 걸로 우리 퉁치기로 해요."

첸은 여자의 분위기와 전혀 어울리지 않는 통치자는 말에 웃음이 새어 나오려 했다. 순간 첸은 여자의 정체가 궁금했다. 퀸즈 나이트에 가려는 걸로 보아 루한과 가까운 사이인 모양이었다. 하지만 조금 이상했다. 만약 여자가 루한과 가까운 사이라면 그녀 주변에 있어야 할 경호원이라든가 수행하는 사람들이 함께 있어야 했다. 그런데 여자는 혼자였고…….

"난 첸입니다. 당신은…….'

"우리가 타고 갈 배가 이건가요?"

하지만 샤론은 그녀의 이름을 말하는 대신 앞에 정박해 있는 배로 걸음을 옮기기 시작했다. 수트케이스 하나만 달랑 들고 어깨에 가방을 멘 여자는 혼자 여행을 하는 대학생 정도로밖에 보이지 않았다. 훗! 이름을 말해주기 싫은 모양이군. 첸은 속이 뻔히 보이는 샤론을 보며 피식 웃고 말았다. 당황하면 조금 귀여운 구석이 있는 모양이었다. 샤론이 배에 오르자 첸 역시 함께 올랐다.

"사유지라 허락이…….'

"그건 걱정할 필요 없어요. 제가 오는 걸 다 알고 있을 테니까요."

그녀의 방문이 당연하다는 듯 대답하곤 샤론이 선상으로 걸어갔다. 사실 말은 그렇게 했지만 퀸즈 나이트에 방문하는 것은 이번에 처음이었다. 사생활을 철저히 숨기는 것도 있었지만 곁을 내주지 않는 차가운 그의 성격 탓에 캐롤라인을 통해서가 아니라면 그 누구도 퀸즈 나이트에 발을 디딜 수 없었던 것이다.

루한 프레데릭 크리스티안 존더부르크의 허락 없인 쉽게 올 수 없는 곳. 그곳이 바로 퀸즈 나이트였다.

첸이 샤론의 뒤를 이어 배에 올랐다. 그리곤 조종실에 신호를 보내자 이내 배가 움직이기 시작했다. 두 사람은 흔들리는 배에 몸을 싣고 아름답고 신비한 퀸즈 나이트를 향해 가기 시작했다.

❖

혜영은 샤워기에서 떨어지는 차가운 물줄기로 땀에 젖은 뜨거운 몸을 식혔다. 그녀의 몸엔 그의 향기로 가득했다. 키스로 시작된 열기는 한낮의 태양처럼 두 사람의 몸을 순식간에 달궈놓았고, 어느새 그에 의해 선실로 옮겨진 뒤 갈급한 쾌락을 욕심껏 채우고 나서야 끝이 났다.

선실 안 욕실에서 차가운 물에 샤워하는 동안에도 혜영은 식지 않는 열기에 한숨을 내쉬어야 했다. 이대로 계속 그에게 안기다간 몸이 버티지 못할 것 같았다. 한번 시작된 정사는 그녀가 지쳐 손가락 하나 까닥할 수 없는 상태가 될 때까지 멈추지 않고 계속되었던 것이다. 루한은 아무리 배를 채워도 허기진 맹수처럼 그녀를 안은 후에도 또 그녀를 원했다.

만약 지금 당장 그녀에게서 떨어지지 않는다면, 다신 옆에 오지 못하게 하겠다고 으름장을 놓지 않았다면 또다시 그녀를 안았을 게 분명했다. 혜영은 그가 그녀의 온몸에 만들어놓은 붉은 흔적을 내려다보았다. 다행히 모두가 옷에 가려지는 곳이었지만 시간이 갈수록 짙은 흔적은 더 많아지고 있었다. 혜영은 그녀의 맨몸에 핀 붉은 꽃들을 볼 때마다 볼이 붉게 달아올랐다.

그녀의 안으로 파고들 때 그녀를 바라보던 그의 눈빛이 떠올랐던 것이다. 그 짙은 욕망과 소유욕에 혜영은 숨이 다 멎을 지경이었다. 그렇게 여자에겐 관심도 없는 듯 차가운 얼굴이더니 심장을 마구 흔들어대는 그런 표정은 정말이지 반칙이었다. 그가 내보이는 뜨거운 욕망과 끈질기게 그녀를 가득 채우는 소유욕을 누군가 안다면 놀라지 않을 수 없었다. 특히 여자에게 집착하는 그는 지금까지 절대 볼 수 없었던 모습이었으니까.

끼릭, 끼리릭!

혜영이 물을 잠그자 얼굴 위로 쏟아지던 차가운 물줄기가 사라졌다. 그리곤 서둘러 수건으로 몸을 닦기 시작했다. 서두르지 않으면 선착장에 도착하기 전에 젖은 머리카락과 붉어진 얼굴을 식힐 시간조차 없을지도 몰랐다. 배에서 내리는 혜영과 루한을 보며 두 사람이 배 안에서 오후 내내 뭘 했는지 알게 하고 싶지 않았던 것이다.

서둘러 욕실에서 나온 혜영은 옷을 입기 시작했다. 다행히 수영할 것을 대비해 옷 하나를 더 준비한 게 다행이라고 생각했다.

단순한 디자인의 원피스로 갈아입은 혜영이 젖은 머리카락을 말리며 선실로 나왔다. 그러자 그 역시 샤워를 한 듯 말끔한 모습으로 조종실에 있었다. 배를 능숙하게 조종하는 그를 보자 혜영은 또다시 심장이 뛰기 시작했다. 그녀의 눈동자 역시 촉촉이 젖어들었다.

"10분 후면 도착할 거야. 이쪽으로 올라와."

혜영이 2층으로 가는 계단을 올라갔다. 조종실 문을 열고 안으로 들어가자 루한이 손을 뻗어 그녀를 바짝 끌어당겼다.

"이건 언제 배웠어요?"

"스무 살에. 너무 답답해 숨 쉴 공간이 필요했거든. 바다에서 3개월을 미친 듯이 보냈고 결국 자격증을 땄지. 그때부터니까, 14년째군."

"바다를 좋아하는 모양이군요. 그리고 배도."

"좋아해. 사실 요트로 여행하는 게 내 꿈이야. 하지만 그 꿈을 이루기엔 내 생활은 너무 빠듯하지. 이렇게 한 달 동안 쉴 수 있다는 것이 기적일 정도지."

사실 알렉스가 없었다면 불가능한 일이었다. 하지만 이렇게 휴가를 즐기고 있는 루한 역시 한 달이 끝날 때까지 휴가가 계속될지도 미지수라고 생각했다. 알렉스조차 처리하지 못할 일이 생긴다면 그는 돌아가야 했으니까.

"당신에겐 소중한 휴식이군요."

"그래. 나에겐 숨을 쉬는 것만큼이나 귀한 시간이지."

그리고 그 시간을 루한은 그 누구도 아닌 혜영과 보내고 있었다. 어쩌면 이 여자, 한혜영을 만나기 위해 미친 듯이 3개월간 일을 했는지도 모르겠다고 생각했다.

루한이 그녀를 돌려세웠다. 그리곤 그녀의 입술에 입을 맞췄다. 혀를 밀어 넣지도 타액을 섞지도 않은 가벼운 입맞춤이었지만 혜영의 심장은 뜨거웠다. 그 어느 때보다 두근거렸다. 그의 입술이 떨어지자 혜영은 얼굴이 붉어지기 시작했다. 그리곤 그의 시선을 마주하지 못했다. 그녀를 바라보는 짙어진 그의 암청색의 눈동자 속에 담긴 감정에 혜영은 착각할 것 같았다.

혜영이 애써 시선을 피하듯 고갤 돌렸다. 그러다 조금 떨어진 곳에서 퀸즈 나이트로 오는 배를 발견했다.

"루한, 저기 배가⋯⋯."

혜영이 놀라 돌아보자 그의 시선 역시 배에 닿아 있었다. 미간을 찌푸린 채 그의 눈빛이 날카로웠다. 혜영은 순식간에 차갑게 변한 루한의 모습에 순간 심장이 내려앉았다.

"손님이 온 모양이군."

루한의 시선이 선상 위에 서 있는 여자에게 향해 있었다. 조금 전 그녀에게 입을 맞추던 부드럽고 매혹적인 입술은 어느새 차갑게 굳어 있었다. 팽팽하게 날 선 그는 혜영에게조차 두려움을 안겨주었다. 새삼 혜영은 그의 본모습이 얼마나 잔혹한 사람인지 깨달았다.

"저 첸이란 남잔 당신이 부른 건가?"

루한의 말에 혜영의 고개가 휙 돌아갔다. 조금 전까지 선상엔 분명 여자 혼자였다. 하지만 지금은 첸이 그 금발의 여자 옆에 서 있었다.

"아, 네. 제가 부탁한 보석을 가져온 모양이에요."

사실 조금 전 샤워를 끝내고 나왔을 때 첸에게서 걸려온 부재중 통화를 보았던 것이다. 전파가 닿지 않은 상태라 저택에 도착하면 전화를 해야지 생각하던 참이었다. 그런데 그녀가 전화를 받지 않아 무작정 배를 타고 퀸즈 나이트에 온 모양이었다.

"오늘은 예기치 않은 손님들로 저택이 붐빌 것 같군."

어느새 배가 선착장에 정박했다. 그러자 먼저 나와 기다리고 있던 알렉스가 닻을 내린 요트의 줄을 묶는 것이 보였다. 그러는 내내 알렉스의 시선이 초조한 듯 루한과 다른 배에 타고 있는 샤론에게로 향했다.

루한이 배에서 내렸다. 때마침 첸과 샤론을 태운 배 역시 선착장에 멈춰 섰다.

"루한!"

샤론이 루한을 불렀다. 아름다운 얼굴이었다. 금발에 전형적인 미인. 하지만 루한은 그런 샤론을 보아도 아무런 감흥도 일지 않았다. 그저 샤론 블리스는 블리스 총리의 딸이었고 지금은 불청객일 뿐이었다.

루한의 시선이 싸늘하게 샤론을 지나쳐 첸에게 향했다. 혜영의 동업자이자 그녀가 돌아가면 함께 살 남자라고 생각하자 루한은 그가 몹시도 거슬렸다. 샤론보다 그가 더 신경이 쓰이는 건 어쩔 수 없었다.

"알렉스, 입항을 허락한 사람이 너인가?"

냉기가 흐르는 그 목소리에 알렉스는 긴장했다. 샤론과 첸 역시 마찬가지였다. 루한의 한마디에 섬에 내리지 못하고 돌아가야 할지 몰랐던 것이다.

"죄송합니다. 루한 님께 연락을 드렸지만 전화를 받지 않으셔서 부득이하게 입항을 허락했습니다."

알렉스의 말에 루한은 눈살을 찌푸렸다. 아마 혜영과 선실에서 함께 있을 때 전화를 한 모양이었다.

"그리고 샤론 님께서 오신다는 사실을 루한 님께서도 알고 계신지라……."

알렉스가 당황한 표정으로 배 위에 서 있는 샤론을 흘끗거렸다. 루한이 두 팔 벌려 자신을 반길 것이라곤 생각하지 않았지만 이렇게 눈길조차 주지 않은 채 차갑게 쏘아볼 것이라곤 예상치 못했던 것이다. 그리고 그와 함께 있던 여자. 그 동양인 여자가 신경 쓰였다. 그가 퀸즈 나이트에 여자를 들이다니. 그것도 그가 가장 아끼는 요트에 그 여자를 태우기까지 했다.

"미안해요. 제가 일정보다 먼저 도착하는 바람에……. 만약 원치 않으신다면 이틀 후에 다시 오겠습니다. 그동안 홍콩 여기저기를 구경하는 것도 좋을 것 같거든요."

자존심 때문이었다. 그의 서늘한 태도에 샤론은 마음에도 없는 소릴 뱉어냈다.

"그럼 그렇게 하도록 하지. 알렉스, 돌려보내도록 해."

순식간에 분위기가 살얼음판처럼 냉기가 흘렀다. 말은 그렇게 했지만 샤론은 루한이 그렇게 하리라곤 전혀 예상치 못했던 것이다. 이틀 먼저 도착했지만 당연히 그녀를 받아들일 줄 알았다. 그런데…… 한 치의 망설임도 없이 그녀를 돌려보내기로 한 것이다.

이럴 순 없었다. 절대……. 샤론이 입술을 깨물며 주먹을 꼭 쥐었다.

"혜영, 이리 와."

대신 루한은 샤론의 반응 따윈 흥미 없다는 듯 혜영에게 손을 내밀었다. 선착장에 있던 모든 사람의 시선이 한순간 배 위에 서 있는 그녀에게 향했다. 혜영은 몹시 난처했다. 하지만 루한은 여전히 혜영을 향해 내민 손을 거둬들이지 않았다. 오히려 그녀를 채근하듯 손을 더 내밀었다.

"어서, 내 손을 잡아."

"아니에요, 루한. 혼자서도……."

"어서!"

혜영이 첸을 흘끗 보며 미안한 얼굴을 했다. 그리곤 잠깐 기다
리라는 듯 고갤 끄덕여 보이곤 루한의 손을 잡았다. 그의 손을 잡
는 순간 순식간에 그녀의 몸이 공중으로 떠올랐다. 그리곤 그의
품에 안기듯 배에서 내려섰다. 발이 땅에 닿았지만 루한은 그녀를
놓아줄 생각이 없는 모양이었다.

"잠깐만, 루한. 첸에게 받을 것이……."

"알렉스가 받아 올 거야. 신경 쓸 필요 없어."

루한이 혜영의 손을 잡곤 저택으로 가는 오솔길을 걸어가기 시
작했다. 혜영은 난처한 얼굴로 배에서 내리지도 못하는 첸을 돌아
보았다. 그리고 경악에 가까운 얼굴로 루한과 혜영을 쏘아보는 샤
론 역시. 루한은 그렇게 두 사람을 돌려보낼 생각인 듯했다.

"루한, 기다려요!"

혜영이 그를 불렀다. 하지만 루한은 그녀의 말이 들리지 않는
것처럼 행동했다. 혜영은 그가 붙잡은 손을 잡아당기며 그가 걸어
가는 것을 제지했다. 하지만 루한의 태도 역시 강경했다.

"루한, 이렇게 갈 순 없어요."

그녀가 그에게 붙잡힌 손을 뿌리치자 그제야 루한이 혜영을 돌
아보았다.

"왜 갈 수 없다는 거지? 내 허락도 없이 온 불청객이야. 돌려보
내면……."

"그럼 저 역시 돌아가겠어요."

혜영의 단호한 목소리에 루한은 눈을 가늘게 뜨고 그녀를 바라
보았다. 혜영 역시 마찬가지였다. 지지 않고 그를 쏘아보았다. 당
장에라도 그녀의 말을 행동에 옮기겠다는 듯. 혜영은 그녀의 부탁

으로 퀴즈 나이트에 온 첸을 저런 식으로 돌려보낼 수는 없었다.

"돌아가겠다고 했나?"

"네."

루한이 마땅찮은 얼굴을 했다. 혜영이 이런 식으로 나올 것이라 곤 전혀 예상치 못했던 일이었다. 하지만 선착장을 돌아보는 혜영의 눈빛은 금방이라도 첸에게 돌아갈 듯 확고했다. 혜영이 돌아간다는 그 말이 마음에 들지 않았다. 불청객 역시 마음에 들지 않았지만 첸과 함께 돌아가는 혜영은 더더욱 싫었다. 이마에 핏줄이 불거졌고 본능적으로 주먹이 꼭 쥐어졌다. 너무도 쉽게 그녀는 떠나겠다는 말을 하는 게 화가 났다.

"젠장! 좋도록 해!"

서재로 들어서는 루한을 알렉스가 뒤따랐다. 선착장에선 아무런 말도 할 수 없었지만 샤론에 대해 꼭 얘길 해야 했다. 특히 그녀와 함께 온 첸이란 남자 역시 조금 전 있었던 일들을 다 지켜본 상태라 상황은 급속도로 나쁜 방향으로 퍼져 나갈 수 있었다.

"루한 님!"

"말해, 알렉스."

"샤론 님을 저렇게 보낼 수는 없습니다. 그리고 함께 온 혜영 님의 손님 역시도요."

"보낼 수 없는 이유가 대체 뭐지?"

"샤론 님은 캐롤라인 님께서 초대하신 손님이십니다. 이렇게 쫓아내듯 돌려보냈다간 캐롤라인 님께서……."

"캐롤라인이 아니라 블리스가 화를 내겠지."

사실 알렉스가 하고 싶었던 말 역시 그것이었다. 블리스 총리의 유일한 혈육인 샤론을 퀸즈 나이트에 발을 딛지도 못한 채 돌려보냈다는 사실이 알려지면, 가만있지 않을 게 분명했다. 하지만 루한이 걱정하는 것은 블리스 총리가 아니었다. 샤론이 혜영에 대해 블리스 총리에게 말한다면, 블리스 총리 역시 존더부르크 가의 원로들에게 혜영의 존재를 알릴지도 모른다는 사실이었다.

"루한 님, 괜히 일을 키울 필요가 없다고 생각합니다. 만약, 존더부르크의 원로들에게 알려져 봐야 좋을 게 없을 테니까요. 오히려 루한 님만 힘들어질 테죠."

그리고 한혜영이란 여자 역시. 그녀의 존재가 알려진다면, 존더부르크 사람들은 혜영을 루한에게서 떼어놓기 위해 어떻게 나올지 생각하기도 싫었다.

알렉스의 말에 루한이 미간을 찌푸렸다. 그 역시 너무도 잘 알고 있었다.

"좋도록 해. 하지만 별채가 아닌, 게스트룸으로 안내하도록 해."

사실 조금 전 혜영이 첸과 함께 돌아가겠다고 했을 때, 마음을 바꾼 상태였던 것이다.

"네, 게스트룸으로 안내하겠습니다. 혜영 님의 손님이신 첸 님과 함께요."

알렉스가 안도한 얼굴로 서재를 나가자, 루한은 피곤한 듯 손으로 마른 세수를 했다. 또다시 조급함이 밀려들었다. 그와는 달리 혜영은 너무도 태연했다. 첸과 함께 퀸즈 나이트를 떠나겠다는 말을 하기까지 한 치의 망설임도 없었다.

젠장! 여자의 한마디에 이렇게 초조해하다니. 루한은 지금 이 상황이 마음에 들지 않았다.

〈제 선택이에요. 이곳에 있는 것도, 그리고 당신을 선택한 것도. 당신이 아니라, 제 선택임을 잊지 마세요.〉

혜영의 말처럼 그녀의 선택이었다. 그의 곁에 있는 것도, 그리고 떠나는 것 역시.

그것이 그를 불안하게 했다. 그리고 그녀의 선택에 그가 흔들리고 있었다. 상상 이상으로 흔들리고 있었다.

아, 젠장!

루한은 자리에서 일어섰다. 의자에 앉아 있을 수 없을 만큼 초조함이 밀려들었다. 그리곤 생각에 잠긴 루한은 창가로 걸어가 첸과 함께 별채로 들어가는 혜영을 물끄러미 응시했다. 루한의 눈동자가 순식간에 짙게 변하며 그윽해졌다. 그 어떤 감정을 담고.

첸과 함께 별채로 가기 전, 혜영은 저택 현관에서 나오던 알렉스와 시선이 마주쳤다. 혜영이 고갤 숙여 인사를 건넸지만, 알렉스는 차가운 표정으로 고갤 끄덕인 후 서둘러 오솔길을 내려가기 시작했다. 아마, 선착장에서 기다리고 있을 샤론이란 여자에게 가는 모양이었다.

"여긴 보는 사람마다 찬바람이 부는군."

첸 역시 알렉스의 차가운 시선을 느낀 모양이었다. 혜영은 그녀를 바라보는 알렉스의 시선이 변했다는 것을 알았다. 그리고 그 원인은 첸과 함께 온 샤론이란 여자 때문인 듯했다.

"어떻게 된 거야? 전화를 그렇게 했는데……."

"미안. 배를 타고 나가는 바람에 전파가 닿지 않았던 모양이야. 그러는 넌, 어떻게 된 거야? 함께 온 여잔 누구야?"

"아, 그 샤론이란 여자? 그게 그러니까⋯⋯."

뭔가 말을 하려던 첸이 갑자기 말을 멈췄다. 그리곤 심각한 표정으로 혜영을 보았다.

"왜 그래?"

혜영은 첸의 시선에 긴장했다. 그의 심상치 않은 분위기에 그가 궁금해하는 것이 무엇인지 대충 짐작할 수 있었다.

"혜영? 넌, 아니지?"

"뭐가 아니란 건데?"

"조금 전 배에서 내릴 때, 두 사람 어떻게 보였는지 알아?"

"어떻게 보이긴? 그저 배에서 내리는 걸 도와준 것뿐인데."

"정말 그게 다야?"

첸은 믿지 않는 모양이었다. 어쩌면 첸이 믿지 않는 건 당연한 일일 수도 있었다. 조금 전 선착장에서 첸을 보는 루한의 시선이 심상치 않았던 것이다. 마치 자신의 암컷을 노리는 수컷이 나타난 것처럼 살벌하기 그지없었다. 그 모습에 혜영 역시 몹시도 난처했다. 평소, 감정 표현이 풍부한 사람은 아니었지만, 조금 전처럼 차갑고 무심한 모습은 아니었던 것이다. 그리고 섬을 찾은 두 사람에게 배에서 내리지도 않았는데, 돌아가라고 하다니.

"그럼 그것 말고 뭐가 있는데? 실없는 소리 그만하고, 내가 부탁한 건 가져왔어?"

혜영의 말에 첸은 여전히 그녀에게서 시선을 거둬들이지 않았다. 분명 조금 전 함께 있던 두 사람은 연인처럼 보였다. 그것도 서로에게 깊이 빠져 있는 연인. 하지만 무슨 이유에서인지 혜영은 그 사실을 부인했다. 그리고 첸은 다행이라고 생각했다. 만약 혜영이 자신의 감정을 깨닫지 못했다면, 깨닫지 못한 채 돌아가면 그만일 테니까.

"그럼 됐어."

사실 함께 온 여자의 이름이 샤론이라는 사실을 알았을 때, 첸은 금발의 여자를 다시 바라보았다. 샤론 블리스. 그녀는 바로 얼마 전 그가 검색했던 기사에서 보았던 여자가 분명했다. 존더부르크 기업의 오너인 루한과 약혼할 예정이라는 덴마크 총리의 딸, 샤론 블리스.

첸은 왜 빨리 깨닫지 못했는지 의아할 정도였다. 사실 공항에서 샤론과 부딪히지 않았다면 충분히 짐작할 수 있었을 테지. 경호원도 없이 혼자 여행 중인 총리의 딸이라니. 첸은 겁 없는 샤론을 떠올리며 고갤 절레절레 흔들었다.

"첸! 무슨 생각을 그렇게 하는 건데?"

"그 여자. 샤론 블리스야."

"샤론 블리스? 그게 누군데?"

"샤론 블리스는 어쩌면 곧 퀸즈 나이트의 안주인이 될지도 모르는 사람이야."

"뭐? 지금 뭐라고……."

순간, 혜영은 심상이 쿵 내려앉았다. 샤론 블리스가 뭐가 된다고? 혜영의 검은 눈동자의 동공이 한순간 커졌다가 순식간에 눈꺼풀 아래로 사라졌다. 당혹스러움과 함께 심장이 욱신거렸다. 하지만 첸은 혜영의 변화를 알아채지 못한 채 말을 계속했다.

"매스컴에선 덴마크 블리스 총리의 딸 샤론 블리스가 존더부르크 기업의 차기 안주인이 될 확률이 가장 크다고 했거든. 아름다운 외모뿐만 아니라, 명문대학을 졸업한 수재에 집안까지 정말 쟁쟁해. 지금까지 존더부르크가 약혼을 하지 않은 이유가 바로, 샤론 블리스가 대학원을 졸업하길 기다린 것이라고 하더니."

"그, 래?"

첸의 말이 더는 들리지 않았다. 한순간 사고가 정지한 듯, 혜영은 멍한 표정이었다. 순식간에 목이 꽉 막혀왔다. 가슴 역시 답답했다. 태연한 얼굴을 하려 했지만, 자꾸만 입가가 차갑게 굳어졌다. 충격이었던 모양이었다. 목소리가 떨릴 만큼. 다행스러운 건, 첸은 그가 알아낸 정보를 혜영에게 말하는 데 정신이 팔려 그녀의 변화를 알아채지 못했다는 사실이었다.

"곧 약혼할 모양이야. 퀸즈 나이트까지 찾아온 걸 보면."

그 뒤로도 첸이 루한과 샤론에 대해 뭔가를 더 말한 것 같았다. 하지만 이미 혜영의 귀엔 아무것도 들리지 않았다. 오직 그녀의 머릿속엔 루한에게 약혼할 여자가 있다는 것과 그 여자가 퀸즈 나이트에 왔다는 사실만이 가득 차 있었다.

혼란스러운 감정에 혜영은 주먹을 꼭 쥐었다. 시간이 갈수록 혜영의 얼굴은 굳어졌고 심장이 서늘해지고 있었다.

저녁을 먹기 전 샤론은 루한과 얘기할 시간이 필요했다. 선착장에서 그렇게 헤어진 후였기 때문에 식사 전 그와 얘길 먼저 나눠야 할 것 같았다. 알렉스의 안내로 루한이 있는 정원까지 온 샤론은 문을 열기 전 잠시 걸음을 멈췄다. 선착장에서 보았던 그의 차가운 모습을 생각하자 긴장됐다. 천천히 숨을 내쉰 샤론은 결심이 선 듯 정원으로 통하는 문을 열었다.

좁다란 오솔길을 조금 걸어가자 잔디가 보였다. 그리고 그가 있었다. 저택 건물과 정원 사이를 잇는 파티오의 난간에 기댄 채, 그는 바다를 바라보고 있었다. 서늘한 옆 얼굴 위로 단정하던 머리카락이 바람에 흘러 내려와 있었다.

뭔가 달랐다. 평소 다가서기 힘든 서늘함이 아니었다. 누군가를 생각하며 짙어진 눈동자의 그윽함 역시 지금까지 보아왔던 루한의 모습과는 너무도 달랐다. 이제 막 해가 지려는 하늘을 배경 삼아 서 있는 그는 묘하게 섹시했다. 샤론은 순간 걸음을 멈추곤 루한을 홀린 듯 바라보았다. 그는 샤론이 옆까지 다가왔단 사실도 깨닫지 못하고 있었다.

"흠흠!"

샤론은 그의 눈치를 살피며 헛기침으로 그녀의 존재를 알렸다. 그러자 루한이 그녀를 돌아보았다. 그의 생각을 방해한 사람이 샤론임을 안 순간, 차가운 암청색의 눈동자가 얼음송곳처럼 샤론의 심장에 파고드는 느낌이었다.

방해받았다는 사실에 대한 짜증. 샤론은 그의 차가운 시선을 마주하며, 조금 전 녹을 것처럼 그윽하던 눈빛은 자신을 향한 것이 아니라는 사실을 깨달았다. 그에게 사랑하는 사람이 생긴 건가? 그리고 그 사람은 조금 전 그가 손목을 잡아끌던 여자인 게 분명했다.

"무슨 일이지? 아직 저녁을 먹으려면 시간이 더 있는 것으로 아는데?"

어느새 샤론이 알고 있는 루한으로 되돌아와 있었다. 차갑고 서늘한 말투와 표정. 아무리 시간이 흘러도 얼음을 품고 있는 것 같은 그 목소리에 적응할 수 없을 것 같았다.

"오해하시는 것 같아 애길 해야 할 것 같아서요."

샤론의 말에 루한은 미간을 찌푸렸다. 오해라? 전혀 오해 같은 건 하고 있지 않았다. 또한, 그녀가 하려는 말이 무엇이건 간에 궁금하지 않았다. 아마, 뻔한 변명일 테지. 루한은 그를 방해한 샤론이 그저 짜증이 날 뿐이었다. 가족 모임과 공식 석상에서 그녀와 종종 마주쳤다. 블리스 총리와 존더부르크의 사람들은 샤론과 그가 곧 약혼이라도 할 것처럼 야단이었지만, 루한은 아니었다.

루한의 시선이 냉정하게 샤론을 훑어 내렸다. 샤론 블리스는 누가 봐도 아름다운 여인이었지만, 그에겐 그 어떤 감흥도 불러일으키지 못했다. 그저 막강한 정치 권력을 가진 블리스 총리의 딸일 뿐. 간혹 매스컴에서 약혼에 대한 언급이 있을 때마다 아무런 코멘트도 하지 않은 건, 그의 사업에 유리하게 작용하기 때문이었다. 그리고 만약 결혼하게 된다면, 블리스 정도의 배경이면 괜찮겠다는 사업적인 계산 때문이기도 했다.

하지만 지금은? 지금도 같은 생각이냐고 묻는다면? 아니었다. 이제 더는…….

"우리 사이에 오해하고 말고 할 게 있나? 하지만 듣도록 하지. 해야 할 말이란 게 뭔지."

듣고 싶지 않은 게 분명했다. 하지만 샤론은 애길 해야 했다. 그에게 아무런 이유도 없이 막무가내로 섬까지 쳐들어와 들러붙는 정신 나간 여자는 되고 싶지 않았으니까.

"여행은 즐거웠어요. 혼자 하는 여행은 처음이라, 아버지께 허락받느라 당신과 캐롤라인의 이름을 판 것 역시 부인하지 않겠어요."

"그건 상관없으니, 계속해."

"처음 계획은 터키에서 이틀을 지낸 후, 홍콩에 오려고 했었죠. 하지만 휴대전화를 갖고 있지 않은 탓에 제 일정을 알리려, 이곳에 전화했을 때 알렉스가 홍콩에 먼저 와 이곳을 둘러보는 게 어떠냐고 하더군요. 충동적인 선택이긴 했지만, 터키로 가는 대신 홍콩행 비행기를 타게 된 거예요. 사실 퀸즈 나이트에 오는 것보다, 홍콩 여기저기를 구경할까도 생각했지만…… 공항에서 낯익은 기자 하나를 봤거든요. 그 기자가 날 봤는지 확신할 수 없지만, 만약에 봤다면 나뿐 아니라 루한 역시 곤란할 것 같았어요. 그래서 실례를 무릅쓰고 이곳에 올 수밖에 없었어요. 불편했다면 죄송해요."

샤론의 말에 루한의 입가가 비틀렸다. 같은 변명이었지만, 그녀의 선택은 어쩔 수 없었다는 뜻이었다. 퀸즈 나이트가 루한의 소유란 사실은 극소수만이 알고 있었다. 그런데 그 사실이 알려짐과 동시에 존더부르크의 오너가 지금 홍콩에 있다는 사실이 알려진다면 퀸즈 나이트 주변엔 파파라치를 태운 배로 가득할 게 분명했다.

루한의 눈빛이 날카로워졌다. 샤론 블리스는 생각보다 머리가 좋은 모양이었다. 생각이란 것을 할 줄 아는 걸 보면. 그리고 그를 설득할 줄도 알았다.

"좋도록 해. 어차피 당신은 캐롤라인이 초대한 손님이니까. 캐롤라인이 올 때까지 퀸즈 나이트에서 편히 지내도록 해. 그럼, 할 말이 끝났으면 이만 가봐야겠군. 저녁 시간이 다 된 것 같거든."

루한은 샤론을 캐롤라인의 손님이라고 말했다. 그러자 샤론은 의문이 생겼다.

"그럼, 한혜영 씨는요?"

샤론을 남겨둔 채 저택으로 연결된 유리문을 밀고 들어가려던 루한이 걸음을 멈췄다. 그리곤 위협적인 표정으로 샤론을 돌아보았다. 아, 정말! 그렇지 않아도 싸늘한 눈을 위로 치켜뜨자 괜한 질문을 했다고 곧바로 후회했다.

"당신이 한혜영에 대해 어떻게 알지?"

루한의 물음에 샤론은 눈을 가늘게 떴다. 경계하듯 적을 주시하는 눈빛. 루한은 지금 그의 것을 지키기 위해 이빨을 드러낸 맹수 같았다. 금방이라도 그녀의 목덜미를 물어 치명상을 입힐 것처럼 날 선 긴장감에 샤론은 자신에 생각이 옳았음을 깨달았다.

그가, 여잘 보는 눈이 까다롭기로 이름난 루한이 마음에 품게 된 여자는 다름 아닌, 한혜영인 게 분명했다.

"키라의 브랜드를 좋아하거든요. 그래서 키라의 수석 디자이너이자 오너에게 관심이 많았어요. 사실 처음엔 바로 알아보지 못했지만, 저와 함께 온 첸이란 사람 역시 키라의 사람이더군요."

그래서 알게 되었다. 한 번 내린 그의 결정을 번복하게 만든 사람이 한혜영이란 사실을. 샤론의 대답에 치켜 올라갔던 루한의 눈이 조금 내려왔다. 하지만 샤론이 혜영에 대해 언급한 것은 여전히 마땅찮은 모양이었다.

"한혜영 씨에게 캐롤라인의 생일 선물을 부탁한 모양이죠? 그래서 이곳에 와 있는 건가요?"

루한은 샤론을 쏘아보았다. 지금 보니 푸른 눈동자에 어린 빛이 지성임을 느낄 수 있었다. 블리스 총리의 인형이라고 생각해 무심히 지나쳤지만, 눈앞의 샤론 블리스 역시 블리스 총리의 총명함을 물려받은 모양이었다. 쳇, 욕심까지 물려받진 않았을 테지?

루한은 이미 혜영에 대한 마음을 눈치채고 그의 마음을 떠보듯 물어오는 샤론을 보며 솔직히 답했다.

"처음엔 그랬지."

"그럼, 지금은 그렇지 않다는 것인가요?"

흔들림 없는 눈동자라고 생각했다. 분명 놀랐을 텐데, 샤론의 눈동자는 미동도 하지 않은 채 루한을 바라보고 있었다.

"그래. 아니야. 당신은 캐롤라인의 손님이듯, 혜영은 내 손님이야. 내가 퀸즈 나이트에 초대한 유일한 손님."

루한이 샤론의 반응을 기다렸다. 하지만 샤론은 어깰 으쓱해 보일 뿐 아무런 말도 하지 않았다. 대신 조금은 안타깝다는 표정을 지었다.

"휴, 조심하셔야겠군요."

이번엔 루한의 눈썹이 가파르게 위로 치켜 올라갔다. 또 무슨 수작인 거지?

"내가 뭘 조심해야 한다는 거지?"

"아마 지금쯤 아버지께서 보내신 사람이 홍콩에 도착했을 거예요. 여행하는 동안엔 내가 잘 따돌리긴 했지만, 내 최종 목적지가 퀸즈 나이트란 사실을 알고 있을 테니 결국 이곳으로 올 테죠."

"무슨 뜻이지?"

"말 그대로예요. 아버지께서 보낸 사람이 홍콩에 온다는 것. 그리고 그 사람이 나는 물론 루한 당신까지도 지켜볼 것이란 사실."

"지금 날 협박하려는 건가?"

루한의 차가운 냉소를 본 샤론이 눈을 동그랗게 뜨며 그제야 놀란 표정을 지었다.

"아, 제 말이 루한 당신에겐 협박처럼 들릴 수도 있겠군요. 그 생각을 못했네요."

샤론은 진심으로 자신의 말이 다른 뜻을 가질 수 있다는 사실에 조금 놀란 듯 보였다. 루한은 그런 샤론을 물끄러미 바라보았다. 지금 날 놀리는 건가?

"나와 장난을 하려는 것이라면…… 그만두는 게 좋아. 당신이 샤론 블리스란 사실은 나에겐 전혀 위협이 되지 않으니까."

"알고 있어요. 당신이 마음만 먹으면 뭐든 할 수 있는 사람이란 걸요. 하지만 당신은 사람을 믿지 않는 모양이군요. 지금 내가 하는 말은 사업이 아니라 관계에 대한 말이었거든요."

"관계라고?"

"네. 당신 눈엔 제가 아버지의 꼭두각시 인형처럼 보일 테지만, 저 역시 이성적인 사고를 지닌 사람이죠."

루한의 눈빛이 날카로워졌다. 블리스 총리의 결정이 어떤 형태건, 최종 선택은 샤론의 몫이란 뜻이었다. 상황이 재미있게 돌아가고 있었다.

"지켜야 할 사람이 있다면, 알아서 조심해 주세요. 지금은 당신의 선택으로 내 생활 역시 흔들릴 수 있거든요."

그녀가 걱정하는 것이 무엇인지 깨달은 루한의 입가에 미소가 떠올랐다. 샤론은 그 미소가 마음에 들지 않았다. 만약 저 매혹적인 미소가 자신을 위한 것이었다면 심장이 뛰고 그에게 푹 빠져들었겠지만, 샤론은 알 수 있었다. 저 미소는 그녀의 것이 아니란 사실을.

정말 매혹적인 남자였다. 다가서기 힘든 차가운 냉기를 품은 남자였지만, 그래서 더 소유하고 싶었다. 위험한 남자는 그만큼 상처도 크겠지만, 소유했을 때 기쁨 역시 그 이상일 테니까. 그리고 그런 남자가 한 여자만을 바라보며 사랑한다면 아마 뜨겁겠지. 심장을 태울 만큼.

아쉬웠다. 아버지 블리스 총리의 탐욕에 가려 루한이란 남자를 제대로 보지 못한 자신이.

"걱정 마. 절대, 섣불리 행동하지 않을 테니까. 아마 당신 생활역시 평온할 거야. 약속하지."

또다시 그의 입가에 매혹적인 미소가 걸렸다. 그 미소에 샤론의심장이 쿵 내려앉았다. 처음으로 남자를 보고 심장이 두근거렸다. 샤론은 이제야 왜 여자들이 위험스럽고 냉혹한 이 남자를 갖지 못해 안달했는지 알 수 있을 것 같았다.

"약속까지 하는 것을 보니, 당분간은 걱정 없겠군요."

"맞아. 당분간은……."

루한의 암청색의 눈동자가 빛나기 시작했다. 짙은 바다의 심해를 연상케 하는 눈동자가 샤론을 지나쳐 저택 어딘가로 향하는 것이 보였다. 샤론은 확인하지 않아도 알 수 있었다. 아마 그곳은 한혜영, 그 여자가 있는 곳일 테지.

"그럼, 캐롤라인이 올 때까지 저택에서 편히 지내도록 해."

그 말을 끝으로 루한은 돌아섰다. 그리곤 유리문을 열고 들어간 후, 서둘러 복도를 따라 빠른 걸음으로 걷기 시작했다.

탄자나이트를 건넨 후, 첸은 별채를 방문한 알렉스와 함께 게스 트룸으로 갔다. 루한이 두 방문객을 퀸즈 나이트에 묵게 했다는 말에 바로 홍콩 섬으로 돌아가려던 첸은 마음을 바꿔 알렉스를 따라갔다. 이런 기회가 아니라면, 퀸즈 나이트에 다시 묵게 되는 건 불가능한 일이란 말도 잊지 않았다.

첸이 나간 후 혜영은 멍하니 그 자리에 앉아 있었다. 그러다 탁자 위에 첸이 놓고 간 짙은 암청색의 보석을 쏘아보았다. 창문을 통해 들어오는 햇빛에 신비하게 빛나는 보석은 루한의 눈동자와 닮아 있었다. 차가운 듯 뜨겁고, 미치도록 심장을 뛰게 하는 그의 눈동자와.

한동안 자리에 앉아 있던 혜영이 의자에서 일어났다. 답답한 듯 테라스 문을 열고 밖으로 나갔다. 이제 막 해가 지려고 하는 퀸즈 나이트는 신비로운 붉은색이었고, 어느새 익숙해져 버린 풍경을 보며 혜영의 입가에 미소가 떠올랐다. 문득, 오랜 시간이 지나도 혜영은 이 풍경이 몹시 그리워질 것 같았다.

아무 생각도 하지 않기 위해 노력했다. 첸의 말이 그녀를 흔들 어놓긴 했지만, 혜영은 마음에 담지 않을 참이었다. 하지만 그런 다짐에도 혜영은 무참히 흔들리는 중이었다. 약속한 시간이 지나 면 쿨하게 자신의 자리로 돌아갈 것이라고 자신했던 혜영의 심장 이 욱신거리고 있었다.

배에서도 그녀를 붙잡는 그에게 선을 그으며 밀어낸 것은 다름 아닌 혜영이었다. 사실 두 사람의 시작 역시 그 어떤 조건도 없었다. 약속한 일주일이 지나면 두 사람의 관계는 끝이 나는 것인지, 아니면 더 이어질지조차 염두에 두지 않았었다. 그저 마음이 흐르는 대로 선택했고, 그 마음에 충실했다. 처음 계획처럼 때가 되면 그녀의 자리로 돌아가면 되는 일이었다. 그렇게 처음 결심처럼.

혜영은 깊게 숨을 내쉬었다. 폐부로 공기가 들어가자 숨을 쉬는 게 조금 수월해졌지만, 여전히 목구멍이 꽉 조여 메었다. 결심과는 달리 그녀의 심장은 벌써 무섭게 가라앉고 있었다.

똑똑!

노크 소리와 함께 문이 열렸다. 그리곤 엘이 방 안으로 들어왔다.

"무슨 일이죠, 엘?"

혜영이 난간에 기댄 채 바다를 내려다보며 말했다. 엘이 혜영에게 다가왔다. 조심스러운 발걸음과 그녀를 바라보는 시선까지. 혜영은 돌아보지 않아도 알 수 있을 것 같았다. 엘 역시 샤론에 대해 알고 있다는 것을.

창피했다. 그녀만 아무것도 모른 채 들떠 있었다고 생각하자 얼굴이 뜨거워졌다. 첸이 알 정도면, 저택 고용인들 역시 당연히 알고 있었을 테지. 혜영은 알렉스가 왜 그녀를 차가운 시선으로 바라보았는지 이제야 알 수 있을 것 같았다.

"괜찮으십니까?"

"네, 아직은 좋아요."

예상된 질문에 혜영은 한숨이 새어 나오려 했다. 하지만 혜영은 최대한 평소처럼 차분한 얼굴로 엘을 대했다. 입가가 경련이 일

듯 미묘하게 떨렸지만, 다행히 엘은 눈치채지 못한 듯했다.

"저기, 혹시 궁금한 게 있으시다면 저에게……."

분명 샤론 블리스에 대해서겠지? 엘은 혜영에게 샤론 블리스에 관해 얘기하기 위해 온 모양이었지만 혜영은 고갤 가로저었다. 엘이 아니었다. 만약 샤론 블리스에 대해 들어야 한다면, 당연히 그 사람은 루한이어야 했다.

"엘, 괜찮아요. 제가 누군가에게 들어야 할 말이 있다면, 그 사람은 다른 누구도 아닌 루한일 거예요."

담담하게 울리는 혜영의 목소리에 그제야 엘의 입가에 안도의 미소가 떠올랐다. 정말 무표정한 얼굴과는 달리 엘은 마음이 따뜻한 사람이었다. 혜영은 엘이 루한의 사람이 아니라면 함께 일하고 싶을 정도로 욕심이 났다.

"네, 아마 그러실 겁니다. 중요한 일이라면 분명 루한 님께서 말씀하실 겁니다."

그때, 노크소리가 들렸다. 그리곤 루한이 문을 열고 방으로 들어오는 것이 보였다. 혜영은 침착한 표정으로 루한을 돌아보았다. 방으로 들어온 그는 엘을 보자 잠시 걸음을 멈추었다.

"엘도 함께였군."

루한의 말에 엘이 문 쪽으로 걸어가는 것이 보였다.

"그럼, 전 이만 나가보겠습니다."

엘이 두 사람만 남겨둔 채 방을 나갔다. 문이 닫히자 루한은 혜영이 서 있는 테라스로 걸어왔다.

"내가 방해한 건가?"

"아니에요. 그런데 무슨 일이죠? 곧 저녁 먹을 시간 아닌가요?"

혜영의 말에 루한이 고갤 가로저었다. 그리곤 그녀 옆에 바짝 다가선 그가 혜영을 물끄러미 내려다보았다. 휴! 모든 상황이 루한에게 혜영을 놓아줘야 한다고 말하고 있었다. 또한, 그 역시 같은 결론이었다. 하지만…… 결국 그는 이끌리듯 그녀에게 와버렸다. 마음이 흘러가는 대로 그녀가 있는 이곳으로.

루한의 시선이 혜영을 훑어 내렸다. 냉정하고 차가운 눈빛이었다. 검은 눈동자엔 뜨거운 열정 역시 담겨 있었다. 그에게 자신이 그를 선택한 것이라고 말하던 그 순간, 루한은 심장이 미친 듯이 뛰었었다. 누군가의 선택을 받는다는 것. 그래, 그 누군가에게 애정을 받는다는 것이 얼마나 설레고 기쁜 일인지 그 순간 깨달은 것이다.

감미로운 음악처럼, 뜨거운 용암처럼, 그리고 한순간 휘몰아치는 폭풍처럼. 그는 한혜영이란 사람에게 빠져든 것이다. 이젠 되돌릴 수도, 걷잡을 수도 없을 만큼.

"루한, 할 말이 있으면 하세요."

혜영은 그의 시선에 또다시 긴장하고 말았다. 엘에겐 들어야 할 말이 있다면 루한이 할 것이라고 했었다. 하지만 막상 루한과 마주하자 듣고 싶지 않았다. 그의 입을 통해 듣게 될 이야기에 심장이 벌써 꽉 조여왔다.

"키라가 그렇게 유명한지 몰랐어."

루한이 손을 뻗었다. 그리곤 그의 손이 당연하다는 듯 혜영의 귓불을 어루만졌다. 그리곤 턱을 쓸어내렸고 풍성한 입술을 어루만졌다. 혜영을 바라보는 그의 눈빛은 자부심과 긍지가 느껴졌다. 그 자부심은 자신이 아닌, 혜영에 대한 것임을 그의 눈빛을 통해 알 수 있었다.

날, 자랑스러워하는 건가? 혜영은 그의 칭찬에 심장이 뛰기 시작했다. 누군가에게 인정받는 건 언제나 즐거운 일이었으니까. 특히 칭찬에 인색할 것 같은 루한이라면 더더욱 그랬다.

"유명까진 아니지만, 최근 찾는 사람이 많아지긴 했어요. 제가 홍콩에 온 이유 역시, 이곳에서의 사업을 늘리기 위해서거든요. 열심히 하다 보면 당신도 알아볼 수 있을 만큼 유명해질 테죠."

"당연할 테지. 나 역시 이미 키라의 작품에 푹 빠졌으니까."

백금으로 된 만년필에 검정과 짙은 청색의 탄자나이트가 그의 마음을 사로잡았다. 한동안 손에서 놓지 못할 정도로. 특히 만년필에 박힌 탄자나이트가 묘하게 관능적이라고 생각했다. 심장이 뜨거워지고 바라보고 있으면 홀릴 듯 아름다운 보석. 루한은 만년필을 보며 한혜영이란 여자를 떠올렸다. 한순간 스치듯 만난 것이 다였지만, 그의 기억 속에서 오랫동안 사라지지 않았다.

섹시하고 누구보다 열정적이며, 당당한 사람. 스스로 빛나는 사람이 바로, 한혜영이었다. 그리고 그 아름다운 열정에 루한은 한순간에 매혹된 것이다. 그녀에 대해 알아낸 정보로 비밀 경매를 열어 그녀를 퀸즈 나이트에 불러들였고, 사막의 별을 이용해 거래를 제안했다. 하지만 거래는 혜영에 의해 무산되었고, 뜻밖에도 혜영이 그를 선택했다. 그리고 이젠 그가 그녀를 절대 놓고 싶지 않게 되었다.

"마음에 들었다니 다행이군요. 하지만 당신이 마음에 들어 해도 소용없어요. 선물의 주인인 캐롤라인이 마음에 들어야 할 테니까요."

루한의 입가에 미묘한 감정이 떠올랐다. 모르고 있는 모양이었다. 그가 그녀가 떨어뜨리고 간 만년필을 가지고 있다는 사실을.

"당연히 마음에 들어 할 거야. 그 누구도 아닌, 당신이 만든 작품이니까."

그렇게 그 목걸이가 마음에 든 걸까? 혜영은 영롱한 이슬을 닮은 목걸이를 떠올렸다. 사실 아름답긴 했지만, 그녀가 지금까지 만들어온 보석 중에서 우선순위를 정하라고 한다면 상위 순위를 차지할 정도는 아니었다. 그리고 이렇게 루한의 극찬을 받을 만큼도.

"고맙군요. 그렇게 마음에 들어 해줘서요. 사실 키라는 내 전부예요. 유학 중 보석 세공에 관해 관심 갖게 되면서, 그때부터 제 꿈이 시작됐죠. 그 후 8년 동안 미친 듯이 일했어요. 하루 24시간이 모자랄 정도로. 그랬더니, 지금의 키라가 되어 있더군요."

혜영의 눈동자가 열정으로 빛났다. 그에게 그녀가 만든 수많은 컬렉션을 보여주고 싶었다. 그녀가 꿈꾸고 이루고 싶은 것들을 보여주고 싶었다. 그리고 그와 함께……

'함께라고?'

혜영은 문득 심장을 가득 채운 함께라는 말에 조금 놀랐다. 자신이 그와 함께하고 싶은 건가? 그 누구도 아닌 루한과? 그녀의 꿈을 이루고 싶은 건가?

하지만 그에겐……. 혜영은 첸의 말을 떠올렸다. 그리고 배에서 보았던 아름다운 금발 여인 역시. 또다시 답답했다.

"그런데 루한, 이 말을 하려고 절 찾아온 건가요?"

"아니."

사실 복도를 따라 걷는 동안, 루한은 혜영에게 샤론 블리스에 대해 말할 생각이었다. 블리스 총리와 존더부르크 가에 대해서도. 하지만 촉촉이 젖은 혜영의 눈을 내려다보자 루한은 망설였다. 키라에 대해 설명하던 혜영의 눈동자엔 열정과 꿈이 담겨 있었던 것이다.

거대한 폭풍이 될 테지. 한혜영이란 사람의 삶을 송두리째 흔들고 절망의 나락으로 밀어 떨어뜨릴 만큼. 그리고 폭풍이 지나간 자리에 상처가 남겠지. 루한은 혜영의 얼굴을 쓸어내리던 손을 거둬들였다. 주머니에 넣고는 주먹까지 꼭 쥐었다.

그만 아니라면…… 혜영은 언제까지나 그 꿈을 이루며 살아갈 수 있었다. 자신이 혜영의 인생에 끼어들지 않는다면…….

훗! 언제부터 이런 감정이 생겨 버린 걸까? 원하는 것이 있다면 그것이 무엇이든 상대의 마음 따위 신경 쓰지 않고 가지면 그만이었다. 상처받고 힘들어할까 고려하지 않았다. 걱정할 필요가 없었다. 하지만 지금 루한은 아팠다. 심장이 바늘에 찔린 듯 아렸다. 그와 함께 있게 된다면, 분명 지독한 상처를 입게 될 혜영 때문에 마음이 아팠다. 그의 어머니 희연처럼. 사랑하는 남자 옆에 있었지만, 조금씩 말라갈 테지. 차가운 멸시와 눈에 보이지 않는 경멸을 사랑하는 가족을 위해 견뎌내며 자신의 마음은 곪아갈 게 분명했다.

"할 말이 있었는데, 할 필요가 없을 것 같군."

루한의 대답에 혜영은 꼭 쥐었던 주먹을 폈다. 입술을 통해 숨을 몰아쉬고서야 혜영은 자신이 긴장으로 숨까지 참고 있었다는 사실을 깨달았다.

"그래요? 중요하지 않은 일이었나 보군요."

루한의 눈동자가 깊어졌다. 그녀를 바라보는 눈빛 역시 너무도 그윽해 혜영의 심장 역시 촉촉이 젖어들었다.

"폭풍우가 불 거야."

"네?"

혜영은 바다 쪽으로 고갤 돌렸다. 하지만 루한의 말과는 달리 하늘은 쾌청했다. 이제 막 어둠이 찾아든 퀸즈 나이트는 너무도 고요했고 평화로웠다. 폭풍우 같은 건 전혀 불어올 것 같지 않았다.

"모든 걸 쓸어갈 정도로 강력할 테지. 다 잃어버릴지도 몰라."

혜영은 불안해졌다. 대체 그가 무슨 말을 하는지 알 수 없었으니까. 대신 그녀를 바라보는 그의 눈동자엔 안타까움이 가득했다.

"루한, 지금 무슨……."

그러자 루한이 걱정하지 말라는 듯 빙긋 웃어 보였다.

"당신은 괜찮을 거야. 태풍은 당신을 피해 갈 테니까."

'오직, 나에게만 불어닥치겠지. 그리고 지나갈 거야. 폐허가 되고 모든 걸 잃겠지만. 꼭 지나갈 거야. 그때까지 버텨만 준다면……. 혜영이…….'

"루한……."

어느새 불안한 표정으로 혜영이 그의 팔을 붙잡았다. 금방이라도 사라질 듯 그녀를 바라보는 눈빛이 초조하게 만들었다.

"오늘 저녁은 우리 둘만 먹어야겠군."

"하지만 손님이……."

"알아. 하지만 두 사람, 같은 배까지 타고 왔는데 적당히 먹겠지."

루한의 눈동자에 장난기가 떠올라 있었다. 그 눈빛을 보자, 혜영은 마음속에 남아 있던 불안을 모두 밀어냈다.

"좋아요. 그럼 엘에게……."

"아니, 그럴 것 없어. 내가 먹고 싶은 건 따로 있거든."

그의 눈빛이 의미심장하게 빛나기 시작했다. 그리곤 순식간에 그녀를 품에 안은 채 침대로 걸어갔다. 털썩! 동시에 두 사람의 몸이 침대에 눕혀졌고 그의 입술이 그녀의 입술을 탐하기 시작했다.

커다란 식당에 첸과 샤론만이 덩그러니 앉아 저녁을 먹고 있었다. 마주 앉은 두 사람은 시선을 피한 채 먹는 것에만 집중했다. 주인도 없는 식당에서 불청객 두 사람만 저녁 식사라니. 첸 역시 조용히 음식을 먹고 있는 샤론을 보며 작게 한숨을 내쉬었다.

"손님 둘만 저녁이라니."

첸이 포크를 내려놓으며 옆에 놓여 있는 와인 잔을 집어 들었다. 그러자 샤론이 고갤 들어 첸을 바라보았다.

"불청객이란 뜻이겠죠."

샤론의 말에 첸은 이해할 수 없는 얼굴을 했다. 자신은 분명 불청객이었지만, 약혼할 여자가 불청객이라니.

"설마요? 저라면 또 모를까?"

"난 왜 아니라고 확신하는 거죠?"

샤론의 하늘빛 눈동자가 날카롭게 반짝였다. 그러자 첸은 솔직히 그가 알고 있는 사실을 말하는 것이 좋겠다고 생각했다.

"의도적인 것은 아니지만, 기사 봤어요. 유럽을 쥐락펴락하는 자금줄인 존더부르크 가문의 총수와 블리스 총리의 유일한 딸에 관한 기사를요. 곧 약혼한다고 하던데, 사실인가요?"

첸의 질문에 샤론은 식욕을 잃은 듯 포크를 내려놓았다. 지금까지 그녀를 만나는 사람들이 가장 궁금해하는 것이 바로 루한과의 약혼이었다. 그녀가 어떤 것을 좋아하고 또 어떤 생각을 하는지가 아니라, 그녀가 차기 존더부르크 가의 안주인이 될지 말지였다.

"사실이라면 뭘 어쩔 거죠? 신문사에 제보라도 할 건가요?"

첸은 날카로운 손톱을 드러내며 그를 쏘아보는 샤론을 보며 피식 웃음을 터뜨렸다. 그제야 샤론이 왜 공항에서부터 그를 경계하고 차갑게 굴었는지 알 수 있을 것 같았다. 불쾌해하는 이유 역시.

"내가 왜요? 난 부자들의 정략결혼 같은 것에 관심 없어요. 그저, 지금 내 눈앞에 그 당사자가 있어 호기심이 일었을 뿐이죠. 아니, 그것보단, 이 어색한 침묵을 깨는 데 이야깃거리가 필요했다는 말이 맞겠군요."

첸의 대답에도 샤론은 여전히 불쾌한 얼굴을 했다.

"불쾌하게 했다면 미안해요. 그리고 걱정 말아요. 당신의 기사를 신문사나 매스컴에 제공할 만큼 궁하진 않으니까."

첸은 더 어색해질지도 모르는 상황에서 농담을 던지며 샤론을 향해 미소를 지어 보였다. 그러자 샤론은 그의 태도가 불편해졌다. 대부분의 사람들은 그녀의 직설적인 말에 당황해 자릴 피하길 원했다. 하지만 이 남잔 전혀 그럴 생각이 없는 모양이었다. 오히려 아무렇지도 않은 듯 그녀에게 웃으며 말을 건네왔던 것이다.

"이건 정말 궁금해서 그러는데, 왜 정략결혼을 하려는 거죠? 여자들은 대부분 사랑이 바탕이 된 결혼을 하려고 하지 않나요?"

샤론의 입가에 서늘한 냉소가 어렸다. 그리곤 처음으로 샤론은 첸을 유심히 살피기 시작했다. 이목구비 뚜렷한 얼굴과 서글서글한 눈매. 그리고 예의 바른 태도와 미소까지. 루한과는 전혀 다른 매력을 가졌지만, 첸 역시 분명 잘생긴 남자였다. 그것도 아주 잘생긴 남자에 속했다. 아마, 사랑 운운하는 것으로 보아 바람둥이가 분명할 테고.

"내 주위에선 모두가 정략혼을 해요. 당신에게 사랑이 결혼의 조건이듯, 저에겐 그것이 일반적인 결혼이죠. 그리고 모두 그 삶에 만족하며 살아가요. 당신처럼 사랑이 식은 후 떠나버리는 무책임한 행동은 전혀 하지 않고. 책임이란 걸 지는 거죠."

샤론의 대답이 재미있다는 듯 첸의 입가에 미소가 떠올랐다. 하지만 눈빛은 변해 있었다. 서글서글한 눈매는 여전했지만, 눈동자의 색이 진해지며 차가워져 있었다.

"내가 무책임한 사람으로 보이는 모양이군요."

"네. 제 눈엔 그렇게 보이는군요. 당신과 다른 생각을 한다고 날 비웃었잖아요."

샤론이 앞에 놓인 물잔을 들고 마셨다. 그 모습에 첸은 샤론의 말을 곱씹으며 생각에 잠겼다.

"그렇게 느꼈다면 미안하군요. 하지만 정략혼을 하려는 당신을 비웃은 건 아니에요. 그저 이해할 수 없었을 뿐."

순순히 인정하는 첸을 보며 샤론의 눈빛이 조금은 누그러졌다.

조금 이상한 남자였다. 그녀가 아는 남자들은 자존심이 강했고 절대 자신의 잘못을 순순히 인정하려 하지 않았다. 마치 그것이 자신을 우월하게 만드는 한 방법이란 착각을 하면서. 그런데 이 남자는 조금 달랐다.

"하지만 당신의 생각 역시 틀렸어요. 난 당신이 생각하는 것만큼 무책임하지 않아요. 지금까지 난, 내가 사랑하는 여자에겐 최선을 다했고 헤어지는 순간까지 그 여자를 사랑했으니까."

검은 눈동자가 진지한 빛을 띠고 빛나고 있었다. 가벼워 보이던 남자가 한순간 변해 있었다. 얼굴에 웃음기가 가신 그는 심장이 두근거릴 만큼 잘생겨 보였다. 훗! 대체 지금 뭐 하는 건지? 설마, 내가 이 남자를 매력적이라고 생각하는 건 아니겠지? 루한처럼 위험스러울 정도로 섹시한 남자라면 모를까……

하지만 샤론은 호기심이 생겼다. 이 첸이란 남자는 어떻게 사랑을 하는지. 진심이 되면 어떻게 변하는지. 그리고 그의 입술이 어떻게 속삭이는지도. 차갑고 위험스러운 매력을 가진 루한에겐 한번도 가져보지 않은 감정이었다. 그가 달콤한 밀어를 속삭이다니. 아마, 그랬다간 심장이 얼음처럼 굳어버릴지도 몰랐다.

지금 내가 무슨 생각을 하는 거지? 샤론은 이내, 머릿속에 떠오른 생각을 밀어냈다. 가당치도 않은 생각이었으니까. 만약 그녀가 루한과 약혼하지 않더라도, 그다음 후보들이 그녀를 기다리고 있었다.

"오해했다면 미안하군요. 당신에 대해 알 기회가……"

"그럼, 나에 대해 알 기회를 갖는 건 어때요?"

뭐야, 이 남자? 설마 나에게…… 수작을 거는 건 아닐 테지?

"훗! 수작 같은 건 아니니 그런 표정 할 것 없어요. 홍콩은 처음이겠죠? 내가 안내하죠. 친구로서."

"아, 네."

당황한 샤론이 자신도 모르게 고갤 끄덕였다. 그러자 첸은 손을 뻗어 샤론의 손을 꽉 붙잡았다. 엇! 지금…….

"약속, 했습니다."

"아…… 네."

짙은 어둠 속에서 거친 열기가 뿜어져 나왔다. 커튼을 치지 않은 창을 통해 달빛이 새어들었다. 그리고 그 달빛은 침대 위에서 알몸으로 얽혀 지독한 쾌락에 몸을 떠는 남녀의 등을 비추고 있었다. 서로를 애틋하게 쓸어내리는 손길과 몸짓이 심장이 내려앉을 만큼 아름다웠다. 쾌락의 열기에 서로를 향한 마음이 더해지자, 두 사람의 행위는 관능을 띠며 더욱 깊어졌다.

루한의 입술이 혜영의 심장을 파고들었다. 이런 강렬하고 아릿한 감정을 단지 육체적 욕망이라고 고집을 피웠다니. 혜영은 루한을 온몸으로 받아내며 울컥 눈물이 흘러내릴 것 같았다. 그녀 역시 너무도 잘 알고 있었다.

자신이 그 사람을 사랑하지 않고서는 절대 몸을 허락하지 않는다는 사실을. 그런데 루한은 너무도 자연스러웠다. 단지 너무도 짧은 순간 깊게 빠져들어 혼란스러웠던 것뿐이었다. 순식간에 찾아든 격정이 두려웠던 탓에 너무도 확실한 그 감정을 알아채지 못했고 고집을 피웠다. 그를 원했다. 그리고 그 원하는 마음은, 욕망이 아닌…… 다른 형태의 감정이었다. 훗, 하필 첸의 말을 들은 후 그녀의 감정을 깨닫다니. 혜영은 그런 자신이 바보처럼 느껴졌다.

"혜영⋯⋯."

잔뜩 선 루한의 목소리가 그녀의 생각을 깨웠다. 그리곤 고갤 들어 그를 보자, 루한 역시 뜨거운 감정을 품고 그녀를 바라보고 있었다.

"루한⋯⋯ 훗!"

그녀가 그의 이름을 부른 순간, 그가 그녀의 안으로 깊이 들어왔다. 이미 애액으로 젖은 내벽을 꿰뚫듯 들어온 그가 그녀를 가득 채웠다. 순식간에 등줄기를 타고 흐르는 날카로운 쾌락에 혜영은 아랫배에 힘을 주었다.

"하아, 혜영⋯⋯."

그녀를 부르는 그의 목소리엔 짙은 욕망이 배어 있었다. 그 역시 그녀처럼 끝을 모르는 쾌락에 몸을 떨고 있었다. 그의 입술이 그녀의 귓불을 깨물고 느릿느릿 빨아 당겼다. 귓가에 느껴지는 더운 숨결에 혜영은 온몸이 오소소 떨려왔다. 그의 손길이 그녀의 봉긋하고 새하얀 가슴을 움켜쥐었다. 그의 손끝이 단단하게 솟아오른 붉은 열매를 비틀었다. 그리고 동시에 내벽 끝까지 밀려 나갔던 그의 일부가 그녀의 안으로 깊이 들어왔다.

"하학⋯⋯ 흐흡!"

아픔과 함께 찾아든 쾌감에 혜영은 비명과도 같은 흐느낌을 흘려보냈다. 눈물이 핑 돌았다. 그가 주는 육체적 쾌락 역시 그녀의 머릿속을 새하얗게 만들었지만, 조금 전 깨달은 그에 대한 마음이 심장을 움켜쥐었던 것이다.

이 남자를 잃고 싶지 않다. 그 누구에게도 주고 싶지 않다.

혜영은 밀려드는 소유욕에 그를 온몸으로 꽉 붙들었다. 혜영의 입술이 루한의 입술을 찾았다. 그리곤 마음이 시키는 대로 그의 입술에 키스했다. 그의 입술이 벌어지는가 싶더니, 어느새 그의 혀가 그녀의 입안을 파고들었다.

그녀를 삼킬 듯 혀를 얽고 강한 힘으로 빨아 당겨 경련이 일 듯 아팠지만, 혜영은 그를 붙잡곤 더욱 깊숙이 그를 받아들였다. 그의 움직임이 빨라졌다. 질척한 내벽을 파고드는 힘 역시 더욱 거세졌다. 그녀의 여린 속살 안을 파고드는 그의 일부가 불덩이처럼 단단해졌다.

금방이라도 불을 뿜을 듯 커진 일부가 그녀의 안에 단단히 뿌리를 내린 나무처럼 떨어지지 않았다. 흘러넘치는 애액이 그녀의 수풀을 적셨다.

"하아…… 루한. 하훗…… 아흑!"

젖은 신음과 함께 혜영의 새하얀 이가 붉은 입술을 깨무는 것이 보였다. 루한은 혜영의 거친 숨결을 느끼며 그녀의 절정이 얼마 남지 않았음을 알았다. 하지만 멈추지 않을 생각이었다. 쾌락에 몸을 떨며 눈물을 흘리고 그에게 매달릴 때까지 그녀를 놓아줄 생각이 없었다.

그녀의 안에 무수히 많은 흔적을 남길 생각이었다. 이미 혜영의 온몸은 그가 남긴 붉은 자국으로 가득했지만, 그것으론 만족할 수 없었다.

그녀의 허릴 단단히 붙든 그가 강한 힘으로 그녀의 안으로 파고들었다. 닫혀 있던 내벽이 벌어지며 그를 조여왔다. 한 치의 틈도 없이 맞물린 두 개의 육체가 하나처럼 엉켜들었다. 지치지 않은 열기가 그를 태우고 있었다. 몇 번을 거듭 안아도 그녀에 대한 갈망은 사그라지지 않았다.

이 갈증을 어떻게 참을 수 있을까? 이렇게 지독한 갈망을…… 어떻게 견디지?

심장이 욱신거렸다. 이렇게 깊어지고 말았던가? 그저 처음엔 일주일이면 만족할 줄 알았었다. 하지만 아니었다. 3개월 전 호텔에서 당돌하게 그에게 입술을 부딪쳐 오던 혜영이 눈에 들어온 순간, 이미 그의 심장은 그녀 때문에 뛰고 있었다.

그때부터 그는 이미 그녀에게 빠져 있었다. 루한은 숨을 쉴 수 없었다. 그리고 숨을 쉴 수 없다고 생각한 순간, 그녀와 있는 동안 그 어느 때보다 편안했음을 깨달았다. 얼음장처럼 살벌한 긴장감으로 팽팽해졌던 신경이 그녀 때문에 안정을 되찾았던 것이다.

안타까움에 루한의 손에 힘이 들어갔다. 그리고 그녀의 안을 파고드는 힘 역시 거세졌다. 그녀의 안이 아니었다. 결국, 루한은 지금껏 그의 몸 안에 그녀의 흔적을 새기고 그녀의 향기로 가득 채우기 위해 그녀를 있는 힘껏 가졌던 것이다.

『하흑! 루한…… 루한. ……해서, 미안해요.』

혜영의 억눌린 듯 속삭이는 목소리에 루한은 몸을 경직시켰다. 순간 그의 귀를 의심했다. 하지만 눈물이 그렁그렁 매달린 그녀의 눈동자에 담긴 감정은 분명, 그가 조금 전 들었던 말이 진실임을 느낄 수 있었다. 지독한 격정에 몸을 떨며 혜영이 속삭였다.

'사랑해서, 미안해요. 당신을 사랑해서……. 하필 이런 순간에 그 감정을 깨달아서……. 당신을 놓지 못해서…… 미안해요.'

루한은 심장이 뜨거워지는 지독한 아픔을 맛보며 몸속에 웅크리고 있던 불덩어리를 그녀의 안에 쏟아냈다.

머릿속이 새하얗게 변했다. 지독한 쾌감과 아픔에 루한은 숨도 쉬지 못했다. 지친 그녀의 몸 위로 그가 내려앉았다. 땀으로 젖은 두 육체가 또다시 꼭 엉켜들었다. 혜영은 온몸으로 번지는 날 선 쾌락을 느끼며 그의 품에 안겨들었다. 그의 가슴에 뺨을 대자 미친 듯이 뛰는 심장 소리가 들렸다. 격한 감정에 자신이 무의식적으로 한국어로 뱉어낸 말이 무엇인지 깨닫지도 못한 채, 혜영은 그의 품에 안겨 잠이 들어버렸다.

루한이 잠든 그녀의 어깨 위로 시트를 끌어당겨 덮어주었다. 땀으로 엉겨붙은 그녀의 검은 머리카락을 떼어주는 루한의 손끝이 한없이 다정했다.

"사랑해서…… 미안하다니! 젠장!"

어머니의 나라 한국. 루한은 어린 시절 어머니에게 한국어를 배웠고, 어느 정도는 할 수 있었다. 대부분의 사람들이 자신이 한국어를 한다는 사실을 알지 못했지만, 분명 알고 있었다. 그리고 혜영의 입을 통해 들은 첫 한국어가 사랑해서 미안하다였다.

많은 감정이 한순간 홍수처럼 밀려들었다. 그렇게 혜영을 내려다보던 루한은 조심스럽게 침대에서 일어섰다. 그리곤 바닥에 떨어진 옷을 입기 시작했다. 달빛이 들어와 침대 위를 비추고 있었다. 달콤한 꿈을 꾸듯 혜영의 입가엔 희미한 미소가 떠올라 있었다.

그 미소에 루한은 주먹을 꼭 쥐었다. 지켜주고 싶었다. 저 미소가 혜영의 입에서 떠나지 않게. 주먹을 꽉 말아쥔 루한이 방을 가로질러 문으로 걸어갔다. 천근만근 무겁게 느껴지는 발걸음을 떼어 문에 다다른 순간, 루한이 다시 혜영을 돌아보았다.

달빛에 음영이 진 그의 짙은 청색의 눈동자가 어둠 속으로 사라졌다. 질끈 눈을 감았다가 뜬 루한이 결심을 한 듯 문을 열었다. 닫힌 문 뒤로 복도를 걸어가는 발소리가 들려왔다. 이내 어둠의 정적이 찾아들었고 혜영은 더욱 깊은 잠속으로 빠져들었다.

당황한 듯 알렉스가 루한을 올려다보았다. 이른 새벽, 거칠게 그의 방문을 두드리는 소리에 눈을 뜬 알렉스는 투덜거리며 침대에서 일어섰다. 그리고 문을 연 순간, 심각한 얼굴로 서 있는 루한을 발견하고 뭔가 단단히 잘못되었음을 느낄 수 있었다.

그런데…… 루한의 입을 통해 들은 말은 너무도 뜻밖이었다.

"다시 한 번 말씀해 주십시오. 제가 뭔가, 잘못 들은 것 같아서……. 샤론 블리스가 아니라……."

"그래, 제대로 들은 것 맞아."

루한이 놀란 알렉스를 보며 단호한 표정을 했다. 그리곤 이미 마음을 굳힌 듯 다시 한 번 말했다.

"아침이 되자마자 한혜영 일행을 홍콩 섬으로 돌려보내도록 해."

"하지만…… 어젯밤까진 분명……."

"그래서 하지 않겠다는 건가? 너 역시 원했던 일 아닌가?"

조금은 날 선 듯 보이는 루한의 말투에 알렉스의 표정이 굳어졌다. 원망하고 있는 듯했다. 사실 루한의 말처럼, 알렉스 역시 혜영을 돌려보내길 원했다. 그렇게 해야 한다고 생각했다. 그의 친구이자 오너인 루한을 위해.

"부정하지 않겠습니다. 루한 님껜 한혜영이란 여자보다 샤론 블리스가 필요하단 생각은 변하지 않았으니까요."

알렉스는 흔들림 없는 시선으로 루한을 응시했다. 그 모습에 루한이 작게 욕설을 내뱉었다. 사실 이 분노는 알렉스를 향한 것이 아니었다. 그저 그의 생각과 다르게 흘러가는 모든 상황에 대한 원망일 뿐이었다.

"알아. 네가 어떤 마음으로 그런 말을 했는지도. 하지만…… 화가 나!"

화가 나 미칠 것 같았다. 그 누구도 아닌 자신에게 화가 났다. 그런 선택밖에 할 수 없는 자신에게. 처음으로 마음에 품은 여자의 입에서 사랑해서 미안하단 말을 하게 한 자신이. 그리고 가장 냉정해야 할 이때, 이성을 잃고 감정적으로 흔들리는 자신에게 더더욱 화가 났다.

"네, 알겠습니다."

알렉스의 대답에 루한은 또다시 뭔가 떠올린 듯 알렉스를 바라보았다. 대체 무슨 말을 하려고 그러는 건지 루한의 눈동자엔 미안함이 떠올라 있었다.

"엘도 함께 내보내."

"네? 엘은 왜?"

"지난번 내가 경고했을 텐데? 너와 엘 다시 한 번 싸운다면 둘 중 한 사람은 내보내겠다고."

"아, 하지만……."

"내보내. 나에겐 엘보단 네가 더 필요하니까."

그 말은 또 다른 누군가에겐 엘이 더 필요하다는 뜻인가?

알렉스는 그 누군가가 한혜영이란 생각이 들었다. 일부러 루한이 엘을 혜영에게 보내는 것 같은 어이없는 생각이. 알렉스는 루한을 바라보았다. 지금껏 한 번도 흔들리지 않던 루한이 흔들리고 있었다. 그리고 그 감정은 알렉스 역시 너무도 잘 알고 있는 감정이었다. 엘과 헤어지기로 했을 때 그 역시 똑같은 심정이었으니까. 알렉스는 갑작스럽게 루한이 마음을 바꾼 이유를 충분히 짐작할 수 있었다.

처음인 건가? 루한에겐 이런 감정이…… 처음…… 이겠군.

"네, 그렇게 하겠습니다."

제7장 당신, 하나도 반갑지 않아!

유리창을 통해 들어오는 햇빛에 혜영은 눈을 떴다. 그리고 멍하니 천장을 올려다보았다. 익숙지 않은 천장의 무늬를 보며 혜영은 미간을 찌푸렸다. 밤새워 뒤척이던 그녀가 잠이 든 것은 이미 새벽이 되어서였다. 멍한 머릿속 때문인지 착각을 한 모양이었다.

분명 그녀가 눈을 떠야 하는 곳은 햇빛 냄새가 나고 테라스의 큰 통창을 통해 파도 소리가 들려야 했다. 하지만 대신 주변은 고요했고, 문밖에서 들리는 인기척과 커피 향이 그녀의 의식을 일깨웠다. 그리고 그 순간 깨달았다.

그녀가 퀸즈 나이트의 저택이 아닌 새로 계약한 자신의 아파트에 있다는 것을.

혜영은 손을 뻗어 얼굴을 가렸다. 일어나고 싶지 않았다. 무기력하게 축 가라앉는 몸을 침대에 누이곤 한없이 잠들고 싶었다.

잠을 통해 망각하고 싶었다. 벌써 일주일이 지났지만, 어제 일처럼 선명한 그날의 기억을.

똑똑!

"혜영 님, 일어나셨습니까?"

혜영은 밖에서 들려오는 엘의 목소리에 침대에서 일어나 앉았다. 그리곤 망각하고 싶었던 현실과 서서히 마주했다. 그나마 다행인 것은 퀸즈 나이트를 떠날 때 혼자가 아닌 엘과 함께였단 사실이었다. 무슨 이유에서인지 루한은 엘을 해고했다. 혜영은 처음 알렉스가 퀸즈 나이트에 도착했을 때 또다시 문제를 일으킨다면 두 사람 중 하나를 해고하겠다는 말을 떠올렸다. 아마 두 사람 사이에 문제가 있었고, 보다 못한 루한이 엘을 해고한 모양이었다. 엘은 모르겠지만 혜영에겐 정말 행운이었다.

"일어났어."

혜영이 침대에서 내려섰다. 시간을 보니, 8시. 서두르지 않으면 지각이었다. 키라의 매장이 있는 코즈웨이 베이의 타임스퀘어까지 가기 위해선 배를 타야 했던 것이다. 욕실로 간 혜영은 입고 있던 잠옷을 벗었다.

샤워기를 틀자 차가운 물줄기가 얼굴로 떨어져 내렸다. 목욕용 타월에 비누거품을 내 몸을 닦아낸 다음 다시 차가운 물로 씻어냈다. 비누거품을 제거하기 위해 빠르게 움직이던 혜영의 손이 한순간, 모든 동작을 멈췄다.

거기 있었다. 벽에 붙여진 거울에 혜영이 있었다. 티 하나 없이 맑고 흰 피부에 무수히 많은 붉은 흔적이 가득 새겨진 그녀의 몸이 눈에 들어왔다. 시간이 지나 붉은 흔적은 옅어져 사라지고 있었다. 그리고 엷어진 만큼 그녀의 얼굴에 드리워진 그늘은 짙어져 있었다. 혜영은 손끝으로 가슴에 새겨진 흔적을 어루만졌다.

욱신!

벌써, 일주일. 시간은 빠르게 흘러가고 있었고, 혜영의 감정과 상관없이 일상은 어느새 자리를 잡아갔고 빠르게 익숙해지고 있었다.

〈아직 약속한 날짜가 남아 있긴 하지만, 돌아가 줬으면 좋겠군.〉

기분 좋은 꿈에서 깨어난 혜영 앞에 그가 서 있었다. 그리고 그녀와 눈이 마주친 순간 그가 그렇게 말했다. 혜영은 처음엔 그가 하는 말을 이해할 수 없었다.

〈지금 뭐라고 한 거죠?〉

〈돌아가 달라고 했어. 곧 더 많은 손님이 퀸즈 나이트에 올 거야. 그래서 난 바빠질 것 같거든.〉

바빠진다는 말에 혜영은 미간을 찌푸렸다. 그 말이 이제 더는 그녀와 보낼 시간 따윈 없다고 말하는 것처럼 들렸다. 지겨워진 여자를 떼어내는 남자처럼, 루한의 표정이 너무도 서늘했다. 어젯밤 그와 함께 보냈던 시간이 마치 거짓말처럼 느껴지게 하는 그의 태도에 혜영은 마음속에 흘러넘치려는 말을 가까스로 삼켰다.

심장이 급속도로 차가워지고 있었다. 밤새 꾸었던 행복했던 꿈이 악몽이 되어버리다니.

〈루한! 딱 하나만 물어봐도 되나요?〉

〈응.〉

〈샤론 블리스 때문인가요?〉

그 여자 때문에 날 돌려보내는 건가요? 당신과 내 관계를 알면 그 여자가 상처받을까 봐. 그래서 날⋯⋯. 혜영은 그렇게 생각할 수밖에 없었다. 한순간 변해 버린 그의 태도를 보며 그렇게 추측할 수밖에 없었다.

〈블리스 때문이기도 하지. 하지만 더 큰 이유는 나 때문이야.〉

자신 때문이라니. 혜영은 더는 아무것도 묻지 않았다. 루한은 결국 혜영이 아닌, 블리스를 선택한다는 뜻이었으니까. 그 누구 때문도 아닌 그의 마음 때문인 것이다.

샤론을 사랑하는 건가? 사랑하는 여자가 있으면서 자신을 원했던 건가?

하지만 마지막 순간까지 루한은 진심처럼 보였다. 그녀를 바라보는 눈빛이며, 그녀의 안에서 격한 쾌락에 다다른 순간까지 그는 진심으로 그녀를 원하고 있었다. 그녀가 애정이라고, 아니, 사랑이라고 착각할 정도로.

혜영은 주먹을 꼭 쥐었다. 그리곤 일주일 전 그날의 기억을 몰아냈다. 그의 흔적을 지우려는 듯 몸에 물기를 닦아내는 그녀의 손길이 거칠었다. 빨개질 정도로 몸을 닦아낸 혜영은 서둘러 욕실을 나왔다. 옷을 입는 내내 혜영은 입을 꾹 다물고 있었다. 혜영의 손 역시 미묘하게 떨렸다.

그런 사람 따위⋯⋯. 사라지는 흔적처럼 잊어버리면 그만이었다. 돌아볼 필요 없어.

키라의 매장으로 들어선 혜영은 평소보다 많은 사람을 보며 놀란 얼굴을 했다. 또한 매장을 가득 채운 사람들에게선 묘한 분위기가 있었다. 주변을 두리번거리며 살피는 기색도 그렇고 사진을 찍는 모습, 그리고 들뜬 눈빛으로 함께 온 일행끼리 속삭이는 모습까지. 마치 유명 식당이나 영화 촬영지를 방문하러 온 관광객처럼 느껴졌다. 뭐지, 이 생경한 느낌은? 혜영이 고갤 갸웃하며 서둘러 첸을 찾았다. 그러자 첸 역시 혜영을 발견하곤 빠르게 걸어오더니, 그녀의 손을 잡고는 매장 안 사무실로 걸어가기 시작했다.

"대체 뭐야? 무슨 일이라도 있어?"

첸에게 이끌려 사무실로 들어서며 혜영이 물었다. 그러자 첸은 잠시 망설였다. 얘길 해야 할지 말아야 할지 갈피를 잡지 못하는 모양이었다.

"대체 뭔데? 뜸 들이지 말고 빨리 말해."

하지만 첸은 대답 대신 노트북이 놓여 있는 사무실 책상으로 걸어갔다. 그리곤 뭔가를 검색하는가 싶더니, 혜영이 서 있는 쪽으로 노트북의 방향을 돌려놓았다. 혜영은 첸의 이상한 태도에 미간을 찌푸렸다. 그리곤 고갤 숙여 그가 내민 노트북 화면을 쏘아보았다. 순간, 혜영의 눈빛이 날카로워졌다. 욱신! 예고도 없이 한 남자가 서늘한 눈으로 그녀를 쏘아보고 있었다.

그가 있었다. 말끔한 검은색 슈트 차림의 그는 카메라를 향해 웃고 있지 않았다. 여전히 차가운 눈빛과 화면에서도 느껴질 만큼 거만함. 하지만 그런 차가운 분위기의 그가 옆에 서 있는 여자를 보호하듯 어깨 감싸고 있었다. 그녀가 만들어준 목걸이를 한 채 루한의 품에서 웃고 있는 사람은 다름 아닌, 그의 여동생 캐롤라인이었다.

그리고 또 다른 여자. 금발에 환한 미소를 짓고 서 있는 여자는 루한의 팔에 살짝 손을 올려놓은 채였다. 혜영의 입매가 굳어졌다.

"얼마 전 캐롤라인의 생일 때 찍은 인터뷰 사진인 모양이야."

"그래, 그런 것 같네."

기사는 명문 존더부르크 가와 덴마크 총리 블리스 가의 세기의 결혼이란 타이틀로 세 사람을 한 앵글에 담고 있었다. 기사엔, 퀸즈 나이트의 소유주가 바로 존더부르크 가문의 수장인 루한이며, 덴마크 왕위 계승 서열 4위란 말도 언급하고 있었다.

"대단한 사업가란 건 짐작했는데, 왕가의 사람이었다니. 그리고 그 약혼녀는 총리의 딸이라."

혜영의 입매가 눈에 띄게 굳어졌다. 엄청난 배경이었다. 존더부르크 기업은 전 세계를 무대로 하는 다국적 기업이었다. 제조에서 유통까지 존더부르크 기업이 손대지 않는 사업이 없을 정도였다. 무엇보다 이번 홍콩에서 열리는 보석 박람회의 후원사 중 하나가 바로, 존더부르크 기업이었다.

그런데 그 기업의 오너가 루한이었다니. 그리고 그는 왕가의 계승 서열 4위의 명문가의 수장이기도 했다. 그런 그의 눈에 평범한 그녀가 눈에 들어올 리 없었을 테지. 덴마크 총리의 딸 정도는 되어야 했던 것이다. 그의 지위와 배경에 걸맞게.

왜 이리 답답한 거지? 사무실 안이 답답하게 느껴졌다. 아니, 뜨거운 덩어리를 삼킨 듯 목구멍이 꽉 막혀 숨을 쉬는 게 버거웠다.

"우리완 전혀 다른 세계의 사람들인 거지."

첸의 말이 신경에 거슬렸다. 사는 세계가 다른 사람이라? 사는 세계가 다른 사람이면, 그녀처럼 평범한 사람에게 함부로 해도 된다는 건가? 심장에 돌을 던져 놓아도 된다는 건가? 혜영은 왜 자신이 배신감을 느끼는지 이해할 수 없었다.

그는 처음부터 거래를 원했고, 혜영은 아무런 조건 없이 마음이 가는 대로 그를 선택했다. 쿨하게 함께 일주일을 보낸 후 제자리로 돌아오면 끝이라고 생각했다. 하지만 그러기엔 이미 혜영은 그를 마음에 담아버린 것이다. 루한이란 남잘 사랑하게 되어버린 것이다.

다른 여자와 함께 있는 그를 보자 배신당한 느낌이었고 질투로 심장이 답답해졌다. 첸의 말처럼, 손에 닿지 않는 사람이라고 생각하고 잊어버리면 그만이었지만 그러기엔 이미 늦어버린 것이다. 가까스로 화면에서 시선을 거둬들인 혜영이 최대한 태연한 얼굴로 첸을 보며 말했다.

"그런데 이 기사와 우리 키라가 무슨 상관이란 거지?"

충격에서 벗어난 혜영의 눈빛은 너무나도 차가웠다.

"여기, 그리고 이것."

첸이 캐롤라인의 목걸이와 샤론의 팔찌. 그리고 루한의 슈트 포켓을 가리켰다. 저건 분명……. 혜영은 루한의 가슴에서 빛나고 있는 탄자나이트에서 눈을 뗄 수가 없었다. 만년필이었다. 3개월 전 그녀가 선우에게 주기 위해 만든 그 만년필이 분명했다. 그런데 어떻게 그 만년필을 루한이…….

"네티즌들이 이 기사에 나온 사진만으로 세 사람이 한 보석이 키라란 사실을 알아낸 모양이야."

"뭐?"

"나도 놀라는 중이야. 벌써, 똑같은 팔찌와 목걸이를 찾는 문의가 계속되고 있어. 그리고 매장을 찾는 손님들 역시 이 기사의 사진을 보여주며 똑같은 것을 찾더라고. 특히, 이 만년필에 대해 물어오는 사람들이 많아. 혹시 이 만년필 그때 네가 잃어버렸다던 그것 아냐?"

첸의 시선이 불편했다. 그의 눈엔 수많은 의문이 담겨 있었던 것이다. 특히, 루한과 그녀의 관계에 대해서.

"3개월 전 내가 그에게 도움을 받았다고 했었지? 그때 떨어뜨리고 온 모양이야."

"그래? 하지만 다시 만났을 때 왜 너에게 돌려주지 않았을까?"

"그건 나도 궁금해."

잃어버렸다고 생각했던 만년필을 루한이 갖고 있었다. 그가 몸에 지닌 딱 하나의 유일한 보석이었고, 슈트 포켓에 끼고 다닐 만큼 소중히 여기고 있었다. 혜영은 그의 행동을 이해할 수 없었다. 분명, 이 만년필을 그녀가 만들었다는 사실을 알고 있을 텐데…… 그녀가 만든 만년필을 슈트 포켓에 끼고 나올 정도로 그는 무신경한 남자는 아니었던 것이다. 이미 끝난 상대에게 철저하게 선을 긋고 돌아서면 그만인 야멸찬 사람이었다.

"그거야 뭐, 나중에 물어보면 알겠지. 그나저나 이 기사로 키라가 더 유명해질 것이란 건 분명해. 이제부터 키라 앞엔 대부호이자 왕가의 사람들이 아끼는 보석이란 타이틀이 붙게 될 테니까."

첸은 즐거운 듯 보였지만 혜영은 그렇지 않았다. 이런 유명세 따위 그녀가 바라는 것이 아니었다. 간혹 헐리우드의 유명 배우들이 들고 다니는 명품들이 전 세계적으로 인기를 끌며 명성을 쌓는 걸 종종 보아왔지만, 혜영은 그런 것보다 그녀가 만든 작품으로 많은 사람에게 사랑받고 다가가길 원했다. 특히 루한의 이름을 걸고 유명해지는 건 더 싫었다.

"그런 유명세야 곧 사람들의 관심에서 사라질 거야. 객쩍은 소리 그만하고 어서 나가봐. 나도 박람회에 출품할 디자인을 손봐야 하니까."

혜영이 더는 관심없다는 표정으로 가방에서 디자인 북을 내려놓았다. 그리곤 혼자 있고 싶다는 뜻을 비추며 첸을 쫓아냈다.

"알았어. 이 기세를 몰아 박람회에서도 꼭 우승하자고. 그럼 아시아를 점령하는 것쯤 식은 죽 먹기일 테니까."

첸이 주먹을 불끈 쥐어 보이곤 사무실을 나갔다. 의자에 앉은 혜영은 책상에 놓인 연필을 집어 들었다. 하지만 손은 움직일 생각을 하지 않고 있었다. 어느새 그녀의 시선은 차갑게 카메라를 쏘아보고 있는 암청색의 눈에 가 있었다.

검은 슈트는 그를 더욱 차갑게 보이게 했다. 뭔가 마음에 들지 않는지, 눈빛은 날카로웠고 입매는 딱딱하게 굳어 있었다. 퀸즈 나이트에서 그녀와 함께 보냈던 열정적이고 매력적인 남자의 모습은 그 어디에도 없었다. 무섭게도 차갑고 거만한 남자가 있을 뿐이었다. 그 모습은 너무도 낯설었고 혜영에게 멀게만 느껴졌다.

혜영은 작게 한숨을 내쉬었다. 이렇게 예고도 없이 듣게 된 그의 소식이 반갑지 않았다. 그리고 문득문득 떠오르는 그의 눈빛 역시. 혜영은 거친 손길로 노트북을 닫아버렸다.

반갑지 않아. 당신 따위, 하나도 반갑지 않아!

2층 서재에서 루한은 바다를 보며 서 있었다. 선착장으로 들어오는 배를 보며 루한은 고갤 들었다. 배 안에 여자의 모습이 보였다. 그러다 다시 배 안으로 모습을 감추자 루한의 심장이 뛰기 시작했다. 그 순간 루한은 오전 내내 창문에서 시선을 떼지 못한 이유를 그제야 깨달았다.

그는 지금 기다리고 있었다. 돌아오지 않을 사람을. 야멸차게 그녀를 보낸 그였지만, 혹시나 그에게 화가 나 그의 뺨을 때리러 오지 않을까 하는 어이없는 생각을 품고 그 자리에 서 있었던 것이다. 지독히도 어리석게도.

배 안으로 모습을 감췄던 여자가 다시 모습을 드러냈다. 그러자 무섭게 뛰던 심장이 차갑게 가라앉기 시작했다. 그가 기다리던 사람이 아니었던 것이다. 실망감이 밀물처럼 찾아들었다. 심장이 다시 얼음처럼 차가워졌다. 루한은 손을 뻗어 눈 주위를 꾹꾹 눌렀다. 일주일간 계속된 불면증에 머리가 아팠던 것이다.

똑똑!

노크와 함께 문이 열리고 알렉스가 들어왔다. 그리곤 잔뜩 찡그린 얼굴로 초조하게 루한이 돌아보길 기다렸다.

"무슨 일이지?"

"조금 전 선착장에 엘이 도착했습니다. 혹시, 루한 님께서 부르신 건가요?"

"응, 내가 불렀어. 짐도 가져가야 하고, 또 할 말이 있기도 해서."

루한의 말에 알렉스가 난처한 얼굴을 했다.

"정말, 엘을 내보내실 생각이십니까?"

"그래, 이미 결정한 일이야."

"하지만 엘은 가족 대대로 존더부르크 가문에 속한 사람이었습니다. 이렇게 내보내실 수는⋯⋯."

"내보낼 거야. 난 엘보다 알렉스 네가 필요하니까. 엘 대신 네가 나간다는 소릴 할 것이라면 입도 뻥긋하지 마. 절대 그럴 일 없으니까."

루한이 단호한 표정으로 알렉스를 향해 돌아섰다. 그리곤 알렉스에게 걸어오더니 그의 어깨에 손을 올려놓고는 힘을 주었다.

"알렉스, 곧 덴마크로 돌아갈 거야. 가면 블리스 총리를 만날 생각이야."

"블리스 총리를요?"

"그래, 이제 마무리할 때가 된 것 같거든."

알렉스는 루한을 바라보았다. 하지만 무표정한 그의 얼굴에선 아무것도 읽을 수 없었다. 사실 루한은 일주일 전 이후, 한 번도 한혜영에 대해 언급하지 않았다. 마치 그녀를 잊은 것처럼 행동해 왔다.

블리스 총리를 만난다는 건, 이미 마음의 결정을 내렸다는 뜻이었다. 알렉스는 그가 어떤 결정을 내리든 걱정이었다. 블리스와 약혼을 하게 된다면 그는 마음을 잃고 살아갈 테고, 그 반대라면 존더부르크 가문과 맞서 싸워야 할 테니까.

"돌아가는 대로 만날 수 있게 그쪽에 미리 연락해 놓겠습니다."

"부탁할게, 알렉스. 아, 그리고 지난번 박람회 초대장 가지고 있겠지?"

"네. 참석하지 않는다고 연락을 할 참이었습니다."

"아니, 참석하겠다고 전해."

"네? 하지만 그날 방송사며 기자들이 올 겁니다. 그래도 괜찮으시겠습니까?"

"상관없어. 캐롤라인과 샤론도 함께 갈 테니 그렇게 준비하도록 해. 첫 공식 일정이 될 테니까."

첫 공식 일정이라니. 대체 무슨 뜻이지? 알렉스는 갈피를 잡을 수 없었다. 하지만 곧 알렉스는 루한을 믿기로 했다. 지금껏 그는 한 번도 잘못된 선택을 한 적이 없었던 것이다.

"네, 그쪽에 참석하겠다고 연락하겠습니다."

"그래. 알렉스, 넌 엘과 헤어진 후 후회한 적 없었나?"

갑작스러운 질문에 알렉스의 얼굴이 어두워졌다. 후회라. 매 순간 후회하고 있었다. 그래서 엘을 볼 때마다 마음이 편치 않았다. 엘이 그에게 실망해 그를 외면하고 돌아서던 순간의 기억이 그의 발걸음을 묶어놓아 버린 것이다. 1년이란 시간이 흘렀지만, 알렉스는 그 순간에서 한 발자국도 앞으로 나아가지 못하고 있었다.

"오히려 다행이라고 생각합니다. 나 같은 남자를 떠난 엘에겐……."

처음으로 알렉스는 루한 앞에서 그의 감정을 숨김없이 드러냈다. 그 모습에 루한이 그의 어깨를 두드려 주었다.

"알아. 하지만 때론 지옥이지만 함께이길 원할 수도 있다는 사실을 잊지 말도록 해."

루한의 말에 알렉스의 눈빛이 생각이 많아진 듯 깊어졌다. 씁쓸하게 웃던 그의 입가에도 어느새 미소가 사라져 있었다.

똑똑!

"루한 님, 엘입니다. 들어가겠습니다."

엘이 문을 열고 서재로 들어서다 루한과 함께 있는 알렉스를 발견하곤 눈살을 찌푸렸다.

"이야기 중이셨다면 잠시 후에 오겠습니다."

"아니, 그럴 것 없어. 알렉스 그만 나가보도록 해."

알렉스의 어깨에서 손을 거둬들인 루한은 자리로 돌아가 앉았다. 알렉스 역시 서재를 나가기 위해 문 쪽으로 걸어갔다. 엘은 그런 알렉스를 외면한 채 루한에게 걸어갔다. 두 사람의 거리가 서서히 좁혀들었다. 그리고 두 사람의 어깨가 스치듯 서로를 지나쳤다.

움찔! 순간 엘은 알렉스 쪽으로 고갤 휙 돌렸다. 그가 그녀의 손등을 손으로 쓸어내린 것이다. 하지만 알렉스는 아무런 내색도 없이 서재를 나가는 것이 보였다. 엘은 그의 손이 닿았던 손등을 반대쪽 손으로 꾹 눌렀다. 의도적인 게 분명했다. 그 행동은 두 사람이 아직 결혼하기 전, 사람들의 시선을 피해 연애를 하던 시절 두 사람만의 암호였던 것이다.

"무슨 일이지, 엘?"

"아, 아무것도 아닙니다."

엘이 표정을 숨긴 채 루한에게 걸어갔다. 루한은 그런 엘을 굳은 얼굴로 올려다보았다.

"별일 없겠지?"

엘은 그 질문이 누구에 대한 것인지 단번에 알아차렸다. 지금 루한은 혜영에 대해 묻고 있었다. 순간 엘의 입매가 차가워졌다. 알고 있었다. 왜 루한이 그런 선택을 했는지. 하지만 화가 나는 것은 어쩔 수 없었다.

"잘 지내시고 계십니다."

엘은 야박하게 그 말 한마디로 모든 것을 대신했다. 고집스럽게 그를 바라보는 엘을 보며 루한은 작게 한숨을 내쉬었다.

"다행이군. 내가 왜 널 해고했는지 알고 있을 테지?"

"알고 있습니다."

"그래, 잊지 말도록 해."

"루한 님!"

"말하도록 해."

"잠을 주무시지 못하시는 것 같았습니다."

말하지 않을 생각이었다. 하지만 루한을 보자 엘은 결국 말을 할 수밖에 없었다. 루한의 잘생긴 얼굴에도 피곤한 듯 그늘이 져 있었다. 혜영만큼 루한 역시 힘든 시간을 보내고 있었던 것이다. 엘의 말을 들은 루한의 눈동자에 짙은 그늘이 내려앉았다.

"일에 열중한 보양이군. 말려놓은 허브를 가져가도록 해."

알고 있었다. 혜영이 왜 잠을 이루지 못하는지. 하지만 루한은 모르는 척했다. 그 모습에 엘의 눈동자가 안타까운 듯 흔들렸다.

"그만, 돌아가 보겠습니다. 허브는 제가 잘 전해 드리겠습니다."

인사를 끝으로 엘이 서재를 나가기 위해 돌아섰다. 그리고 문을 향해 걸어가 손잡이를 돌렸다.

"엘, 부탁할게. 믿을 사람이 너밖에 없어."

루한의 마지막 말에 엘이 그를 돌아보았다. 그리곤 강경한 모습으로 입을 열었다.

"루한 님 때문이 아닙니다. 제가 원해서입니다."

"그렇다면 더는 걱정할 필요 없겠군."

엘이 고갤 끄덕인 다음 밖으로 나가자 루한은 책상에 놓인 검은 상자를 어루만졌다.

사막의 별. 혜영에게 의뢰했던 보석이었지만, 혜영은 사막의 별을 가져가지 않았다. 그녀의 흔적이 모두 사라진 별채에 덩그러니 이 상자 하나만 남아 있었다. 그에 대한 마음을 잘라내듯, 그렇게 단 하나도 마음에 담지 않고 가버린 것이다.

"또다시 원점이군. 사막의 별이라……. 이것뿐인 건가?"

밤이 된 홍콩은 눈이 부시도록 화려했다. 아파트 난간에 기대 맥주를 마시며, 혜영은 어둠 속에서 빛나는 수천 개의 네온사인을 내려다보았다. 분명 예전이라면 이 아름다운 광경에 눈을 빼앗겼을 테지만, 혜영은 너무 복잡하단 생각이 들었다.

짙은 어둠 속에서 무수히 빛나던 별이 있고, 고요하게 흐르는 침묵이 있던 퀸즈 나이트 밤이 그리웠다. 그리고 저택에서 내려다 보이던 짙푸른 바다와 저녁 7시가 되면 하나둘씩 숲과 저택을 밝히며 켜지던 은은한 빛깔의 가로등 역시.

그리고 그 오솔길 끝, 가로등 아래 그가 서 있을 테지. 언제나 그렇듯 차갑고 무심한 얼굴로 바다를 보며 혼자 서 있을 테지. 아니, 이젠 아닐지도 모르겠군. 그의 곁을 지키고 있을 사람이 있을 테니까.

혜영은 들고 있던 맥주를 마셨다. 알싸한 맥주가 목을 타고 흘러내렸다. 끝을 모르고 질척대며 그에게 미련을 버리지 못해 그를 떠올리는 자신을 맥주의 싸한 맛으로 잊어버리길 원했다.

"엘? 엘도 같이……. 아, 맞다. 조금 전 첸의 아파트에 갔었지?"

아파트로 돌아와 샤워하고 나온 혜영은 엘과 함께 맥주를 마실 생각이었다. 하지만 첸이 엘에게 부탁할 것이 있다며 그녀를 부른 것이다. 첸의 집이 그녀의 바로 위층이라 가깝긴 했지만, 혜영은 자꾸 첸이 엘을 부르는 것이 마음에 들지 않았다. 사실 혜영은 요즘 이상하게 혼자 있는 시간이 견딜 수 없이 싫었다. 답답해 미칠 것 같았다. 소리라도 치고 싶었지만, 목이 꽉 막힌 듯 아무런 소리도 나오지 않았다.

"휴, 저 바람둥이가 순진한 엘을 홀라당 뒤흔들어 놓는 건 아니겠지?"

혜영이 위층 베란다를 쏘아보다 안 되겠다 싶었는지 직접 위층으로 올라가려는 듯 거실을 가로질렀다. 그리곤 문을 벌컥 열었다. 하지만 혜영은 문 앞에 서 있는 남자를 보곤 놀라 걸음을 멈출 수밖에 없었다. 혜영의 눈동자가 믿을 수 없다는 듯 깜빡이는가 싶더니 이내 얼음처럼 차가워졌다. 루한을 쏘아보는 검은 눈동자가 불쾌한 듯 찌푸려졌다.

"함께 살진 않는 모양이군."

순간 루한의 말이 첸을 말하는 것이란 걸 깨달은 혜영이 어이없는 얼굴을 했다. 뻔뻔하게도 그녀의 앞에 다시 나타난 루한을 보며 혜영의 얼굴은 차갑게 굳어졌다.

"내가 누구와 함께 살든, 당신관 전혀 상관없는 것 같은데요? 그리고 여긴 무슨 일이시죠?"

말이 송곳이 되어 그의 심장을 찔렀으면 좋겠다고 생각했다. 태연한 얼굴로 그녀 앞에 나타난 그가 평생 웃지 못하도록 그에게 상처 주고 싶었다. 지금 혜영은 자신의 안에 질투와 상실감이 만들어낸 못난 자신과 대면 중이었다. 그리고 그 성숙하지 못한 자아는 루한을 보며 공격할 준비를 마친 상태였다.

"잊은 모양이군. 내가 키라의 수석 디자이너에게 의뢰한 사막의 별……."

"당장, 꺼져요! 당신 따위 하나도 반갑지 않으니까."

입가에 냉소를 머금은 혜영이 그의 말이 끝나기도 전에 루한의 얼굴에 대고 문을 쾅 닫아버렸다. 문이 닫히기 전 보았던 루한의 당혹스러운 표정에 혜영은 싸움에서 승리라도 한 듯 만족감을 느꼈다. 말도 안 되는 헛소리였다. 이제 와 사막의 별을 들먹이며 자신을 찾아오다니. 혜영은 주먹을 꽉 쥐곤 닫힌 문을 쏘아보았다.

그 어느 때보다 냉정해야 했지만 손이 떨렸다. 화가 났다. 그녀 앞에 아무 일 없다는 얼굴로 나타난 루한의 뺨이라도 때려줄 걸 하는 아쉬움이 밀려들었다.

혜영은 부엌 냉장고로 걸어가 차가운 물을 꺼내 마셨다. 맥주를 마실까도 했지만, 가슴이 답답하고 울컥울컥 화가 치밀어 오른 상황에서 맥주를 마셨다간 정말 그의 뺨이라도 때릴 것 같았다.

물잔을 내려놓은 혜영이 현관문을 쏘아보았다. 조용했다. 문을 두드리지도 인기척을 내지도 않았다. 돌아간 모양이었다. 그녀를 귀찮게 하지 않아 다행이었다. 아니, 다행이어야 했다. 그런데…… 심장 한 부분이 또 서늘해졌다. 분노가 가시고 난 뒤 아쉬움이 밀려들었다. 이런 감정, 정말 싫었다. 미련을 떨쳐 내지 못하고 혹시나 하는 기대감. 정말…….

삐삐, 삐삐비빅!

게이트의 비밀번호를 누르는 소리가 들리는가 싶더니 문이 열렸다. 첸에게 갔던 엘이 이제야 돌아온 모양이었다. 혜영은 서둘러 복잡한 표정을 감추곤 현관으로 걸어갔다.

"왔어? 그나저나 첸은 엘을 왜 부른 거야? 자꾸 그렇게 불러대면……."

문을 연 엘이 안으로 들어오지 못하고 망설이고 있었다. 혜영을 바라보는 표정 역시 몹시도 난처한 모습이었다. 혜영은 하던 말을 멈추곤 엘을 바라보았다.

"왜?"

설마? 아직 돌아가지 않은 건가?

"저기, 문밖에 손님이……."

엘의 말이 끝나기도 전에 현관문이 더 열렸다. 그리곤 간 줄 알았던 루한이 모습을 드러냈다. 본능적으로 싸움을 준비하는 파이터처럼 혜영은 주먹을 움켜쥐었다. 그리곤 최대한 감정을 담지 않은 채 그를 바라보았다.

"돌아간 것 아니었나요?"

"사업에서 계약을 위해 상대방을 기다리는 일 같은 건 많아. 특히 중요한 일일수록 더 그렇지."

루한은 그 말을 증명이라도 하는 것처럼 들고 있던 검은색 상자를 혜영에게 보여주었다. 혜영 역시 그 상자 안에 무엇이 들어 있는지 알고 있었다.

사막의 별. 그가 그녀에게 의뢰했던 바로 그 보석이었다. 물끄러미 상자를 응시하던 혜영이 전혀 관심 없다는 얼굴을 했다.

"전, 그 일을 계속할 마음이 없어요. 그러니 괜한 헛수고 마시고……."

"키라는 구두로 한 계약 같은 건 무시하는 모양이군. 구두지만 계약은 계약. 신용이란 사업가가 당연히 지켜야 할 미덕일 텐데 말이야."

루한의 말에 혜영은 주먹을 꼭 쥐었다. 알고 있었다. 지금 그가 그녀를 자극하고 있다는 것을. 그녀를 자극해 그가 쳐놓은 덫으로 유인 중이란 것도. 하지만 키라를 들먹이며 사업가의 자질을 운운하는 루한을 보자 참을 수 없었다.

"좋아요. 사막의 별은 받겠어요. 그 계약 역시 이행하겠어요. 그럼 된 거죠?"

"계약을 이행해 준다니 다행이군."

"그럼, 이제 돌아가 주세요. 다 만들어진 후 연락드리죠."

혜영이 그에게 다가가 그의 손에 있는 상자를 향해 손을 뻗었다. 하지만 루한은 그녀에게 상자를 내줄 생각이 없는 듯 다시 주머니 안으로 밀어 넣는 게 보였다. 그의 행동에 혜영은 미간을 찌푸렸다.

"지금 뭐 하시는 거죠?"

"당연히 사막의 별을 가져가려는 거야."

"뭐라구요? 분명 조금 전엔……."

"맞아. 당신에게 의뢰를 했지. 하지만 사막의 별은 고가의 보석이야. 이렇게 보안도 되지 않는 허술한 아파트에 놓고 갈 순 없지 않을까? 만약, 잃어버리기라도 한다면 큰일이니까."

대체 뭐 하자는 거지? 그렇담 처음부터 사막의 별을 가져오지 말았어야 했다. 혜영이 차가운 눈으로 그를 쏘아보았지만, 루한의 표정은 아무런 변화도 없었다. 오히려 화를 내며 조급하게 입을 연 사람은 다름 아닌 혜영이었다.

"그럼 어떻게 하겠다는 거죠? 보지 않고 디자인을 할 순 없어요."

"알아. 당신이 어떤 방식으로 영감을 떠올리는지."

그의 대답에 혜영의 입매가 굳어졌다. 그를 보는 눈빛 역시 서늘해졌다. 아무렇지도 않게 두 사람 사이에 있었던 일을 언급하는 그를 이해할 수 있었다. 그리고 그 말에 자꾸만 흔들리는 자신 역시.

"내가 키라의 작업실로 갈까? 아니면, 이곳으로 올까?"

"그게 무슨 말이죠?"

"내일부터 내가 직접 사막의 별을 가지고 당신에게 오겠다는 뜻이야."

"뭐라구요?"

"내 보석은 내가 지키겠다는 뜻이야. 그러니, 내일부터 어디로 가면 되지?"

그의 눈동자가 빛나고 있었다. 혜영은 그를 보며 대체 그가 왜 이러는지 생각하기 위해 안간힘을 썼다. 하지만 혜영은 짐작조차 할 수 없었다. 내게 왜 이러는 건지. 따져 묻고 싶었다. 하루하루 가 숨 쉬기도 힘들 만큼 아픈데, 내일부턴 아예 그녀를 찾아오겠 다고 말하는 루한에게 당장 꺼지라고 소리치고 싶었다. 하지만 혜 영은 목까지 올라온 말을 꾹 눌러 참았다. 옆에서 엘이 지켜보고 있었고 자존심 때문에 말을 삼켰다. 그나마 다행인 것은 혜영 앞 에 서 있는 루한은 냉정한 사업가의 얼굴이란 사실이었다. 그녀와 한 계약. 그 이상도 이하도 아닌 관계.

혜영은 냉정함을 되찾았다. 그래, 사막의 별만 생각하자. 그리 고 사막의 별 앞에 붙게 될 키라의 명성만 생각하는 거야. 그를 이 용해, 키라를······.

"작업실로 오세요. 그럼, 이제 돌아가 주세요. 피곤하군요."

혜영은 루한이 돌아가는 것을 확인하지 않은 채 거실을 가로질 러 그녀의 방으로 들어가 버렸다. 혜영이 들어가 버리자 현관에 감돌던 팽팽한 냉기가 서서히 누그러지기 시작했다. 엘은 굳게 닫 힌 혜영의 방을 물끄러미 바라보는 루한을 보며 작게 한숨을 내쉬 었다.

"루한 님!"

"내가 너무 끈질겼나? 여자들은 이런 남잘 싫어한다고 하더군."

"싫어하죠. 아무런 이유도 말해주지 않은 채 먼저 밀어내 놓곤, 뒤늦게 찾아와 사과나 그 어떤 해명도 없이 막무가내로 들러붙는 남자. 소름 끼치게 싫어할 겁니다."

엘의 솔직한 대답에 루한이 미간을 찌푸렸다.

"내 곁을 떠나더니 건방져졌군. 말도 거칠고."

"솔직해진 것뿐입니다."

엘의 대답에 루한이 어이없는 표정을 했다. 하지만 그녀의 태도가 싫지 않은 모습이었다.

"어렸을 때랑 똑같군. 당돌한 꼬마였는데 말이야."

"제가 그랬습니까?"

"루한 님이라고 부르기 전까지, 나와 결혼하겠다고 따라다녔었지."

순간 엘의 눈동자가 놀라움으로 커졌다. 그리곤 당혹감으로 다음 말을 잇지도 못한 채 루한의 시선을 피했다. 그 모습을 보며 루한이 피식 웃었다.

"엘, 난 그때의 엘이 가장 좋아. 지금도 널 캐롤라인과 똑같이 생각하고 있거든."

"아, 전……."

"그렇다고 너와 결혼하겠단 의민 아니니까 그렇게 긴장할 것 없어."

루한의 농담에 어느새 엘의 입가에도 미소가 떠올랐다.

"저 역시 당장 루한 님이란 호칭 대신 오라버니라고 부르지 않을 테니, 긴장 푸십시오."

두 사람의 입가에 동시에 미소가 떠올랐다.

"너무 오래 걸리진 마십시오. 시간이 길어지면 지칠 테고, 지치다 보면 원망하게 될 테니까요."

"그래, 너무 늦지 않게 오도록 하지."

늦지 않게……

퀸즈 나이트 선착장에 내린 루한은 저택으로 가는 대신 무작정 걷기 시작했다. 저택에선 분명 알렉스가 그가 돌아오길 초조한 표정으로 기다리고 있을 테지만, 지금 그는 혼자 있고 싶었다. 루한은 저택의 반대쪽으로 난 해안가의 길을 따라 걷기 시작했다. 퀸즈 나이트의 모든 곳이 그의 머릿속에 있었고, 이 길 역시 익숙했다. 덴마크의 집보다 그에게 유일한 휴식처인 진정한 의미의 집은 바로, 이곳 퀸즈 나이트였던 것이다.

하지만 어둠 속을 걷고 있는 동안, 루한은 자신이 전과 같지 않음을 깨달았다. 발걸음이 어느 한 지점에서 멈췄다. 머릿속은 물론 마음에 극심한 공허가 찾아들었던 것이다. 고요하고 평온한 이 침묵이 마음에 들지 않았다. 당장에라도 벗어나고 싶을 만큼 답답해 미칠 것 같았다. 이곳을 벗어나 혜영이 있는 곳으로 가고 싶었다. 어느새 그에게 다시없을 낙원이었던 이곳이 감옥처럼 느껴졌다.

"젠장!"

루한은 알고 있었다. 함께 있다는 설렘이 얼마나 달콤한지. 그리고 그를 향해 웃던 그녀의 미소와 따뜻한 손길이 그에게 어떤 영향을 미치는지도 너무도 잘 알고 있었다. 그래서였다. 일주일 동안 견디고 견디다 결국 참아내지 못한 그가, 알렉스의 만류에도 혜영을 찾아가고 말았다.

지난번, 인터뷰를 통해 그에 관한 이야기가 기사화되었다. 그리고 그 후부터 그의 일거수일투족을 감시하는 파파라치가 매 순간 따라붙었다. 자칫 방심했다간 언제 어디서 커다란 스캔들에 휘말릴지 알 수가 없었다.

사실 그가 극도로 싫어하는 기자와 인터뷰를 한 데는 그만한 이유가 있었다. 원치 않는 일이었지만, 그 누구의 의심도 없이 혜영을 만나기 위해선 꼭 필요한 일이었다.

인터뷰에서 루한은 존더부르크 가문이 소유한 사막의 별을 키라의 수석 디자이너에게 세공을 의뢰했으며, 키라에서 완성된 사막의 별은 앞으로 존더부르크 가문의 안주인들에게 대대로 물릴 가문의 보물이 될 것이라고 언급했다. 이로써 키라는 존더부르크가가 선택한 유일한 보석회사가 된 것이다.

캐롤라인의 목걸이와 자신이 갖고 있던 만년필 역시 키라의 브랜드를 알리는 효과도 있었지만, 그가 키라의 수석 디자이너를 만나는 데 다른 의문을 제기할 수 없도록 하기 위해서였다. 무엇보다 당분간은 블리스 총리와 존더부르크 가의 시선에서 혜영을 보호할 수 있을 테니까.

루한은 씁쓸하게 웃었다. 아무도 그를 붙잡지 않았지만, 발이 묶인 듯 제자리에 서 있는 자신을 보며 루한은 더는 혼자 걷지 못할 것 같았다. 그에게 이젠, 혜영이 필요했다.

찰칵! 한순간, 어둠 속에서 빛이 터져 나왔다. 그리고 그 빛을 통해 루한은 해안도로 끝에 서 있는 샤론을 볼 수 있었다.

"지금 뭐 하는 거지?"

화가 난 루한이 서둘러 샤론에게 다가갔다. 그리곤 그녀가 들고 있던 카메라를 거칠게 빼앗아 들었다.

"놔줘요. 아프다구요!"

"왜 내 사진을 찍었는지 물었어. 왜 이 시간에 퀸즈 나이트를 찍은 거지?"

샤론은 붙잡힌 손목이 너무 아파 눈물이 날 정도였다. 하지만 화가 난 루한은 그녀의 손을 놓아줄 생각이 없는 모양이었다.

"누군지 알기 위해서 그랬어요."

"뭐?"

"저 역시 이 늦은 밤에 이곳에 나타난 사람이 누군지 알고 싶어서였어요. 그리고 만약 누군가 이 섬에 침입한 사람이 있다면, 사진을 찍어 증거를 남길 수 있으니까."

샤론은 카메라의 플래시를 통해 얼굴을 확인하기 위해서였다고 설명했다. 하지만 여전히 루한은 그녀를 믿지 않는 듯 보였다.

"알렉스가 당신은 초저녁부터 잠이 들었다고 했어요. 산책을 나와 사진을 찍다 보니 벌써 12시가 넘은 시각이라 돌아가려는데 발소리가 들렸어요. 선착장에 배가 들어오는 것도 보였고. 그래서 침입자일지도 모른다고 생각한 거예요."

그제야 루한이 샤론의 손을 놓아주었다. 그러자 샤론은 다른 손으로 그가 붙잡았던 손목을 감싸 쥐며 그를 쏘아보았다. 분명 플래시가 터지는 순간, 자신의 얼굴을 확인했을 루한이었다. 그런데 이렇게 인정 사정 없이 그녀의 손목을 붙잡다니.

"당신은 왜 사진을 찍고 있었던 거지?"

"좋아하니까요."

"뭐?"

"사진 찍는 걸 좋아해요."

루한이 그제야 샤론에게서 빼앗은 카메라를 들어 그녀가 찍은 사진들을 확인하기 시작했다. 그런데 특이하게도 그녀가 찍은 사진은 다 어둠이었다. 밝기와 색의 차이는 있었지만, 모두 똑같은 짙은 어둠이었다.

"똑같은 사진을 이렇게 많이 찍다니. 정말, 당신은 특이한 사람이군."

루한의 말에 샤론이 자존심이 상한 듯 그의 손에서 카메라를 빼앗듯 가로챘다. 그리곤 루한을 한심하다는 듯 쏘아보았다.

"이건 똑같은 사진이 아니에요. 빛과 어둠의 정도를 계산해서 찍은, 모두 다른 사진이라구요. 그리고 이건, 저쪽 하늘을 찍은 것이에요. 또 이 사진은 여기 바다를 찍은 것이구요. 어떻게 이런 사진을 보고 다 똑같다고 할 수 있죠? 당신 눈은 분명, 작품을 볼 줄도 모르는……."

"문외한이지. 하지만 알겠군. 당신이 얼마나 사진 찍는 걸 좋아하는지는."

그제야 샤론이 표정을 풀곤 그를 바라보았다. 대체 어딜 다녀온 걸까? 알렉스는 그녀에게 할 필요도 없는 거짓말까지 했다. 그리고 루한은 배를 타고 섬을 나갔다가 이제야 돌아온 것이다.

"네, 좋아해요."

"그렇다면, 본격적으로 사진을 공부하는 건 어때? 분명 내 기억에 당신은 정치학을 공부했다고 들었거든."

"아버지께서 허락하지 않으실 거예요. 사실 덴마크로 돌아가면, 아버지 밑에서 일하게 될 예정이거든요. 그 조건으로 처음이자 마지막으로 이 여행을 허락해 주신 거예요."

이해할 수 있었다. 루한 역시 샤론과 같았으니까. 그가 하고 싶은 것은 배로 세계를 여행하는 것이었지만, 갑작스러운 부모님의 죽음으로 존더부르크의 수장이 된 것이다.

"그래? 어쩐지. 당신 같은 사람이 혼자 여행을 다니다니. 다 이유가 있었군."

"네. 그리고 아버지께서 이 여행을 허락한 또 다른 이유는 당신 때문이죠. 이번 기회에 퀸즈 나이트에 있으면서 당신의 혼을 쏙 빼놓기를 바라실 거예요. 하지만……."

밤도둑처럼 섬을 빠져나갔다 돌아오는 루한을 보자, 그건 이미 틀렸다는 사실을 알 수 있었다. 그런데 왜 실망스럽지 않은 걸까? 샤론은 지금 자신의 감정을 이해할 수 없었다.

"날 캐롤라인의 손님으로 생각하는 당신을 보니 힘들 것 같고. 그래서 난 최대한 당신을 이용하는 중이에요. 당분간 내가 누릴 자유를 최대한 길게 하기 위해서요."

샤론의 말에 루한이 미간을 찌푸린 채 그녀를 내려다보았다. 처음으로 솔직히 자신의 감정을 드러낸 샤론을 보자 루한은 경계심이 조금 누그러지는 기분이었다. 지금 샤론은 블리스 총리의 딸이 아니라, 샤론 블리스란 사람으로 그 앞에 서 있었던 것이다.

"좋도록 해. 난 상관없으니까."

"고마워요. 대신, 저 역시 당신의 비밀 하나를 눈감아줄 테니, 필요하면 말해요."

샤론이 무엇을 두고 말하는지 루한 역시 알 수 있었다. 하지만 루한은 눈치채지 못한 척했다. 대신 그 순간, 그의 머릿속에 수많은 생각이 스쳐 지나가고 있었다.

"필요하면 말하도록 하지. 그럼, 들어갈까? 너무 늦었군."

잠이 오지 않았다. 침대에서 계속 뒤척이던 혜영은 결국 자리에서 일어나 방을 나왔다. 거실을 지나, 냉장고로 간 혜영은 컵에 우유를 붓고 따뜻하게 데웠다. 따뜻한 우유라도 마시면 잠이 들까 하는 기대 때문이었다. 그때 그녀의 인기척을 들었는지 엘이 방에서 나오는 것이 보였다.

"잠을 주무시지 못한 모양이군요."

"응, 우유를 마시면 좀 괜찮을까 해서."

"기다리세요. 제가 캐모마일 티를 준비해 드릴게요."

"아니야. 그럴 필요 없어, 엘."

혜영의 만류에도 엘은 퀸즈 나이트에서 가져온 말린 허브를 꺼냈다. 그리곤 뜨거운 물을 잔에 붓고 캐모마일 잎을 넣었다. 순식간에 허브에 특유의 향이 공기 중으로 퍼지기 시작했다. 그러자 혜영의 입가에 미소가 떠올랐다.

"고마워. 이런 부분까지 세심하게 신경 써줘서."

"아닙니다. 이 허브 퀸즈 나이트에서 가져온 겁니다."

"그래? 루한이 싫어할 텐데……."

혜영이 찻잔을 받으며 조금은 걱정스러운 얼굴을 하자 엘이 고개를 가로저었다.

"루한 님께서 직접 주신 것이니 신경 쓰실 필요 없습니다."

루한이 줬다고?

"그래? 그렇다면야……."

혜영은 차를 건네받은 후 마시는 대신 유리잔 안에서 연두색으로 변한 찻물을 내려다보았다. 겨울을 지나, 봄날 눈 속에서 피어난 새싹의 상큼함이었다. 아니, 이른 새벽 초록의 나뭇잎 위에 맺힌 이슬을 내려다보았을 때의 영롱함이기도 했다. 일주일 동안 잠도 이루지 못한 채 버석해진 혜영의 심장을 촉촉이 적시는 습기이기도 했다.

혜영은 천천히 하얀 김이 모락모락 나는 차를 마셨다. 욱신! 또다시 아릿한 아픔이 밀려들었다. 마음을 다잡아야 했다. 내일부터 루한을 다시 보아야 했고, 그 앞에서 그녀의 마음을 들키고 싶지 않았다. 루한 때문에 혼란스럽고 답답해 잠도 자지 못하고 있다는 것을 알리고 싶지 않았다.

"혜영 님, 괜찮으십니까?"

엘의 목소리는 다정했다. 그녀의 어깨를 두드리듯 따뜻한 감정이 묻어 있었다.

"엘, 이상해. 머리와 마음이 다를 수가 있다니. 무지 밉고, 싫은데……."

보고 싶었다. 내일부터 그를 볼 수 있다는 사실에 설레고 있었다.

"……싫어."

이런 모순된 내 자신이…….

"지난번 제가 처음 혜영 님을 뵈었을 때 드렸던 말, 기억하십니까?"

혜영이 고갤 들었다. 그리곤 엘이 했던 말을 떠올리려는 듯 미간을 찌푸렸다.

"응, 기억나."

보는 것이 다가 아니라고 했었다. 그 누구도 아닌, 루한의 말을 믿으면 된다고.

"다행입니다, 잊지 않고 계셔서."

혜영은 엘을 보며 토마스 풀러가 한 말을 떠올렸다.

"보는 것은 믿는 것이지만, 느끼는 것은 진실이 된다. 엘은 지금 나에게 그 말을 하고 싶은 거야?"

"네."

혜영은 엘을 말없이 응시했다. 보이는 것이 아니라 느끼는 것이 진실이라니. 혜영이 느끼는 것. 만약 그것이 진실이라면, 혜영은 루한을 사랑했다.

그날 밤, 혜영은 그녀가 루한을 사랑하고 있다는 것을 깨달았다. 그리고 너무도 큰 격정에 자신도 모르게 사랑한다고 말해 버린 것이다. 다음 날 아침, 그에게서 떠나달라는 말을 들었을 때, 혜영은 그가 한국어를 모른다는 사실에 안도했다. 자존심만은 지킬 수 있었으니까. 하지만 여전히 비참했다. 너무도 아팠고, 그를 사랑하게 되어버린 자신이 너무도 한심하게 느껴졌다.

하지만 오늘, 그녀의 아파트에 나타난 루한을 보며 혜영은 또다시 혼란스러웠다. 처음엔 그의 뻔뻔함에 어이가 없었지만, 내일 다시 오겠다며 돌아서던 그의 눈빛이 심장을 두드렸다.

느끼는 것이 진실이라면…… 느끼는 대로 행동하면 되는 걸까?

그를 믿고, 아니, 내 느낌을 믿고서.

키라의 작업실 책상에 앉아 있는 혜영은 잔뜩 긴장 탓인지 손바닥에 땀이 맺혔다. 뺨이 얼얼했고, 이어 입술 역시 바짝 말랐다. 바짝 마른 입술을 혀로 축이다 그의 시선에 놀라 혜영은 입술을 꼭 깨물었다. 결국, 참다못한 혜영은 불쾌한 얼굴을 했다.

"그만 쳐다보세요. 할 일이 그렇게 없나요?"

혜영은 맞은편 소파에 앉아 있는 루한에게 차갑게 말했다. 약속대로 그는 키라의 작업실로 사막의 별을 가지고 왔고, 지금 작업대에 앉아 스케치에 열중하고 있는 혜영을 바라보았다. 그것도 대놓고, 보란 듯이 그녀의 얼굴을 시작으로 드러난 목덜미며 작업복 아래 숨겨진 가슴에 이르기까지 그의 시선이 천천히 훑어 내렸던 것이다. 명백히 그녀의 작업을 방해하겠다는 의도를 품고 있었고, 그녀에 대한 그의 감정 또한 숨기지 않았다.

"난 지금 그 어느 때보다 집중해서 일하고 있으니까, 신경 쓸 필요 없이 어서 작업하도록 해."

일이라고? 지금 그의 눈에 담긴 건 분명 남자가 여자를 바라보는 노골적인 시선이었다. 그런데 그게 일이라고 말하는 루한을 보며 혜영의 입가에 차가운 냉소가 어렸다.

"그 일이라는 게 설마, 날 감시하는 건가요?"

"감시라고 하니 너무 삭막하군. 난 그저 지켜보고 있는 거야. 사막의 별이 당신 손에 의해 다시 태어나는 모습을. 사실, 지금 이 순간이 존더부르크 가문에겐 역사적인 순간이 되지 않을까 생각하고 있어."

혜영은 눈을 가늘게 뜨곤 루한을 쏘아보았다. 그녀를 바라보던 눈빛과는 달리 그는 너무도 진지했다. 그래서인지 혜영은 그가 자신을 더 놀리는 것만 같았다.

사실 사막의 별이란 보석이 갖은 희귀성과 가치를 따진다면, 당연히 일리 있는 말이었다. 또한 그가 했던 인터뷰 내용을 되짚어 본다면, 앞으로 존더부르크 가문의 안주인에게 물려줄 보석이기도 했다. 개인적으로도 지금 이 순간이 그에겐 큰 의미였던 것이다.

하지만 왜 이렇게 답답한 걸까? 자꾸만 그에게 화가 나 당장에라도 이 일을 그만두고 싶었다. 가능하다면 약속을 뒤엎고 싶었다. 그녀가 직접 만든 목걸이를 루한이 그의 신부에게 준다고 생각하자, 자꾸만 심장이 옥죄어왔다. 혜영은 자신의 감정을 숨긴 채 최대한 차가운 목소리로 말했다.

"그걸 믿을 것 같아요?"

혜영이 눈을 흘기며 그를 쏘아보자 루한의 입가에 미소가 떠올랐다. 그가 키라의 작업실에 들어온 순간부터 3시간이 지난 지금까지, 혜영은 그에게 눈길조차 주지 않았다. 그가 건네는 인사에도 대답조차 하지 않았다.

"그럼 당신은 내가 뭘 했다고 생각하는 거지?"

"당연히 날……."

혜영은 그에게 휘말리는 느낌이 들자 하던 말을 멈췄다. 서늘한 눈매가 장난기로 반짝이고 있었다. 3시간 동안 말없이 그녀를 물끄러미 바라보던 그의 눈동자는 바람 한 점 없는 바다 같았다. 그런데 그녀의 한마디에 그의 눈동자가 빛나고 있었다. 햇빛에 반짝이는 파도의 그것처럼 생동감이 느껴졌다.

"당신의 입술을 보고 있었다고 생각한 모양이군. 그리고 길고 섬세한 목덜미며, 또 봉긋한……."

"그만해요. 직접 말하지 않아도 당신이 어딜 보고 있었는지 알고 있으니까요."

혜영이 샐쭉한 표정으로 다시 책상 위의 스케치북으로 고갤 돌렸다. 그리곤 오전 내내 스케치한 디자인을 내려다보았다. 혜영은 100캐럿의 다이아몬드를 중심으로 작은 별들을 그려 넣었다. 그리고 별 옆엔 달을 그려넣었다. 초승달에서부터 반달, 그리고 보름달까지. 검은 밤하늘을 수놓는 별 옆에 밤을 구성하는 요소들을 차례차례 넣었다. 그러자 어느새 스케치북엔 사막의 별이 북극성이 되어 아름답고 신비로운 사막의 밤이 완성되어 있었다.

그가 자리에서 일어서 그녀에게 다가오는 것이 느껴졌다. 그녀의 등 뒤에 선 루한은 고갤 숙여 스케치북을 물끄러미 내려다보았다. 조금 전까지 장난스럽게 반짝이던 눈동자는 어느새 진지하게 변해 있었다. 이내 찬탄의 빛이 어리더니, 급기야 스케치북을 집어 들었다.

"밤이군. 퀸즈 나이트의 밤."

순간 혜영은 심장이 덜컥 내려앉는 느낌이었다. 분명 사막의 밤을 이미지로 형상화한 디자인이었다. 하지만 어느새 그녀가 그린 디자인은 사막이 아닌 퀸즈 나이트의 밤하늘이 되어 있었던 것이다.

"퀸즈 나이트의 밤이 아니라 사막이에요. 사막의 별이니까……."

당황한 혜영이 변명하듯 자신의 그림에 대해 설명하기 시작했다. 하지만 루한은 그녀의 설명을 듣지 않는 것 같았다. 그의 시선은 스케치북에 고정된 채 디자인을 홀린 듯 바라보고 있었다.

"아니, 이건 퀸즈 나이트의 밤이야. 섬을 가득 채운 가로등과 산책로. 그리고 당신과 함께 보았던 별과 달이 분명해."

"그런 게 아니라고 했잖아요. 이건, 분명 사막……."

루한이 스케치북에서 시선을 뗀 후 혜영을 내려다보았다. 혜영 역시 루한이 말할 때까지 그 사실을 알아채지 못한 모양이었다. 그리고 그의 말을 듣는 순간, 덜컥 심장이 내려앉았겠지. 처음엔 사막의 밤을 그리기 위해 시작했겠지만, 어느새 혜영 자신이 퀸즈 나이트의 밤을 그리고 있었다는 것을 말이다.

"이 디자인으로 결정하지."

루한은 두 번 생각할 필요도 없다는 듯 혜영을 내려다보았다. 혜영은 마음에 들지 않았다. 하지만 클라이언트가 마음에 든다고 한 이상, 따를 수밖에 없었다.

"좋아요. 그럼 디자인도 결정되었으니 더는 작업장에 올 필요 없을 테죠?"

혜영이 그의 손에서 스케치북을 받아 들었다. 그러자 루한이 무슨 소리냐는 표정으로 고갤 가로저었다.

"무슨 소릴 하는지 모르겠군. 내일부턴 이 디자인대로 퀸즈 나이트 밤이 완성되는 걸 지켜볼 생각이거든. 이제부터가 본격적인 작업이 될 것 같군."

"퀸즈 나이트 밤이 아니라, 사막의……. 휴!"

혜영은 작게 한숨을 내쉬며 더는 말하지 않는 쪽을 택했다. 한

나절 만에 디자인이 결정되어 그를 더는 보지 않아도 된다고 생각했었는데, 오히려 그는 이제부터가 본격적인 시작이라고 말하고 있었다.

"좋아요. 제목이 어떻든 그건 소유자의 마음일 테니까요. 그럼, 오늘 작업은 이쯤 해서 끝내죠. 내일부터 이 목걸이에 들어갈 보석들을 고르고 세공하려면 준비를 해야 할 것 같거든요."

"그럼 내일 보도록 하지."

너무도 순순히 루한이 돌아갈 준비를 하기 시작했다. 조금 전 그가 앉아 있던 의자에서 외투를 집어 들고는 혜영을 돌아보지도 않고 작업실 문을 열었다. 그러자 밖에서 대기 중이던 알렉스가 그의 외투를 받아 들었다. 이어 알렉스의 시선이 루한의 너머 혜영에게 멈추는가 싶더니 이내 고갤 돌리는 것이 보였다.

"이제 돌아가시는 모양이군요. 함께 점심이라도 드시면 어떨까 해서 왔었는데……."

아마 점심때가 되었음을 알리기 위해 첸이 온 모양이었다.

"점심은 돌아가서 먹어야 할 것 같아서. 선약이 있거든."

"그러시군요. 그럼 내일 뵙겠습니다."

첸에게 고갤 끄덕여 인사를 건넨 루한이 복도를 지나쳐 가버렸다. 그리고 그 뒤를 알렉스가 따랐다. 그가 문을 빠져나가자 첸이 작업실 안으로 들어왔다.

"선약이라면, 블리스와 한 것이겠지?"

"그럴 테지."

혜영이 태연한 표정으로 책상 위를 정리하기 시작했다. 그러자 첸은 그런 혜영을 걱정스러운 눈으로 바라보았다.

"지금에라도 하지 않겠다고 거절해. 내가 뒷일은 알아서 해결할 테니까."

"아니야, 그럴 필요 없어. 오늘 디자인이 결정되었으니, 최대한 빨리 완성하면 돼. 박람회에 출품할 작품은 차질 없는 거지?"

"걱정 마. 문제없이 잘되고 있어. 박람회 전까지 날짜를 맞출 수 있을 거야."

"내가 해야 하는데, 고마워."

"넌, 사막의 별에만 집중해. 어쩌면 그 작품이 우리 키라에 있어서 중대한 전환점이 될 테니까."

첸은 무척이나 들떠 있었다. 루한과 했던 계약에 대해 들었을 때, 첸의 눈동자엔 흥분과 기쁨으로 빛나고 있었던 것이다. 그리고 첸의 말처럼 이번 일이 키라와 그녀의 인생에서 중대한 전환점이 될 것이란 사실 역시 동감이었다.

하지만 하나도 기쁘지 않았다. 묵묵히 심장의 욱신거림을 견디며 디자인에 집중한 결과는 너무도 참담했다. 그를 거부하고 모르는 척 외면해도, 그녀의 마음은 그에게 닿아 있었다. 그렇게 그녀는 퀸즈 나이트 저택에서 본 밤하늘을 그려 버린 것이다.

"첸! 난 그만 들어갈게. 디자인에 들어갈 보석들을 고르고 필요한 물건들을 사려면 서둘러야 할 것 같거든."

"그래, 이쪽 일은 내가 알아서 할 테니까 그만 들어가 봐."

첸의 대답에 혜영은 옆에 놓아둔 가방을 들었다. 그리곤 피곤한 듯 손끝으로 머릴 꾹꾹 누르며 작업실을 나섰다. 그와 함께 있는 동안 그의 시선을 너무 의식한 탓인지 머리가 다 욱신거릴 지경이었다. 혜영은 내일 또 그를 만날 생각을 하자 복잡한 마음이었다.

잘해낼 수 있을까? 버틸 수 있겠지?

퀸즈 나이트 선착장에 배가 도착했다. 캐롤라인은 착잡한 표정으로 배가 선착장에 닿는 것을 지켜보고 있었다. 한 번도 오빠 루한의 이런 모습을 본 적 없었다. 어제저녁엔 알렉스에게 거짓말까지 시켜가며 몰래 외출하더니, 오늘은 그것도 모자라 아침 일찍 또 홍콩 본토로 나간 것이다.

믿을 수 없었지만, 캐롤라인은 오빠 루한에게 무슨 일이 생겼다는 것을 직감적으로 느낄 수 있었다. 무엇보다 루한이 가장 싫어하는 것 중 하나인 기자와 인터뷰까지 하다니. 의문을 불러일으키는 일들이 한둘이 아니었다.

배가 멈췄다. 잠시 후, 알렉스가 배에서 내리는 것이 보였다. 캐롤라인은 차분한 모습으로 루한이 나오길 기다렸다. 하지만 응당 함께 있어야 할 루한은 보이지 않았다. 설마, 알렉스 혼자만 돌아온 건가? 그렇다면, 오빠는?

"알렉스! 오빠, 어디 있죠? 왜 함께 오지 않은 건가요?"

캐롤라인이 알렉스에게 다가서며 금방이라도 배 안을 수색할 것처럼 고갤 들어 배 쪽으로 고갤 길게 뺐다. 그러자 알렉스가 난처한 얼굴을 했다.

"알렉스, 오빠 어디 있는 거죠?"

알렉스를 바라보는 캐롤라인의 표정은 이젠 잔뜩 굳어 있었다. 알렉스는 그런 캐롤라인을 보며 최대한 아무 일 없다는 듯 웃어 보였다.

"아직 본토에서 해야 할 일이 남아 있다고 해서, 나 먼저 들어왔어. 아마, 곧 들어올 거야."

알렉스의 말에도 캐롤라인은 믿지 않는 기색이 역력했다. 그녀는 눈을 가늘게 뜨곤 심각한 얼굴로 알렉스를 올려다보고 있었다. 그리곤 그 어느 때보다 진지한 목소리로 말했다.

"알렉스, 말해줘요. 이제 저 역시 어린아이가 아니니까. 오빠에게 무슨 일이 생긴다면 존더부르크 가의 안주인으로서 오빠를 도와야 한다고 생각해요. 어젯밤과 오늘 대체 무슨 일이죠? 누굴 만나러 본토로 나간 거죠?"

알렉스는 조금은 긴장한 듯 굳은 얼굴로 서 있는 캐롤라인을 보며 작게 한숨을 내쉬었다. 그를 다그치며 사실을 말하라고 소리치는 캐롤라인을 보자 그녀 역시 존더부르크 가문의 사람임을 새삼 느낄 수 있었다.

"캐롤라인, 진정해. 그리고 네가 걱정할 일 같은 건……."

"그러니까 말해줘요. 내가 듣고 판단할 테니까요."

사실 루한이 퀸즈 나이트에 돌아오면 물을 생각이었다. 하지만 지금 캐롤라인은 오히려 다행이란 생각이 들었다. 알렉스의 머뭇거리는 표정 하며, 쉽게 입을 열지 못하는 모습을 보자 뭔가 단단히 잘못되었음을 느낄 수 있었던 것이다.

"혹시 오빠에게 여자가 있는 건가요?"

"응?"

놀란 듯 눈을 가늘게 뜨는 알렉스의 반응에 캐롤라인은 자신의 생각이 맞는다고 확신했다.

"여자가 맞는 모양이군요."

정말 루한에게 여자가 생긴 모양이었다. 그것도 밤낮을 가리지 않고 만나러 갈 만큼 푹 빠진 여자가. 설마 사랑하는 건 아니겠지? 순간, 캐롤라인의 미간이 찌푸려졌다. 만약 그렇다면 문제가 복잡했다. 우선 퀸즈 나이트에 머물고 있는 샤론이……

"누군지 알렉스는 알고 있을 테죠? 말해줘요."

"캐롤라인, 루한이 원치 않을 거야. 이건 어디까지나 루한의 사생활이니까."

"하지만 오빠의 사생활 때문에 오빠가 궁지에 몰리는 일이 생긴다면 어떡할 거죠? 그분들은…… 오빠가 당연히 샤론과 결혼할 거로 생각하고 있어요. 그런데 이 중요한 시기에 여자라니. 심각한 건 아닐 테죠?"

아니어야 했다. 항상 그랬던 것처럼, 루한에겐 중요하지 않은 존재여야 했다. 하지만 불안했다. 캐롤라인은 초조함에 주먹을 꼭 쥐었다.

"심각이란 단어의 의미를 난 잘 모르겠군. 네 기준에서 심각이란 건 어떤 거지?"

캐롤라인은 다 알고 있으면서 이 상황을 방관하려는 알렉스를 차갑게 쏘아보았다. 분명 그녀가 뭘 걱정하는지 알렉스는 알고 있었다. 루한이 10년 동안 고군분투한 결과 이제야 캐롤라인이 언급한 그분들에게 인정을 받고 있다는 것을.

그 누구도 거스를 수 없는 존더부르크의 수장이 된 지금, 갑자기 나타난 여자 때문에 그 자리가 흔들리는 것을 캐롤라인은 원치 않았던 것이다.

대체 누굴까? 누군데 왜 알렉스는 숨기려고 하는 거지?

"알려주지 않을 모양이군요. 좋아요. 알렉스가 알려주지 않는다면, 엘에게 연락하겠어요. 엘이라면 모든 것을 알고 있을 테니까."

"엘에게?"

"네, 갑자기 엘이 해고되었다고 했을 때 이상하다고 생각했어요. 아마, 엘 역시 뭔가를 알고 있는 게 분명해요."

"캐롤라인, 엘과는 아무 상관 없어."

하지만 캐롤라인은 단호한 표정으로 저택으로 가는 오솔길로 발걸음을 옮기기 시작했다. 사실 가장 의문이 드는 것이 엘의 부재였다. 루한에게 물었지만 단지 해고했다고만 말했다. 그 어떤 설명도 없이. 절대 루한은 중요한 일이 아니라면 엘을 해고할 리 없었다. 14년 전 딱 한 번, 엘이 해고된 적이 있었다. 그것은 바로 엘에게 당시 6살인 캐롤라인 자신을 맡기기 위해서였다. 그 정도로 루한은 엘과 알렉스를 신뢰하고 있었던 것이다. 그런데 이번에도 그때처럼 누군가를 지키기 위해 엘을 해고한 것이라면……

"캐롤라인, 잠깐만 기다려."

알렉스가 조급한 목소리로 캐롤라인을 부르며 뒤따라오는 소리가 들렸다.

"잠깐, 케롤라인."

알렉스가 캐롤라인의 팔을 붙잡곤 멈춰 세웠다. 그러자 캐롤라인은 더 확신할 수밖에 없었다. 엘이 열쇠인 모양이었다.

"마음을 바꾼 건가요?"

"아니, 난 말해줄 수 없어. 하지만 엘을 만나든, 아니면 다른 누군가를 만나든 이것만 기억해. 루한에겐 이 모든 게…… 처음이란 걸."

"대체 뭐가 처음이라는 거죠?"

"그러니까……."

알렉스가 잠시 말을 멈췄다. 말을 하기가 몹시 난처한 모양이었다. 캐롤라인은 눈을 가늘게 뜨곤 알렉스를 바라보았다. 이상했다. 오빠 루한도 그랬지만, 알렉스 역시 평소와 너무 달랐다. 루한은 마치 손안에 진귀한 보석을 놓고 어찌할 바를 몰라 안절부절못하는 것처럼 보였고, 알렉스 역시 거대한 폭풍우가 올 것처럼 불안해 보였다.

"처음인 것 같아, 루한에겐. 그러니까…… 첫사랑인 것 같다고."

"뭐…… 라고, 첫…… 말도 안 돼."

캐롤라인이 정색하며 부인했다. 서른네 살이 된 루한이 첫사랑이라니. 말도 안 되는 소리였다. 그런데 지금까지 오빠가 좋아하던 여자가 있었던가? 캐롤라인은 미간을 찌푸리며 생각에 잠겼다.

"나도 그래. 하지만 생각해 보니 그런 것 같아. 그러니 캐롤라인. 기다려 줘. 그에겐 소중한 감정이니까."

알렉스가 아는 한 루한이란 사람은 한 번도 이렇게 무모하게 누군가를 만나기 위해 억지를 부린 적이 없었다. 힘든 길이란 사실을 뻔히 알면서도 놓지 못하는 것 역시. 뛰어난 사업가인 루한은 그 누구보다 계산이 빠른 사람이었다. 하지만 그런 루한이 지금 어이없게도 그 모든 것을 무릅쓰고 한혜영이란 사람을 만나기 위해 간 것이다. 무모하고 비상식적인 행동을 루한은 하고 있었다. 첫사랑이란 열병을 앓으며.

캐롤라인은 심각한 표정으로 생각에 잠겼다. 그리곤 그녀 역시 깨달았다. 아직까지 한 번도 루한이 누군가를 사랑한 적이 없다는 것을. 믿을 수 없지만, 사실이었다.

"맙소사! 알렉스, 어떡하죠?"

어느새 또다시 밤이 찾아들었다. 루한이 돌아간 후 혜영은 오후 내내 분주하게 움직였다. 디자인에 들어갈 보석을 구매하고, 작업에 필요한 물품을 챙겼다. 하지만 바쁘게 움직이던 혜영의 눈빛이 중간중간 멍해질 때가 있었다.

그럴 때면, 어김없이 루한에 대한 생각으로 가득 찼다. 함께 저녁을 먹자고 하는 첸의 제안도 뿌리치고, 혜영은 지친 몸을 이끌고 짐사추이에 있는 아파트로 돌아가기 위해 스타 페리(홍콩에선 버스, MTR(지하철)처럼 일반적인 교통수단)에 올랐다. 답답함을 느낀 혜영은 페리 2층으로 올라가 사람이 없는 구석진 곳에 자리 잡고 앉았다. 다행히 관광객들이 빠져나간 후라 페리엔 사람이 없었다. 혜영은 멍하니 앞을 응시했다. 그러자 어느새 하나둘 불이 켜진 홍콩의 아름다운 밤 풍경이 눈에 들어왔다.

턱을 괴고 페리의 속도에 따라 변하는 홍콩의 밤 풍경을 바라보던 혜영은 누군가 옆자리에 앉는 것이 느껴졌다. 분명 페리 안은 복잡하지 않았다. 그런데 굳이 그녀의 옆에 바짝 붙어앉다니. 혜영은 다른 곳에 앉아달라는 말을 하는 것도 귀찮아, 자리에서 일어나 옆좌석으로 자릴 옮겼다. 그러자 또다시 그 사람이 그녀 옆으로 바짝 당겨 앉는 것이 느껴졌다.

뭐지? 혜영의 미간이 좁아졌다. 그리곤 냉담한 표정으로 옆에 앉은 사람에게로 고갤 돌렸다.

"계속 인상을 쓰고 있던데, 피곤해서 그런 건가?"

좁아졌던 혜영의 미간이 넓어졌다. 걱정스러운 듯 그녀를 바라보는 암청색의 눈동자와 밤의 어둠을 닮아 무겁게 내려앉은 그의 목소리에 혜영의 눈동자가 커졌다. 순간 고요한 수면처럼 가라앉아 있던 혜영의 심장이 일렁이기 시작했다.

"당신이 왜 여기에……?"

"기다렸어. 하지만 너무 늦더군. 밤길인데, 첸은 어딜 간 거지?"

"아, 저녁 약속이 있어서 갔어요."

예기치 못한 순간에 그가 나타나서일까? 혜영은 그의 물음에 순순히 답했다. 그러다 문득 정신이 들었다. 점심 약속이 있어서 돌아가겠다고 했던 그였다. 그리고 그 점심 약속은 그의 약혼녀가 될 샤론일 테고. 그런데 또다시 자신 앞에 나타나 기다리고 있었다고 말하는 루한을 보자, 울컥 화가 치밀어 올랐다. 날 놀리는 건가? 내가 그렇게 우습게 보이는 건가? 혜영의 입매가 굳어졌다. 그리곤 그를 보는 혜영의 눈빛 역시 차가워졌다.

"그런데 정말 무슨 일이시죠? 분명 디자인은 결정된 걸로 아는데요."

혜영이 그와의 관계에 대해 선을 긋자, 이미 그녀의 반응을 예상하고 있었다는 듯 루한의 입가에 미소가 떠올랐다. 그리곤 손을 뻗어 그를 차갑게 외면하고 있는 혜영의 턱을 붙잡곤 그를 바라보게 했다.

"당신이 보고 싶어서 기다렸어."

"당신 바람둥이인 모양이군요. 심장이 서늘할 정도로 차갑게 생겨서는, 이렇게 입에 침도 바르지 않고 그런 달달한 말들을 술술 뱉어내는 걸 보니 분명……."

"정말 그렇게 생각해?"

그녀의 턱을 붙잡은 그의 손에 힘이 들어갔다. 그녀의 생각을 알고 싶은 모양이었다. 그녀가 그를 어떻게 생각하고 있는지.

"네, 그렇게 생각해요."

그의 입가가 차갑게 굳어졌다. 실망하는 모습을 보며 혜영은 화가 났다. 그녀의 생각이 그렇게 중요하다고 생각하는 사람이…….

"그렇게 생각할 수밖에 없잖아요. 당신이 내게 보여준 모습은 바람둥이였으니까."

'약혼할 여자가 있는데, 날 가졌잖아요. 사랑하는 여자 같은 건 없는 것처럼, 날 바라봤잖아요. 날 사랑하는 것처럼……. 그리고 지금도 자꾸만 날 흔들어놓잖아요. 내가 착각할 수밖에 없을 정도로.'

루한의 시선이 혜영에게서 떨어지지 않았다. 어둠 속에서 빛나는 암청색의 눈동자에 수많은 감정이 어렸다가 사라지는 것이 보였다.

그가 그녀를 놓아주었다. 그리곤 혜영을 바라보며 헛헛한 미소를 지었다.

"그런 것 같군. 내가 당신에게 보여준 모습은 바람둥이 그 이상도 이하도 아니겠군."

"네, 맞아요."

또다시 혜영의 단호한 목소리가 그의 심장을 건드렸다. 하지만 루한이 더 마음이 아픈 건 혜영의 눈동자에 담긴 감정 때문이었다. 말과는 달리 혜영의 눈동자엔 그를 향한 마음으로 가득했다. 이런 최악의 상황에서도 혜영은 그를 믿고 싶어 하다니. 그에 대한 마음을 버리지 못하다니.

루한은 그녀를 끌어안고 자신은 절대 약혼 같은 건 할 생각 없다고 말해주고 싶었다. 샤론 블리스는 그에게 아무런 존재도 아니라고. 하지만 루한은 그녀를 끌어안고 진실을 말하는 대신 주먹을 꽉 그러쥐었다. 그녀에게로 흐르는 마음을 다잡으려는 듯.

"도착한 모양이군. 내릴까?"

어느새 페리가 선착장에 멈췄다. 그러자 승객들 역시 집으로 돌아가기 위해 서두르는 것이 보였다. 혜영 역시 자리에서 일어서 걷기 시작했고, 그 뒤를 루한이 말없이 따랐다. 서로 감정이 풀리지 않은 상태에서 도로를 따라 걷는 동안 두 사람은 말이 없었다. 혜영은 생각에 골몰해 있었기 때문인지, 안타까운 시선으로 그녀를 바라보는 루한의 시선을 알아채지 못했다. 어느새 아파트 입구에 도착한 혜영이 걸음을 멈추곤 그를 돌아보았다.

"오늘은 고마웠어요. 하지만 다음부턴 이런 친절 사양할게요."

"들어가."

차갑게 바라보는 혜영과는 달리 루한의 얼굴에선 아무런 감정도 읽을 수 없었다. 또다시 조급함이 밀려든 것은 혜영 쪽이었다. 불쑥 찾아와 보고 싶어서 기다리고 있었다고 말했으면서, 그는 조금 전 페리에서 그녀가 했던 말은 부정하지 않고 있었다. 변명조차도 없었다. 그를 보며 기대하고 설레던 마음이 또다시 실망으로 바뀌고 있었다.

혜영이 차갑게 돌아섰다. 그리곤 그에게 시선조차 주지 않고 아파트 현관문의 버튼을 누른 후 안으로 들어가 버렸다. 이내 문이 닫혔다.

루한은 멍하니 닫힌 문을 바라보았다. 알렉스를 보내고 그녀가 나오길 기다리는 동안 루한은 그 긴 시간이 너무도 짧게 느껴졌다. 그를 보며 놀랄 혜영을 생각하자 입가에 저절로 미소가 어렸다. 누군가를 기다린다는 것이 얼마나 설레고 기쁜 일인지 루한은 처음으로 느낄 수가 있었다.

하지만 루한은 혜영에게 아무런 말도 해주지 못했다. 그를 보며 설레던 눈동자가 실망으로 변하고 있는데도 그는 아무것도 할 수 없었다. 루한은 주먹을 꽉 쥐었다. 이렇게 자신이 아무것도 할 수 없는 무능력한 사람이었음을 새삼 깨달았다.

돌아가야 했다. 알렉스를 이용해 파파라치의 시선을 잠시 따돌리긴 했지만, 언제 어느 때 또 따라붙을지 알 수 없었으니까. 하지만 루한은 발걸음을 쉽게 돌릴 수 없었다. 그가 가고 싶은 곳은 그의 집, 퀸즈 나이트가 아니었다. 바로, 이곳. 한혜영이 있는 곳이었으니까. 그때, 굳게 닫혔던 문이 다시 열렸다. 그리곤 잔뜩 굳은 얼굴의 혜영이 무서운 기세로 그에게 걸어오는 것이 보였다.

"혜영……?"

짝! 차가운 얼굴로 혜영이 그의 뺨을 때렸다. 떨리는 손을 꼭 쥔 혜영은 입술을 꾹 깨물고 있었다. 루한은 그런 혜영을 말없이 바라보았다. 그녀에게 뺨을 맞는 순간, 심장을 내리누르던 답답함이 조금은 사라진 느낌이었다.

"당신, 하나도 반갑지 않아요. 이렇게 불쑥 나타나 내 마음을 흔드는 것도. 또다시 기대하게 하는 것도!"

"혜영……."

"루한, 그러니 내 말 잘 들어요."

혜영이 단단히 벼른 듯 그를 올려다보았다. 날카롭게 빛나는 눈동자며 단호한 표정. 루한은 심장이 아렸다. 혜영이 그에게 무슨 말을 하려는지 알 것 같았다. 그에게 다신 보고 싶지 않다고 말하려는 것이겠지. 다신 눈앞에 나타나지 말라고. 당신 같은 남자, 치가 떨리게 싫다고. 이젠 더는 사랑하지 않는다고…….

"나쁜 여자가…… 앞으로 난, 당신에게 나쁜 여자가 될 생각이에요. 당신 사정 같은 건, 난 몰라요. 내 감정 때문에 누군가 상처를 입어도 난 몰라요. 다 당신이 책임져요. 난 내가 원하는 대로, 내 감정에 충실할 테니까. 내가 아직……."

혜영은 잠시 말을 멈췄다. 감정이 격앙된 듯 혜영의 목소리가 떨리고 있었다.

"내가 아직…… 당신에 대한 마음을 정리하지 못했으니까. 어리석게도 내가 당신을 사랑해요. 그러니, 내 마음이 정리될 때까지…… 나 나쁜 여자 할래요. 당신을 가져야겠어요."

루한이 그녀의 팔을 붙잡곤 와락 끌어당겼다. 일주일 만에 다시 그녀를 품에 안은 루한은 안도감에 깊게 숨을 몰아쉬었다. 생각지도 못했던 말이었다. 다신 보고 싶지 않다고 말할 것으로 생각했었다. 그녀의 말을 기다리는 그 짧은 순간, 루한의 심장은 새까맣게 타 바스락 소릴 내며 부서져 버릴 것 같았다.

사랑이란…… 너무 약한 감정이었다. 그래서 모두들 소중하게 지키고 싶은 모양이었다.

루한은 사랑하고 있었다. 소중하게 지키고 싶을 만큼. 간절히 한혜영을 사랑하고 있었다.

어둡던 방 안에 빛이 찾아들고 있었다. 환기를 위해 조금 열어 둔 창문을 통해 들어온 바람에선 새벽 냄새가 났다. 잠든 감각을 깨우듯 고요한 침묵과도 같은 어둠뿐이던 밤과는 달리 새벽의 공기는 혜영에게 설렘을 가져다주었다. 나쁜 여자가 되겠다고 했다. 그렇게라도 해서 그의 곁에 있을 수 있다면, 혜영은 정말 나쁜 여자가 될 생각이었다.

혜영은 의자에서 일어섰다. 눈 주위가 욱신거렸다. 한숨도 잠을 자지 못하고 밤을 새운 탓인지, 눈꺼풀이 무겁게 느껴졌다. 혜영은 상쾌한 아침 공기를 마시기 위해 창가로 걸어가며 기지개를 켰다. 그러자 밤새 한 자세로 앉아 작업한 탓인지 굳었던 근육들이 한꺼번에 비명을 질러댔다.

커피 생각이 간절했다. 사실 평소 커피보단 차를 선호하던 혜영이었다. 하지만 엘이 내려준 원두의 그윽한 향과 맛에 익숙해진 탓인지 어느새 아침이면 커피를 찾게 되었던 것이다. 아쉬움을 뒤로하고 혜영은 창문을 열었다. 그러자 차가운 공기가 안으로 훅 밀고 들어오며 그녀의 긴 머리카락이 바람에 흔들렸다. 언제부터인지 모르지만, 혜영은 뺨에 닿는 바람의 감촉이 좋았다. 차갑고도 청량한 그 느낌이 루한의 손길을 연상시켰던 것이다.

바람에 묻어 있는 그의 향기, 그리고 감촉까지 혜영은 눈을 감자 고스란히 느껴지는 것 같았다. 익숙한 듯 또다시 울리는 심장의 박동 소리 역시.

창문에 기댄 채, 혜영은 아침이 오지 않은 새벽의 홍콩을 바라보았다. 아직 어둠을 밀어내지 못한 태양과 채 물러나지 않은 밤의 흔적들이 어우러져 홍콩의 풍경은 묘하게도 현실감이 없게 느껴졌다. 몽환적이고 신비로운 느낌의 도시. 혜영은 문득 자신이 그런 도시와도 닮은 남자를 사랑하고 있다는 사실을 깨달았다.

현실감이 느껴지지 않은 사랑이었다. 루한이란 사람 자체가 그녀가 사는 현실과는 너무도 동떨어져 있었으니까. 하지만 분명 그녀의 심장은 뛰고 있었고, 그를 떠올리는 것만으로도 울컥 뜨거운 것이 밀려 올라와 목이 조일 정도로 그리웠다. 아픔을 느끼고서야 비로소 혜영은 그가 현실임을 느낄 수 있었다. 그리고 그녀가 마주해야 할 힘든 상황 역시.

혜영은 꼭 쥐고 있던 손을 폈다. 그리곤 새벽 여명을 받아 그녀의 손바닥에서 빛나고 있는 탄자나이트를 비추었다. 밤새 완성한 넥타이 핀을 내려다보는 혜영의 눈가엔 피곤한 기색이 역력했지만, 눈동자는 기쁨으로 빛나고 있었다. 첸이 구해다 준 탄자나이트로 이제야 루한에게 줄 넥타이 핀을 완성했던 것이다.

"다시 선물할 기회가 올 거라곤 생각지도 못했었는데……."

입가에 어린 미소가 새벽빛에 일렁였다. 그가 좋아할까? 푸른 빛을 발하는 넥타이 핀을 보며 혜영은 설레고 있었다. 그가 이 넥타이 핀을 했을 때를 떠올리자 심장이 뛰기 시작했다. 평소 시계 외엔 그 어떤 장식품도 하지 않은 그였지만, 그녀가 만든 만년필은 꼭 슈트 포켓에 넣고 다녔다. 혜영은 이 넥타이 핀 역시 그의 심장에서 반짝이길 원했다.

특히, 오늘 밤에 있을 세계 보석 박람회장에서.

"어? 저건……."

혜영의 눈에 들어온 은색 자동차. 새벽의 어스름 속에 켜진 헤드라이트는 어두운 바다의 등대처럼 그녀의 심장을 밝게 비추고 있었다. 혜영의 눈동자가 놀라움으로 커졌다. 그리고 어느새 침대 옆에 놓인 겉옷을 집어 들었다. 방을 나와 살금살금 거실을 가로지른 후 집을 빠져나왔다. 엘리베이터를 타고 1층으로 내려오는 동안, 혜영의 심장이 무섭게 뛰고 있었다. 생각지도 못한 선물을 받은 듯 혜영은 흥분으로 손끝이 떨렸다.

그가 다시 그녀를 찾아온 것이다. 밤새 그리운 마음을 견디다 날이 채 밝기도 전에 그녀를 만나기 위해 다시 온 것이다.

그 역시 그녀와 같은 마음이었나 보다. 밤새 그를 생각하며 보냈지만, 또다시 아침이 되었을 때도 그가 여전히 그리웠다. 그 그리움을 그 역시 견디며 새벽을 달려 그녀에게 온 것이다.

엘리베이터가 1층에 멈췄다. 문이 채 열리길 기다릴 여유도 없이 혜영이 뛰기 시작했다. 1층 로비를 지나 서둘러 밖으로 나갔다. 그를 만나기 위해, 혜영은 한시도 머뭇거릴 수 없었다.

어떻게 알았을까?

루한 역시 자동차에서 내려 그녀를 기다리고 있었다. 뛰듯 그에게 다가오는 혜영을 보며 그의 눈동자가 그윽해졌다. 그의 눈동자에 웃고 있는 그녀를 담았고, 동시에 그의 심장에 그녀가 담겼다. 조금은 거친 숨을 내쉬며 혜영이 말했다.

"연락도 없이 어떻게 왔어요? 오늘 바쁘다고 하지 않았던가요?"

놀람과 설렘, 그리고 기쁨이 동시에 느껴지는 그녀의 목소리에 루한의 심장이 뜨거워졌다.

"이렇게 오면, 당신을 만날 것 같아서."

말과 동시에 루한이 그녀의 팔을 붙잡곤 그의 품에 끌어당겼다. 작은 몸이었다. 그의 몸에 절반밖에 되지 않는 가녀리고 나약한 존재. 하지만 그런 혜영을 끌어안고 목덜미에 얼굴을 묻자 루한은 그 어느 때보다 평안함을 느꼈다. 그가 있어야 할 곳으로 돌아온 느낌이었다.

"그런데…… 정말 만났군. 신기하게도 말이야."

어젯밤 화가 난 얼굴로 혜영이 나쁜 여자가 되겠다고 했을 때 그의 심장은 미친 듯이 뛰었다. 용기를 내 그에게 먼저 손을 내민 혜영이 고마웠다. 그래서였다. 그가 확고하게 그의 결심을 굳힐 수 있던 것은. 혜영이 절대 그를 놓지 않을 것이란 믿음이 생겼기 때문이었다.

그리고 오늘 밤이었다. 세계 보석 박람회 개막식이 열리는 파티에서 루한은 그곳에 모인 사람들 앞에서 자신과 혜영에 대해 말할 생각이었다. 각국에서 모여든 기자와 매스컴 앞에서 자신이 사랑하는 여자는, 아니, 평생 함께하고 싶은 여자는 덴마크의 블리스 총리의 딸 샤론이 아닌, 한혜영이라고 발표할 예정이었다.

그것 때문에 알렉스와 의견 충돌이 있었고, 그가 무엇을 걱정하는지 알고 있었다. 하지만 결국, 알렉스는 루한의 결정을 따라주었다. 어떤 일이 생기든 그를 믿기로 한 것이다.

"이 시간에 깨어 있다니, 박람회 준비로 잠을 자지 못한 건가?"

루한이 손을 뻗어 혜영의 턱을 붙잡더니 그녀의 얼굴을 살피기 시작했다. 짙은 눈썹 아래 검은 눈동자가 빛나고 있었다. 화장기 없는 투명한 피부 역시 맛보고 싶을 만큼 부드러웠다. 그의 시선이 그녀의 얼굴에 닿자 혜영의 볼이 붉어졌다. 입술을 핥듯 느릿느릿 움직이는 그의 눈빛에 심장이 두근거렸다.

"박람회 준빈 다 끝났어요. 첸이 문제없이 준비해 왔으니까요."

"그럼, 왜 이 시간까지 잠을 자지 않은 거지?"

이상하다는 듯 루한이 그녀를 내려다보았다. 그러자 혜영이 조금 전 주머니 속에 밀어 넣었던 넥타이 핀을 꺼냈다.

"여기."

그에게 내밀어진 혜영의 손바닥에서 빛나고 있는 것은 분명, 탄자나이트였다.

"이건, 만년필과 같은 것이군. 이걸 만드느라 밤을 새운 건가?"

"오늘 밤, 만년필과 함께 이걸 했으면 해서요."

"그래? 난, 당신이 직접 해주면 좋을 것 같은데. 힘들겠지?"

루한이 혜영의 손에서 넥타이 핀을 받아 들며 아쉬운 듯 말했다. 새벽녘 몰래 퀸즈 나이트를 빠져나오기 위해 폴로 셔츠에 편한 면바지 차림이었다. 그래서 평소완 달리 그는 지금 넥타이를 매지 않고 있었던 것이다.

"파티가 시작되기 전에 잠깐 보면 좋겠지만, 일정이 있어 시간을 낼 수 있을지 모르겠어요."

"그럼, 하는 수 없지."

실망한 듯 루한이 혜영을 내려다보았다. 그 모습에 혜영이 피식 웃음을 터뜨렸다.

"당신 가만 보면, 아이 같은 것 알아요?"

"내가 아이 같다고?"

"네, 금방 자신의 감정을 드러내며 떼를 부리는 아이요."

혜영의 말에 루한 역시 믿을 수 없다는 듯 웃음을 터뜨렸다. 자신이 감정을 쉽게 드러낸다고? 지금껏 속을 알 수 없을 만큼 냉혹한 인물이란 평가를 받아오던 그였다. 언제 어디서나 이성이 먼저였고, 사업적 이득이 먼저였다. 그런 그에게 떼를 부리는 아이 같다니.

"당신 앞에서만이야. 내 이런 모습은."

두근! 왜 이렇게 설레는 걸까? 자신이 그에게 영향을 미치는 사람이란 사실이 기뻤다. 그녀에 의해 변해가는 그가, 그리고 그로 인해 변해가는 자신의 모습도.

"지금 내가 그렇게 만들었다고 말하는 건가요?"

하지만 혜영이 어이없다는 듯 말하자 루한이 그녀를 와락 끌어당겼다. 그리곤 대답 대신 그녀의 입술에 살짝 입을 맞췄다. 차가운 공기 속에서 그의 입술이 뜨겁게 느껴졌다. 그의 체온이 평소보다 더 뜨거운 이유를 혜영 역시 알고 있었다.

간질이듯 입술을 쓸어내렸던 그의 입술이 멀어지는가 싶더니, 다시 그녀의 입술을 찾았다. 이번엔 스치듯 지나가는 키스가 아니라 좀 더 욕망을 담고 세게 비벼왔다.

"루한⋯⋯."

마른 입술이 열기와 함께 젖어들었다. 어느새 혀를 밀어 넣고 붉은 혀를 감아오는 그 때문에 혜영의 입술은 타액으로 축축해졌다. 그의 손이 그녀의 허릴 감아왔다. 두 사람의 몸이 맞닿았고, 그의 숨결이 점점 거칠어졌다.

훗! 혜영의 입술에 닿으면 루한은 인내심이 바닥이 났다. 그저 짧은 시간이나마 얼굴만 보고 갈 생각이었다. 하지만 혜영을 보자 그녀를 품에 안고 싶었고, 품에 안으니 키스하고 싶어졌다. 그리고⋯⋯. 뜨겁게 밀려드는 열기에 루한은 욕심껏 혜영의 혀를 휘감고 빨아 당겼다. 하나처럼 얽힌 혀가 녹아 흐를 듯 뜨거워졌다.

"흐훗!"

혜영의 젖은 입술을 통해 나른한 신음이 흘러나오자, 루한은 아랫배에 피가 몰리는 느낌이었다. 금방이라도 열기를 뿜어낼 듯 단단해진 그의 일부를 혜영 역시 느낄 수 있었다. 그 노골적인 감각에 혜영은 혀를 붙잡힌 채 얼굴을 붉혔다.

"하아."

그가 거친 숨을 몰아쉬며 그녀의 입술을 놓아주었다. 그리곤 아쉬운 듯 그녀의 젖은 입술을 손끝으로 쓸었다.

"오늘은 바쁜 하루가 될 것 같군."

"네, 저 역시 눈코 뜰 새 없이 바쁠 거예요."

"한혜영, 만약에……."

혜영에게 뭔가 할 말이 있는 듯했다. 하지만 루한은 그녀를 물끄러미 내려다볼 뿐 쉽게 입을 열지 않았다.

"말해요. 무슨 일인지."

"오늘 밤 무슨 일이 생기든, 당신은 아무 말도 하지 마. 내 옆에 서 있기만 하면 돼."

"무슨 일인데요?"

심각해 보이는 그의 표정에 혜영 역시 긴장했다. 루한 역시 혜영의 초조함을 읽은 듯 그녀의 손을 꼭 쥐었다.

"날 믿으면 돼. 어제 그랬던 것처럼, 내 옆에서 나쁜 여자가 되는 거야."

"당신만 믿으면 되는 건가요?"

깊게 숨을 들이마신 혜영이 차분한 목소리로 말했다. 더는 혜영은 불안감을 느끼지 않았다. 그에게 나쁜 여자가 되기로 한 순간, 혜영은 그녀가 감당해야 할 모든 것들을 받아들이기로 했으니까. 두렵다고 도망치지 않을 생각이었다. 절대로, 루한 혼자만 남겨두고 떠나지 않을 생각이었다. 힘이 들더라도, 그를 믿고 버틸 생각이었다.

"걱정 말아요. 난 당신을 사랑하는 날, 믿고 있으니까요."

그녀의 대답에 루한의 입가에 미소가 떠올랐다. 그 말만큼 그를 안심시키는 말은 없을 것 같았다.

"이제 가봐야 해. 저녁에 보도록 하지."

가야 한다면서 혜영의 손을 놓지 못하는 것은 바로 루한이었다. 초조해하는 것 역시 그녀가 아니라 그인 걸까?

혜영은 팔을 뻗어 강한 힘으로 그를 와락 끌어당겼다. 그리곤 잔뜩 굳어 있는 그의 입술에 입을 맞췄다.

쪽! 소리와 함께 그의 입가에 미소가 떠올랐다.

"당신을 사랑해요, 루한."

퀸즈 나이트 저택에 도착한 루한은 뒤따라 들어온 알렉스를 돌아보았다.

"블리스에게선 연락 왔나?"

"그게 아직……."

알렉스의 대답에 루한의 입매가 차가워졌다. 아직 마음의 결정을 내리지 못한 건가? 블리스 총리가 마음을 결정하지 못했다면, 그의 결정을 재촉할 방법을 찾으면 그만이었다. 자리에 앉은 루한은 초조한 듯 서 있는 알렉스에게 단호한 목소리로 말했다.

"알렉스, 샤론을 데려와 줘."

"샤론 님을요? 갑자기 왜?"

"총리에겐 연락이 없으니, 다른 방법을 찾아야 할 것 같아서. 서둘러 불러와 줘."

"네, 알겠습니다."

알렉스가 서재를 빠져나가자 루한이 자리에서 일어섰다. 생각에 잠긴 루한에게선 그 어떤 감정조차 느껴지지 않았다. 혜영과 함께 있을 때, 환하게 웃으며 감정을 표현하던 남자는 더는 없었다. 오직 결전을 앞둔 전사처럼 그의 얼굴엔 냉기만 가득했다.

오늘 저녁, 각국의 매스컴과 기자들이 모인 앞에서 그는 일생일대의 중요한 발표를 할 생각이었다. 그렇게 된다면, 존더부르크 가의 원로들은 물론 블리스 쪽 역시 가만있지 않을 터였다.

그래서 필요했다. 블리스 총리가 자신의 편에 서는 것이.

하지만 블리스 총리를 자신의 편으로 만들지 못한다면, 차선책이 필요했다. 그리고 다행히 지금 이곳엔 그 차선책이 될 수 있는 샤론 블리스가 있었다. 무엇보다 샤론은 블리스 총리와 다른 종류에 사람이란 사실이었다. 그가 지금부터 샤론에게 할 제안을 그녀가 받아들이기만 한다면…….

똑똑!

노크 소리와 함께 문이 열렸다. 그리고 열린 문 앞에 샤론 블리스가 서 있었다.

문이 닫히고, 다시 서재의 문이 열릴 때까지 1시간의 시간이 흘렀다. 한결 가벼워진 얼굴의 샤론이 문을 나왔다.

혜영은 소파 맞은편에 앉은 캐롤라인을 바라보았다. 사진에서 보았던 것처럼 캐롤라인은 서늘한 인상의 미인이었다. 암청색의 눈동자는 존더부르크 가문의 유전인 듯 루한의 것과 똑같이 짙고 그윽했다. 그 눈동자를 보자, 혜영은 캐롤라인의 갑작스러운 방문에 조금이나마 긴장을 누그러뜨릴 수 있었다. 그렇게 탐색하듯 그녀를 살피는 캐롤라인의 시선에 한계를 느낄 때쯤, 엘이 쟁반에 차가운 물이 든 컵을 들고 다가왔다.

"엘, 고마워. 그런데 잠깐 자리 좀 비켜주겠어?"

탁자에 컵을 내려놓은 엘을 향해 캐롤라인이 말했다. 그러자 엘은 캐롤라인이 아닌 혜영에게 고갤 돌렸다. 괜찮겠냐는 듯 바라보는 엘을 향해 혜영이 고갤 끄덕여 보였다. 그러자 엘이 방으로 들어갔다.

캐롤라인은 순순히 방으로 가는 엘을 보며 놀라는 중이었다. 오빠 루한의 말 외엔 전혀 듣지 않는 엘을 그 짧은 순간 저렇게 만들다니 믿을 수 없었던 것이다. 그리고 궁금했다. 마주 앉아 있는 이 한국인 여성에게 대체 어떤 매력이 있는 것인지.

혜영의 첫 느낌은 아름다웠다. 긴 머리카락을 하나로 묶고, 옅게 화장한 혜영은 키라란 이미지와 너무도 잘 어울리는 여자였다. 지성으로 빛나는 검은 눈동자와 고집스럽게 다물린 입매까지 오빠가 왜 한혜영이란 여자를 사랑하게 됐는지 알 수 있을 것 같았다.

또다시 침묵이 흘렀다. 사실 캐롤라인은 알렉스가 홍콩 컨벤션 센터에서 열리는 세계 보석 박람회 개막식 파티에 참석할 것이라 했을 때부터, 뭔가 좋지 않은 예감을 받았다. 그리고 오늘 아침 우연히 루한을 만나러 갔다가 서재에서 루한과 샤론이 하는 얘길 들은 것이다.

루한의 계획을 들은 캐롤라인은 한혜영을 만나야 했다. 그리고 혜영을 만나기 위해 엘을 찾은 이곳에서 한혜영을 만나게 되다니.

"엘이 당신과 함께 있다는 것에 놀랐어요. 엘은 오빠 외에 절대 다른 사람 밑에서 일할 사람이 아니거든요. 하지만 처음부터 오빠 부탁이었다면, 불가능한 일도 아닐 테죠."

혜영은 캐롤라인의 말을 이해할 수 없었다. 엘이 루한의 부탁으로 그녀 옆에 있는 것이라고? 하지만 그녀는 분명 해고를 당했었다. 그것도 그녀가 보는 앞에서.

"엘을 루한이 보냈다고요?"

혜영의 반응을 본 캐롤라인은 앞에 놓인 물잔을 들어 올렸다. 목이 탔다. 한혜영이란 여자에게 알리지도 않고 엘을 그녀에게 보낸 루한의 마음이 어떤 것인지 짐작할 수 있어 더욱 그랬다. 루한에게 한혜영이란 여자의 존재가 이 정도였나? 자신이 수족처럼 생각하는 사람을 보낼 만큼, 그 짧은 시간 루한에게 소중한 존재가 된 건가? 그런 생각이 들자 캐롤라인은 걱정이 깊어졌다.

"몰랐던 모양이군요."

"네, 전혀 몰랐어요. 말해주지 않았으니까……."

"그래서 왔어요. 당신이 오빠에 대해 잘 모르는 것 같아서."

얼떨떨한 표정으로 혜영이 캐롤라인을 바라보았다. 자신보다 어린 나이였지만, 당찬 캐롤라인을 보며 혜영은 루한과 닮았다고 생각했다.

"한혜영 씨, 지금부터 제가 하려는 얘기는 루한의 여동생이 아니라 존더부르크의 안주인으로서 하는 부탁이니 들어주길 바라요."

혜영이 고갤 끄덕였다. 하지만 캐롤라인은 말을 하기 전 깊게 숨을 내쉬었다. 지금부터 꺼내려는 말이 쉽지 않다는 듯.

"제가 오늘 이곳에 올 수밖에 없는 이유가 있어요."

캐롤라인이 목이 타는 듯 탁자에 놓여 있는 물잔을 들고 마셨다. 자세히 보니 캐롤라인은 무표정을 가장하고 있었지만, 그녀 역시 긴장하고 있는 것이 분명했다. 캐롤라인이 오늘 올 수밖에 없었다는 이유가 뭔지 혜영은 짐작할 수 없었다. 그래서인지 혜영 역시 긴장으로 손바닥에 땀이 배어 나왔다.

"오늘 올 수밖에 없었다니, 무슨 일이 생긴 건가요?"

"아니요. 생긴 것이 아니라, 생길 예정이거든요."

캐롤라인의 대답에 혜영은 더욱 알 수 없어졌다. 대체 무슨 일이 일어날 것이란 거지? 혜영은 오늘 밤 루한이 박람회의 개막식 파티에 참석한다는 사실을 알고 있었다. 그런데 그것 외에 다른 일이 있다는 건가?

"일이 생길 예정이라니, 그게 대체 뭐죠?"

"오빠 오늘, 약혼 발표를 할 계획인 모양이에요."

"약혼…… 이라구요?"

"네, 오늘 참석하는 파티에서요. 아마 각국의 기자단이 모인 자리라 그 파급력과 효과 역시 가장 강력하리라 판단해서겠죠."

"아, 그렇겠군요."

혜영의 입가가 파르르 떨렸다. 침착한 태도를 유지하려 했다. 하지만 심장이 꽉 조여들었다. 생각보다 충격은 컸고, 그것을 캐롤라인에게 숨기는 것이 힘겨울 정도였다. 약혼이라니? 설마, 샤론 블리스와……? 짙은 배신감에 혜영은 주먹을 꽉 쥐었다.

"그것 역시 모르고 있었나 보군요."

"네, 몰랐어요."

"정말 이런 중요한 말도 하지 않다니. 오빤 대체 뭘 어쩌려는 건지……."

캐롤라인은 한숨을 내쉬었다. 그리곤 다음 말을 하려다 혼란스러운 듯 고갤 숙이고 있는 혜영을 보며 말을 멈췄다. 설마? 지금 내 말을 오해하고 있는 건가? 오빠가 약혼하려고 한 사람이 한혜영 자신이 아닌 샤론이라고…….

"한혜영 씨, 그러니까 오빠가 약혼하려는 사람은……."

"알고 있어요."

감정을 추스른 듯 캐롤라인을 바라보는 혜영의 표정엔 아무런 감정도 느껴지지 않았다. 그 모습을 본 순간 캐롤라인은 그녀의 생각이 맞는다는 사실을 깨달았다.

"그럼 그 여자가 어떤 사람인지도 알겠군요."

"네, 저랑은 비교도 되지 않을 만큼 대단한 가문의 사람이란 것도요."

"맞아요. 오빠도 샤론도 당신과는 다른 사람이에요. 절대 욕심 낼 수 없는 그런 사람이죠."

단정하듯 캐롤라인이 루한과 그녀 사이에 줄을 그었다. 그 말이 왜 이렇게 서운하게 느껴지는지. 다 알고 있는 사실이었지만, 루한의 여동생을 통해 듣자 더 확실해지는 느낌이었다.

"캐롤라인, 욕심이 아니에요. 다른 사람에겐 충분히 욕심으로 보일 수 있겠지만, 그는 제겐 그저 사랑하는 사람일 뿐이죠. 전, 루한 역시 그렇다고 생각해요."

"오빠 아닐 수도 있잖아요. 오빠가 당신에게 약한 이유가 있다면, 내 말을 이해하겠어요?"

"그게 무슨 말이죠?"

"제 어머니께서 한국분이란 사실은 알고 계실 거예요."

"네, 루한에게 들어 알고 있어요. 루한은 어머니를 무척이나 사랑했던 것 같더군요."

"맞아요. 오빠 어머니를 많이 사랑했어요. 장남이기도 했지만 오빠 유난히 어머니를 따랐고, 어머니의 상황을 무척이나 안타까워했죠. 그래서 전 오빠가 한혜영 씨에게 약한 거라 생각해요. 어머니를 닮은 똑같은 한국인 여자. 그게 한혜영 씨거든요."

혜영은 캐롤라인을 바라보았다. 지금 그녀는 루한이 그녀를 사랑하는 것이 아니라, 어머니의 그늘에서 벗어나지 못해 그녀를 동정하고 있다고 말하고 있었다. 그는 사랑이 아니라, 동정이라고. 욱신! 심장이 날카로운 가시로 찔린 듯 아팠다.

"하지만 제가 아는 루한은, 동정심 때문에 휘둘릴 사람은 아니라고 생각해요."

"확신할 수 있나요? 하지만 한혜영 씬 오늘 약혼식이 있다는 것 역시 모르고 있었잖아요."

캐롤라인의 질문에 혜영은 아무런 대답도 할 수 없었다. 분명 사랑이라고 생각했다. 하지만 그는 그녀가 아닌, 다른 여자와 약혼을 하려 하고 있었다. 혼란스러웠다. 오늘 새벽 그녀에게 자신을 믿으라고 했을 때, 그의 눈동자엔 거짓이라곤 전혀 없었다. 어떤 상황이건 그를 믿어야 했다. 그리고 또 한 가지 그의 감정과 상관없이 분명한 것은 있었다.

"캐롤라인, 확신할 수 없어요. 루한이 날 어떻게 생각하는지. 하지만⋯⋯."

잠깐 숨을 고른 후 혜영이 단호한 목소리로 대답했다.

"전⋯⋯ 사랑하고 있습니다. 이런 말도 안 되는 상황에서도 그를 믿고 싶을 만큼요."

혜영의 대답에 캐롤라인은 할 말을 잃은 듯 멍한 표정을 지었다. 정말, 두 사람 진심인 건가? 오빠가 그렇듯, 한혜영이란 여자역시 오빠를 목숨처럼 사랑하는 건가? 정말, 오빠 자신이 가진 모든 것을 포기할 생각인 건가?

캐롤라인은 그녀가 내뱉은 잔혹한 말에도 흔들림 없이 앉아 있는 혜영을 보며 마음이 복잡해졌다. 지금 그녀가 하는 행동이 맞는 건지 확신할 수 없었다. 오빠를 위해 한 행동이었지만, 과연 그게 맞는 것일까?

"조금 전, 한혜영 씨가 그랬죠? 오빠를 사랑한다고."

"네, 사랑합니다."

"그럼, 그 사랑의 깊이가 오빠를 위해 당신의 사랑을 포기할 정도인가요?"

입안이 바짝 타들어갔다. 결국, 듣고 만 것이다. 문 앞에 서 있던 여자가 캐롤라인이란 사실을 안 순간부터, 그녀가 혜영을 찾은이유가 바로 이것이지 않을까 생각했었다.

"그선⋯⋯."

혜영이 쉽게 대답하지 못하자 캐롤라인이 한숨을 내쉬었다.

"한혜영 씨, 제가 부탁할게요."

"무슨⋯⋯?"

"오빠에겐 당신이 아니라, 샤론 블리스가 필요해요. 그러니 부탁할게요. 오빠를 자신의 자리로 돌려보내 주세요."

"그게 무슨 말인지……."

"내가 말하지 않은 사실이 있어요. 사실, 오빠가 오늘 밤 약혼을 하겠다고 발표할 사람은 샤론 블리스가 아니라, 한혜영 씨 당신이에요."

"네? 하지만……."

"당신에게 말하지 않은 이유는 당신을 보호하기 위해서겠죠. 아무런 말 없이 엘을 당신에게 보낸 것처럼요."

캐롤라인의 말에 혜영은 입술만 달싹였다. 조금 전까지 심장이 바늘로 찔린 듯 욱신거리던 아픔이 서서히 가라앉고 있었다. 믿을 수 없지만, 캐롤라인의 눈동자를 보자 진실임을 느낄 수 있었다.

"오빠는 그런 사람이에요. 사람들은 냉혹한 오빠를 보며 얼음 심장을 가졌다고 하지만, 쉽게 마음을 주지 않은 만큼 사랑하게 되면 자신의 모든 것을 걸고 지켜내죠. 저에게 그랬던 것처럼요. 그리고 어머니에게도."

혜영 역시 충분히 캐롤라인의 말에 공감했다. 그가 겉모습과는 달리 얼마나 따뜻하고 다정한 사람인지 알고 있었다.

"그래서 절대, 오빠가 먼저 혜영 씰 포기하지 않을 거예요. 그러니, 혜영 씨가 오빨 밀어내 주세요."

"미안해요, 캐롤라인. 저 역시 루한을……."

포기할 수 없었다. 나쁜 여자가 되어서까지 그를 갖겠다고 마음먹었었다. 하지만 그가 그녀를 사랑하고 있고, 또 약혼 발표까지 하려는 마당에 그를 더더욱 포기할 수 없었다.

"그럼 결정하기 전에 내 말을 들어줄래요?"

대체 무슨 말을 하려는 걸까? 혜영은 캐롤라인이 하려는 말이 무엇인지 몰랐지만 불안해졌다. 하지만 혜영은 캐롤라인이 무슨 말을 하든 마음을 바꾸지 않을 생각이었다.

"말해봐요. 하지만 제 마음은 변하지 않을 거예요."

혜영의 말에 캐롤라인이 고갤 끄덕였다.

"오빠와 전, 어머니께서 한국인이란 이유로 존더부르크 가문에서 천덕꾸러기로 자랐어요. 지금에 와선 오빠의 뛰어난 경영 능력 덕분에 존더부르크의 수장이 되었지만, 여전히 불안 요소를 가진 건 사실이에요. 그리고 그 불안 요소를 없애고 존더부르크에서 확고한 위치를 확보하기 위해선 블리스 총리의 딸인 샤론과 결혼하는 것이 최선이구요. 하지만 한혜영 씨와 오빠가 결혼하게 된다면, 오빠에겐 거대한 적이 생기겠죠. 하나가 아닌, 둘씩이나. 그렇게 된다면, 오빤 또다시 힘들어질지도 몰라요."

차분한 목소리로 말하는 캐롤라인을 보며 혜영은 입술을 깨물었다. 어린 시절 두 사람이 받은 상처가 얼마나 컸을지, 혜영은 충분히 짐작할 수 있었다. 하지만……

"루한은 뛰어난 능력을 지닌 사업가라고 생각해요. 적을 갖게 되는 건, 미안한 일이지만 루한이 충분히 헤쳐 나갈 것으로 생각해요. 만약 그것이 이유라면, 제가 포기할 이유는……."

"또 한 가지가 더 있어요. 제 아버지 역시 오빠처럼 뛰어난 능력과 리더십을 가진 사람이었어요. 여행 중이던 어머니와 우연히 만나신 후, 아버진 집안의 반대를 무릅쓰고 어머니와 결혼하셨어요. 하지만 문제는 아버지가 아니라, 어머니셨어요. 어머니 역시 아버지를 사랑하셨지만, 평생을 힘들어하셨어요. 가족들을 위해 참고 인내하셨지만 가족들은 모두 알고 있었어요. 어머니께서 얼마나 힘드신지. 그래서 저흰 어머니께서 어떻게 되실까 봐 항상 노심초사했었죠. 언제나 슬픔과 불안감이 우리와 함께였죠."

"그랬었나요?"

"오빠가 잔디 위를 걷고 계시는 어머니 곁을 지킨 이유가 그것이에요. 스트레스가 심해 우울증을 앓으셨거든요. 그리고 그 슬픔 때문에……."

캐롤라인의 눈동자에 그늘이 졌다. 더 말하지 않았지만, 혜영은 직감적으로 느낄 수 있었다. 어머니인 희연이 자살을 하려 했다는 것을. 그 때문에 가족들은 큰 상처를 받았고 힘들었다는 사실 역시.

"아……."

심장이 송곳으로 찔린 듯 아팠다. 목이 따끔거렸다. 얼마나 아팠을지, 어머니께서 무너지는 모습을 보며 루한과 캐롤라인이 얼마나 힘들어했을지 상상할 수 있었다. 그녀 역시 그런 경험을 했으니까. 가장 소중한 것을 잃어버린 적이 있었으니까. 그 고통과 슬픔이 얼마나 큰 것인지 너무나도 잘 알고 있었다.

"캐롤라인이 무얼 걱정하는지 충분히 알 것 같군요."

가까스로 숨을 내쉬며 혜영이 캐롤라인을 바라보았다. 그런 혜영을 보며 캐롤라인 역시 안타까웠다. 캐롤라인은 어쩌면 혜영이 루한의 아픔을 가장 잘 다독여 줄 사람일지도 모른다는 생각이 문득 들었다. 한혜영이란 여잔, 어머니와 다를지도 모른다는 생각도 함께.

캐롤라인은 찬찬히 혜영을 살폈다. 솔직한 눈이었다. 동정이 아닌, 안타까움을 담은 혜영의 눈동자가 흔들림 없이 캐롤라인을 바라보고 있었다.

"전, 오빠가 더는 마음 졸이지 않기를 바라요. 사랑하는 사람을 잃을까 노심초사하는 일 없이 존더부르크에 걸맞은 여자를 만나 결혼해, 아이를 낳고 가정을 꾸리길요."

또다시 심장이 욱신거렸다. 생각하고 싶지 않았다. 루한의 아이와 가족 안에 혜영 자신은 없을 것이란 생각이 들자, 목이 꽉 조이며 숨을 쉬기가 힘들었다. 그녀의 몫이 아니라고 말하고 있었다. 그 옆에서 평생 함께 있는 행운을 누리는 건, 그녀의 몫이 아니라고. 어쩌면 어린 루한이 그랬던 것처럼, 그녀와 함께하는 삶은 그에게 불행일지도 몰랐다.

"무슨 말인지 알겠어요. 하지만……."

혜영의 대답에 캐롤라인 역시 심각한 표정을 했다. 금방이라도 슬픔이 쏟아져 내릴 것처럼 보였다. 하지만 최대한 담담한 표정으로 앉아 있는 혜영을 보며 오히려 캐롤라인의 심장이 욱신거렸다.

"약속할 수는 없을 것 같아요. 지금 당장은…… 미안해요."

"그렇다면 하는 수 없겠죠. 하지만 파티에 올 때까지, 생각해 줘요. 아니, 오빠에게 마지막 한 번뿐일 기회라도 주었으면 해요."

"다시 생각할 기회라구요?"

"네. 잔인하지만 두 사람, 너무 갑작스러운 감정이잖아요. 서로에 대한 감정은 있지만, 서로에 대해 알기엔 짧은 시간이에요. 어쩌면 금방 사라져 버릴지도…….”

“그렇겠군요. 금방 사라져 버릴지도…….”

캐롤라인을 바라보는 혜영의 심장은 너덜너덜해져 있었다. 감정이 변할 수 있다는 것보다, 그녀 때문에 그가 불행해질 수도 있다는 그 말이 그녀의 심장을 옥죄었다. 이젠 그녀의 심장은 루한에 대해선, 작게 이는 바람에도 바스락 소릴 내며 날아가 버릴 듯 마른 모래처럼 약했다.

“이런 말밖에 해줄 수 없어 미안해요. 하지만 제 판단엔 이게 최선이라고 생각해요.”

알 것 같았다. 캐롤라인이 오빠인 루한을 얼마나 아끼고 걱정하고 있는지. 그가 행복하길 바라고 있다는 것도.

그에게 다시 생각할 기회를 준다라? 그를 놓아줄 수 있을까? 만약 그녀의 선택으로 그의 마음이 변해 버린다면…… 그것 또한 감당할 수 있을까? 혜영은 그를 잃고 싶지 않았다. 놓고 싶지도 않았다. 시간이 지나 루한이 그녀에 대한 감정이 식어 그녀를 떠난다고 할지라도, 지금은 그를 놓지 못할 것 같았다.

혜영에게 누군가를 사랑하는 심장은 단 하나였다. 그리고 이미, 그 심장의 주인은 루한이었으니까.

캐롤라인이 돌아간 후, 혜영은 멍하니 자리에 앉아 있었다. 엘이 다시 가져다준 따뜻한 차가 찻잔에서 차갑게 식어가는 동안 혜영은 물끄러미 캐롤라인이 앉았던 곳을 응시했다.

기회를 달라고 했었다. 단 한 번, 그의 감정을 정확히 알 기회.

하지만 그 기회로 혜영은 그를 잃을지도 몰랐다. 갑자기 불어온 태풍이 한순간 사라져 버리듯 그녀의 가슴에 커다란 상처를 남겨둔 채 소멸해 버린다면…….

후웃! 심장이 조여들 듯 아릿한 아픔이 밀려들었다. 혜영은 손을 들어 심장 부근을 꾸욱 눌렀다. 상상만으로도 너무도 아팠다. 그가 그녀를 사랑하고 있고, 그녀 역시 그를 사랑하고 있었다. 지금처럼 내 감정에만 충실할 순 없는 걸까?

아무것도 생각하지 말고, 지금 이 순간 두 사람이 서로를 사랑하고 있다는 그 감정 하나만으론 안 되는 건가?

"엘, 루한에 대해 말해주겠어?"

어느새 다가온 엘이 찻잔에 다시 뜨거운 차를 부었다. 김이 모락모락 나는 차를 보며 혜영은 들어 차가워진 손을 덥혔다.

"저도 자세힌 알지 못합니다. 당시 루한 님께서 열 살이셨고, 전 그보다 더 어렸으니까요. 하지만 제가 기억하는 것은 저택이 죽은 듯 고요했다는 겁니다. 존더부르크의 원로들이 찾아와, 스캔들을 이유로 마님께서 병원으로 가시는 것조차 반대하셨습니다. 그래서인지 한바탕 소동이 있었던 것으로 기억합니다. 그 가운데, 루한 님께선 마님 곁에 계셨습니다."

혜영은 지금 엘이 루한의 어머니 희연의 사고에 대해 얘기하고 있다는 것을 알 수 있었다.

"스캔들이라면……?"

"생각하시는 그대로입니다. 원로들은 존더부르크 가문에서 스스로 목숨을 버리는 일 같은 건, 절대 밖으로 알려지는 걸 용납할 수 없었을 겁니다. 특히, 이방인인 희연 님께 벌어진 일을 두고, 세간의 입방아가 두려웠던 탓이겠지요. 사실 결혼 초기부터, 두 분의 결혼은 덴마크에서도 가장 관심이 큰 사건이었으니까요."

평민 여성을 안주인으로 받아들인 왕족가라. 틀림없이 결혼부터 많은 사람의 호기심과 관심의 대상이었을 게 분명했다. 그래서 존더부르크의 원로들은 희연의 자살미수의 원인이 자신들에게 향하지 않게 병원으로 가는 것조차 막았을 테지. 정말 이기적인 사람들이었다.

"루한은 모든 걸 보았겠군. 어른들의 욕심에 어머니께서 돌아가실지도 모른다는 불안감을 안고."

"네. 사실 희연 님을 처음을 발견한 사람 역시 루한 님이셨습니다. 처음 그 충격과 두려움을 이겨낼 새도 없이 루한 님께선 어머니를 잃을 수도 있다는 공포를 느끼셔야 했을 테죠. 그 후, 루한 님께서 희연 님의 곁을 떠나지 않은 이유가 그것이라고 들었습니다."

"그랬었군."

심장이 서늘해졌다. 열 살의 루한이 겪어야 했을 참담한 슬픔. 그렇게 루한은 어머니께서 죽을지도 모른다는 공포 속에서 어머니의 손을 붙잡고 있었던 것이다. 혜영은 울컥 뜨거운 것이 밀려들었다. 그녀 역시 알고 있었다. 소중한 사람을 잃는다는 것은, 하늘이 무너져 내리는 것과 같다는 것을. 특히 그 대상이 부모님이라면, 그 아픔은 수천 개의 송곳으로 심장을 찌르는 아픔이었다. 그리고 평생을 걸쳐, 절대 잊을 수 없는 상처이기도 했다.

그래서였나? 그녀의 손을 잡고 맨발로 잔디를 걸으며, 그의 입가에 떠올랐던 묘한 표정을 잊을 수 없었다. 슬픔이 심장을 채우고, 그녀의 손을 잡고 걷는 동안 그 슬픔이 서서히 다른 감정으로 바뀌고 있었던 것이다.

그때, 날 사랑하게 된 건가? 그 순간이 바로 날…….

혜영은 가슴 가득 뜨거운 감정으로 가득 찼다. 순식간에 밀려든 벅찬 감정과 함께 눈시울이 뜨거워질 만큼 아렸다. 그녀 역시 그랬다. 그 순간이 그를 사랑하게 된 처음이었던 것이다.

마주 잡은 손이 뜨겁고, 발에 느껴지는 생경한 느낌이 그녀의 심장을 간질였다. 그렇게 그 순간, 두 사람은 아픔을 발끝으로 밟으며 서로를 사랑하게 된 것이다.

"엘? 그가 아플까?"

"혜영 님!"

"아플 테지? 하지만 난, 나쁜 여잔 될 수 없을 것 같아."

그가 그녀 옆에서 아파하는 모습은 보지 못할 것 같았다. 그녀는 루한의 어머니 희연과 다를 테지만, 그녀가 그에게 아픔이 될 수 있다는 사실은 쉽게 떨쳐 내지 못했다.

"하지만…… 사랑하시지 않습니까? 그런데도 놓으실 수 있겠습니까?"

엘이 안타까운 얼굴로 혜영을 보았다. 그러자 혜영의 입가에 아릿한 미소가 떠올랐다.

"엘도 아팠을 테지? 하지만 견뎌냈으니까, 나 역시도 괜찮을 거야."

괜찮지 않았다. 절대 그를 잃고, 괜찮을 리 없었다. 벌써 숨을 쉬는 것이 버거울 정도였다.

"절대 믿지 않으실 겁니다. 루한 님께선 혜영 님께서 하시는 거 짓말 같은 건, 절대……."

그때 혜영의 휴대전화가 울렸다.

운명이란 참 기묘한 것이라고, 혜영은 울리는 휴대전화를 보며 깨달았다. 선우였던 것이다.

"아니, 믿게 될 거야."

이미 주사위는 혜영과 루한의 뜻과는 달리 던져진 모양이었다. 이제 그 답을 따라가는 것이 두 사람의 운명이라면, 가볼 생각이 었다. 운명이란 것이 혜영을 이끄는 대로.

세계 3대 보석 박람회가 열리는 홍콩의 컨벤션 센터. 개막식과 함께 JNA(Jewellery News Asia) 상의 15개 부문 49명의 최종 후보와 주요 관계자들을 위한 파티가 컨벤션 센터 12층에서 열리고 있었다.

루한 역시 키라가 JNA의 최종 후보에 올랐단 사실을 알고 있었기 때문에 파티장 안에서 혜영이 도착하길 초조한 마음으로 기다리고 있었다. 루한의 시선은 파티장 입구에 향해 있었고, 동시에 새벽에 혜영이 건넨 넥타이 핀을 어루만졌다. 마치 어둠 속을 걷는 검은 재규어의 눈동자처럼 빛나고 있는 탄자나이트를 보자, 루한의 입가에 미소가 떠올랐다.

루한은 파티에 참석한 기자들을 천천히 살피기 시작했다. 그러다 조금 떨어진 곳에서 캐롤라인과 이야기를 나누고 있던 샤론과 눈이 마주쳤다. 잠시 후 벌어질 일을 생각하자 샤론 역시 조금 긴장한 모양이었다.

이제 시작인 건가? 서재에서 샤론과 오랜 시간 얘길 나누었다. 그리고 결국 샤론을 설득해 자신의 편에 서게 하는 데 성공한 것이다. 하지만 샤론 역시 긴장할 수밖에 없을 테지. 루한과 혜영의 기사가 기재된다면, 블리스 총리 역시 가만있지 않을 게 분명했으니까.

자신의 뒤를 이어 정치에 입문할 샤론이 스캔들에 휘말리게 되다니. 그것도 존더부르크에게 버림받은 여자란 낙인이 정치 생활을 하는 동안 꼬리표처럼 따라붙을 게 분명했다. 하지만 샤론은 그것과 바꿔가면서까지 블리스 총리의 그늘에서 벗어나길 원하고 있었다.

그날 밤, 사진을 찍는 샤론을 보지 못했다면 그녀의 꿈이나 목표에 대해 궁금해하지도 않았을 테지. 그렇게 되었다면, 샤론을 설득해 자신의 편에 서게 하는 것 역시 불가능했을 게 분명했다.

"이제 시작이군."

루한은 손을 뻗어 왼쪽 심장에 갖다 댔다. 금속의 차가운 감촉이 느껴졌다. 루한은 손끝에 느껴지는 서늘함에 서서히 마음이 가라앉기 시작했다. 지금 루한은 그 어느 때보다 냉정해야 했다.

루힌 프레네틱 그리스티안 존더부르크의 연인이 한혜영이란 사실이 보도된다면, 많은 일이 생길 테지. 무엇보다 언론이 혜영과 자신에게 우호적인 기사를 쓴다는 보장 역시 없었던 것이다. 블리스 총리 측 역시 마찬가지일 테고. 그에겐 수많은 적이 생길 테고,

어쩌면 존더부르크의 수장 자리에서 물러나라는 압력을 받게 될 수도 있었다.

루한은 그런 것 따위 겁나지 않았다. 아버지 뒤를 이어 존더부르크의 사업을 도맡아 해왔지만, 그가 원하는 삶이 아니었으니까. 그것을 잃는다고 하더라도 하나도 아쉽지 않았다. 다만 걱정인 건 캐롤라인이었다. 자신이 존더부르크를 떠나게 된다면, 캐롤라인이 자신의 자리를 맡아야 할 테니까. 아니, 원로들의 압박을 받아야 하는 건가?

루한의 시선이 웃고 있는 캐롤라인에게 향했다. 지금까지 존더부르크의 수장으로서 열심히 일한 이유이기도 한, 그의 유일한 혈육. 안타까운 것은 자신이 가장 아끼는 여동생에게 자신의 어깨를 짓눌렀던 멍에를 짊어지게 한다는 사실이었다.

그때 알렉스가 초조한 얼굴로 들어오는 것이 보였다. 혜영이 드디어 도착한 모양이었다.

"루한 님!"

"도착했나?"

"네. 그렇긴 한데……."

알렉스의 표정이 심각했다. 무슨 일이 생긴 듯 루한을 바라보는 눈동자 역시 평소와 달리 흔들리고 있었다. 예상치 못했던 변수가 생긴 모양이었다.

"왜? 혜영에게 무슨 일이 생긴 건가?"

"그것이 아니라……."

"아니면, 블리스 측에서 연락이라도 온 건가?"

"아닙니다."

답답했다. 대체 무슨 일 때문에 알렉스가 쉽게 말을 하지 못하는지. 왜 이렇게 안타까운 표정으로 그를 보는지도. 하지만 다음 순간, 루한은 그 대답을 눈으로 확인할 수 있었다.

혜영이 첸과 함께 파티장 안으로 들어왔던 것이다. 검은색 드레스를 입은 혜영은 눈부시도록 아름다웠다. 루한은 혜영의 모습에 심장이 뛰기 시작했다. 그리고 그녀를 향해 한 발짝 발을 내딛는 순간, 그 자리에 멈춰 설 수밖에 없었다.

"저 남잔…… 박…… 선우?"

잘생긴 얼굴에 젠틀한 분위기의 남자가 혜영의 팔을 붙잡는 것이 보였다. 그리고 그 남자를 향해 고갤 돌린 혜영이 기쁜 듯 웃고 있었다.

순식간에 피가 마르는 느낌이었다. 어떻게 박선우가 이곳에 있는 거지? 왜 혜영 옆에서 서 있는 거지? 루한의 눈빛이 차가워졌다. 그리고 그녀를 쏘아보는 루한의 눈빛 역시 점점 날카로워졌다.

멀리서도 그의 시선을 느낀 듯 혜영이 그가 있는 곳으로 시선을 돌렸다. 시선이 마주친 순간, 혜영의 눈빛이 조금 흔들리는 것이 보였다. 하지만 이내 아무렇지 않은 듯 그에게 고갤 살짝 숙여 보였다. 마치 사업적인 관계처럼, 건조한 미소와 함께.

"알렉스, 내가 보고 있는 게 맞는 건가?"

어느새 옆에 서 있는 알렉스를 향해 루한이 물었다. 그의 시선은 여전히 선우의 팔을 붙잡고 있는 혜영에게 향해 있었다.

"한혜영 씨껜 동행이 있는 것 같습니다. 그리고…… 루한 님의 계획과는……"

"아니야. 알렉스 네가 잘못 본 게 분명해. 사실 내가 혜영에게 말하지 않았거든. 오늘 우리 두 사람의 약혼 발표를 할 계획이라고 말을 하지 않았어. 그러니 지금 가서……."

"루한 님, 잠깐 기다리십시오."

당장에라도 사람들을 밀치고 혜영에게 다가갈 기세인 루한의 팔을 붙잡았다. 지금 그는 질투로 이성을 잃을 기세였다. 이곳이 어디고, 지켜보는 눈이 많다는 사실조차 인식하지 못할 만큼 그는 화가 나 있었다.

"놔!"

"아직 아무것도 일어나지 않았습니다. 한혜영 씨 옆에 있는 사람이 누군지, 그리고 두 사람의 관계 역시도. 어쩌면……."

"그 남자야. 3개월 전, 혜영이 프러포즈하기 위해 호텔로 찾아온 남자. 박선우야."

"혜영 씨가 결혼하고 싶어 하던 분이 계셨던 건가요?"

알렉스 역시 놀란 듯 보였다. 그리고 사람들 사이에서 여전히 다정한 듯 팔짱을 끼고 있는 두 사람은 사업적인 관계가 아닌, 연인 사이처럼 보였다. 루한의 말처럼 서로를 바라보는 눈빛이 한없이 애틋했다.

루한은 주먹을 꼭 쥐었다. 심장을 편협한 질투와 분노라는 감정이 좀먹기 시작했다. 그의 눈앞에서 보란 듯이 팔짱을 끼고 함께 서 있는 혜영의 목을 당장에라도 비틀어 버리고 싶을 만큼, 차가운 분노가 심장을 옥죄었다.

그때, 혜영과 선우가 그를 향해 걸어오는 것이 보였다. 한 발짝, 한 발짝 두 사람의 거리가 가까워질수록 혜영의 표정 역시 조금 긴장한 듯 보였다. 그녀의 표정 변화를 보면서, 루한은 입가에 냉소를 지었다. 대체 왜 이런 말도 안 되는 일을 혜영이 벌이는지, 루한은 이해할 수 없었다.

"루한…… 엇?"

루한이 혜영의 팔을 거칠게 붙잡았다. 그러자 선우의 팔을 감았던 혜영의 팔이 저절로 풀렸다. 소유욕을 드러낸 루한의 눈빛이 혜영을 지나 옆에 서 있는 선우에게 향했다.

"당신 뭐지? 왜 내 여자 옆에 있는 거지?"

낮게 으르렁거리는 목소리가 몹시도 위협적이었다. 혜영은 그의 태도에 난처한 표정으로 그의 손에서 벗어나려 했다.

"루한, 놔줘요."

하지만 루한은 혜영의 팔을 더 단단히 붙잡곤 그가 있는 곳으로 끌어당겼다. 그리곤 여전히 차가운 눈으로 선우를 쏘아보았다.

"왜 여기 있는 거지?"

선우 역시 루한의 위협적인 태도에 긴장한 듯 보였다. 하지만 그것도 잠시, 입가에 여유로운 미소를 지은 채 입을 열었다.

"혜영 씨에게 얘기 들었습니다."

루한의 눈썹이 꿈틀거렸다. 이번엔 그의 시선이 선우가 아닌 혜영에게로 향했다. 당장 명쾌한 해명을 바라는 듯 그의 눈빛엔 한 치의 여유도 없었다.

"오해가 있었고, 전 선우 씨를 용서하기로 했어요."

"오해? 무슨 오해? 설마, 그날 호텔방에 함께 있던 여자가 가짜라도 된다는 건가?"

루한이 두 사람을 비꼬듯 말했다. 그러자 혜영이 진지한 표정으로 고갤 끄덕였다.

"네, 가짜였다고 하더군요. 선우 씨 역시 날 사랑했지만, 내가 원하는 것이 결혼이란 사실을 알고 있었기 때문에 겁이 났다고. 그래서 함께 일하던 정유진 씨에게 부탁한 모양이에요. 연인 행세를 해달라고."

"그런 어이없는 거짓말을 믿는다는 건가?"

"정유진 씨와 통화했어요. 그러니, 믿을 수밖에요."

루한의 입매가 날카로워졌다. 그리곤 혜영의 팔을 붙잡은 손에 힘이 들어가는 것이 느껴졌다. 아팠다. 하지만 혜영은 그에게 붙잡힌 팔보다 심장이 더 아팠다. 그의 눈동자에 당혹감과 함께 깊은 상처가 떠올라 있었다. 하지만 그 아픔을 분노로 가렸지만, 그의 심장은 그녀의 날카로운 말에 찔려 피가 흐르고 있을 게 분명했다.

"루한, 놓아줘요. 기억하죠?"

"뭘 기억한다는 거지?"

"내가 그랬잖아요. 내 감정이 정리될 때까지만이라고."

혜영의 말에 그의 표정이 눈에 띄게 험악해졌다. 그리고 주위에 있던 사람들 역시 세 사람 사이에 감도는 험악하고 긴장된 분위기를 눈치챈 듯 흘끗거리기 시작했다. 하지만 루한은 시선 따위 안중에도 없는 모양이었다. 여전히 혜영의 팔을 붙잡고는 찌를 듯 쏘아보고 있었다.

"그게 무슨……."

"말 그대로예요. 미안해요."

"한혜영……."

낮게 으르렁거리는 목소리였다. 분노를 참으며, 위협적인 목소리로 그녀를 불렀다. 하지만 혜영은 억지로 그의 손에서 팔을 빼냈다. 새하얀 팔이 그의 손자국으로 순식간에 붉어져 있었다. 아마 붉은 기운이 가시면 멍이 들지도 몰랐다.

"혜영……."

혜영이 루한이 아닌 선우 옆에 섰다. 그렇게 혜영은 자신이 루한이 아닌, 박선우를 선택했음을 그에게 분명히 했다. 루한은 나란히 서 있는 혜영과 선우를 쏘아보았다. 아름답고 당당한 모습의 혜영과 잘생긴 외모에 부드러운 인상의 박선우. 두 사람은 주변의 시선을 끌 정도로 너무도 잘 어울리는 커플이었다.

욱신! 루한은 텅 빈 손을 꽉 쥐었다. 그가 혜영을 얻기 위해 치열하게 세운 계획들이 물거품이 되어버리는 순간이었다. 아니, 그런 노력 따위 허사가 되어버렸단 사실은 중요하지 않았다. 그에게 중요한 것은, 지금 이 순간 루한 프레데릭 크리스티안 존더부르크가 한혜영을 잃었다는 사실이었다. 이럴 수 없었다. 혜영이 자신에게 이럴 순 없었다. 또한 믿기지 않았다. 혜영이 거짓말을 하는 것처럼 느껴졌다.

그는 영원히 한혜영을 잃어버린 것이다. 한혜영은 그가 아닌, 박선우를 선택했다.

"사막의 별은 돌려 드리겠습니다. 끝까지 일을 끝마치지 못해 죄송합니다. 손해배상을 원하신다면……."

"당신이 말한 나쁜 여자란 의미가…… 이것이었나?"

혜영은 아무런 대답도 하지 않았다. 그리곤 그의 시선을 외면했다. 더는 할 말이 없다는 듯. 두 사람을 지켜보던 사람들 역시, 사막의 별이란 말을 듣는 순간 두 사람이 이렇게 첨예하게 대립하는 이유가 루한이 키라의 수석 디자이너인 혜영의 디자인을 마음에 들어 하지 않는다는 의미로 받아들이는 듯했다.

"제자리로 돌아왔을 뿐이에요. 그러니…… 당신도……."

루한의 입가가 차갑게 굳어졌다.

"그건 당신이 상관할 바 아니야. 알렉스, 돌아간다."

"선착장에 배를 준비시키겠습니다."

"아니. 퀸즈 나이트가 아니라…… 존더부르크 가로 돌아간다."

혜영의 시선이 루한에게로 향했다. 하지만 이미 차갑게 얼어붙은 그의 암청색의 눈동자엔 아무것도 느껴지지 않았다.

그가…… 돌아섰다. 혜영은 그녀를 향해 그가 등을 보인 것은 처음이란 사실을 깨달았다. 지금껏 항상 먼저 도망친 사람은 그녀였다. 그리고 지금도 그를 그녀가 먼저 밀어냈다. 이유야 어떻든, 그녀가 그를 외면한 것이다.

혜영은 그가 이렇게 가버리면, 이젠 그녀를 향해 돌아선 등조차도 쉽게 볼 수 없음을 깨달았다. 뉴스의 기사에서나, 잡지의 인터뷰에서 간혹 그를 볼 수 있을 테지. 아니면 인터뷰를 극도로 싫어하는 그였기 때문에 그것 역시 쉽지 않을지도 몰랐다. 마지막일지도 모를 그의 뒷모습을 보며, 혜영은 마음속으로만 되뇌어야 했다.

'벌써, 당신이……. 그립다. 보고 싶다, 당신 곁에 있고 싶다.'

나쁜 여자가 되려고 했었다. 절대 어떤 상황에서도 자신만을 생각하고, 절대 루한을 놓지 않을 생각이었다. 혜영은 심장이 욱신거렸다. 자신을 위해 모든 것을 포기하려던 남자를…… 그리고 그녀를 위해 그가 가장 믿고 있는 사람까지 내어준 남자를 바라보았다.

그녀가 그런 남자를 위해 해줄 수 있는 것이, 이것이라니. 이것밖에 없다니……. 혜영은 그를 붙잡지 않기 위해 주먹을 꼭 쥐어야 했다.

"혜영 씨, 괜찮아?"

선우가 멍하니 서 있는 그녀의 팔을 붙잡았다. 그녀의 몸이 너무도 차가웠다. 모든 피가 차갑게 식은 듯 온기 하나 느껴지지 않자, 선우는 걱정스러운 얼굴을 했다.

"네, 아무렇지 않아요."

하지만 혜영의 얼굴은 눈에 띄게 창백해져 있었다. 파르르 떨리는 입술을 감추기 위해 하얀 이가 피가 나도록 입술을 짓이기고 있었다. 최대한 담담한 표정을 하려 애를 썼지만, 목소리 역시 갈라져 있었다.

"돌아가는 것이 좋을 것 같아. 금방이라도……."

"아니에요. 제가 돌아가면 이상하게 생각할 거예요."

혜영의 말에 선우가 작게 한숨을 내쉬었다. 그리곤 후회했다. 그날, 호텔에서 그녀를 돌려보내는 것이 아니었다. 겁쟁이처럼 그녀를 밀어내기 위해 그런 어이없는 방법 따위 쓰는 게 아니었다. 선우는 그 일로 자신이 혜영을 진심으로 사랑하고 있음을 깨달았지만, 결국 혜영을 잃게 된 것이다. 그가 보는 앞에서, 한혜영이 사랑하는 남자가 누군지 알고 말았다. 왜 그녀가 이런 선택을 하는지도.

"오늘 제 부탁을 들어줘서 고마워요. 결혼식 때, 봐요."

혜영이 선우의 손을 놓고는 첸에게 걸어갔다. 다리에 힘이 풀린 듯 혜영의 몸이 위험스럽게 흔들렸다. 선우는 그 뒷모습을 안타까운 눈빛으로 바라보아야만 했다.

제9장 네가 없는 나는…….

샤론은 앞에 놓인 칵테일 잔을 들어 올렸다. 미간을 찌푸리며 달콤한 향기의 알콜을 마시던 그녀는 작게 한숨을 내쉬었다. 파티장에서 샤론 역시 혜영을 보았다. 그리고 그녀가 함께 온 동양인 남자 역시. 사실 파티장에서 세 사람 사이에 감돌던 그 긴장감을 눈치챈 사람은 몇 명 되지 않았지만 루한의 계획을 알고 있는 샤론은 너무도 분명히 느낄 수 있었다.

루한의 계획과는 달리, 한혜영이란 여잔 다른 선택을 한 모양이었다. 그리고 한혜영이 다른 선택을 한 이유를 샤론은 곧 눈치챌 수 있었다. 샤론의 옆에 서서 초조한 표정으로 세 사람을 지켜보던 캐롤라인. 안타까움과 함께 그녀의 눈동자에 떠오른 것은 바로, 죄책감이었다.

훗! 샤론은 오빠의 계획을 눈치챈 캐롤라인이 한혜영이란 여잘 만났음을 직감으로 알 수 있었다.

오빠를 위한 선택이, 사랑하는 두 사람의 심장을 찢어놓은 건가?

샤론은 지금 캐롤라인의 선택이 옳았는지 아니면 틀렸는지 알 수 없었다. 우선은 불어오던 태풍을 막는 것은 성공했으니까. 대신 태풍은 잠잠해졌을지 몰라도, 루한의 심장은 거대한 아픔으로 너덜너덜해졌을 테지. 서재에서 그녀를 설득하던 루한을 보며, 그가 얼마나 한혜영이란 여잘 사랑하고 있는지 샤론 역시 알게 되었던 것이다.

심장이 죽어가고 있을 테지. 숨도 쉬지 못하고, 지독한 배신감과 분노로 떨겠지만, 곧…… 그보다 더한 상실감을 견뎌야 할 터였다. 자신의 일이 아니었지만, 샤론은 생각하는 것만으로도 심장이 욱신거리는 느낌이었다.

"한혜영은 아니었던 모양이군."

다시 달콤한 알콜을 목으로 넘기며 샤론의 입가에 씁쓸함이 어렸다.

"한혜영이 뭐가 아니었다는 겁니까?"

"흡, 콜록콜록!"

뒤에서 들려온 목소리에 샤론은 사레가 들려 기침을 했다. 그러자 뻔뻔하게도 남자는 주머니에서 손수건을 꺼내더니 샤론에게 건넨 다음 그녀의 옆자리에 허락도 없이 앉았다.

"버번."

자연스럽게 술을 주문한 첸이 샤론을 의외라는 듯 바라보았다.

"왜 그렇게 보는 거죠?"

"아니, 난……. 존더부르크 사람들과 함께 돌아갔다고 생각했는데, 이곳에서 당신을 보게 돼 놀랐거든요."

샤론은 그가 건넨 손수건으로 입술 주변을 닦은 후 다시 칵테일을 주문했다.

"난 아직 여행이 끝나지 않았으니까 남은 것뿐이에요. 함께 돌아갈 이유가 없기도 하고."

샤론의 대답에 첸의 입가에 미소가 떠올랐다.

"그럼, 아직 퀸즈 나이트에 머물고 있겠군요."

"주인도 없는 저택에서 내가 왜요? 이 호텔에 머물고 있어요."

"그렇군요."

그때 웨이터가 첸과 샤론에게 술잔을 건네주었다. 첸은 버번에 얼음을 넣고는 천천히 마시기 시작했다. 샤론 역시 그런 첸을 보며 칵테일을 마셨다.

"그런데 파티장에서 보았던 그 남잔 누구죠?"

샤론은 호기심을 이기지 못하고 혜영과 함께 온 남자에 대해 물었다. 그러자 첸이 의외라는 표정으로 그녀를 바라보았다. 선우에게 호기심을 느끼는 샤론이 왠지 마음에 들지 않았다. 여러 가지 의미로.

"왜 묻는지 물어도 될까요?"

경계하듯 굳은 얼굴을 한 첸을 보자, 샤론 역시 그의 태도가 신경에 거슬렸다. 평소라면 첸의 그런 반응쯤 그냥 넘길 수 있었지만, 질투에 눈이 먼 여자 취급하는 그 태도가 오늘은 불쾌하게 느껴졌다.

"당신이 생각하는 호기심 같은 건 아니에요. 나 역시, 오늘 일로 인해 피해를 입은 사람 중의 하나거든요. 다시 내 자리로 돌아가야 하니까."

돌아가야 했다. 오후 내내 한껏 들떠 있던 마음이 한순간에 사라져 버렸다. 그리고 돌아간다면, 그녀는 정치인으로서 아버지 블리스 총리의 뒤를 이어야 했다. 정치 명문가 블리스. 샤론 블리스는 유일한 블리스니까.

어쩌면 루한과 또다시 정략혼을 해야 할지도 몰랐다. 아니, 루한이 아니더라도 또 다른 제2의 루한과.

"당신 역시 피해자라니, 이해할 수 없는 말을 하는군요. 혜영에게 남자가 생긴 게 왜 당신에게 피해가 되는 거죠? 오히려 온전히 존더부르크의 안주인이 될 수 있다는 사실에 기뻐해야 하는 것 아닌가?"

냉소와 함께 비틀린 첸의 말에 샤론의 눈이 날카로워졌다.

"맞아요. 내가 존더부르크의 안주인이 될 생각이라면, 당연히 기뻐해야겠죠."

샤론은 앞에 놓인 잔을 들어 단숨에 마셔 버렸다. 그 모습을 보며 첸이 눈살을 찌푸렸다. 샤론의 말속에 담긴 뉘앙스엔 존더부르크의 안주인이 될 생각 같은 건 없다는 것처럼 들렸던 것이다. 아니, 착각일 테지. 첸이 샤론에게서 잔을 빼앗아 들었다.

"천천히 마셔요. 칵테일이라고 우습게 봤다간, 한순간 취해 버릴 수 있으니까."

"걱정 말아요. 칵테일 몇 잔에 취할 어린아이 아니니까."

샤론이 불쾌한 듯 그를 쏘아보더니, 이번엔 첸이 시킨 버번 잔을 들어 벌컥 단숨에 삼켰다. 뜨겁고 찌르르한 감각이 목구멍을 타고 흐르자 샤론은 움찔 눈을 감았다.

"정말 그만 마시라니까."

또다시 그의 손이 그녀의 손에 들린 잔을 빼앗으려 했다. 그러다 두 사람의 손이 맞닿았고, 은은한 조명 속에서 두 사람의 시선이 마주쳤다. 샤론은 첸이란 남자를 바라보았다. 윤곽이 뚜렷한 얼굴에 세련된 분위기의 첸은 영화 속 한 장면처럼 느껴질 정도도 매력적인 모습이었다. 묘하게 그녀의 심장을 설레게 하는 그의 눈빛이 그녀에게 향해 있자, 샤론은 그에게서 시선을 뗄 수가 없었다.

"지금 날, 걱정하는 건가요?"

"어쩌면 걱정하는지도 모르지. 만약 당신이 술에 취한다면, 당신을 들쳐 메고 당신을 방까지 데려다 주는 수고를 해야 할 테니까."

샤론의 입가에 미소가 떠올랐다. 그녀의 눈동자 역시 즐거운 듯 빛나고 있었다. 대체 뭐지? 첸은 시시각각 변하는 샤론을 보며 어리둥절했다. 거만하고 차가운 공주님에서 장난기 많고 사랑스러운 평범한 여자의 모습을 하고 있는 샤론을 보자, 심장이 뜨거워졌다.

"날 데려다 줄 의향이 있다니 다행이군요. 안심되기도 하고."

"친구 하기로 했으니, 당연하지 않나?"

샤론은 어느새 반말하는 첸을 보며 피식 웃었다. 그의 말투가 기분 나쁘게 느껴지지 않았던 것이다.

"친구라? 하지만 난, 지금 더 좋은 게 생각났어요."

샤론의 눈동자가 변해 있었다. 하늘빛 눈동자가 짙어져 있었고,

그를 바라보는 눈빛 역시 뭔가 다른 감정을 담고 있었다. 그리고 첸은 그 눈빛을 너무도 잘 알고 있었다. 여자가 남자를 유혹할 때 보내는 그 눈빛이었으니까. 믿을 수 없지만, 지금 샤론은 그를 남자로 유혹하고 있었다.

"당신 지금……."

"내가 여자로서 마음에 들지 않는 모양이군요."

샤론이 실망한 듯 입을 삐죽였다. 천천히 움직이는 붉은 입술이 무척이나 섹시했다. 그리고 열매처럼 달콤할 것 같은 입술에 키스했을 때 어떤 감촉일지도 궁금했다. 샤론 역시 첸의 표정이 바뀌었던 사실을 알고 있었다. 그러자 샤론은 붉은 입술 사이에 촉촉하게 젖은 혀를 불쑥 내밀더니, 천천히 입술을 훑어 내리기 시작했다.

단전에 피가 몰리는 느낌이었다. 하지만 첸은 여전히 차가운 눈으로 그녀를 쏘아보았다. 대체 무슨 속셈으로 이러는 것인지 갈피를 잡지 못했던 것이다. 그녀가 손을 뻗어 그의 손 위에 올려놓았다. 겹쳐진 손 위로 그녀가 손끝으로 그의 손등을 천천히 쓸어내렸다.

"난, 당신을 원하는데…… 당신은 아닌가요, 첸?"

심장이 거칠게 뛰었다. 온몸에 뜨거운 열기가 휩쓸고 들어왔다. 그 어느 때보다 첸은 눈앞의 여자가 갖고 싶었다. 단순한 욕망일지도 몰랐지만, 거부하기엔 너무도 거센 폭우였다.

첸이 그녀의 손목을 꽉 그러쥐었다. 샤론은 그의 힘에 놀란 듯 눈이 커졌지만, 이내 그녀의 입가에 미소가 떠올랐다. 지갑에서 돈을 꺼낸 첸이 탁자 위에 올려놓고는 그녀의 손을 이끌고 밖으로 나왔다.

"몇 층이지?"

"여기."

샤론이 가방에서 호텔의 카드키를 꺼내 그에게 건넸다. 카드키를 받아 든 첸이 서둘러 그녀를 이끌고 엘리베이터로 걸어가기 시작했다. 한순간도 지체하지 않겠다는 듯 빠르게 움직이는 첸과는 달리, 샤론의 시선은 불안한 듯 주위를 살피고 있었다.

엘리베이터에 도착한 첸이 서둘러 버튼을 눌렀다. 엘리베이터가 도착하길 기다리는 동안 첸의 심장이 무섭게 뛰고 있었다. 마침내 문이 열렸다. 엘리베이터에 탄 첸이 버튼을 누른 후, 문이 닫히는 것조차 기다릴 수 없다는 듯 그녀를 끌어당겨 그녀의 입술에 키스하기 시작했다.

"흡!"

갑작스러운 키스에 샤론의 눈동자가 커졌다. 그리고 커진 그녀의 눈동자에 누군가의 그림자가 어렸다 닫힌 문과 함께 사라졌다. 샤론은 첸이 생각보다 더 진한 열정으로 입술을 부딪쳐 오자 조금 당황했다. 옅은 알콜 향과 함께 남자의 스킨 냄새가 그녀의 콧속으로 들어왔다. 청량하고 심장을 간질이는 묘한 그 향기에 샤론은 손끝이 떨렸다.

이건 단순히 키스여야 했다. 그녀를 뒤따르던 기자에게 보이기 위한 단순한 퍼포먼스에 불과했다. 그런데 짙어지는 키스로 인해 샤론의 심장이 뛰고 있었다. 그 변화에 샤론은 당혹스러웠지만, 밀어내고 싶지 않았다. 오히려 온몸을 간질이는 격정에 몸을 맡기고 싶다는 충동을 느꼈다.

엘리베이터가 21층에 도착했다. 입술을 뗀 첸이 엘리베이터에서 내려 그녀의 팔을 잡고 복도를 따라 걷기 시작했다. 또다시 빠르게 걷는 첸과는 달리 그녀가 묵고 있는 방에 가까워질수록 샤론의 발걸음은 더뎌졌다. 마치 누군가를 기다리듯 자꾸만 그녀의 시선이 엘리베이터로 향했다.

방문 앞에 도착한 첸이 카드키를 꽂고는 그녀를 돌아보았다. 첸은 망설이며 머뭇거리는 샤론을 보며 폭발하려는 열기를 누르려했다. 기회를 줘야 할 것 같았다. 이곳으로 오는 동안 그녀의 마음이 변했을 수도…….

"으흡!"

다음 순간 샤론이 그의 목에 팔을 감고 입술을 벌려왔다. 그러자 첸 역시 더는 망설이지 않았다. 벌어진 붉은 입술 사이로 혀를 밀어 넣고는 자신의 욕망을 숨김없이 드러냈다. 그녀의 고갤 살짝 옆으로 돌린 후, 더욱 깊숙이 혀를 밀어 넣었다. 그리곤 단단히 그녀의 혀를 휘감곤 힘껏 빨아 당겼다.

아릿한 아픔과 함께 샤론의 등줄기를 타고 나른한 열기가 순식간에 온몸으로 퍼져 나갔다. 그녀의 허리에 휘감긴 그의 팔이 아프게 조여왔다. 짙은 욕망이 하나처럼 맞닿은 두 육체에서 뜨겁게 피어올랐다.

문이 열리고 방으로 들어간 첸은 샤론을 벽에 밀어붙이곤, 더욱 깊게 키스했다. 타액으로 젖어 농밀해진 키스에선 채워지지 않는 허기가 느껴졌다. 그의 손이 그녀의 블라우스 속으로 들어가 속옷을 밀어 올리곤 풍만한 가슴을 꽉 그러쥐었다. 그의 손길에 놀란 샤론이 움찔 몸을 굳혔다. 뒤이어 다른 손이 그녀의 치마를 밀어

올렸다.

　침대로 가기 전에 당장 이곳에서 그녀를 가질 듯 그의 손길이 무척이나 다급했다. 놀란 샤론이 서둘러 그를 밀어냈다.

　"잠깐, 기다려요."

　하지만 이미 욕망의 거대한 파도에 휘말린 첸의 귀엔 들리지 않는 모양이었다. 여전히 그녀의 가슴과 치마 속으로 밀어 넣은 손이 속옷을 끌어 내리려 하자, 샤론이 그의 혀를 꽉 물었다.

　"으윽!"

　고통에 찬 신음과 함께 첸이 그녀에게서 떨어졌다. 조금 전 일어난 일을 이해할 수 없는 듯 한동안 멍한 눈으로 샤론을 바라보았다.

　"샤론……?"

　"미안해요, 첸."

　"지금 무슨……?"

　"마음이 바뀌었어요. 그만 돌아가 주세요."

　차갑게 울리는 샤론의 목소리에 이성을 잃고 있던 첸의 머릿속이 맑아지기 시작했다. 그리곤 그녀를 차가운 눈으로 쏘아보았다.

　"날……."

　"어떻게 생각하든 상관없어요. 하지만 미안해요."

　샤론의 거절에 첸은 찬물을 뒤집어쓴 느낌이었다. 하지만 충분히 이해할 수 있었다. 욕망이란 충동적임을 알고 있었으니까.

　"미안해할 필요 없어. 이해해."

　첸의 반응에 샤론이 놀란 듯 그를 바라보았다. 당연히 그가 화를 낼 것으로 생각했다.

"그럼 가볼게. 내일 연락해도 될까? 그때 말했던 홍콩 투어 해주고 싶은데."

"아니에요. 시간이 되면, 제가 연락할게요."

샤론이 긴장한 표정으로 고갤 가로저었다. 그러자 첸은 좋을 대로 하라는 듯, 그녀에게 명함을 꺼내 그녀의 손에 쥐여주었다. 그가 문을 나서자 샤론은 복잡한 표정으로 첸을 바라보았다. 문이 닫히기 전, 샤론은 다시 한 번 말했다.

"미안해요."

굳게 문이 닫혔다. 그리고 그 순간 첸의 표정이 변했다. 분명, 문이 닫히기 전 들려온 그녀의 말은 분명 "당신을 이용해서, 미안해요." 였다.

그리고 그 다음 날, 첸은 그녀의 말뜻을 정확히 이해할 수 있었다.

"젠장!"

덴마크 블리스 총리의 외동딸 샤론의 숨겨진 애인, 이란 제목의 기사가 게재된 것이다. 하지만 곧 블리스 총리 측에 의해 기사가 모두 내려졌다. 하지만 그 스캔들로 인해 이미 샤론 블리스와 루한 존더부르크와의 결혼은 깨어진 것이나 마찬가지였다. 그리고 정치 명문가인 블리스 가의 미래 역시.

루한은 블리스 가에 와 있었다. 예정된 약속 장소는 총리실이었지만, 갑자기 블리스 가로 약속 장소를 변경하겠다는 연락을 받은 순간, 루한은 총리에게 무슨 일이 생겼음을 직감했다. 그리고 블리스 가로 가는 차 안에서 알렉스가 건넨 기사를 본 순간, 그의 직감이 맞았다는 사실을 알았다.

'정말 대단한 여자야. 이렇게까지 크게 일을 벌일 줄은 몰랐는데 말이야.'

루한은 퀸즈 나이트 저택에서 그의 제안을 받아들이던 샤론을 떠올리자 입가에 미소가 지어졌다. 그리고 그런 샤론에게 당해 어쩔 줄 몰라 할 블리스 총리를 보는 것 역시 흥미로울 것 같았다. 또한 그가 자신에게 할 제안 역시.

잠시 후 달칵! 소리와 함께 서재의 문이 열렸다. 그리곤 루한의 예상대로 초조함을 숨기지 못한 채 블리스 총리가 방으로 들어왔다.

"오랜만입니다, 총리님."

"그래, 갑자기 약속 장소를 바꿔 미안하군. 사실 사정이 좀 있어서."

"알고 있습니다. 조금 전 차 안에서 보고받았습니다."

루한의 대답에 총리가 그럴 줄 알았다는 듯 고갤 끄덕였다. 사실 유능한 사업가인 루한을 상대해야 한다는 부담감과 함께, 자신의 패가 읽혔다는 사실이 상황을 더 악화시킨 것이다. 하지만 담담한 표정의 루한과 마주한 순간, 블리스 총리는 무슨 이유에서인지 그와 더 쉽게 이야기할 수 있을 것 같다는 생각이 들었다. 미묘했지만 지난번 보았을 때와는 달리 루한의 태도와 분위기가 변해 있었다.

"그럼 내가 무슨 말을 할지도 알겠군."

"짐작만 할 뿐입니다."

냉정한 사업가의 얼굴을 한 루한을 보며 총리는 한숨을 내쉬었다. 지금 상황은 블리스에게 불리했다. 샤론이 저지른 일은 지금까지 청렴하고 깨끗한 이미지인 블리스 가문의 최대 스캔들이었던 것이다. 이로써 샤론은 그의 뒤를 이어 정치계에 입문할 수도 없었고, 명문가와의 정략혼 역시 불가능했다. 하지만 불행히도 블리스 총리에겐 루한의 힘이 필요했다.

블리스 총리가 생각하는 가장 안정적인 관계는 정략혼이었지만, 그것이 불가능하게 된 상황에서 총리는 존더부르크 가와 다른 형태의 긴밀한 연계가 필요했다.

"나에게 원하는 일이 있나? 만약, 있다면 내가 그것을 돕지."

루한은 앞에 놓인 찻잔을 들어 올렸다. 차를 마시는 루한의 입가에 서늘한 미소가 떠올랐다. 반쯤 감긴 그의 눈동자 역시 예고 없이 찾아든 감정으로 짙어져 있었다. 그가 블리스 총리에게 원하는 것. 분명히 있었다. 하지만 이제 더는 필요 없었다.

한혜영이란 여잘 갖기 위해 블리스 총리의 도움이 필요했지만, 이제 그럴 필요가 없었던 것이다. 젠장! 간절히 원할 땐 이루어지지 않던 것이, 그것이 필요하지 않은 순간 너무도 쉽게 그의 손에 들어오다니.

"총리님께 원하는 것은 없습니다."

찻잔을 내려놓으며 루한이 단호한 표정으로 말했다. 그러자 블리스 총리의 얼굴이 급격히 어두워졌다. 평소 탁월한 정치인답게 대중 앞에서 언제나 표정을 잘 숨기던 블리스 총리였지만, 지금 루한 앞에선 그럴 필요를 느끼지 못한 모양이었다. 아니, 샤론 블리스가 벌인 엄청난 스캔들의 충격에서 아직 벗어나지 못해 이성을 찾지 못한 모양이었다.

"하지만 돕겠습니다. 언젠간 총리님의 도움이 필요할 날이 있을 테니까요."

잠시 시간 차이를 두고 루한이 대답했다. 그러자 총리의 표정역시 순식간에 변했다.

"고맙군, 존더부르크."

총리가 일어나 루한에게 손을 내밀었다. 그러자 루한 역시 자리에서 일어나 총리의 손을 잡았다.

"루한이라고 부르십시오. 그런데 샤론은 앞으로 어떻게 하실 생각이십니까?"

샤론이란 말에 총리의 미간이 찌푸려졌다. 루한의 손을 놓고는 골치가 아픈 듯 지끈거리는 머릴 손끝으로 꾹꾹 눌렀다. 며칠 전 샤론의 스캔들 기사를 접한 후부터 계속되어 온 두통은 약을 먹어도 소용이 없었던 것이다.

"아직 결정하지 못했네."

사실 총리는 샤론이 왜 그런 어이없는 일을 벌였는지 이해할 수 없었다. 지금껏 총리의 뒤를 이어 덴마크의 첫 여성 총리가 되기 위해 완벽하게 준비된 길을 걸어온 샤론이었다. 정치인에게 스캔들이 얼마나 치명적인 일인지도 너무나 잘 알고 있는 그녀가 이런 스캔들에 휘말리다니. 일부러 이런 일을 벌였다고밖엔 볼 수 없었다.

"그럼 존더부르크에서 샤론을 데려가고 싶습니다."

"그게 무슨 말이지? 결혼하겠다는 뜻인가?"

"아닙니다. 사업가로서 샤론의 능력을 쓰고 싶다는 뜻입니다."

"하지만 샤론은 정치 외엔……."

"그건 걱정하실 필요 없습니다. 제가 샤론의 능력을 이미 알고 있으니까요."

총리의 시선이 날카로워졌다. 그리곤 잠시 생각에 잠긴 듯했지만, 이내 루한의 제안이 샤론에겐 이득이란 결론을 내린 모양이었다.

"그럼, 부탁하지."

잠시 후, 서재를 나온 루한은 저택을 나가기 위해 복도를 따라 걷기 시작했다. 그러다 그를 기다리고 있던 샤론과 마주쳤다.

"당신에게 그런 용기가 있었다니, 다시 봤어."

"훗, 저에 대해 이제 관심이 생긴 모양이군요. 어때요? 제가 만든 작품이 당신의 계획보다 훨씬 괜찮지 않았나요?"

농담조로 말했지만, 샤론은 루한의 안색을 살폈다. 며칠 사이 그의 얼굴은 눈에 띄게 수척해 있었다. 입술은 메말라 버석했고, 잠을 자지 못한 듯 눈가엔 짙은 그늘이 드리워져 있었다. 태연한 척하고 있지만, 견딜 수 없을 만큼 아픈 게 분명했다. 캐롤라인의 일을 말해줘야 할까? 샤론은 순간 망설였지만, 이내 말하지 않기로 했다. 자신이 끼어들 일이 아니란 판단에서였다.

"총리님께도 얘기했지만, 준비되는 대로 존더부르크로 출근하도록 해. 다음 일은 알렉스가 준비해 놓을 거야."

"아니요, 루한. 우선 정식으로 사진을 공부하고 싶어요."

정식으로 공부를 하고 싶다는 샤론을 보며 루한은 고갤 끄덕였다. 공부를 끝마쳤을 때, 엄청난 재능을 펼치게 될 샤론을 생각하자 욕심이 났다. 아마 그땐, 존더부르크에서 데려오려 해도 경쟁자가 많아 데려올 수 없을지도 몰랐다.

"그럼 인재를 위해 투자를 해야겠군."

루한의 말에 샤론의 눈이 조금 커졌다. 진짜 놀란 모양이었다.

"진심인가요?"

"샤론, 내가 당신의 재능을 가장 먼저 알아본 사람이란 걸 잊지 말도록 해. 공부하는 동안, 존더부르크에서 모든 걸 지원하지. 대신 졸업 후, 존더부르크에서 일하겠다는 조건하에. 어때?"

"좋아요. 하지만 후회할지도 모르는데, 괜찮나요?"

"샤론, 난 뛰어난 사업가야. 하지만 내가 사업적인 능력보다 더 탁월한 재능이 있는데, 그게 바로 사람을 보는 눈이지."

샤론의 눈빛이 반짝이기 시작했다. 루한의 말에 담긴 칭찬이 진심임을 안 것이다.

"고마워요, 루한."

"또 보지."

루한이 저택을 나오자, 현관에서 기다리고 있던 알렉스가 차 문을 열었다.

"총리께서 무슨 말씀을 하시던가요?"

"한배를 타자고 하더군."

"루한 님께선 뭐라고 하셨습니까?"

"좋다고 했어. 블리스 총리는 뛰어난 인물이고, 적보단 아군으로 있는 편이 나에겐 이익이 될 테니까."

차에 탄 루한은 창밖을 응시했다. 블리스 총리가 자신의 편에 서길 간절히 원했었다. 하지만 모든 것이 끝나 버린 순간, 그 바람이 이루어지다니.

차가 움직이기 시작했다. 루한은 가죽 시트에 몸을 묻고는 눈을 감았다. 아무것도 생각하고 싶지 않다는 듯. 그저 지금은 모든 것을 망각하고 싶었다. 3개월의 기억을 모두 없애고 싶을 만큼.

"알렉스, 다 그만두고 싶군. 다 놓고 싶다는 생각이……."

어두워진 차 안에 루한의 말이 공허하게 울렸다. 그리고 그 목소리에 느껴지는 아픔이 고스란히 느껴졌다. 앞으로 그의 삶은 평온할 테지. 부와 권력을 갖게 될 테니까. 하지만…… 루한은 온몸에 한기가 들 정도로 공허했다. 모든 걸 다 가졌지만, 그가 가장 원하는 단 하나를 잃어버린 것이다.

그리고 그 단 하나는 그가 가진 모든 것들보다 그에게 소중했다. 그는 이미 모든 것을 잃어버린 것이다.

8년 만에 돌아온 한국. 열흘 앞으로 다가온 결혼식 때문에 선우와 함께 한국에 돌아온 혜영은 집에만 틀어박혀 있었다. 첫날 서진을 비롯해 가족들과 저녁 식사를 한 후, 며칠 동안 집에서 꼼짝도 하지 않았다.

처음엔 그런 그녀를 피곤해서라고 생각한 모양이지만, 하루하루 시간이 지날수록 나아질 기미가 보이지 않자, 서진은 그녀를 걱정하기 시작했다. 결국 서진은 혜영을 집 밖으로 불러내기 위해 자신의 결혼식 준비를 부탁했던 것이다.

사실 거절의 말이 목구멍까지 올라왔다. 하지만 혜영의 모습에 이상함을 느낀 서진이 무슨 일이냐며 따져 물었다. 별일 아니라고 했지만, 서진은 믿지 않는 눈치였다. 그리고 오늘, 급기야 서진은 선우를 그녀에게 보낸 것이다.

아마 서진은 혜영이 그러는 이유가 선우 때문에 가슴앓이를 한다고 생각한 모양이었다. 훗! 서진이 그렇게 생각할 만했다. 헤이그에서 보았을 땐 혜영이 선우를 좋아하고 있었으니까.

선우를 따라 억지로 한강 공원에 나온 혜영은 벤치에 앉아 커피를 사러 간 선우를 기다렸다. 그러다 공원으로 놀러 온 연인에게 저절로 시선이 갔다. 잔디 위에 옷을 펼쳐 놓고, 신발까지 벗어놓은 두 사람은 잔디 위에 누워서 책을 읽고 있었다.

혜영은 물끄러미 잔디를 바라보았다. 순식간에 목구멍이 꽉 조여왔다. 이젠 익숙한 듯 심장을 옥죄오는 아릿함에 혜영은 입술을 깨물었다. 그날 이후, 똑같은 상황이 반복되고 있었다. 아침에 눈을 뜨고, 그를 잊으려 했고, 또 밤이 되었다. 그렇게 반복되는 일상 속에 매 순간, 그가 있었다. 그리고 밖으로 꺼내지 못한 마음이 안에서 곪아갔다.

사박사박. 어느새 벤치에서 일어선 혜영은 잔디 위를 걷고 있었다. 굽이 낮은 로퍼를 신어 발등에 차갑고 생경한 감촉이 느껴졌다. 혜영은 잔디 위를 걷고 또 걸었다. 급기야 로퍼를 벗어 한 손에 들곤 맨발로 잔디 위를 걸었다.

발을 간질이는 싱그러운 초록의 감촉이 느껴졌다. 하지만 다르단 생각이 들었다. 발걸음이 멈추었고, 혜영은 한숨과 함께 가만히 눈을 감았다. 그렇게 멈춰 서 있던 혜영이 잔디 위에 쪼그려 앉았다.

다리 사이에 얼굴을 묻고 공처럼 몸을 말고 쪼그려 앉아 있는 혜영의 등 위로 바람이 불어왔다. 바람의 흔들림에 혜영의 어깨가 떨리기 시작했다. 소리 없이 흐르는 시간 속에서 혜영의 눈가가 뜨거워졌다.

그가 떠난 홍콩이 너무도 싫었다. 그래서 한국으로 돌아가자는 선우의 말을 순순히 따랐던 것이다. 하지만 이곳 역시 마찬가지였다. 그에 대한 마음을, 생각을 떨쳐 낼 수 없었다.

이렇게 어리석게 굴 줄 알았었다. 그에게 등을 돌린 자신이 미련퉁이처럼 이렇게 허우적거릴 것이란 사실을 그녀 역시 알고 있었다. 보내고 후회하고, 또 후회하리란 것도.

하지만 너무 아팠다. 이 정도쯤 견딜 수 있을 것으로 생각했었는데 생각보다 너무 버거웠다.

『혜영 씨, 무슨 일이죠? 왜 그래요?』

커피를 사온 선우가 당황한 표정으로 혜영에게 다가왔다. 하지만 혜영은 일어설 수 없었다. 일어나 평소처럼 아무 일 아니라는 듯 선우를 향해 웃어야 했다. 하지만 일어설 수도, 또한 웃을 수도 없었다. 아무 일 없는 듯 그렇게 더는 웃을 수 없었다.

『무슨 일이에요?』

『미안해요.』

미안하다는 떨리는 목소리를 듣는 순간 선우의 얼굴에 짙은 그늘이 졌다. 그녀가 하려는 말이 무엇인지 짐작할 수 있었으니까. 고갤 들지 못하고 있는 혜영이 아픔을 참으며 울음을 삼키고 있다는 사실 역시 알 수 있었다.

『미안해요, 선우 씨. 난…… 안 되겠어요. 여기가…… 여기가 너무 아파, 안 될 것 같아요.』

그녀의 대답에 선우가 위로하듯 그녀의 어깨에 조심스럽게 손을 올려놓았다. 이미 알고 있는 답이었다. 홍콩으로 서진과 도혁의 청첩장을 들고 찾아갔을 때, 선우는 혜영에게 자신이 혜영을 사랑하고 있다고 말할 생각이었다. 3개월 전, 호텔에서 함께 있었던 정유진은 그저 그의 부탁으로 함께 있었던 동료라는 것도.

하지만 홍콩에 도착했을 때, 혜영은 이미 다른 사람을 사랑하고 있었다. 아이러니하게도 그 상대가 호텔에서 만난 루한 프레데릭 크리스티안 존더부르크란 사실을 알았을 때, 커다란 망치가 그의 머릴 강타한 느낌이었다.

그녀의 부탁으로 함께 간 파티에서 루한을 본 순간, 그의 불안은 현실이 되었다. 두 사람은 서로에게 깊게 빠져 있었던 것이다. 하지만 무슨 이유에서인지 혜영은 선우 자신을 루한에게 연인이라도 된 것처럼 소개했다. 그를 쏘아보던 루한의 살기 어린 눈빛이 아직도 생생하게 느껴졌다. 그렇게 루한과 헤어진 후, 혜영은 그를 따라 서울에 온 것이다.

서울에 함께 오는 동안, 선우는 혜영에게 기회를 달라고 말했다. 그리고 지금, 그것에 대한 답을 들은 것이다.

『안 되겠어요, 난. 여기가 아파서…… 숨도 쉬지 못할 만큼 아파서……. 평생 그 사람을 잊지 못할 것 같아요.』

『괜찮아요, 혜영 씨. 나에게 미안해할 것 없어요. 나 역시, 혜영 씨에게 미안한 일을 했으니까.』

선우가 울지도 못하고 앉아 있는 혜영을 끌어안았다. 너무 아픈

나머지 울지도 못하는 혜영을 보며 선우는 후회했다. 자신이 잃어버린 것이 무엇인지 깨달았기 때문이었다. 또한 평생 얻지 못할 것이 무엇인지도.

『잠시만, 이렇게 있어요. 친구로서 이렇게…….』

선우의 말에 혜영이 안심한 듯 고갤 끄덕였다. 그리곤 고갤 들어 그의 가슴에 얼굴을 묻었다. 바짝 타들어간 입안은 침도 삼킬 수 없을 만큼 버석했다. 가까스로 침을 삼킨 혜영은 두 눈을 꼭 감고 감정을 억눌렀다.

울지 않을 생각이었다. 그녀는 울 자격도 없다는 생각이 들었으니까. 그의 심장에 날카로운 상처를 낸 자신은 눈물을 흘리며 그를 그리워할 자격도 없었으니까. 그의 손을 놓지 말았어야 했다. 자신은 괜찮을 것이라고 자만하지 말았어야 했다.

만약, 그가 돌아오지 않는다면……. 이대로 그녀에 대한 사랑이 스쳐 지나가는 감정이란 걸 깨닫고 그녀를 잊어버린다면……. 욱신! 또다시 심장이 타들어갔다.

그가 없는 혜영의 삶은 습기 하나 없이 바짝 마른 사막 같았다. 그 어떤 생명도 자랄 수 없을 만큼 메마른 모래언덕. 그리고 그 모래언덕에서 혜영 역시 시들어가고 있었다.

루한은 앞에 앉아 있는 남자의 얼굴이 썩은 고기를 찾아다니는 하이에나처럼 느껴졌다. 고급스러운 정장을 비롯해 머리부터 발끝까지 완벽하게 갖춰 입었지만, 그런 겉모습과는 달리 남자의 머릿속은 탐욕으로 가득했다.

가진 자가 더 많은 것을 가져야 하듯, 부를 움켜쥔 존더부르크의 사람들은 더 많은 돈과 권력을 갖길 원했다. 그리고 존더부르크의 원로들을 대표해, 변호사 겸 원로 중 하나인 헨리 존더부르크가 그를 찾아온 것이다.

"용건이 뭔지 말하고 돌아가 주었으면 좋겠군."

루한의 말에 헨리의 미간이 찌푸려졌다. 루한의 차가운 태도가 마음에 들지 않은 모양이었다. 언제나 루한을 보며 우월감을 느끼는 족속들이었기 때문에 루한은 크게 신경 쓰지 않았다.

"제가 이곳을 찾은 이유는 한 가지입니다. 존더부르크 가를 대신해, 앞으로 블리스 총리 문제를 어떻게 할 생각인지 묻기 위해서입니다."

"웃기는군! 정말 내 대답이 궁금해서 온 건가?"

차갑게 울리는 목소리에서 느껴지는 냉기에 헨리의 표정이 살짝 굳어지는 것이 보였다. 하지만 이내 거만한 표정으로 루한을 바라보았다. 그리곤 본격적으로 자신의 속내를 드러내기 시작했다.

"사실 존더부르크 가의 변호사로서 원로들의 생각을 전하기 위해서라고 해야겠군요. 우린, 블리스 가와의 결혼을 끝까지 지지할 생각입니다. 시간이 지나면 그런 작은 스캔들쯤……."

"끝까지 이기적인 속물들."

움찔! 맹수의 울림처럼 위협적인 살기에 두려움을 느낀 듯 헨리가 말을 멈췄다.

따닥! 따따닥! 루한의 손끝이 책상을 두드렸다. 그러자 책상을 두드리는 규칙적인 그 울림에 헨리의 심장 역시 두려움으로 몸을 움츠렸다.

"지금 뭐라고……?"

헨리가 반발하려는 듯 루한을 쏘아보았다. 하지만 헨리를 바라보는 루한의 표정엔 아무것도 나타나 있지 않았다. 사람의 것처럼 느껴지지 않는 무표정. 하지만 짙은 암청색의 눈동자엔 경멸이 담겨 있었다. 징그러운 벌레를 보듯, 차갑게 반짝이는 루한의 눈빛에 헨리는 초조함을 느꼈다. 루한의 시선은 마치 덫에 걸린 짐승에게 겁을 주듯, 느릿느릿 그 주위를 배회하는 맹수처럼 느껴졌던 것이다.

"원로들의 생각은 잘 알았다고 전해. 그리고 돌아가서, 난 이제 더는 그들의 탐욕을 위해 미친 듯이 일하는 존더부르크의 개가 아니라고."

"지금 뭐라고…… 존더부르크의 개라고 했나요?"

발끈 화를 내며 헨리가 몸을 세웠다. 여유로워 보였던 그가 루한의 냉소와 비난에 바짝 긴장한 듯 등을 곧추세웠다. 헨리와 비슷한 나이인 루한은 어린 시절부터 속을 알 수 없는 소년이었다. 그래서 더 마음에 들지 않았었다.

하지만 존더부르크의 수장이 된 그는 심장을 서늘하게 할 만큼 냉혹한 사람이었다. 그래서 그는 더 두려운 존재였다. 사실 변호사라는 이유로 원로들을 대표해 루한을 찾아 존더부르크 저택까지 오는 동안, 헨리는 긴장할 수밖에 없었다. 어린 시절 존더부르크 가의 천덕꾸러기는 이제 함부로 할 수 없는 존재가 되어 있었던 것이다.

"아니라고 할 생각인 모양이군. 내가 알기엔 분명, 날 존더부르크의 혼혈 개라고 불렀던 것 같은데 말이야."

순간, 헨리의 얼굴이 새하얗게 변했다. 루한이 어렸을 때 그를 조롱하며 불렀던 별명이 바로 존더부르크의 혼혈 개였다. 그의 어머니 희연과 그를 비하해 부른 그들만의 속어였다. 그런데 그걸 알고 있었다. 아니, 알고도 지금껏 모른 척해왔다니.

"그건 그러니까⋯⋯."

"부정할 필요 없어. 변명할 것도 없고. 지금 난, 그걸 탓하는 것은 아니니까."

루한의 말에 헨리의 표정에 안도감이 서리는 것이 보였다. 하지만 이내, 조금 전 그가 했던 말이 떠올랐는지 눈을 가늘게 떴다.

"잠깐, 조금 전 그 말의 뜻이 무엇인지 궁금하군요. 존더부르크 수장 자리에서 물러나겠다는 뜻인가요?"

"물러나는 것이 아니라, 더는 하지 않겠다는 뜻이야. 이제 더는 이 자리에 있을 이유가 없어졌으니까."

"그럼 지금까진 그 자리에 있을 이유가 있었다는 뜻인가요?"

"당연하지 않나? 내 어머니를 멸시하고 무시하던 사람들이었어. 그런 사람들을 위해 내가 내 몸을 축내가며 존더부르크를 키울 이유는 없으니까."

"우리에게 화가 나 있는 모양이군요. 그래서 그만둔다는 건가요?"

"뭔가 잘못 알고 있군. 난 화가 나 있는 것이 아니라, 당신들을 경멸해. 내 몸속에 존더부르크의 절반의 피가 흐르고 있지만, 그 피를 부정하고 싶을 만큼. 그 편협함을 경멸하고 있어."

헨리의 얼굴이 굳어졌다. 감히 왕가의 혈족인 존더부르크를 편협하다고 하다니. 용납할 수 없는 모양이었다. 루한은 그 모습에 한숨이 새어 나왔다. 그 역시 존더부르크였으니까.

지금껏 그가 존더부르크의 수장 자리에 있었던 이유는 단 하나였다. 어린 나이에 부모님을 잃은 캐롤라인이 존더부르크란 배경을 업고 무사히 자라게 하기 위해서였다. 하지만 캐롤라인 역시 성인이 된 지금, 그가 이곳을 고집할 이유가 없어졌다.

"불쾌하군요. 감히, 존더부르크를 편협하다고 하다니."

"사실을 용납하지 못하는 것 역시 편협한 일이야. 나 역시 마찬가지였으니까."

헨리가 루한을 응시했다.

"그럼, 루한 당신은 더는 편협하지 않겠다는 건가요?"

"아니, 앞으로도 더 편협해질 생각이야. 다만, 그것은 내가 내 사람을 지키기 위해서지, 탐욕을 위해서는 아니야. 헨리, 원로들에게 전해. 오늘부로 나, 루한 프레데릭 크리스티안 존더부르크는 수장 자릴 내놓겠다고. 주주 총회에서 새로운 수장을 선출해야 할 거야. 난, 빠를수록 좋아. 그리고 오늘 이후엔, 알렉스가 모든 것을 진행할 테니 그쪽으로 연락하도록 해."

단호한 목소리로 루한은 자신의 생각을 전했다. 생각보다 아쉽지 않다는 사실에 루한은 스스로 놀라는 중이었다. 오히려 한결 가벼워졌다. 그를 붙잡고 있던 족쇄를 끊어버린 느낌이었다.

그런 루한을 보는 헨리는 순간 멍한 표정이었다. 전혀 예상치 못했던 말이었을 테니까. 루한이 수장 자릴 내놓다니. 지금까지 존더부르크를 맡아 경영해 왔던 역대 수장 중 그 누구보다 뛰어난 능력을 지난 사람이 바로 루한이었다. 10여 년 동안 그가 이뤄놓은 것들을 보면, 그 사실을 누구도 부정할 수 없었다. 그래서 사실 원로들 역시 루한을 따랐던 것이다.

"진심인 모양이군요."

"내가 지금껏 진심을 말하지 않은 적이 있었나?"

루한의 눈빛에 헨리는 마른침을 삼켜야 했다. 냉기가 가득한 눈빛과 표정없는 얼굴. 루한은 그 어느 때보다 냉정했다. 헨리는 미간을 찌푸리며 생각에 잠겼다. 루한이 10여 년간 벌어들인 존더부르크의 자산은 엄청난 금액이었다. 또한 앞으로 만들어갈 이익 역시 천문학적일 테고. 그런데 그런 것을 한순간에 놓아버리다니. 그의 머리론 이해할 수 없는 일이었다.

"원로들이 쉽게 받아들이지 않을 겁니다."

그럴 테지. 앞으로 그들이 갖게 될 엄청난 돈을 가질 수 없을 테니까. 루한은 더는 그들의 시선과 의견에 휘둘리는 존재가 아니었다. 지킬 것이 있고 애정이 있을 때, 그들의 시선과 생각이 중요했지만 이제 더는 아니었다.

"또 다른 개를 찾는 게 쉬울 것 같군. 대신 그 개에겐 절대, 당신들의 본성을 들키지 않기를 충고하지. 그래야 끝까지 충성할 테니까."

차가운 냉소에 헨리가 자리에서 일어섰다. 루한의 뜻은 확고했다. 그는 존더부르크를 떠나려는 것이었다.

"뜻이 그렇다니, 전하겠습니다."

방을 나가기 전, 헨리가 그를 돌아보았다.

"아직 하고 싶은 말이 남아 있는 건가?"

"존더부르크를 떠날 결심을 한 또 다른 이유가 있습니까?"

헨리의 물음에 루한의 얼굴이 눈에 띄게 굳어졌다. 이유라…….
있었다. 너무도 분명한 이유가.

"있었지. 하지만 이젠 없어졌어."

이젠…… 없어졌다라? 헨리는 5년 만에 가진 한 달의 휴가 동안
루한에게 무슨 일이 있었음을 짐작할 수 있었다. 그것이 무엇인지
알 수 없었지만, 그 일로 루한의 삶이 변한 것이다. 헨리가 방을
나갔다. 그러자 루한은 긴장을 풀고 의자에 몸을 기댔다. 순식간
에 피로가 몰려왔다. 쉬고 싶었다. 잠을 자지 못한 지 벌써 며칠째
인지.

눈을 감은 루한이 손으로 관자놀이 주위를 눌렀다. 온종일 욱신
거리던 두통이 조금씩 사라지기 시작했다. 루한은 의자에서 일어
서 창문으로 걸어갔다.

어느새 밤이 오고 있었다. 지독히도 어두운 밤이. 죽음처럼 고
요한 밤은 그를 잠 못 이루고 뒤척이게 했다. 심장을 좀 먹는 질투
와 분노가 그를 한순간도 놓아주지 않았다.

"휴, 젠장!"

자리로 돌아와 의자에 앉은 루한은 억지로 눈을 감았다. 오늘
새벽, 잠에서 깼을 때 느꼈던 지독한 공허함이 또다시 찾아들었
다. 꿈속에 혜영이 있었다. 그 꿈에선 깨고 싶지 않을 만큼, 다정
한 눈빛으로 혜영이 그를 바라보고 있었다. 꿈속에서 혜영은 절대
그를 두고 떠나지 않았다.

또다시 심장이 타는 것처럼 느껴졌다. 답답함에 숨을 쉴 수가
없어 너무도 힘겨웠다. 강박처럼 찾아드는 공허함과 짙은 분노에

루한은 깊게 숨을 내쉬었다.

그녀가 없는 루한의 삶은 공허했다. 그 무엇도 아닌, 그녀로만 채워질 수 있는 지독한 공허.

전화를 끊은 알렉스는 손을 주머니에 넣은 채 아직 불이 켜져 있는 루한의 방을 응시했다. 자신의 아파트로 돌아가는 대신, 알렉스는 존더부르크 저택에 머물고 있었다. 퀸즈 나이트로 돌아가는 대신, 홍콩을 떠나 존더부르크 저택으로 돌아온 루한은 그의 예상과는 달리 너무도 고요했다. 파티장을 나설 때 그의 모습을 떠올린다면, 너무도 다른 모습에 오히려 걱정될 정도였다.

거대한 태풍의 눈처럼 루한은 아무 일 없는 것처럼 보였다. 감정이 없는 사람처럼, 그의 일상은 고요했고 건조했다.

하지만 시간이 갈수록 잠을 자지 못하는 루한의 얼굴은 짙은 그늘이 드리워졌고 까칠해져 있었다. 그의 변화에 알렉스는 그의 상태가 최악임을 짐작할 수 있었다. 차라리 화를 내고 분노를 터뜨렸다면 이 정도로 불안하진 않았을 테지만, 감정을 억누르고 있는 루한을 보며 알렉스는 시한폭탄을 안고 있는 것처럼 초조했다.

그리고 오늘. 결국, 루한은 존더부르크를 떠나기로 한 것이다. 조금 전 전화는 존더부르크 일가의 원로 중 하나인 헨리에게 걸려온 전화였다.

젠장!

헨리를 비롯한 존더부르크 사람들은 루한이 존더부르크를 떠난다는 의미가 어떤 것인지 알지 못한 듯했다.

"그래, 알 리 없지. 루한이 늘려준 돈에만 눈이 먼 사람들이었으니까."

사실 존더부르크 기업에서 일하는 핵심 인물들은 모두 루한의 사람이었다. 만약 루한이 존더부르크를 떠난다고 한다면, 그들 역시 루한과 함께 존더부르크를 모두 떠난다는 뜻이었다. 자신 역시도. 그 정도로 루한이 존더부르크 기업에서 갖는 의미는 절대적이었던 것이다.

"어리석게도, 루한을 잃고 말다니."

알렉스는 작게 한숨을 내쉬었다. 하지만 지금 알렉스는 존더부르크 기업의 흥망엔 관심조차 없었다. 언제 무너질지 모르는 루한이 걱정이었던 것이다.

알렉스가 휴대폰을 다시 꺼내 들었다. 그리곤 망설이듯 몇 번을 고민했다. 하지만 알렉스는 결국 통화 버튼을 누를 수밖에 없었다. 한혜영과 함께 있는 엘에게.

외출에서 돌아온 후, 혜영의 상태가 좀 이상했다. 피곤하다며 저녁까지 마다한 혜영은 몇 시간째, 맨발로 잔디 위를 걷고 있었다. 특별히 뭘 하려는 것은 아닌 것 같았다. 그저 시간이 흐르고 있고, 어느새 밤이 되었고 또 날이 바뀌고 있다는 사실 역시 깨닫지 못한 채, 깊고 깊은 생각에 잠긴 듯 걷고 또 걸었다.

지금 엘은 전화를 받는 중이었다. 알렉스에게서 걸려온 전화였다. 엘은 귓가에 들려오는 알렉스의 목소리를 들으며 멍하니 서 있었다. 그러다 정원의 잔디밭에 서 있는 혜영을 발견하곤 작게 한숨을 내쉬었다.

루한의 상태가 이상하다고 했다. 지금껏 수없이 계속되는 위험한 상황에서도 흔들림 없이 버텨온 루한이 흔들리고 있는 모양이었다. 한혜영 때문에.

그리고…… 루한이 존더부르크를 떠나다니. 믿을 수 없었다.

엘은 혜영을 더 자세히 보기 위해 베란다로 나왔다. 그리곤 어느새 잔디 위에 쪼그려 앉아 있는 혜영을 물끄러미 바라보았다. 엘에게 감추려 했지만, 계속해서 혜영의 몸이 야위고 있다는 사실을 숨길 수 없었다.

[엘? 내 말 듣고 있는 거야?]

아무런 대답이 없어 초조한 모양이었다. 알렉스의 성마른 재촉에 엘이 입을 열었다.

"알렉스, 내 말 잘 들어요."

엘의 목소리를 들은 알렉스가 수화기 너머로 안도의 한숨을 내쉬는 게 들려왔다. 알렉스가 불안을 느낄 정도라면 루한의 상태가 생각보다 심각한 모양이었다.

[듣고 있으니까, 말해.]

"5일 후, 결혼식이 있어요."

순간 침묵이 흘렀다. 그녀의 말에 충격을 받은 듯, 알렉스는 선뜻 다음 말을 하지 못했다.

[결혼식이라면……?]

"혜영 씨 역시 참석할 거예요. 그러니, 루한 님껜 마지막 기회가 될 수도 있겠네요."

엘의 말에 알렉스 역시 초조한 모양이었다. 숨을 내쉬는 소리가 거칠었다.

[장소와 시간을 말해줄 수 있나?]

"문자로 보내 드릴게요."

[고마워.]

"저 역시 루한 님과 혜영 님을 걱정하고 있어요. 그러니, 고마워할 필요 없어요."

엘의 말에 수화기 너머 잠시 침묵이 이어졌다. 이번엔 엘의 표정이 변했다. 그의 초조함이 그녀에게 전염된 듯 엘은 주먹을 꼭 쥐었다.

[미안했어.]

뜻밖의 사과에 엘의 심장이 서늘해졌다. 무엇에 대한 사과인지 말하지 않았지만, 엘은 알 수 있었다. 눈동자가 흔들리고 단단하게 벽을 쌓아두었던 둑에 균열이 이는 것을 엘 역시 느낄 수 있었다.

"사과는 직접 보고 말하는 것이 예의라고 생각해요."

또다시 침묵이 흘렀고 엘의 말뜻을 이해한 알렉스의 목소리가 들떠 있었다.

[아…… 그래. 알았어. 곧 가지.]

"늦지 않게 와야 할 거예요. 루한 님과 함께!"

전화를 끊은 엘은 서둘러 알렉스에게 결혼식 장소와 시간을 문자로 전송했다. 지구 반대편에 있지만 두 사람은 똑같은 아픔을 겪고 있었다. 누군가를 사랑한다는 건, 두려운 일이었다. 그 사람

에게 자신의 영혼과 그리고 모든 걸 주어야 사랑할 수 있었으니
까.

　사랑이란 계약의 조건은 서로의 영혼, 그리고 대가는 그 사람의
모든 것이었으니까.

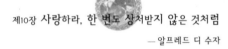

제10장 사랑하라, 한 번도 상처받지 않은 것처럼

— 알프레드 디 수자

서재 앞에 선 알렉스는 초조한 듯 손목시계의 시간을 확인했다. 굳게 닫힌 문이 마치, 루한의 지금 심정을 대변하는 것 같아 알렉스는 안타까웠다. 엘에게서 결혼식 장소와 시간을 문자로 받은 후, 알렉스는 서둘러 루한의 방문을 두드렸다.

그리곤 마지막 기회가 될지도 모를 문자를 그에게 보여줬던 것이다. 하지만 알렉스의 생각과는 달리 루한의 반응은 싸늘했다.

"꽃이라도 보내야 하는 건가?"

냉소와 함께 싸늘한 대답이 되돌아왔다. 그리곤 모든 것이 귀찮다는 듯 등을 돌려 버렸다. 상처 입은 맹수가 자신의 동굴에 틀어박힌 채 죽음을 기다리는 것 같이 느껴져 알렉스는 안타까웠다.

그렇게 무의미하게 사흘이 지나갔다. 그 후 루한은 혜영의 결혼식에 대한 그 어떤 언급도 없었다. 마치 그날 밤, 그가 건넨 문자를 보지 않은 것처럼 행동하고 있었다. 기억에서 지운 것처럼.

젠장! 오늘 비행기를 타지 않으면, 결혼식까지 한국에 갈 수 없었다. 만약을 대비해 비행기표를 예약해 둔 상태였지만, 저렇게 문을 닫고 들어가 서재에서 나오지 않는 루한을 억지로 끌고 갈 수는 없는 노릇이었다.

"알렉스! 오빠 아직도 서재에서 나오지 않고 있는 건가요?"

어느새 다가온 캐롤라인이 굳게 닫힌 문을 보며 걱정스러운 얼굴로 물어왔다. 알렉스가 한숨과 함께 고갤 끄덕이자 캐롤라인의 눈동자가 어두워졌다.

"나 때문이에요. 다 나 때문에……."

캐롤라인이 죄책감에 입술을 깨물었다. 그 모습에 알렉스가 무슨 일이냐는 얼굴을 했다.

"캐롤라인 때문이라니, 그건 아니야. 그러니까……."

알렉스의 말에 캐롤라인이 고갤 가로저었다. 음울해 보이는 눈동자가 붉게 변해 있었다. 그리고 상처 난 입술. 그건 캐롤라인이 어렸을 때부터 초조할 때마다 무의식적으로 입술을 깨무는 버릇 때문인 듯했다.

"너, 뭔가 알고 있는 거야?"

"내가, 한혜영 씨를 만났거든요."

"네가 한혜영 씰 만났다고? 대체 언제?"

"보석 박람회 파티가 있던 날, 아침에요. 오빠와 샤론이 서재에서 하는 말을 들었어요. 그래서 전 가만있을 수 없었어요. 오빠가 10여 년 동안 이뤄놓은 것들을 한혜영 씨 때문에 다 잃게 하고 싶지 않아서……."

캐롤라인은 고갤 숙이곤 잠시 말을 멈췄다. 시간이 지나면 괜찮을 거라 생각했었다. 첫사랑이란 누구나 앓는 열병과도 같은 것이기 때문에 점점 그 아픔에서 벗어나 평소의 루한으로 돌아올 것으로 생각했다.

하지만 루한은 캐롤라인의 생각과는 달랐다. 누구나 지나가는 열병이 아니라, 루한에겐 그의 삶에서 단 한 번밖에 없는 사랑일지도 모른다는 생각이 들었던 것이다. 예상치 못한 블리스의 스캔들, 그리고 한 점 미련도 없이 놓아버린 존더부르크의 수장이란 위치까지.

캐롤라인은 지금껏 루한에 대해 잘못 생각해 왔음을 이제야 깨달은 것이다. 그의 오빠인 루한에겐 그런 것 따윈 중요하지 않았던 것이다.

"그래서 제가…… 부탁했어요. 한혜영 씨에게 오빠를 사랑한다면, 놓아달라고. 지금은 용암처럼 뜨겁게 타오를 수 있지만, 그 불역시 꺼질 수 있다고. 그래서……."

벌컥! 문이 열렸다. 그리곤 믿을 수 없다는 표정을 한 루한이 모습을 드러냈다.

"캐롤라인, 정말 네가 그런 말을 했던 거야? 혜영에게, 그런 말을?"

"오빠……."

잔뜩 굳은 루한의 얼굴을 본 캐롤라인이 결국 눈물을 흘리기 시작했다. 한 달 동안 고통스러워하는 루한을 보면서, 그녀 역시 많이 괴로웠다. 그리고 어제 오후, 알렉스에게 루한이 존더부르크의 수장 자릴 내놓았다는 말을 들었을 때, 자신이 잘못 생각했다는 사실을 깨달았다. 가장 행복하길 원했던 오빠인 루한을 자신이 불행하게 만들었다는 사실을.

"정말, 네가……?"

"미안하단 말론 다 해결되지 않겠지만, 제가 어리석었어요. 미안해요. 나 때문에, 한혜영 씨가……."

루한은 주먹을 꼭 쥐곤 끓어오르는 분노를 가라앉혔다. 캐롤라인이 왜 그렇게 행동했는지 그 역시 짐작할 수 있었다. 하지만 화가 나는 것은 어쩔 수 없었다. 루한은 참고 있던 숨을 길게 내쉬었다. 말했어야 했다. 캐롤라인에게 자신이 혜영을 어떻게 생각하고 있는지. 앞으로 어떻게 할 생각이란 것도 말했어야 했다. 자신을 걱정한 어린 여동생은 그것이 오빠에게 옳은 일이라고 판단해 결국 두 사람에게 큰 상처를 준 것이다.

하지만…… 어쩌면 캐롤라인의 행동이 두 사람에겐 잘된 일일 수도 있었다. 샤론이 일부러 일으킨 스캔들 때문에 블리스 총리가 자신의 편에 서게 되었다. 그리고 존더부르크의 수장 자리를 내놓은 지금, 그를 붙잡는 것은 그 무엇도 없었다. 그가 넘어야 할 장애물들이 너무도 쉽게 사라져 버린 것이다.

"네가 혜영을 만난 건 쉽게 용서하지 않을 생각이다. 하지만…… 네 덕분인지도 모르겠군. 고맙다, 캐롤라인. 지금에라도 말해줘서."

"오빠! 가서 한혜영 씨를 붙잡아요. 제발!"

울먹이는 캐롤라인의 등을 토닥이며 루한이 알렉스에게로 고갤 돌렸다. 하지만 여전히 암청색의 눈동자엔 짙은 어둠이 드리워져 있었다.

뭘 겁내는 걸까? 왜 이 상황에서 망설이는 걸까? 오히려 그런 루한을 보며 알렉스가 초조해졌다.

"뭘 겁내시는 겁니까?"

"내 욕심에 그녀의 행복을 망칠까 봐 걱정이군. 박선우와의 삶이 어쩌면 그녀에겐 행복할지도 모르니까."

"정말 그렇게 생각하십니까? 혜영 님께서 왜 그런 선택을 하셨는지, 아직도 모르신다는 건가요?"

알고 있었다. 지독한 상실의 아픔을 견디는 것만큼, 그를 사랑하기에 선택한 것이라는 사실을. 하지만 혜영은 박선우와 결혼하기로 또 다른 선택을 한 것이다. 잠시 깊은 생각에 빠진 듯 말이 없던 루한이 알렉스를 응시했다. 그 흔들림 없는 단호한 눈빛을 본 알렉스는 루한이 드디어 결정을 내렸음을 알았다.

"알렉스, 가야겠어. 늦지 않았을 테지?"

"잘 생각하셨습니다. 비행기 표는 예약해 놓았습니다. 서두르셔야 합니다."

혜영이 드레스 룸에서 나오자, 기다리고 있던 서진과 엘의 입가에 미소가 떠올랐다. 연한 핑크색의 들러리 예복을 입고 나온 혜영의 모습은 아름다웠다. 수척해진 얼굴과 눈가에 어린 그늘까지도 감춰질 만큼 잘 어울렸다.

『언니, 정말 예뻐.』

『그래?』

결혼식이 하루 앞으로 다가와서인지 서진은 조금 들떠 보였다. 헤이그에서 민도혁과 처음 만났을 땐, 이렇게 서진과 결혼까지 하게 되리라곤 전혀 예상치 못했었다. 또한 자신 역시 선우가 아닌 다른 사람을 사랑하게 되다니. 사람의 인연이란 참 묘한 것 같았다. 전혀 예기치 못한 곳에서 만나, 사랑하게 되고 결혼까지 하게 되는 걸 보면.

『응. 내일 신부인 나보다 더 예쁘다고 할지도 모르겠어.』

서진의 말에 혜영이 말도 안 된다는 듯 희미하게 웃었다. 서진이 평소에 하지 않는 농담까지 하며 말이 많은 이유가, 한국에 돌아온 후 계속 저기압인 그녀를 걱정해서란 사실을 너무나도 잘 알고 있었다.

『훗! 농담이 늘었네.』

『농담 아니라니까. 정말 예뻐! 그러니까 힘 좀 내.』

혜영에게 다가온 서진이 그녀의 손을 꼭 잡았다. 분명 이상할 텐데도 서진은 아무것도 묻지 않았다. 아마 혜영이 말을 할 때까지 기다리고 있는 것일 테지. 그것이 그녀가 아는 한서진이니까.

『응, 알았어. 피곤해서 그런 모양이야. 나 옷 갈아입고 나올 테니까, 넌 그만 가봐. 도혁 씨랑 약속 있다고 하지 않았어?』

『아니야, 조금 늦겠다고 말했어.』

『내가 미안해서 그래. 그리고 오늘은 충분히 자야 하잖아. 내일 새벽부터 준비하려면 힘들 거야. 그러니 그만 가봐. 난 엘과 함께 가면 돼.』

혜영의 말에 서진이 엘을 돌아보았다. 처음 혜영과 함께 나타난 엘을 보곤 조금 놀랐었다. 언제나 그림자처럼 혜영과 함께였고,

경호원처럼 행동하고 있었던 것이다. 열흘 동안 엘을 지켜보며 서진은 안심이 되기도 했다. 언제나 기댈 곳이 없어 외로워하던 혜영이었다.

자신에겐 할머니와 연서가 있었지만, 혜영에겐 힘들 때 의지할 사람 하나 없었던 것이다.

"그럼, 엘. 부탁할게요."

서진의 말에 엘이 고갤 끄덕였다. 잠시 후 서진이 가방을 들고 웨딩숍을 나가자, 혜영 역시 드레스 룸으로 들어가 옷을 갈아입기 시작했다. 좁은 공간에 혼자 있자 혜영의 표정이 급격히 어두워졌다. 밖으로 한숨 소리가 새어나갈까, 조심스럽게 숨을 내쉰 혜영은 서둘러 옷을 입었다. 문을 열고 나오자, 웨딩숍의 매니저가 혜영이 건넨 드레스를 가방에 조심스럽게 넣어주었다.

『자매 분들이 정말 아름다우세요.』

가방을 건네며 부러운 듯 바라보는 매니저에게 인사를 한 후, 혜영은 엘과 함께 밖으로 나왔다.

"집으로 돌아갈까요?"

엘의 말에 혜영이 고갤 끄덕였다. 엘과 함께 하는 생활이 익숙해져 이제 그녀 없인 안될 것 같았다. 루한이 그녀를 위해서 보내준 그의 수족이었다. 그래서인지 혜영은 요즘 부쩍 그녀에게 의지하고 있었다.

"엘? 나…… 가야겠어."

자동차로 걸어가다 문득 혜영이 발걸음을 멈췄다. 그리곤 엘을 돌아보며 말했다. 이젠 멈출 수 없었다. 그가 그녀 때문에 힘들어진다면, 그녀가 더 강해지면 될 일이었다. 그와 그녀를 지킬 수 있게 더 강해지면. 그 진리를 이 모든 아픔을 겪고 난 후에야 깨닫다니. 혜영은 자신의 어리석음에 실소가 새어 나왔다. 그리고 또 다른 희망에 목소리에 힘이 들어갔다.

"나, 루한에게 가야겠어. 내일 결혼식이 끝나면, 바로. 엘은 내가 어디로 가야 할지, 그가 어디에 있는지 알고 있을 테지?"

혜영의 말에 표정 없던 엘의 얼굴에 안도의 미소가 떠올랐다. 그리곤 확신하듯 고갤 끄덕이며 대답했다. 엘 역시 혜영의 입에서 그 말이 나오길 묵묵히 기다리고 있었던 것이다.

"네, 알고 있습니다."

"그럼, 날 그가 있는 곳으로 데려다 줘. 부탁할게, 엘."

혜영의 말에 자신만 믿으라는 듯 엘이 고갤 끄덕였다. 그리곤 자동차 문을 열어주며 그녀를 태웠다.

"모셔다 드리겠습니다. 루한 님께서 계시는 곳으로."

30분 후, 혜영은 서울 외곽에 있는 W 호텔 복도에 서 있었다. 심장이 무섭게 뛰고 있었다. 복도를 따라 걷는 동안, 심장은 자꾸만 미친 듯이 뛰고 있었다. 밀려드는 격한 감정에 혜영은 다리에 힘이 풀려 걷는 것조차 버거울 정도였다.

"그가 여기 있다는 건가?"

집으로 돌아가는 대신, 엘은 이곳으로 차를 몰았다. 그리고 어리둥절한 표정으로 서 있는 혜영을 보며, 자신이 루한 님께 모셔다 드리겠다고 한 약속을 지켰다고만 했다. 믿을 수 없었지만, 사실인 모양이었다. 그가 이곳에 와 있었다.

엘이 알려준 방 앞에서 걸음을 멈춘 혜영은 문을 두드리기 전 천천히 숨을 가다듬었다. 미친 듯이 뛰는 심장과 함께 자꾸만 손바닥에 땀이 배어 나왔다. 혜영은 떨리는 손을 들어 가슴을 꼭 눌렀다. 울컥 뜨거운 눈물이 쏟아져 내릴 것 같았다. 목이 아프고, 눈가가 따가웠다. 버석하게 말라 버린 줄 알았던 심장에 급격히 피가 몰리듯 지독한 통증이 느껴졌다. 그를 다시 만날 수 있다고 생각하자, 아픔과 함께 기쁨으로 심장이 미친 듯이 뛰었다.

그가 오다니. 아직도 그날, 그녀에게 등을 돌린 채 멀어져 가던 모습이 생생히 머릿속에 각인되어 있었다. 그녀 옆에 서 있던 선우를 보며 배신감과 분노를 눌러 참던 모습 역시 기억났다. 그런데 그가 또다시 그녀에게 온 것이다. 자존심 강한 루한이었기 때문에 절대 오지 않을 거라 생각했다. 그래서 그녀가 갈 생각이었다. 용기를 내, 자신의 감정을 고백할 생각이었다. 어쩌면 루한의 앞에 나타난 그녀를 밀어낼 수도 있었다. 하지만 이번엔 절대 그녀가 먼저 그를 놓지 않을 생각이었다. 그의 냉소와 차가움을 견디며, 그가 다시 그녀를 받아들일 때까지 기다릴 생각이었다.

그런데…… 그가 왔다. 혜영은 그가 한국에 오기까지 얼마나 힘겨웠을지 짐작할 수 있었다. 그래서 더 고마웠다. 더 기뻤고, 그녀에 대한 그의 마음이 눈에 보여 더 안타까웠다. 이제 그가 온 이상, 혜영은 그를 미친 듯이 사랑할 생각이었다. 한 번도 상처받지 않은 것처럼, 두려움 없이 온전히 그녀를 내놓을 생각이었다.

"아, 루한……."

혜영은 그의 이름을 불렀다. 그러자 버석해지고 메말랐던 심장이 뜨거운 감정으로 젖어들기 시작했다. 그때 호텔 방문이 열렸다. 혜영이 옆으로 비켜서기 위해 한 발짝 걸음을 옮기려는데, 방에서 나오던 남자가 혜영을 알아보곤 놀란 표정을 했다.

『혜영 씨, 여기는 어떻게……? 혹시 날 만나러 온 겁니까?』

선우였다. 그녀가 그를 찾아왔다는 사실에 놀라기도 하고, 기쁘기도 한 듯 그녀의 팔을 붙잡은 선우의 얼굴에 미소가 떠올라 있었다.

『선우 씨, 여기에 묵고 있었나요?』

혜영 역시 이곳에서 선우를 만나 놀라고 있었다. 그녀의 물음에 환하게 웃던 선우의 표정이 조금은 실망으로 어두워지는 것이 보였다.

『날 만나러 온 게 아닌 모양이군요. 그럼 누구……?』

"한혜영 씨가 만나러 온 사람은, 나야. 당신이 아니라, 나."

옆 객실 문이 열린 것과 동시에 루한이 밖으로 나왔다. 그리곤 소유욕을 드러내듯 루한이 혜영의 팔을 붙잡곤 그쪽으로 끌어당겼다. 그러자 혜영의 팔을 붙잡고 있던 선우의 팔이 힘없이 떨어져 나갔다.

"루한."

그의 이름을 부르는 혜영의 목소리가 들떠 있었다. 작은 속삭임뿐이었지만, 루한은 물론 선우 역시 느낄 수 있었다. 그 목소리에 담긴 촉촉이 젖은 감정을.

"확실히 해야 할 거야. 한혜영, 이번에 당신은 누굴 선택할 거지? 당신이 만나러 온 사람이 누군지 지금 확실히 해."

혜영을 붙잡은 루한의 손에 힘이 들어갔다. 하지만 그 역시 긴장하고 있는 듯했다. 홍콩에서와 똑같은 상황이었던 것이다. 그리고 루한은 그녀의 선택으로 한 번, 상처를 받은 적이 있었다.

"루한? 대체 무슨⋯⋯."

"내일이 결혼식이라고 들었어. 그러니, 지금이 마지막 기회야. 한혜영, 누구지? 나와 박선우 중에."

루한이 선우를 바라보았다. 루한은 엘에게 혜영이 이곳에 와 있다는 전화를 받고 초조한 마음으로 그녀를 기다리고 있었다. 그런데 밖에서 들려오는 혜영의 목소리와 함께 또 다른 사람의 목소리가 들렸다. 그리고 그 목소리는 그를 처음으로 좌절하게 한 남자의 것이었다.

루한의 심장이 거칠게 뛰고 있었다. 또다시 혜영과 선우가 함께 있는 모습을 보자 루한은 답답했다. 질투를 넘어, 이젠 정말 그녀를 잃을지도 모른다는 불안감에 미칠 것 같았다. 그녀를 잃고 싶지 않았다.

만약 혜영이 또다시 자신이 아닌, 박선우를 선택한다면⋯⋯.

아, 젠장! 생각하고 싶지 않았다. 차라리 무릎이라도 꿇고 사정을 해야 하는 걸까? 캐롤라인의 일을 사과하면 다시 그에게 돌아와 줄까? 루한의 머릿속엔 수만 가지 생각이 한꺼번에 떠올랐다.

"결혼식이라니? 그게 무슨⋯⋯?"

"엘에게 들었어. 내일 결혼한다고."

"결혼식이야 당연히⋯⋯."

순간 혜영은 모든 것이 분명해졌다. 엘의 말대로 결혼식은 있었다. 그녀의 사촌 동생 한서진과 민도혁의 결혼식. 하지만 엘은 누구의 결혼식인지 루한에겐 얘기하지 않은 모양이었다. 일부러 그가 잘못 알고 있는 사실을 정정해 주지 않은 것이다. 그래서였나? 이렇게 루한이 한국으로 온 이유가? 앙큼하고 영리한 엘과 알렉스의 계획에 혜영은 고마움을 느꼈다.

"훗!"

혜영의 입가에 미소가 떠오르자 루한의 눈빛이 날카로워졌다.

"왜 웃는 거지? 이 상황이 웃을 정도로 가볍진 않은 것 같은 데?"

루한의 차가운 목소리에 담긴 분노를 혜영 역시 느낄 수 있었다. 그가 지금 가까스로 참고 있다는 것도.

"선우 씨, 나가던 길 아니었나요? 도혁 씨와 약속이겠죠?"

"네."

"그럼, 내일 봬요."

"내일 보다니, 그게 무슨 뜻이지?"

또다시 루한이 혜영의 팔을 거칠게 잡아당겼다. 혜영은 손목에 느껴지는 통증에 미간을 찌푸렸다.

"말 그대로예요. 그러니 이것 좀 놓고 얘기해요. 아파요."

아프다는 말에도 루한은 혜영의 손을 놓지 못했다. 그녀의 손을 놓은 순간, 모든 것이 끝나 버릴 것 같았던 것이다.

"혜영…… 부탁이야. 제발……."

"루한, 기다려요."

혜영이 손을 뻗어 루한의 입을 막았다. 그가 무슨 말을 하는지 알 수 있었다. 당장에라도 그녀의 팔을 붙잡고 사정하려는 듯 암청색의 눈동자가 무섭게 흔들리고 있었다. 혜영은 그런 루한의 모습을 다른 누구에게도 보여주고 싶지 않았다. 혜영은 서둘러 선우 쪽으로 고갤 돌렸다.

"내일 결혼식장에서 뵐게요. 그럼."

이번엔 멍하니 서 있는 루한의 손을 잡아끈 것은 혜영이었다. 문이 닫히고, 복도에 혼자 남은 선우는 멍하니 닫힌 문을 바라보았다.

루한이었다. 존더부르크의 실질적인 주인. 그가 와 있었다. 그 누구도 아닌, 한혜영 때문에.

"게임 오버군."

혜영에게 이끌려 방으로 들어간 루한은 그의 입을 막고 있는 혜영의 손을 밀어냈다. 그리곤 잔뜩 화가 난 얼굴로 그녀를 내버려둔 채 방 안으로 들어갔다. 그를 따라 안으로 들어간 혜영은 그가 냉장고에서 차가운 물을 꺼내 마시는 것을 바라보았다.

하얀 와이셔츠 아래 보이는 그의 몸이 여윈 듯 보였다. 마른 듯 보이는 그의 등을 보고 있자니 혜영의 심장이 아릿해졌다. 혜영은 당장에라도 야윈 그의 등을 꼭 끌어안아 주고 싶었다. 그녀 역시 그의 온기를 너무도 간절히 느끼고 싶었다. 하지만 아직 해야 할 말이 남아 있었다.

"그 결혼식……."

거칠게 그가 물잔을 탁자 위에 내려놓는 소리가 들렸다. 듣고 싶지 않은 모양이었다. 혜영이 그를 향해 돌아서자 예상대로 루한은 그녀를 외면하고 있었다.

"박선우와 결혼하면, 행복할 것 같나?"

"행복하다고 한다면, 날 포기할 건가요?"

그녀를 외면하고 있던 루한이 마침내 그녀를 바라보았다. 눈동자에 담긴 감정이 분노일 것으로 생각했다. 하지만 아니었다. 루한의 암청색의 눈동자엔 안타까움과 체념이 담겨 있었다. 그 모습에 혜영은 심장이 욱신거렸다. 그의 아픔이 고스란히 그녀의 심장으로 되돌아왔던 것이다.

"내가 싫다고 하면 돌아갈 거면서……. 날 놓아줄 거면서, 여긴 왜 온 거죠?"

"누가, 당신을 놓아준다고 했지? 내가 여기에 온 이윤, 당신을 보내기 위해서가 아니야."

"그럼, 왜 그러고 서 있는 거죠? 날 붙잡아야죠! 절대 놓지 않겠다고 해야 되잖아요!"

혜영이 그에게 손을 내밀었다.

"혜영?"

"날 사랑해서 온 거죠? 날 보낼 수 없어서. 나 없인 살 수가 없어서 온 것 아닌가요? 내가 다른 남자의 여자가 되기 전에."

"아니, 당신은 절대 다른 남자의 여잔 될 수 없어. 내가 절대 당신을 놓아주지 않을 테니까. 당신은 내 옆에서만 행복할 수 있거든."

그가 혜영에게 다가왔다. 그녀 앞에 멈춰 선 루한이 그녀를 내려다보았다. 얼굴 역시 까칠했다. 입술은 메말라 있었고, 그녀를 바라보는 눈엔 그늘이 져 있었다.

"확신할 수 있나요?"

"내가 그래. 내가 당신과 함께 있으면 행복해. 난 배려심도 없고 이기적인 남자야. 그러니 당신이 싫대도, 내 곁에 잡아둘 거야. 평생 내 곁에서 벗어날 수 없어."

루한의 말에 혜영이 손을 뻗어 그의 팔을 붙잡았다. 그녀가 너

무도 듣고 싶은 말이었다. 그래서인지 혜영은 더는 머뭇거릴 수
없었다.

"루한, 내 결혼식이 아니에요. 내 사촌 여동생인 한서진의 결혼
식이에요. 엘이 왜 그렇게 말했는진 알 것 같아요. 하지만 난 결혼
하지 않아요."

처음엔 그녀의 말을 이해하지 못한 듯했지만, 잠시 후 그가 와
락 혜영을 끌어안았다.

"그럼, 엘이 일부러……."

"최고의 자극제라고 생각했겠죠. 당신이 이곳으로 부르는 데
있어서."

"정확한 판단이었군. 이렇게 당신에게 왔으니 말이야."

안도가 밀려들었다. 한꺼번에 심장에 피가 몰리는 것처럼 루한
이 안도의 숨을 내쉬었다. 하지만 다음 순간 루한의 입술이 혜영
을 찾았다. 물어뜯을 기세로 혜영의 입술을 빨아 당기는 루한에게
선 여유가 없는 듯했다. 한꺼번에 밀려든 지독한 소유욕과 혜영에
대한 욕망에 루한은 아무것도 생각할 수 없었다.

그녀의 입술 안을 헤집고 거칠게 빨아 당기는 힘에 혜영은 숨을
쉴 수가 없었다.

"훗, 루한!"

잠시 그의 입술이 떨어진 사이 혜영이 그를 불렀다. 또다시 그
의 혀가 더욱 깊이 안으로 들어왔다. 그리곤 그녀의 혀를 강하게
휘감곤 뿌리째 흔들려는 듯 빨아 당겼다. 등줄기를 타고 나른한
쾌락이 훑고 지나갔다. 혜영은 너무도 강렬한 열기에 몸을 비틀었
다. 순식간에 찾아든 지독한 열감이었다.

"루한, 사랑해요. 안아줘요."

"아, 혜영."

그녀의 말에 루한이 그녀를 안아 들었다. 그리곤 옆에 있는 침대에 그녀를 눕히더니 다급하게 옷을 벗기 시작했다. 순식간에 침대로 올라온 루한이 혜영의 옷을 벗겨냈다. 그 역시 그녀를 원했다. 그녀를 갖지 않는다면, 미쳐 버릴 만큼 지독히도 그녀의 안으로 들어가고 싶었다. 조급한 격정에 두 사람 모두 떨고 있었다.

"하흑! 하아……."

"헉!"

몸이 겹쳐지기가 무섭게 그가 그녀의 안으로 단숨에 파고들었다. 그녀의 안이 젖기를 기다릴 수가 없어, 루한은 성급하게 그녀의 안으로 그를 밀어 넣은 것이다. 너무도 갑작스러운 침입에 그녀의 여린 속살이 그를 강하게 밀어냈다. 하지만 루한은 아랫배에 힘을 주곤 단번에 그녀의 안으로 꿰뚫듯 들어갔다.

"하훗, 하핫!"

젖지 않은 내벽이 빡빡했다. 그를 받아내는 것 역시 버거운 듯 흠칫 몸을 떨었다. 하지만 혜영은 몸의 반응과는 달리 그를 꽉 붙들었다. 놓치고 싶지 않았다. 가까스로 얻은 그를 더 느끼고 싶었다. 혜영은 그가 그녀의 안에서 빠져나가지 않게 아랫배에 힘을 주며 그를 있는 힘껏 조였다.

"헉!"

그의 입에서 거친 신음이 새어 나왔다. 혜영은 그의 목덜미에 팔을 감고는 그에게 있는 힘껏 매달렸다.

"혜영…… 당신을 원해. 참을 수 없을 만큼."

"알아요. 나 역시 당신을 원해요. 그러니…… 힘껏 날 안아줘요."

그녀의 안을 가득 채운 그가 천천히 움직이기 시작했다. 그녀의 내벽을 뚫고 깊숙이 안으로 밀고 들어갈 때마다, 메말랐던 그녀의 내벽이 촉촉이 젖기 시작했다.

"아아, 미칠 것처럼 좋군."

짙은 열기에 젖은 루한이 혜영의 귓가에 나직이 속삭였다. 그 간질이듯 묘한 여운에 혜영의 몸이 나른해졌고, 애액이 흘러나왔다. 질척해진 애액으로 그의 움직임이 수월해졌다. 그에 따라 혜영 역시 미칠 것 같은 쾌감에 연신 허릴 비틀었다. 그녀의 몸이 그를 기억해 본능적으로 그를 품고 그를 조였다. 루한 역시 혜영의 내벽이 질척하게 젖어들자 더는 참지 않았다. 거칠게 그녀의 내벽을 꿰뚫고 안으로 들어갔다. 그러자 그녀가 그가 빠져나가는 것이 너무 안타까워 그를 꽉 조일 때까지 밖으로 밀고 나왔다 다시 강한 힘으로 안을 꿰뚫듯 들어갔다.

"흐흣! 하아, 루한……. 하흑!"

"뭘 원하지? 말해봐, 혜영. 당신이 원하는 게 뭔지?"

그녀의 귓불을 깨물며 그가 낮게 속삭였다. 유혹하듯 부드럽게 울리는 그의 목소리에 혜영은 허릴 비틀며 움찔 몸을 떨었다.

"당신을 원해요, 루한. 좀 더, 강하게 내 안으로 들어와 줘요. 당신을 느낄 수 있게…… 하흑!"

그녀의 말이 끝나기가 무섭게 그가 그녀의 안으로 들어갔다. 그의 강한 움직임에 그녀의 몸이 버들가지처럼 위험스럽게 흔들렸다. 낭창낭창한 허리가 자꾸만 야릇한 호를 그리며 비틀리며 휘기를 반복했다. 하지만 그런 가운데 그녀의 내벽은 그를 가득 품고 미친 듯이 그를 조였다. 질척한 애액이 그가 진퇴를 거듭하며 움직일 때마다 밀부 밖으로 흘러내렸다. 이젠 그녀의 검은 수풀까지 적실 듯 흘러내린 애액으로, 그녀의 안을 오갈 때마다 음란한 소리가 났다.

"하아, 루한!"

날카로운 쾌락에 몸을 떠는 두 육체가 땀으로 젖어들었다. 매끈한 알몸이 마치 처음부터 하나처럼 엉겼다. 남자와 여자의 몸이 더욱 깊게 얽힐수록 두 육체 역시 관능적으로 흔들렸다. 그의 허리에 다릴 감았다. 그리곤 그가 더욱 깊이 뿌리를 내릴 수 있도록 온몸을 열어 그를 받아들였다.

"흐흑! 아하, 하읏!"

연신 쾌락에 몸을 떨며 신음을 뱉어내던 혜영이 그의 입술을 찾았다. 젖은 입술이 맞닿았고, 열기를 품은 혀가 젖은 입술 사이로 밀려 들어왔다. 또 다른 곳 역시 더욱 강하게 하나로 얽혀들었고, 이어 등줄기를 타고 나른한 쾌락이 두 육체를 관통했다. 뜨거운 열기에 단단히 결합된 부분이 저릿한 쾌락에 떨리기 시작했다.

『사랑해, 사랑해, 한혜영.』

온몸으로 퍼져 나가는 쾌락에 몸을 떨며 눈을 꼭 감고 있던 혜영이 순간 눈을 떴다.

『지금 뭐라고?』

『사랑해.』

두근! 혜영의 눈가가 뜨거워졌다. 알고 있었다. 그가 홍콩에서 기자들 앞에서 그녀와 약혼 발표를 한다고 했을 때도, 그리고 그녀를 찾아 한국에 왔다는 사실을 알았을 때도 그가 그녀를 사랑하고 있다는 것쯤 알고 있었다. 하지만 그가 한국말로 그녀에게 사랑을 고백하리라곤 전혀 예상치 못했던 것이다.

『루한?』

『사랑해. 한혜영, 사랑해.』

온몸을 관통하는 쾌락보다 짙은 감동이었다. 루한은 그런 혜영을 힘껏 끌어안고는 거칠게 그녀의 안을 파고들었다.

"흐흡!"

날카로운 쾌락이 또다시 그녀를 뒤흔들어 놓았다. 루한은 혜영이 아무것도 생각할 수 없도록 그녀의 안을 파고들었다. 단단히 그녀의 안에 뿌리를 내리고 다신 나가지 않겠다는 듯 그녀의 안으로 밀고 들어왔다. 격정으로 두 사람의 몸이 흔들렸다. 그렇게 두 사람은 다시 사랑하기 시작했다.

『사랑해요, 루한.』

한 번도 상처받지 않은 것처럼. 온 힘을 다해, 서로를 사랑하게 된 것이다.

에필로그

6개월 후, 퀸즈 나이트.

배가 선착장에 닿자 혜영이 서둘러 내렸다. 루한이 돌아오는 날이었기 때문에 혜영 역시 서둘러 퀸즈 나이트로 돌아온 것이다. 3개월 전, 존더부르크의 원로들이 루한을 찾아왔었다. 루한이 존더부르크 수장에서 물러남과 동시에 존더부르크 기업을 떠난다는 소문이 돌기 시작하면서 기업의 주가가 하락하기 시작했다. 또한 기업의 중역들 역시 루한을 따라 사직서를 내놓았고, 순식간에 존더부르크 기업은 통제할 수 없을 정도로 업무에 차질이 생기기 시작했다.

존더부르크 기업에서의 루한이란 인물은 그 기업 자체였던 것이다. 그 사실을 뒤늦게 깨달은 존더부르크의 원로들은 논의를 시작했고, 도움을 청하기 위해 블리스 총리를 찾아간 모양이었다. 하지만 블리스 총리 역시 루한의 편임을 안 원로들은 결국 루한 앞에 무릎을 꿇을 수밖에 없었다.

〈앞으로 존더부르크 기업에 아무런 권한도 갖지 않는다는 조건에 동의하셔야 할 것입니다.〉

그저 루한이 벌어다 준 돈을 챙기기만 하라는 뜻이었다. 그리고 또 한 가지. 앞으로 존더부르크 가의 안주인이 누가 되든 상관하지 말라는 뜻 역시 담겨 있었다. 결국 원로들은 루한의 뜻을 받아들였고, 3개월 전 루한은 존더부르크의 수장 겸 오너의 자리로 복귀한 것이다. 그 후, 루한은 기업을 정상화시키기 위해 정신없이 바쁜 시간을 보내야 했다.

"혜영 님, 기다리십시오."

오솔길을 따라 빠르게 올라가기 시작한 혜영을 늦게서야 배의 선실에서 나온 엘이 불러세웠다.

"안 돼. 루한이 벌써 돌아왔을지도 모른단 말이야."

혜영이 일 초도 머뭇거릴 시간이 없다는 듯 멈추지 않은 상태에서 엘에게 큰 소리로 말했다. 벌써 한 달이나 그를 보지 못했다. 서진의 결혼식이 끝나고 혜영은 루한을 따라 홍콩으로 돌아왔다. 그리곤 당연하다는 듯 짐사추이의 아파트를 정리하고 퀸즈 나이트로 거처를 옮겨 함께 생활하게 된 것이다. 어느새 저택에 도착한 혜영은 현관문을 열자마자 루한을 찾아 2층 계단으로 향했다.

"루한, 여기 있나요?"

서재의 문을 열고 안으로 들어간 혜영은 텅 비어 있는 방 안을 보곤 문을 닫으려 했다. 그러다 책상 위에 놓인 만년필을 발견하곤 그가 집으로 돌아왔다는 사실을 확인했다. 한 달 전 퀸즈 나이트를 떠나기 전, 루한의 슈트 포켓에 혜영이 직접 꽂아준 만년필이었다.

"대체 어디에 있는 거지?"

서재를 나서며 혜영은 침실로 향했다. 만약 침실에도 없다면 해안가 언덕 집에 간 것일 수도 있었다. 침실 앞에 도착한 혜영은 심장이 뛰기 시작했다. 문 손잡이를 잡는 손 역시 떨리고 있었다. 천천히 문을 밀고 안으로 들어간 혜영은 비어 있는 방을 보며 실망하고 말았다.

"여기도 없는 건가?"

작게 한숨을 내쉰 혜영이 문을 닫고 밖으로 나가려는 순간, 반쯤 열린 문 뒤에 숨어 있던 루한이 그녀의 손목을 붙잡았다.

"16분이나 걸렸군."

그의 목소리에 혜영의 심장이 뛰기 시작했다. 그리고 다음 순간 그의 품으로 끌려들어 간 혜영은 그녀의 목덜미에 얼굴을 묻는 루한을 느낄 수 있었다. 샤워를 했는지 그의 머리카락은 젖어 있었고, 상큼한 비누 냄새가 났다.

"뭐예요, 숨어 있었던 거예요?"

"당신이 선착장에 도착하는 걸 봤어."

"그럼 16분이란 게……."

"맞아. 선착장에서부터 날 찾는 데 걸린 시간이야. 당신을 기다리는 그 16분 동안 심장이 조여드는 줄 알았어. 당장에라도 당신에게 달려가고 싶었으니까. 한혜영, 보고 싶었어. 당신도 내가 그리웠나?"

"네. 16분이 16년이라고 느껴질 만큼, 보고 싶어 죽는 줄 알았어요."

대답과 동시에 혜영이 그의 목에 팔을 감았다. 다신 떨어지고 싶지 않다는 듯 그에게 매달리자, 루한 역시 그녀의 허리에 팔을 감았다.

"당분간은 이곳에 있는 거죠?"

"응, 이젠 홍콩에 있을 거야. 사실 이곳에 사무실을 하나 개설할 생각이거든."

"그게 사실인가요? 아, 정말 잘됐어요."

혜영이 그에게 떨어져 기쁜 듯 그를 올려다보았다. 그러자 루한의 입가에도 미소가 떠올랐다.

"이젠 한시도 당신과 떨어져 있고 싶지 않았거든."

"루한!"

그녀 역시 마찬가지였다. 한 달간 떨어져 있는 시간 동안 그가 너무도 그리웠다. 매장에 중요한 의뢰만 아니었다면, 덴마크행 비행기에 열두 번은 올랐을 게 분명했다.

"아참, 당신에게 줄 게 있어."

루한이 그녀의 손을 잡고 침대 옆으로 걸어갔다. 그리곤 탁자 안의 서랍을 열어 검은색 상자를 꺼내 그녀에게 건넸다.

"열어봐."

상자를 받아 든 혜영은 뭐냐는 듯 루한을 올려다보았다. 기대감에 반짝이는 암청색의 눈동자를 보며 혜영 역시 설레기 시작했다. 떨리는 손으로 천천히 상자의 뚜껑을 연 혜영은 놀란 듯 눈을 크게 떴다.

"이건……."

사막의 별이었다. 그녀가 디자인했던 모습 그대로, 완성품이 되어 있었던 것이다.

"혜영, 내가 6개월 전에 했던 인터뷰 기억해?"

그가 한 인터뷰라면 딱 하나밖에 없었다. 존더부르크 가의 안주인에게 줄 사막의 별을 키라에게 의뢰한다는 내용이었다. 두근! 혜영은 가슴이 먹먹해졌다. 지금 그가 그녀에게 청혼하려 한다는 사실을 깨달은 것이다.

잠시 후, 루한이 혜영의 목에 사막의 별을 걸어주었다. 그리곤 너무도 진지한 표정으로 그녀를 바라보았다.

"한혜영, 존더부르크 가의 안주인이 되어주겠나?"

그 한마디에 혜영의 눈가가 붉어졌다. 목에 느껴지는 묵직한 무게감과 차가운 금속의 느낌이 이것이 현실임을 깨닫게 했다.

"루한!"

떨리는 목소리로 그를 불렀다. 목이 꽉 조여와 말하기가 쉽지 않은 탓에 혜영은 열심히 고갤 끄덕이기 시작했다. 벅찬 감동에 눈물이 쏟아져 내렸다.

"아, 혜영. 사랑해."

그가 그녀를 와락 끌어안았다. 그리곤 혜영의 입술에 진한 키스를 퍼붓기 시작했다. 혜영 역시 그의 목에 팔을 감고는 입술을 열어 그의 혀를 받아들였다. 기쁨과 함께 한 달 동안 참았던 열기가 순식간에 두 사람을 휩쓸었다.

침대에 쓰러지듯 누운 혜영은 그녀의 몸을 내리누르는 달콤한 무게감에 벌써 설레기 시작했다. 그가 그녀를 향해 고갤 숙이자 기다렸다는 듯 혜영이 팔을 뻗어 그를 끌어당겼다.

"사랑해요, 루한."

그의 눈동자가 빛나기 시작했다. 그 눈동자를 보며 혜영은 검은 재규어의 눈과 닮았다고 생각했다. 그러다 문득 그를 만나기 전, 꾸었던 꿈 역시 떠올랐다. 어쩌면 두 사람의 운명이란, 이미 거기 서부터 시작되었는지도 모른다는 생각이 들었다. 그의 입술이 다시 그녀의 입술을 찾았다. 짙은 열감이 느껴지는 농밀한 키스에 혜영은 아무것도 생각할 수 없었다. 그저 그가 주는 지독한 희락에 몸을 맡길 뿐이었다.

혜영보다 조금 늦게 저택에 도착한 엘은 루한을 만나기 위해 소녀처럼 뛰어가던 혜영을 떠올리며 피식 웃음을 터뜨렸다. 6개월 전 혜영과 함께 다시 퀸즈 나이트에 돌아온 엘은 정식으로 혜영의 개인 비서가 되었다.

그리고 혜영과 함께 일하게 되면서 루한과 일할 때와는 달리 편안함을 느꼈다. 그렇게 엘은 지금 그녀의 삶에 만족하고 있었다.

"늦었군. 혜영 님께선 벌써 도착하셨는데 말이야."

불쑥 말을 걸어오는 알렉스의 목소리에 엘이 고갤 돌렸다. 그러자 시원한 음료를 든 알렉스가 그녀의 눈에 들어왔다.

"가지고 내려야 할 서류가 있어서 좀 늦었어요."

엘이 알렉스를 지나쳐 그녀가 머물고 있는 별채로 가기 위해 걸음을 옮기기 시작했다. 그러자 알렉스가 그녀의 손목을 붙잡았다.

"뭐죠?"

알렉스는 대답 대신, 그녀의 손에 그가 들고 있던 모히토를 건넸다. 그리곤 그녀의 다른 한쪽 팔에 들린 서류 파일을 받아 들었다.

"그럴 필요 없어요. 그리고 이건 당신이 마시려고 했던 것이 아닌가요?"

"여전히 모히토를 왜 마시는지 모르겠더군. 하지만 당신이 좋아했던 것 같아서."

그 말을 끝으로 알렉스가 걸음을 옮기기 시작했다. 그녀의 짐을 들고 앞서 걷는 알렉스를 보며 엘은 묘하게 설레고 있었다. 알고 있었다. 알렉스가 모히토를 좋아하지 않는다는 걸. 하지만 그런 그가, 지금 그녀가 좋아하기 때문에 이 음료를 준비했다고 말하고 있었다.

엘은 멀어져 가는 그를 보며 모히토를 한 모금 음미했다. 입안 가득 민트의 상큼한 향이 퍼졌다. 그리고 달콤하고 시원한 액체가 목을 타고 심장을 적시기 시작했다. 메말랐던 심장이 달콤한 배려에 촉촉이 젖기 시작했다.

"뭐 해, 빨리 오지 않고."

음료를 마시기 위해 서 있던 엘이 걸음을 옮기기 시작했다. 알렉스는 엘을 재촉하고 있었지만, 평소와 달리 들떠 있는 듯했다. 서둘러 그에게 다가간 엘이 조금은 건조한 목소리로 말했다.

"고마워요. 하지만 다음부턴 당신 것도 함께 준비해요. 모히토를 좋아하지만, 혼자 마시는 건 취미 없으니까."

이번엔 알렉스의 표정이 변했다. 딱딱한 말속에 담긴 뜻을 이해한 것이다. 엘은 그런 알렉스를 두고 별채로 걸어가기 시작했다. 엘은 조금 전 알렉스의 표정을 떠올리며 미소를 지었다. 무심한 듯 말했지만 지금 엘의 심장 역시 뛰고 있었다.

한 번 어긋난 적 있는 두 사람이었다. 그때의 상처는 이제 굳은 살처럼 단단해져 마음에 남아 있었지만, 그 일로 인해 두 사람은 서로를 존중하고 배려할 줄 알게 되었다. 스무 살 때 느꼈던 격정과는 달리 스물아홉의 엘은 무척이나 조심스러웠지만, 이 느릿느릿하게 다가서는 속도가 엘을 설레게 했다. 뒤에서 알렉스가 걸어오는 소리가 들렸다.

"엘!"

어느새 다가온 그가 그녀의 팔을 붙잡곤 돌려세웠다. 엘은 머뭇거리며 서 있는 알렉스를 보며, 그가 처음으로 그녀에게 데이트 신청을 했을 때를 떠올렸다. 잔뜩 긴장한 표정으로 어색하게 서 있던 그 모습 그대로, 지금 알렉스가 그녀의 심장을 두드리고 있었다.

"오페라 티켓이 있는데 함께 가겠어?"

"베르디라면, 첸과 함께 봤어요."

알렉스는 첸이란 말에 미간을 찌푸렸다. 첸이라면, 분명 혜영의 동업자인 잘생긴 동양인이었다.

"당신, 언제부터 첸과 그렇게 친해진 거지?"

엘은 알렉스의 마땅찮아 하는 얼굴을 보며 피식 웃었다. 추궁하듯 자신의 감정을 드러낸 알렉스의 모습이 무척이나 생경했다. 그에게 질투란 감정이 있었던 건가? 그 묘한 감정에 엘은 참을 수 없을 만큼 두근거렸다.

"처음부터라고 해야 하나? 6개월 전, 짐사추이의 아파트에서 처음 봤을 때부터 친했어요. 유머 감각은 물론, 정말 멋진 남자란 생각이 들었거든요."

"진심이야?"

알렉스가 알고 싶어 하는 진심이 뭔지 알고 있었다. 하지만 엘은 당분간 그에게 말해주지 않을 생각이었다. 첸이 했던 충고대로, 엘은 알렉스를 애태울 작정이었으니까. 그리고 지금 이 상황이 마음에 들었다.

"뭐가 진심이란 건지 모르겠군요. 사실 오페라 말고 가고 싶은 곳은 있긴 해요."

엘의 말에 잔뜩 굳었던 알렉스의 표정이 서서히 풀어지기 시작했다.

"거긴 내가 데려다 주지."

그녀가 거절할지도 모른다고 생각했는지, 그곳이 어딘지 묻지도 않은 채 알렉스가 재빨리 말했다.

"좋아요. 그럼 주말에 함께 가요."

다시 걸음을 옮기는 엘의 발걸음이 가벼웠다. 상큼한 민트와 함께 달콤한 향이 두 사람 주위를 감돌기 시작했다.

★ ─ THE END ─ ★

『키라(KIRA)』의 프롤로그를 쓰다, 뭔가 혜영의 캐릭터엔 좀 더 강력한 느낌의 남주가 필요하지 않을까 하는 생각이 들었습니다. 박선우란 인물 역시 따뜻한 남자이긴 했지만, 그것보다 강한 이미지의 남자가 어울릴 것 같았거든요. 그렇게 즉흥적으로 만들어진 캐릭터가 바로, 루한이었습니다. 아마, 더운 여름 연재를 하다 보니 강렬한 여름만큼 열정적이고 폭발적인 사랑 이야기를 써보고 싶었나 봅니다.

더운 여름, 연재가 끝날 때까지 함께 해주시고 힘날 수 있도록 응원해주신 독자님들 한 분 한 분, 너무 감사했습니다. 카페 〈첫눈 속을 걷다〉 가족분들과 작가님들. 언제나 따뜻한 격려에 힘이 납니다. 그리고 제 글이 세상에 나올 수 있도록 도와주신 유경화 실장님, 정말 감사해요.

항상 절 위해 기도해 주시는 엄마와 가족들. 곁에서 언제나 부족한 날 채워주는 남편과 나래, 나우. 당신들이 계셔서, 전 너무 행복합니다. 언제나 내 자리에서 최선을 다하는 내가 되겠습니다.

— 가을의 문턱에서 주산지의꿈 드림.